KB157753

대학 괴담怪談

대학 괴담怪談

김장동 장편소설

북치는마을

≒ 소주잔을 입에 넣고 바작바작 씹어서는

대한민국 서민이라면 누구나 즐겨 마시는 소주, 지금은 여성까지도 즐겨 마시는 소주가 됐지만 소주를 따라 마시는 소주잔 하면 흔히 크리스털 소주잔을 떠올리기 마련 아닐까.

그런 크리스털 소주잔의 강도는 어느 정도 될까?

이를 아는 주당들은 그리 많지 않을 것이다.

한데 이 크리스털 잔을 어금니로 바싹바싹 씹어 피 한 방울 흘리지 않은 채 가루를 낸다면 믿어질까? 물론 유능한 차력사나 숙달된 마술사가 눈 속임수로는 가능할지 모른다.

김준서는 안소산 교수가 크리스털 소주잔을 씹어 자기 얼굴에다 대고 퉤퉤 뱉는 학과 교수가 있다는 말을 했을 때, 믿으려고 하지 않았었다. 조직 폭력배라면 몰라도 조폭도 아닌, 더구나 지성인이라고 자타가 인정하는 대학 교수가 다른 장소도 아닌 학과 교수 회식 석상에서 학과 동료교수에게 소주잔을 씹어 상대방의 얼굴에 뱉었다면 누가 믿을 것인가. 아마도 믿는 사람은 없을 것이며 있다고 해도 극히 드물 것이다. 아니, 믿는다고 해도 되레 황당하다거나 허상을 이야기하고 있다고 할 것이다.

더욱이 감성을 창조의 생명으로 하는 예술, 회화과 교수가 그랬다고 한다면 말할 나위조차 없다.

조직 폭력배라도 그렇다. 폭력배 중에서도 최고의 악질 폭력배가 아니면 그런 무모한 짓을 할 리도 없다. 그런 짓을 하려면 오랜 연습과 반복으로 소주잔을 씹는 비법을 터득해야 할 것이며 그렇게 터득한 비법으로 소주잔을 깨물어 뱉었다면 상대방에게 겁을 주거나 위협하기 위한 수단일 것이 분명했다. 비록 그렇다고 하더라도 소주잔을 씹어 가루를 내자면 입안에 피가 흥건하게 배야 하는데도 피 한 방울 묻히지 않고 상대방에게 뱉었다면 굉장한 차력술을 연마하지 않는다면 불가능할 것이었다.

그런데 이는 숨길 수 없는 사실이었다. 그는 회화과 안 교수를 통해 귀에 딱지가 앉을 정도로 들었으니까.

김준서와 안 교수와는 입사 동기나 다름없었다. 단지 김준서는 전임강사로 발령을 받은 데 비해, 안 교수는 유명세에 비해 석사 학위가 없어 시간 강사로 강단에 선 차이는 있었다.

게다가 둘 다 집이 서울이었으니 매주 D시를 오르내리면서 기차나 버스에서 만나 친분까지 쌓았다.

한번은 청량리역에서 내렸을 때였다. 평소 같으면 뿔뿔이 헤어져 자기 집으로 가기 바빠 인사만 나누었을 텐데 그날따라 안 교수가 먼저 김준서의 어깨를 툭 치는 것이 아닌가.

“김 교수, 우리 아무데나 들어가 한 잔 때리고 헤어지지.”

“안 교수님, 무슨 기분 좋은 일이라도 있습니까?”

“김 교수는 좋은 일이 있어야 술 한 잔 하나.”

“그렇다면 안 교수님, 좋습니다. 어디든지 들어갑시다.”

역 부근이라 술집들이 즐비했다.

안 교수는 술집으로 들어서서 주문도 하기 전에 어이가 없다는 표정부터 지었다. 김준서는 술을 한 잔 하자고 했을 때부터 안 교수에게 무슨 일이 있었다는 것을 지레 짐작을 했었는데 표정을 볼수록 더욱 의아심이 들었다. 무슨 일이 있었던 게 분명하다고.

그런 의아심은 안 교수가 곧 털어놓아 이내 풀렸다.

“김 교수, 내 이야기 좀 들어봐. 창피하고 자존심이 상해 말하지 않으려고 했었는데 도저히 참을 수가 없어 당신에게만 털어놓는 거야. 해서 한 잔 하자고 했어. 당신이야 주먹도 세고 대차니까 나 같은 일은 당한 경험이 거의 없을 거야.”

김준서는 흥분한 안 교수를 일단 진정시켰다.

“안 교수님, 시간이 많으니까, 한 잔 때리면서 천천히 이야기합시다. 밤을 새워서라도 다 들어줄 테니까.”

"술 마실 기회는 앞으로 얼마든지 있겠지. 그러나 이런 말을 할 기회는 이번이 처음이자 마지막일 거야."

김준서는 안 교수가 좀체 흥분하는 성격이 아님을 알고 있었다. 그런데도 안 교수가 저렇게 흥분하다니, 좀체 있을 수 없는 억울한 일을 당한 것이 분명하다는 생각이 강하게 들었다.

술이 나오자 안 교수에게 먼저 따라줬으나 그는 애주가인데도 술잔을 좀체 입에 대지 않고 만지작거리기만 했다.

"자, 한 잔 들고 보지요. 어서 듭시다."

그런데 안 교수는 술잔만 부딪치고 그냥 내려놓는다.

김준서는 말하고 싶은 사람에게 술보다는 사연을 들어주는 것이 예의라고 생각하고 말을 하도록 침묵을 지켰다.

"김 교수, 들어봐. 만약 공식적인 회식자리에서 학과 교수가 소주잔을 씹어 김 교수의 얼굴에 뱉었다면, 당신은 어떻게 하겠어? 그냥 당하고만 있어야 해, 아니면 그 자리에서 치고 박아야 해?"

"내가 그런 일을 당했다면 치고 박고도 남았지."

"물론 김 교수는 그랬겠지. 그런데 나는 성격상 그렇게 하지 못하고 계속 당하기만 했어. 그렇다고 어디 호소할 데도 없고…"

"그 심정 알 만해요. 이해한다고. 나도 처음 D시에 와서 참 많이도 당했으니까. 그런데 안 교수님…"

"김 교수를 붙잡고 호소하는 내가 초라하게 보이지?"

"초라하기는… 그럴 수도 있지."

안 교수가 털어놓은 이야기는 대학 사회에서 정말 그런 일이 있을 수 있을까 싶게 충격적이었다.

DN대학은 대통령 후보 선거공약으로 4년제 국립대학으로 승격되면서 회화과가 개설된 것도 요지경인 데다 교수진 또한 확대경이라고 할 수 있었다.

DN대학이 2년제 교육대학에서 초급대학으로 개편되면서 강사였던 송호석은 운 좋게도 전임으로 발령을 받았다. 대학원을 졸업하기도 전이었고 갓 스물 셋이었다.

송 교수의 전공은 조소로 교양미술을 담당했다.

4년제 국립대학으로 승격될 때 신청학과는 7개 학과에 지나지 않았는데도 그는 처세술의 달인답게 회화과를 개설하는 수완을 보였다. 그리고 학과가 개설되자 학과 지킴이를 자처하며 교수 채용에 전권을 휘두르면서 해마다 모를 심듯이 자기 사람을 심었다.

그러다 보니 후배만 심어 지탄의 대상이 되었다.

해서 울며 겨자 먹기로 모양새를 낸 걸작품이 S대 출신을 교수로 채용했는데 그가 바로 안소산이었다.

안 교수는 행운을 얻었다고 자위했다.

그러나 알고 보면 자존심이 상할 수도 있는 생색내기요 구색 맞추기에 이용당했을 뿐이다.

한데 안소산이 채용된 결정적인 이유는 따로 있었다.

채용면접 때 보니 사람이 나약하고 착해 보이는 데다 시키는 대로 고분고분 말을 잘 들을 것 같아서 채용된 계기가 되긴 했으나 석사학위 미소지자로 당분간 시간이나 주면서 학과의 이미지를 제고하는데 필요한 인물이기 때문이기도 했다.

회화과 기존 교수는 대외에 내세울 만한 인물이 없는 데다 지방 작가로만 활동하고 있었다.

안소산이 학위가 없다고 하나 전국적인 화가였기 때문에 대외용과 신입생 유인책으로 이용하는 데 있었다.

안 교수는 국전에서 특선은 물론 연속 9회에 걸쳐 입상하는 실력을 보였으며 초대작가로 입지를 확고히 다진 데다 전국적인 화가로 한창 유명세를 타고 있었다.

김준서로서는 안소산과 서울을 버스나 기차로 오가면서 이야기를 하다 보니 자연스레 친하게 되었다. 게다가 안 교수는 김준서가 졸업한 대학의 교육대학원에 적을 두고 있는 것을 알고부터 보다 관심을 가지게 되었다.

뿐만 아니라 안소산이 학위논문을 쓸 때, 문장력이 없는 그의 논문을 정리해 주면서 친한 사이가 되었으며 그의 성격에 대해 누구보다도 잘 아는 사이가 되었다.

안소산은 학위를 받자 전임강사로 발령을 받았다.

이제 전임이 되었으니 신분상의 불이익은 없게 되었고 학과 교수들에게 눈치나 보며 허리 굽힐 이유도 없었다.

문제는 바로 여기에 있었다. 송호석 교수는 나름대로 시간

강사에서 전임강사로 발령을 받기까지 물심양면으로 도와줬는데도 안소산이 고맙다는 인사 한 마디 없는 것을 서운해 했으며 괘씸해서 꽁 하고 있었다.

기회 있을 때마다 귀에 들어가도록 싸가지가 없다거나 인사성이 없다고 비난하는 말을 서슴지 않았으나 사람이 맹한 탓인지 안 교수는 이를 눈치 채거나 알아차리지 못했다.

김준서가 보기에는 안 교수 편도 문제가 있는 듯했다.

눈 딱 감고 송호석 교수를 찾아가 고맙다고 인사라도 했으면 그렇게 당하지는 않았을 것이다.

아니었다. 한국 제1로 알려진 투계라도 한 점 선물했다면 사정은 달라졌을지도 모를 일이다.

안 교수는 당연히 내 실력으로 전임이 되었는데 인사할 이유가 없다는 쓸데없는 자존심을 내세웠다.

김준서가 투계라도 한 점 가지고 찾아가서 인사를 때우라고 했는데도 그는 그렇게 하지 않겠다고 고집 피웠다. 찾아가 인사해도 그 인간에게는 결과는 마찬가지라고 우겼다.

고집치고 꽉 막힌 맹꽁이 고집이었다.

안소산의 말을 빌리면, 인사는 한낱 핑계에 지나지 않았으며 핵심은 남 잘 되는 것이 배가 아파 못 참는 데 있다고 했다.

송호석 교수는 국전에 입상한 경력도 없는데다 업적마저 미미해서 초대작가나 추천작가가 되고 싶어도 될 수 없어 사사건건 시비를 걸고 못살게 군다는 것이었다.

안 교수가 전임이 된 지 얼마 되지 않아 공식적인 학과회의를 마치고 학과 교수 전원이 참석한 회식자리에서였다.

송 교수나 안 교수나 술이라면 둘째가라면 서러워할 주당들이었다. 빈 소주병이 예닐곱 개 나돌 무렵이었다.

송 교수는 술을 핑계로 시비를 걸었는지는 모르겠으나 속 보이는 트집을 잡았다.

그는 나이로 보아 안 교수보다 5, 6년 아래인데도 학과 선임이라는 이유로 해라를 해대며 모욕을 주기 시작했다.

"안 교수, 아니 교수는 무슨 교수, 당신 영 싸가지가 없어."

"……?"

안 교수는 너무나 어이가 없어 대응할 말조차 잊었다.

"야 임마, 내 말이 말 같지 않아, 반응이 없게?"

"……!"

안 교수는 듣다못해 자리에서 벌떡 일어서서 나가려고 했다.

"어디서 일어서? 회식도 끝나지 않았어. 앉으라고."

그러면서 힘으로 눌러 앉히는 것이었다.

안 교수는 나약한 몸매이기 때문에 어쩔 수 없이 주저앉히는 대로 주저앉고 말았다. 주저앉기가 무섭게 송 교수는 앞에 있는 크리스털 소주잔을 집어 들더니 나 보란 듯 입에 집어넣고 버쩍버쩍 깨무는 것이 아닌가. 소름이 끼칠 정도로 어금니에서는 사기 가는 아주 불쾌한 소리가 났다.

그는 씹어 가루가 된 컵 조각을 안 교수의 안면을 향해 퉤

퉤 뱉었다. 퉤퉤 뱉는데도 피 한 방울 비치지 않았다.

"앞으로 내 말이라면 깜박 죽어지내. 알겠어?"

송 교수는 일체 대항하지 못하게끔 협박까지 했다.

안 교수는 그런 모욕을 받은 적이 일찍이 없었는데도 저항은 커녕 못마땅한 기미조차 내비치지 못했다. 그가 그렇게 무기력할 수밖에 없었던 것은 텃세요, 타향살이 탓인지도 모른다.

송호석 교수의 이런 행동은 한번으로 끝난 것이 아니었다. 안 교수를 먹던 떡으로 알고 회식자리마다 고정적인 레퍼토리가 되곤 했으나 그런데도 안 교수는 대거리 한번 못하고 당하기만 했던 것이다.

김준서는 듣고 있자니 울화가 치밀어 들을 수 없었다.

"집단 따돌림이라도 당한 거야? 왕따를 자청한 거야? 참는 것도 분수가 있지. 그래, 소주잔을 들어 눈두덩이라도 후려치고 나오지 당하고만 있었어? 대항하지 않으니까, 이지매처럼 강자가 약자를 괴롭히듯이 상습적으로 그러잖아. 그런 인간은 낯 뜨거운 거동을 봐야 그만둔다고. 물고 늘어지기라도 하지 그랬어?"

"김 교수, 교수 체면에 어떻게 그럴 수 있어?"

"교수 좋아하시네. 그런 교수해서 뭣해! 당장 때려치우지."

"그러면 김 교수가 내 대신 복수 좀 해줘."

"나한테 걸려들기만 해 봐. 뼈다귀를 추려놓을 테니까."

그로부터 안 교수는 송 교수에게 소주잔을 씹어 얼굴에 뱉는 수모를 수도 없이 당한다. 그런데도 대거리 한번 하지 못한 채 고스란히 수모를 당하기만 했다.

≒ 어느 날 갑자기 미모의 신임교수가

지금이 얼마나 밝은 세상인데 어느 날 갑자기 미모의 싱글 신임교수가 귀신 씨나락 까먹듯이 쥐도 새도 모르게 사라질 수 또 있을까? 그것도 강의가 진행되고 있는 학기 중간에.

배선희 교수는 어디 내놓는다고 해도 손색없는 미모를 지녔다고 할 수 있다. 나이보다 앳돼 보이는 데다 실력까지 갖춘 재원, 게다가 매력적이며 호감을 주는 인상까지 지녔다.

해서 과정이야 어찌 되었든 그네를 채용한 것은 학과로 보아 복덩이가 공짜로 굴러온 셈이었다.

배 교수는 중앙 무대에서 활동하는 데다 발이 넓어 제자를 소개시켜 주거나 취직을 시키는 데는 그만한 사람도 없었다.

김준서는 신임교수가 채용되었는데도 그네와는 정식으로 인사를 한 적이 없었다.

오다가다 마주치면 눈인사 정도를 빼고는.

그런데 개학한 지 3주쯤 지났을까.

기억으로는 아마 그 무렵이 맞을 것이었다. 학장으로 부임한 허기진 교수가 강당이 없어 노천인 구름다리에서 학장 취임식을 가진 지 사흘 뒤였으니까.

김준서는 신임인 배선희 교수가 학기 도중에 강의를 하다 말고 한 마디 말도 없이 사라진 이유를 알 수 없었다.

이유를 알 수 없다고 하면, 김 교수를 이상하게 여길지 모르겠으나 배 교수가 같은 학과 교수로 채용되어 3주나 강의하고 있었는데도 정식으로 인사를 나눈 적이 없었기 때문이다. 눈짐작으로만 채용되어 강의를 하나 여겼을 뿐.

그만큼 배선희를 채용하는데 있어 김준서 뿐만 아니라 학과 교수들마저 철저하게 배제 당했으며 이정타 교수가 움켜쥐고 쥐락펴락하면서 입맛대로 채용을 했던 것이다.

국립대학 교수 채용에 있어 비리나 문제점이 얼마나 비일비재했으면 김준서가 전임으로 채용된 지 1년 사이, 방침이 확 바뀌었다. 교육부(교육과학기술부의 전신)가 강력한 지시사항의 하나로 공개채용을 강권했으며 중앙 일간지에 광고를 내고 응모자를 대상으로 공정한 심사를 하라고 지시했다.

뿐만 아니라 교수 채용에 있어 말썽이나 비리가 접수되는 즉시, 해당 대학에 감사를 실시해서 적발 시에는 해당 교수의 형사고발은 물론 해당 대학에 치명적인 불이익을 준다고 엄포까지 놓았었다.

그러나 그것은 어디까지나 엄포에 지나지 않았다.

여전히 학과나 대학에서는 사람을 정해놓고 형식적인 절

차인 교수채용 광고를 내고 교수를 채용했다. 채용하는 데 있어서도 법학과 출신 빰칠 정도로 지식을 악용하는 지능범이 되어 서류상으로는 사전에 전혀 하자瑕疵가 없도록 감사에 대비했기 때문에 족집게 감사에도 적발되지 않았다.

이처럼 알게 모르게 묵계가 있었기 때문에 광고를 보고 채용서류를 낸 사람들만 내막도 모르고 들러리를 서는 들러리꾼으로 전락, 본의 아니게도 불쌍한 사람이 된 예가 흔했다.

이정타 교수는 학과회의에서 잘라 말했었다.

"당신들은 내가 특별채용으로 데려다 놓았으니 이번 채용에 있어서도 일체 관여하지 마시오."

학과 교수들은 "아, 네. 그렇게 하시지요."가 고작, 그것으로 교수채용심사 학과회의는 끝이었던 것이다.

이정타 교수는 김 교수를 연구실로 따로 불러 다그쳤다.

"거듭 강조하는데 김 교수는 내가 특별 채용했으니 이번 교수 채용에도 끼어들지 마. 내가 알아서 뽑을 테니까."

일방적인 통보요 협박이나 다름없었다.

김준서는 둘 사이에 썸싱이 있다고 해도 너무한다는 생각까지 했으나 이 교수의 성질을 너무나 잘 알기 때문에 관여하라고 해도 손사래를 치며 빠지고 싶은 것이 솔직한 심정이었다. 만약 관여한다고 해도 로보트, 이 교수가 시키는 대로 하지 않으면 주먹질에다 ×새끼, 배신자 소리를 수도 없이 들을 것이 뻔했기 때문에 오히려 잘 됐다 싶었었다.

사실이 그러했다.

DN대학에서 최후의 사무라이란 별명을 듣는 이 교수가 어떻게 주물러서 채용하든 전임강사인 김준서로서는 아예 관여하지 않아야 앞으로 직장생활이 편할 것이었다.

"알았습니다. 선생님께서 좋으실 대로 하십시오."

김준서는 좋은 사람이나 채용해서 학과 인화를 깨뜨리거나 분위기를 흐리지 않았으면 하는 것이 바람이었다.

그랬으니 김준서로서는 채용서류를 구경도 못했으며 두 사람 사이, 어떤 썸싱이 있었는지 전혀 모를 수밖에.

이정타 교수는 이규학 학장과는 둘도 없는 사이였다.

그런 짝짜꿍이 맞아떨어져 위인설과爲人設科로 한국어문학과를 개설했다(당시만 해도 교수채용에 있어 교육부의 간섭을 거의 받지 않았기 때문에 특별채용이 가능했다). 이 교수는 학과를 개설한 뒤, 자기 마음에 드는 사람을 골라 학장에게 추천하면 바로 채용될 정도로 DN대학 내에서 막강한 파워를 자랑했다.

이정타 교수가 채용한 사람은 셋이었다. 김준서도 그런 케이스로 채용된 교수 중의 한 사람이었다.

김준서가 교수로 채용된 데는 사형舍兄의 힘이 절대적이라고 할 수 있었다. 사형과 이 교수의 인연은 매우 끈끈했으니까. 6.25 전쟁 바로 이듬해였다. 사형이 교장과의 마찰로 S고교를 그만 두고 김천에 있는 K고교로 전근을 가면서 취직하기가 하늘의 별 따기보다 어렵다는 시절, 후임으로 대학

후배인 이정타를 추천했다. 또한 사형이 전남에 있는 국립 J 대학교에서 서울에 있는 D대학교로 옮기면서 이정타에게 대학원 진학을 권유했고 지도교수를 맡기까지 했다.

이정타가 석사학위를 받자 DN대학의 전신인 교육대학에 전임으로 발령을 받은 것은 사형의 덕이라고 할 수 있다.

그런 깊은 인연이 있었기 때문에 김준서는 전혀 연고가 없는 DN대학에 전임이 될 수 있었다.

전임으로 발령을 받는 데는 이런 에피소드도 있었다.

김준서는 사형의 소개를 받고 이정타 교수와의 첫 통화부터 불협화음이 발생했다.

당시 그는 3개 대학 대학원 박사과정에 합격했기 때문에 학위를 받고 나서 전임 가능성 여부에 따라 등록을 하려고 저울질을 하고 있어서 이력서에 삼 개 대학 대학원 박사과정에 합격했다고 기재한 것이 문제의 발단이었다.

이정타 교수로부터 전화가 왔다.

김준서는 취직 문제가 달려 있어 잔뜩 긴장해서 받았는데, 받자마자 수화기에서 대뜸 불쾌한 말부터 흘러나왔다.

"당신, 나한테 사기를 친 거 아냐? 세 개 대학원에 합격을 했다니, 그걸 누가 믿어. 한 개 대학원에만 합격했다고 써야지."

김준서는 너무나 황당해서 말이 나오지 않았다.

"교, 교수님, 제가 사기를 치다니요, 그것도 말이라고 합니까. 합격한 사실을 기재한 것에 지나지 않습니다."

"야 이 새끼야, 이런 엉터리 이력서를 가지고 내가 어떻게 학장한테 내밀어. 이 새끼야, 당장 때려치워."

"한 대학원만 합격한 것으로 해서 다시 써 드리겠습니다."

"야 임마, 너 같은 ×새끼는 필요 없어."

김준서도 한 건 한다면 하는 성질인데 아무리 취직을 부탁하는 처지라고 하지만 화가 욱하고 치밀어 오른데다 무학대사의 고사가 생각나서만이 아니라 전화를 걸어 한 마디 했다.

"교수님, 저는 ×새끼가 아니고 사람입니다. 그리고 ×새끼니까, ×새끼 소리를 하는 것은 아닌지 모르겠습니다."

"너, 방금 나한테 뭐라 캤어? 나한테 그래, ×새끼라고?"

그러면서 이 교수는 전화를 끊어 버렸던 것이다.

그런 일이 있었는데도 김준서가 전임으로 채용되었으니 사형과 이 교수와의 관계가 얼마나 끈끈했는지 알 만했다.

그런데 알음알음을 통해 전임이 되었다고 해서 결코 좋은 것만은 아니었다. 그로부터 김 교수는 이정타 교수로부터 주먹을 불끈 쥐고 때리려고 달려들거나 발로 차는 시늉이며 ×새끼나 배신자 소리를 수도 없이 듣게 된다.

김준서는 배선희가 강의를 그만두게 된 의문은 일주일이 못 가 풀렸던 것이다.

그것도 우연히 화장실에서 학장과 부딪치는 바람에.

김준서는 화장실에서 허기진 학장과 마주치자 주눅이 들

었다고 할까. 그는 몹시 당황했다.

허 학장이 배설하고 있는 김 교수에게 인사를 해서.

"김준서 교수, 안녕하시오?"

그 순간, 김준서는 화장실에서 어색하게, 그것도 한창 배설 중에, 아니 전임강사가 예상도 못한 콧대 높은 학장과 부딪쳐 당황한 데다 이런 경우, 인사를 하는 것이 예의인지 아닌지 판단할 수 없었다. 게다가 윗사람이 먼저 인사를 하는데 받아야 할지, 말아야 할지 몰라 판단이 서지 않아 "아, 네!…" 하고 얼버무려 버린 것이 그만 말꼬리를 잡히고 말았다.

허 학장은 모임이 있을 때마다 윗사람이 "안녕하시오?" 하고 인사를 하면 손아래 사람은 "안녕하십니까?" 하고 인사하는 것이 예의인 데도 김준서 교수는 버릇없이 "아, 네." 하고 당연하다는 듯이 받더라고 비아냥의 대상이 되었다.

허 학장은 일을 끝내고 나가면서 한 마디 던졌다.

"김 교수, 강의가 없으면 내 방에 와서 차 한 잔 하지?"

김준서는 "네, 학장님. 그렇게 하겠습니다." 하고 대답했으나 속으로는 조금도 달갑지 않았다.

당시만 해도 DN대학은 권위의 화신처럼 학장이 술을 권하면 나이 많은 교수라도 너무나 황송해 하며 무릎을 꿇고 술을 받을 정도였으니까. 그랬으니 죽는 시늉이라도 해야 하는 자리에 가서 차 한 잔 한다는 것이 염라대왕 앞으로 끌려가는 신세나 다름없을 수밖에.

어떤 교수는 전공이 같은 학과 교수가 학장으로 부임했으니 학과 사정을 누구보다도 잘 알 것이며, 여러 가지로 도움을 많이 줄 텐데 좋지 않겠느냐고 오히려 부러워했다.

그러나 김준서의 생각은 전혀 달랐다. 전공이 같으면 학과의 생리를 누구보다도 잘 알 것이다. 따라서 학과를 좌지우지하려고 들면 피를 보는 사람은 타 대학 출신 교수들이며 김준서 자신이 타켓이 될 수 있겠기 때문이다.

김준서의 이런 예상은 K대 국어국문학과 교수가 학장으로 온다는 것을 알고부터 예감한 일이었다.

그는 DN대학에 부임한 지 반년이 지났는데도 질식할 것만 같은 도시, 고리타분한 도시인 D시에 내려오기만 하면 나흘 밤이나 잠을 자지 못해 꼬박 밤을 새우다시피하고 상경해서야 비로소 잠을 자게 되는 스트레스를 받고 있었다.

게다가 2학기 들어서도 그런 불면증에 시달리고 있었기 때문에 남들이 차돌같다는 건강마저 악화되어 갔다.

감기쯤이야 대수롭지 않게 여기고 그냥 뒀더니 그것이 악화되어 병명도 모르는 열병에 시달리게 되고 급기야 개학을 앞두고 입원까지 하게 되었다.

보름이나 입원해 있으면서 검사를 받았으나 원인을 알 수 없는 열병으로 얼음만 끌어안고 지내다가 개학이 다가오자 완쾌되지도 않은 채 퇴원한 것이 무리였다.

몸이 온전하지 않은데도 신학기인 점을 감안해서 수업을

강행하다가 새로 온 학장의 취임식이 있은 지 이틀 뒤, 또 입원했다. 입원 중에 허기진 학장과 한국어문학과 교수들의 상견례가 있었으니 부득이 빠질 수밖에 없었다.

그런데도 권위를 신주단지처럼 여기는 허 학장은 김준서가 입원하는 바람에 참석하지 못했는데도 고의로 빠진 양 속으로 칼을 갈고 있었다.

김준서가 퇴원해 학교에 나오자 학과 상견례 때 빠졌기 때문에 학과장인 이 교수가 학장실로 데리고 가서 인사를 시켰다. 김준서가 학장실로 들어섰기 때문에 인상이 변했는지는 모르겠으나 허 학장의 얼굴은 전날 과음해 숙취가 덜 깬 사람처럼 불그레해서 호감 가는 인상은 결코 아니라는 느낌부터 들었다.

취임식 때 본 학장의 인상 그대로 가까이 본 인상도 다를 게 없는 다혈질의 소유자라고 할 수 있었다.

김호정 교수는 허 학장의 인상을 두고 "세상에 저렇게도 인상이 좋을까, 인상 하나는 내세울 만해." 하고 좋게 보았으나 김준서는 "저런 인상은 신경질적이며 개차반 성격이야." 하고 우긴 기억이 떠올라 쓴웃음을 지었다.

"죄송합니다. 부득이한 사정으로 상견례 때 빠졌습니다."

"김 교수, 부득이한 사정이 있다고 해도 상견례에 빠진다는 것은 대인관계에 문제가 있는 것이 아니겠소?"

허 학장은 겁부터 주고 보자는 심사가 발동했다.

"학장님 말씀, 앞으로 명심하겠습니다."

김준서는 허 학장과의 첫 대면부터 꼬이기 시작했다. 아니었다. 허 학장은 구상한 포석에 따라 반상에 돌을 놓고 있었는데 김 교수가 이를 눈치 채지 못했을 뿐이다.

어색한 분위기가 되자 이정타 교수가 화제를 돌렸다.

"김 교수는 D대학 김준동 교수의 계씨입니다."

김준동 교수는 전국적으로 알려진 교수라고 할 수 있다. 특히 고전소설 분야에서는 자타가 1인자로 인정하고 있었다.

김준서는 소개될 때마다 D대학 김준동 교수의 계씨로 소개되기 일쑤였는데 그것이 불만이기도 했다.

"아, 그래요. D대학 김 교수라면 나도 잘 알고 있지요. 국어국문학회 회장 선거 때, 영남지방에서 몰려가 회장으로 당선시켰지요. 지금도 김 교수 백씨는 술을 잘 하시는가?"

"아, 네. 여전하십니다."

"한번 내려오시라고 해요. 내겐 좋은 차도 있겠다, 1호차에 태워 다니면서 후히 대접할 테니까. 그리 전하게."

"학장님, 그렇게 말씀 전하겠습니다."

"내가 학장으로 오기 전, 김 교수에 대해 많이 알아 봤어요. 학생들에게 인기 있는 교수로 존경을 받는다고?"

"아, 아닙니다, 학장님. 제가 무슨…"

김준서는 그렇게 말했으나 허 학장은 무서운 사람임을 직감했다. 이런 사람에게 한번 걸려들면 박을 수도, 뺄 수도 없으며 심지어 뼈도 추릴 수 있음을 간파했다.

김준서는 태어날 때부터 감성이 부족한 아이로 태어난 탓인지 곧이곧대로 하는 성격인 데다 아부라는 것을 몰랐다. 해서 아부 근성이 있는 교수는 학장이 차 한 잔 하자고 하면 깜박 죽을 수도 있었으나 첫 대면부터 탐탁지 않은 사람으로 인식이 박혀 단독으로 차를 마신다는 것이 반가울 리 없었고 무슨 말꼬투리를 잡고 늘어질지 몰라 불안하기까지 했다.

김준서가 자리에 앉기도 전에 학장은 반문부터 했다.

"내가 김 교수를 왜 불렀는지 짐작해 봤어?"

"생각해 보지 않았습니다."

"궁금할 게야. 궁금할 테지. 내 말해 주지."

허 학장은 말끝마다 시비조여서 김준서는 예상했던 대로 말꼬리나 잡히지 않을까 해서 마음이 조마조마해졌다.

"……"

"내 귀띔해 줄 것이 있어 오라고 했네. 이정타 교수, 그 사람 알고 보니, 인간도 아니더군. 철면피도 이만저만이 아니데. 배선희 있잖아. 그 여자, 내가 강의를 그만 두게 했어. 내가 누구야. DN대학에는 박사 소지자가 하나도 없는데 나만 박사야. 그것도 국어학 박사야. 그런데 배선희의 석사학위논문을 검토해 보니 국어학과는 거리가 멀어. 이 교수가 야로를 부려 순 엉터리를 뽑았다고. 해서 내가 불러 그만 두게 했지. 당신만 알고 있어."

"아, 네… 학장님, 알겠습니다."

순간, 김준서는 배선희가 갑자기 사라진 이유를 비로소 안 것과 동시에 우려했던 것이 현실로 다가왔음을 직감했다.

김준서는 매력적이고 사람 좋아 보이는 배선희가 불쌍하고 측은해 보였으나 도와줄 수 없어 안타까운 마음만 짠했다.

그는 학장실을 나와 연구실로 돌아와서 삼류 소설가의 기질을 발휘해 미래를 예측해 보았다.

허기진이 K대 국어국문학과 교수로 이십여 년 근무하다 학장으로 왔으니 학과에 대해 일일이 간섭할 것은 뻔하며, 특히 제자가 많아 교수채용에 있어서는 자기 제자를 집어넣기 위해 학과를 좌지우지할 것임은 불을 보듯 뻔한 것임을.

그리고 어느 날 갑자기 배선희처럼 자신도 그런 처지가 되지 말란 법은 없을 테니까 하는 생각들.

당장 그만 두라는 소리에 배선희의 심정은 어떠했을까?

채용원서를 내고 심사를 거쳐 교수로 채용되었으니 그 기분은 짐작할 수 있다. 김준서도 그런 경험을 2년 전에 했으니까. 이정타 교수와는 어떤 썸싱을 주고받았는지 알 수 없으나 오랜 꿈이었던 대학 교수가 되었으니 그네도 좋아했을 것이 분명했다.

그런데 허기진 학장이 당장 그만 두라고 했을 때의 배선희의 심정은 짐작조차 가지 않았다.

'인간사 호사다마'라고, 배선희가 그런 경우였다.

이정타 교수와 인연이 닿아 교수로 채용되어 수속을 밟아 전임강사로 임명되는 과정에서 마가 끼어든 것이 바로 신원진술서였다. 신원진술서가 늦게 도착하는 바람에 이규학 학장이 임명하지 못한 채 이임하고 허기진 교수가 학장으로 취임했던 것이다.

불행은 여기서부터 비롯했다고 할 수 있다.

공교롭게도 허 학장은 국어국문학과 교수 출신이다. 그것도 국어학 전공이었으니 국어학에 대해서는 딴에는 대한민국에서 둘째가라면 서러워할 위인이 학장으로 부임했으니.

게다가 대학원에서 직접 길러낸 국어학 전공 제자만도 수십 명, 그 중에서도 학장으로 부임한다는 소식을 듣고 찾아와서 전임을 부탁한 제자만도 숱할 것이었다.

그런 처지에 석사학위 논문이 비록 우수하다고 해도 임명권을 가진 학장으로서 트집을 잡을 만한데 논문마저 형편없다면, 물론 이는 핑계에 지나지 않겠지만 이를 꼬투리로 임명해 줄 리 만무했으며 배선희는 뒤로 넘어져서도 코를 깬 셈이었다고 할까.

그날따라 배선희는 평소처럼 강의를 끝내고 연구실로 들어섰다. 연구실로 들어서기가 무섭게 전화벨이 요란하게 울렸다. 그네는 별 생각 없이 수화기를 집어 들었다.

"여보세요. 한국어문학과 배선희입니다."

"부속실 이입니다(허 학장이 데려온 부속실 직원 이는 한 달 뒤 영어영문학과 전임강사로 발령을 받는다). 학장님이 찾으십니다."

전화 목소리는 너무나 퉁명스러워 불쾌할 정도였다.

"알겠어요. 지금 곧 가겠습니다."

우리 옛말에 '한 치 앞을 내다볼 수 없다'는 속담이 있다.

얼마나 앞날이 불안했으면 이런 잠언까지 생겼을까.

배선희 교수가 그랬다. 그네는 별 생각 없이 학장실로 들어섰다. 학장실로 들어설 때는 별다른 생각을 하지 않았으나 나갈 때는 천붕지괴天崩地壞, 바로 그것이었다.

"당신, 당장 강의를 그만 두고 보따리를 싸란 말이오. 알아듣겠소? 그리고 학교를 떠나시오. 당신 논문 보니까 국어학과는 거리가 멀어. 그런 논문을 가지고 대학 강단에 서려고 했다니."

배선희는 그만 혼절했고 또한 이명이 되어 쨍쨍 울렸기 때문에 학장이 무슨 소리를 했는지 기억할 수 없었다.

"하, 학장님, 지금 무, 무슨 말씀을 하셨습니까?"

"사람이 이렇게도 맹해, 말귀 하나 알아듣지 못하나? 당신 임용해 줄 수 없다고. 당신 논문을 보니까 논문 같지도 않아. 그런 논문으로 어떻게 교수가 되려고 했어? 당장 보따리를 싸라고."

배선희는 바보 맹추가 된 심정이었다.

"하, 학장님, 전임 학장이 결정하지 않았습니까. 해서 저는 다니던 직장에 사표까지 제출했습니다. 그리고 3주나 강의를 하고 있는데 무슨 의도로 말씀하시는지 저로서는 이해할 수 없습니다."

"전임 학장이 하자가 있어 발령을 내지 못했는데 나라고 발령을 내 주겠어. 그러니 그만 두라는 게요."

배선희는 입술이 파르르 떨리다 못해 굳어 버렸다.

"학장님, 저는 신원진술서가 늦게 도착하는 바람에 발령을 내지 못한 것이라고 알고 있습니다만…"

"그건 당신 생각이고. 난 할 말 다했으니까, 나가 보시오."

배선희는 오금조차 떨어지지 않았다.

"젊은 여자가 왜 이렇게 미적거려, 미적거리기를?"

배선희는 눈앞이 노랗게 되어 학장실을 나왔으나 제 정신이 아니었기 때문에 어떻게 나왔는지 기억나지 않았다.

그네는 S대 사대를 졸업하고 공립 고등학교를 전전하면서 실력도 인정받고 학생들에게도 존경을 받으며 생활을 했다. 그러면서 바른 말, 고운 말 방송 코너에 단골로 출연을 해서 우리말 지킴이 노릇을 하면서 활동을 하기도 했다.

그것이 계기가 되어 교직생활을 하면서 우리말에 애착을 가졌으며 대학원에 진학을 해서 국어학을 전공했다.

석사학위를 받은 바로 그해였다.

그네는 운 좋게도 국립인 DN대학에 전임강사로 채용되어 사표를 내고 대학 강단에 서서 열정적으로 강의를 하다 3주 만에 떨려났으니 기가 찰 일이었다.

이제 남은 길은 이정타 교수를 찾아가 보는 수밖에 없었다. 배선희는 이 교수 연구실에 불이 켜져 있어 노크했다.

"교수님, 배선희입니다. 들어가도 되겠습니까?"

"어서 들어오시오, 배 교수."

배선희가 자리에 앉기도 전에 이 교수가 먼저 말을 꺼냈다.

"그렇지 않아도 배 교수를 만나려고 했던 참이오. 배 교수, 학장을 만나셨지요? 그래, 그 인간이 뭐라고 주절댑디까?"

"그만 두라는데, 무슨 뜻인지 모르겠습니다."

"나도 배 교수 때문에 불리어 갔었소. 말도 되지 않는 소리를 하기에 한 판 붙었소. 전임 학장이 결정하고 신원진술서 도착이 늦어 임명하지 못한 것을 두고, 이를 인정하지 못할 뿐만 아니라 임명해 주지도 않겠다고 하니, 대낮에 날강도를 만난 셈이오."

"……"

"나로서는 배 교수를 위해 최선을 다했소. 그런데 배 교수나 나나 운이 없소. 지독한 사람을 만났으니. 학장 그 새끼, K대에서도 개뼈다귀라고 소문이 자자했다고. 그런 돼 먹지 않은 인간에게 걸려들었으니, 운이 억세게 없다고 할 밖에."

"……"

"배 교수, 공관으로 찾아가 사정하는 수밖에 더 있겠소. 학장으로 오기 위해 돈 좀 썼다는 소문이 자자하니… 그리고 배 교수, 당신 그 미모 어디에 써 먹겠어. 그 미모로 학장을 삶으시오. 갖은 애교 다 떨어서라도 구워삶으란 말이오."

연구실로 돌아온 배선희는 어떻게 해야 할지 참으로 암담했다. 아무리 생각해도 길이 보이지 않았다. 그렇다고 이제 와서 빼기는 그렇고 박기는 더욱 난감했다. 석사학위 논문이 수준 이하라고 해서 떨려나게 되었으니 말이다.

이런 소문이 알려지면 세상에 창피도 그런 창피는 없을 것이었다. 오직 한 길, 소리 소문도 없이 공관으로 찾아가 학장에게 통사정해 보는 수밖에 달리 방도가 없었다.

배선희는 고민 끝에 겨우 생각 하나를 떠올릴 수 있었다.

이 교수가 학장으로 오기 위해 로비 자금으로 돈 꽤나 썼다고 귀띔해 주지 않던가. 그렇다면 밑천이라도 뽑고 싶은 것이 인지상정, 교수채용에 얽힌 비리가 유언비어로 떠돌고 있는 정도는 들어 알고 있었다.

적게는 일년치 봉급이 들어가거나 심지어는 교수 소리 듣기 위해 3년 봉급을 포기하고 채용되기도 했다는 출처 없는 소문이 떠돌아다녔으며 기실 그럴는지도 모른다.

배선희는 교육자다운 사람이었다. 촌지도 모르고 교직생활을 했다. 그런데도 처지가 처지인 만큼, 거북이가 생명의 위협을 느끼면 목을 집어넣듯이 양심을 집어넣을 수밖에.

그네는 현찰을 들고 갈 수도 있었으나 얼마만큼 가져가야 할지 몰랐고 다다익선多多益善이라 하지만 재력이 있는 것도 아니었다. 한껏 생각해 낸 것이 금부처였던 것이다.

배선희는 서른 냥(83년도 금값 기준) 금부처를 마련해서 공관 문을 두드렸다. 문이 열리자 안으로 들어섰다. 들어서고 보니 이사를 한 지 얼마 되지 않은 탓으로 살림살이도 없을 뿐더러 정돈이 되지 않아 이게 학장 공관인가 싶었다.

허기진 학장은 잠옷 차림으로 배 교수를 맞이했다.

배선희는 무릎부터 꿇고 나서 사정했다.

"학장님, 너그럽게 생각하시고 살려 주십시오. 살려 주신다면 하늘처럼 생각하며 은혜를 잊지 않겠습니다."

"당신, 무슨 소리하는 거요? 내가 언제 죽이겠다고 했소? 어째서 살려 달라고 해요? 그리고 내가 언제 은혜를 베풀었다고 하늘처럼 생각하겠다고? 웃기지 말고 돌아가시오."

"한번만 눈감아 주십시오. 재직했던 직장에는 사표까지 제출해서 수리되었습니다. 그러니 제발 살려주십시오."

그네는 학장에게 착 매달리다 시피하며 애교까지 떨었다.

"이 사람 생사람 잡고도 남겠구만. 누구 앞에서 살려 달라고 때를 써? 당신을 죽인다고 협박이라도 했소?"

"학장님, 이것은 제 조그만 성의입니다. 받아주세요."

배선희는 준비해 간 선물을 내밀었다. 그런데도 허 학장은 눈길 하나 주지 않았다. 그네는 내용물이 살짝 보이도록 포장지를 뜯어 내밀었다. 견물생심이라고 했던가.

허 학장은 내민 선물을 앞으로 당기더니 손으로 만지작거리면서 무게를 가늠하는 것이 아닌가.

인절미를 먹기 전에 동치미 국물부터 마신 격이랄까.

배선희는 약발이 듣는가 싶어 생기가 돌았으나 그게 아니었다. 허 학장은 작심한 듯 이해득실을 따지기 시작했다.

앞으로 교수 채용에 있어 1인당 적어도 5백(당시 전임강사 10호봉 월 수령액이 35만원 정도), 많게는 기천만원을 생각하고 있는데 무게로 보아 서른 냥, 돈으로 따져 9십여 만원, 이것 받고는 치사해서라도 임용해 줄 수가 없어 어떻게 처리할까, 고민하고 있었다.

이런 심리를 배선희가 알 턱이 없었다.

어떻게 수소문했는지 알 수 없었으나 학장 내정설이 나돌면서 줄을 선 직접 지도한 제자, 학부가 아닌 대학원 제자만 해도 열서너 명에 이른다는 것을 그네가 알 리 없었으니까.

허 학장은 갑자기 얼굴을 붉히더니 불끈 했다.

"당신, 날 어떻게 보고 이런 것을 내미시오. 당장 가지고 가시오. 가지고 가란 말이오. 세상에, 뇌물이라는 것이…"

"아, 네…"

"배 선생. 내가 그렇게 쨰쨰하게 보이오? 이 허기진이 그렇게 통 적은 사람으로 보이오? 나, 그런 사람 아니외다."

"아, 네…"

"당신, 아, 네만 찾지 말고 돌아가란 말이오."

배선희는 나름대로 단단히 마음먹고 찾아갔으나 혹 떼려고 갔다가 되레 혹을 붙인 격이 되고 말았다.

배선희가 다 죽어 가는 사람이 되어 현관문을 나서는데 뒤에서 허 학장의 빈정대는 소리까지 들렸다.

"거지같은 금부처 하나 들고 와서 떼를 써, 쓰기를."

배선희는 공관을 나온 뒤로 너무나 창피해서 입도 뻥긋하지 않았는데도 교직원 사이에서 금부처 사건이 회자되었다.

다른 사람 아닌 허 학장이 흘리고 다녔다. 그것이 와전되어 지성으로 불공을 드리면 돌부처마저도 돌아앉는다는데 서른 냥 금부처로도 학장의 마음을 돌리지 못했다고.

배선희는 28일 만에 외진 곳, 낯설고 물 선 타향 D시에 와 개피만 보고 도망치듯 서울로 올라가지 않을 수 없었다.

'인생은 새옹지마'라고 했는데.

국어학 전공인 허기진 학장이 부임하면서 한국어문학과는 특별연구비나 학술조성기금 등 연구지원금을 받기는커녕 되레 피해를 본 학과, 골 때리는 학과로 전락하고 말았다.

학과 교수 4명 중 단 한 사람, 다른 사람 아닌 직접 제자인 서잠금 교수만이 속으로 쾌재를 불렀다.

시집살이를 해 본 사람이 시집살이를 잘 알기 때문에 시집살이를 더 시킨다는 말이 있다.

이 말처럼 허 학장은 학과 사정을 빠삭하게 알고 있어 병 주고 약을 줘 가며 학과를 한 손아귀에 움켜쥐고, 간장치고 고춧가루까지 뿌리면서, 때로는 다 된 죽에 재를 뿌리며 주물러대곤 했다.

허기진은 학장실에 우두커니 앉아 있으려니 좀이 쑤셔 견딜 수 없었다. 없는 일도 만들어내서 괴롭혀야 직성이 풀리는 성격이 회전의자에 할 일 없이 멍청히 앉아 있게 하지 않았다. 지금쯤은 결재 받으러 오는 직원들을 어느 정도 버릇을 고쳐놓았다고 자부했다.

결재할 것을 들고 학장실에 들어서기 전부터 벌벌 떨게 했으니 의도한 것은 달성한 셈이었던 것이다.

해서 이런 소문이 난 뒤로 적당히 결재를 받으러 오는 사람이 없으니 꼼꼼하게 따질 일도 없어졌다.

이런 것을 권위라고 생각하는 허 학장, 이미 허기진 학장의 돌출 행동은 정평이 나 있었다. 그런 학장 앞에 서기를 거리끼거나, 섰다고 하면 학을 떼지 않는 사람이 없었으니까.

그래 보아야 몫돈이 생기는 것도 아닌데. 되레 사람만 추접스럽다 못해 치사스럽게 되거나 평판만 나빠지지, 실속이라곤 없는데도 개 버릇 남 못 줬다.

비록 욕은 그럴싸하게 얻어먹더라도 몫돈이라도 왕창 생긴다면 그것은 해 볼 만한 장사속일 수는 있을 것이다.

'궁하면 통한다'는 속담이 왜 생겼겠어.

급기야 허 학장은 일거리를 찾아내자 자기 딴에는 '바로 이거야' 하고 무릎을 탁 치면서 대견해 했으나 제 3자가 보기에는 학장실에 틀어박혀 나쁜 데로만 머리가 돌아가고 있었으니 좋아할 것도 아니었다.

허 학장은 수십억 원을 들여 학생회관을 짓는다, 도서관을 짓는다 해도 건축업자는 코빼기도 비치지 않는다는 데 생각이 미쳤다. 모두가 조달청 주관 아래 입찰을 해서 공사를 하고 있었기 때문에 학장에게 잘 보이거나 비위 맞출 일이 없어서일 것이었다.

두고 보라지, 이놈들. 한번 때려잡을 테니까.

그 즈음 인문학관과 사범학관이 완공되어 교수들은 입실했으며 학생들은 신축 강의실에서 강의를 받고 있었다.

허 학장은 뜬금없이 서무과장(단과대학은 사무관인 서무과장, 종합대학교는 부이사관인 사무국장) 이종실을 불러 지시했다.

"이 과장, 지금 당장 사장이나 현장소장 좀 불러오게. 그리고 특별히 망치 하나만 준비해 주게. 큼직한 걸로."

"학장님, 갑자기 망치는요? 어디다 쓰려고 그러십니까?"

"다 쓸 데가 있어 그러네. 어서 구해 오게."

잠시 뒤, 망치를 든 서무과장과 현장소장이 들어섰다.

"학장님, 찾으셨습니까? 소장 임현굽니다."

"당신, 나 누군지 알기나 하는 게요?"

임현구 소장은 그 방면의 베테랑, 눈치 하나는 빨랐다.

"잘못한 것이 있으면 직선적으로 말씀해 주시지요."

"임 소장, 날 따라오게. 서무과장도 뒤 따르게."

현장소장은 멀쑥해 하다가 학장 뒤에 바싹 붙어 섰다.

허 학장은 망치 하나만 들고 준공을 끝낸 인문학관으로 갔다. 가서는 허름해 보이는 벽을 망치로 내리쳤다.

완공한 지 한 달도 안 된 벽은 힘을 주어 내리친 것 같지도 않은데 바른 시멘트가 뚝뚝 떨어져 나가는 것이 아닌가.

허 학장은 망치질을 계속하면서 혀를 껄껄 찼다.

"쯧쯧. 이게 방금 완공한 건물이라고. 망치로 건드리기만 해도 시멘트가 떨어져 나가니 속은 보지 않아도 뻔하겠군. 감리회사에 의뢰해서 재점검을 받아 봐야겠어."

그러자 거의 사색이 된 것은 현장소장이었다. 학장의 하는 짓을 이대로 보고 있다가는 부실 공사로 재시공을 해야 할지도 모른다는 생각이 퍼뜩 들었던 것일까.

"학장님, 왜 이러십니까? 제가 알아 처리하겠습니다."

"뭘 알아 처리해? 눈치가 없으면 코치라도 있어야지."

"학장님, 알았으니, 이제 그만하시지요."

"임 소장, 전선이 어디로 지나가지? 전선의 굵기 좀 봐야겠어. 설계대로 시공했는지. 전선의 굵기에 따라 시공 비용도 확연히 달라진다지."

"그, 그만하시지요. 그 정도의 머리는 돌아갑니다."

임 소장이 사색이 되어 죽기 살기로 사정을 하는데도 허 학장은 막무가내로 전선이 지나는 벽을 허물고 전선을 꺼냈다.

"서무과장, 굵기를 정확히 재어 보세요."

"학장님, 왜 이러십니까? 제가 알아서 조치하겠습니다."

"뭐, 어째? 언제 알아 조치한 적이 있었던가?"

허 학장은 자를 달라고 해서 직접 폭까지 쟀다.

"이봐요, 임소장. 규정보다 가는 전선을 사용했으니 모두 허물고 설계에 나와 있는 전선으로 대체해서 재시공하시오."

"…"

현장소장은 쩔쩔 매면서 학장을 안다시피해 학장실로 모셔 가려고 했으나 학장은 가지 않으려고 발버둥이 쳤다.

이 정도의 연기라면 아시아영화제에서 남우주연상을 받은 배우 이상의 명연기라고 해도 손색이 없을 것이다.

"죄송하고 송구합니다. 오늘 중으로 찾아뵙겠습니다."

"그래. 그렇다면 오늘은 이쯤하고 할까."

"학장님, 참으로 고맙습니다. 너그럽게 봐 주시니."

"너무 오래 기다리게 하진 마시오."

"알겠습니다, 학장님."

저녁에 사장이 현장소장을 대동하고 학장 공관으로 찾아

간 것은 보지 않아도 뻔할 뻔이었다. 그들이 공관으로 찾아 갔다면 빈손으로 가지는 않았을 것이다.

이를 입증이라도 하듯이 허 학장이 망치를 들고 설치는 것이 한동안 뜸한 것으로 보아 집어줘도 두둑히 집어준 모양이었다. 해서 학장이 부임한 뒤로 새로운 유행어 하나가 생겼다. '망치 들고 설치기만 해도 돈이 절로 굴러온다'고.

이런 소문은 허 학장의 최측근 입에서 나온 말이니 사실일 것이다. 중소도시에 위치한 데다 개교한 지 얼마 되지도 않으며 종합대학도 아닌 단과대학 학장이 뭐 그리 대단한 벼슬이라고 비비대며 접근하려는 족속들은 자칭 자기가 학장 측근이라며 학장 주변에서 일어난 일들을 퍼뜨리고 다녔다.

≒ 교수회의에서 강의 노트가 공개되다

어느 날 갑자기 예고도 없이 사범계 3211강의실에서(시설이 빈약해 교수 회의실이 따로 없어 계단식 강의실을 주로 이용) 임시 교수회의가 개최되었다. 정기적인 교수회의가 아니기 때문에 국민의례 생략은 관례, 바로 안건으로 들어가는 줄 알았다.

알고 보니 안건은 무슨 안건, 학장은 인사 말 같은 것은 아예 빼 버리고 교수 기죽이는 원맨쇼를 펼치기 시작했다. 대학노트 서너 권을 들고 핏대부터 올렸기 때문이다.

"며칠 전이었어요. 학생 서너 명이 찾아왔답니다. 그리고 학장과 직접 면담을 하겠다고 막무가내 떼를 썼답니다. 비서실이 소란해서 나가 보니 학생들은 학장을 당장 만나겠다고 떼를 쓰고 있지 않겠어요. 나는 학생들에게 학생과에 들러 절차부터 밟으라고 했지요. 그런데도 듣지를 않습디다."

허 학장은 뜸을 들인 다음, 말을 이었다.

"요새 학생들, 어디 교수 말 듣습디까? 해서 어쩔 수 없이 학생들을 만났습니다. 만나자마자 잘 만났다는 느낌부터 듭디다. 학생들의 항변을 듣다 보니 이건 아니다 싶었습니다. 내가 들고 있는 이게 뭔지 아시겠습니까? 학생들의 수강 노트입니다. 수강 노트를 보니 두 달간 강의한 내용이 두 페이지도 안 된다는데 놀랐습니다. 그리고 강의한 내용을 받아 적어 놓은 것을 보니 횡설수설, 이건 도저히 납득이 가지 않습디다. 그래, 이게 대학 교수가 강의한 내용입니까? 강의 준비가 얼마나 부실했으면 학생들이 이런 강의 노트를 가지고 학장을 찾아와서 항의를 하겠습니까? 담당 교수를 당장 바꿔 달라고. 바꿔 주지 않으면 학장실에서 연좌데모라도 하겠다는 겁니다. 자, 돌아가면서 한번 보세요. 강의 준비가 이 정도로 부실하다면 연구는 볼 것도 없겠지요. 휴강이 명강의고 교수 노릇 할 만하다는 그런 시절은 60년대로, 이미 흘러간 유행가입니다. 지금이 어떤 세상입니까? 정신 바짝 차려야 살아남을까 말까 한 세상입니다. 내 말뜻 알아듣겠소?"

그러면서 학장은 들고 있던 노트를 나눠줬다.

이렇게 학장 혼자서 교수들을 묵사발 만드는 데도 30여 명 되는 전임교수들은 일언반구도 없었다.

오히려 노트를 훑어보고는 학장의 말에 일리가 있다거나, 전적으로 두둔하고 나서거나 해당 교수를 욕하는 소리가 여기저기서 들리기까지 했다.

이어 학교가 개편될 때마다 살아남은 비비기를 천직으로 여기는 교수들의 아부성 발언이 뒤를 이었다.

"이런 교수에게는 강의를 맡기지 말아야 합니다."

학장의 비위를 맞추기 위해 맞장구를 쳤다.

"학생들의 요구대로 교수를 바꿔줘야 합니다."

학장 측근이라는 면면들이 지지발언을 서슴지 않았을 뿐 아니라 학장이 듣기 좋은 소리로 풀칠을 해서 도배까지 했다.

"이런 교수는 재임용이나 승진 때 탈락시켜야 합니다."

김준서는 발언하는 면면을 지켜보았다.

모르긴 몰라도 그들은 사범학교나 교육대학 시절부터 개편될 때마다 자동적으로 신분보장을 승계 받은 교수들일 것이다. 현실에 안주하기 위해 아부를 무기로 사용할 줄 알며 보수 성향이 강해 신진이나 새로운 것에 대해서는 반대부터 하고 보는 사람들이었다.

DN대학이 발전하려면 이런 교수부터 없어져야 하며 사

고방식을 바꿔놓아야 밑그림이라도 그릴 수 있을 것이다.

그러나 그런 교수들은 대학 발전의 암적 존재인데도 강제로 퇴출시킬 수 있는 방법이 없었다. 있다면 오직 세월밖에 없다는 것이 국립대학 교수들의 철밥통이 아닌가 싶었다.

따라서 DN대학의 발전은 요원할 수밖에 없었다.

허 학장은 분위기를 감지하고 목소리를 높혔다.

"자, 이제 노트를 보셨다면 충분히 납득이 가셨을 줄 압니다. 바로 해당 교수는 국사교육과 서신흠 교수입니다."

허 학장이 교수들을 같잖게 여겼으면 이름까지 공개할까. 이름 공개는 다분히 교수들을 협박하는 것이나 다름없었다. 앞으로 어떤 교수든 학장의 비위에 거슬리면 언제라도 약점을 잡아 공개하겠다는 것이 그의 전매특허, 그리고 공개된 교수는 학장 공관으로 찾아와서 사정하지 않으면 그냥 두지 않겠다는 뇌물을 강요하는 의도까지 드러냈다고 하겠다.

이런 허 학장의 행동에는 저의가 내포되어 있었다.

당하고 있는 담당 교수의 심정이나 충격에 대해서는 전혀 고려하지 않은 채 학생들의 의견만 듣고 교수회의에서 공개한다는 것은 상식 이하의 몰상식한 행동인데도 큰소리치면서 공개하는 풍토는 어제 오늘의 일이 아니었다.

김준서는 서 교수와는 어느 정도 안면을 트고 지내는 사이였다. 그는 그렇게 무능한 교수는 아니었다. 다만 성격이 모난 면이 있는 것이 흠이긴 했으나 장점도 많은 사람이었다.

그는 강의에 몰입하게 되면 자기도 모르게 열강을 했다. 그런데 학생들은 귀담아 듣지 않고 딴전을 피우기 일쑤였다.

그럴 경우, 화나는 쪽은 교수 편일 것이다. 열심히 가르치려고 하는데 받아들이지 않을 경우, 가르치는 쪽에서는 고성이 오갈 수밖에 없지 않은가.

그런데 그게 아니었다. 서 교수는 학생들의 수준에 맞춰 데리고 놀아야 하는데 그런 재주를 타고 나지 못한 탓이었다.

DN대학은 지방에 위치해 있다고 해도 국립대학이기 때문에 입학 성적은 전국적으로 보아 중상위권에 든다.

그런데도 전공시간이면 그런 수준에 놓고 강의를 할 수 없어 어느 수준에 맞춰야 할지 시간마다 고민해야 했다.

김준서는 타 대학 교수나 전문대 교수를 만나면 강의를 어떻게 진행하는지에 대해 묻곤 했다.

동기로 수원에 있는 S전문대에 근무하는 이이철 교수라고 있는데 그는 뜻밖의 답을 주었다.

"고민할 게 뭐 있어. 데리고 놀면 되지. 학생들마다 나름대로 특기나 장기가 있으니까 그것을 살려주는 거지."

"그래. 특기나 장기를 살리는 비결이라도…"

"비결은 무슨 비결, 기타 잘 치는 놈을 불러내어 한바탕 놀게 하거나 노래 잘하는 놈이 있으면 교단으로 나오게 해서 노래 부르게 하면 한 시간이 언제 흘러갔는지도 모르는데."

"그런 강의가 세상에 어디 있어? 농담이겠지."

"농담이라니, 천만의 말씀. 그런 특기생도 없으면 하나 더하기 하나는 둘이라는 것부터 가르치면 돼."

"나 배 차게 들으라고 하는 소리지? 그렇지, 이 교수?"

"내게 무슨 이득이 된다고 그런 소리를 자네에게 하겠어."

되레 김준서는 바보가 된 기분이 들었다.

학생을 데리고 놀면서 기분을 맞춰준다?

기분을 맞춰 주는 것이 아니라 비위를 맞춰준다는 표현이 보다 정확할 것이었다.

노파심인지 모르겠으나 앞으로 시행될, 취지야 그럴 듯한 수업평가도 다분히 악용될 소지가 있다는 생각까지 들었다.

교수가 학생들에게 주의를 주거나 혼이라도 냈다가는 당한 학생의 입장에서는 수업평가 때, '가 나 다 라 마' 중에서 모조리 '마'를 체크하기 마련이다.

교수 쪽에서도 학생들의 비위를 맞추기에 급급할 것이며 학생 편에서도 진지하게 체크해 보기보다는 성의 없이 그냥 찍 긋고 나갈 수 있기 때문이었다.

서신흠 교수가 바로 그런 경우가 아닌가 싶다.

학생들은 스스로의 주제 파악도 하지 아니한 채 높은 데부터 찾아가 항의부터 했다는 것은 생각할 여지가 많았다.

허 학장이 보다 교육적이라면 심사숙고해서 학생들에게 대처했어야 했다. 해당 교수를 불러 시정토록 하겠다고 달래어 학생들을 일단 보내고 난 다음, 해당 교수에게 의견을 들어보고 조치를 취해도 취해야 했었는데 하지 않았다.

허 학장은 자기가 근무했던 대학에서 안하무인격으로 교수들을 대해 많은 적을 만들었듯이 DN대학에 와서도 그런 버릇 개 못 주고 교수회의를 열어 일방적으로 공개했다는 것은 스스로 적을 만들고 무덤을 파는 행위나 다름이 없었다.

그런데도 이런 생리를 모르고 있었으니 한심한 사람은 다른 사람 아닌 바로 허기진 학장 본인이었다.

허 학장은 말끝마다 학생을 들먹이면서 학생 편에 서는 체했다. 그런 짓은 학장으로서는 당연한 일인지 모르겠으나 속을 들여다보면 저의가 따로 있었다. 그런 기회를 최대한 이용해서 교수들의 기를 팍 죽여 놓고 학교 행정을 마음대로 주무르며 다가오는 교수 채용에는 원하는 사람을 입맛대로 시정잡배들처럼 골라 골라 넣겠다는 꿍꿍이속 말이다.

DN대학은 정문에 들어서면서 4차선 길이 쭉 뻗었다가 Y자로 돌아간다. 그 지점이 대학의 핵이 된다. 그런 핵에다 학문의 요람인 도서관을 짓는 것이 상식일 것이다.

그런데도 대한민국 그 어떤 대학에서도 볼 수 없는, 대학의 미래는 전혀 고려하지 않은 채 자기가 재직하는 동안, 학생들을 마음대로 주무르기 위한 수단의 하나이며 학생들의 비위를 맞춰주는 체하면서 이를 이용하기 위해 학생회관을 짓고 있었다. 대학의 장인 학장으로서 무서운 적은 교수가 아닌 학생들이기 때문이었다. 교수야 승진입네 재임용입네 해서 마음대로 주무를 수 있기 때문이었다.

K대 서 총장이 기성회비 지출 명세서를 기록한 비망록을 학생들에게 탈취 당해 그 좋은 자리에서 쫓겨난 것을 허 학장은 동료 교수로서 두 눈을 가지고 똑똑히 지켜보았었다. 해서 학생들이 학장의 비리나 학교 문제로 소요를 일으키게 되면 걷잡을 수 없을 뿐만 아니라 교육부에 잘못 보일 수도 있어 울며 겨자 먹기로 캠퍼스를 망치는 학생회관을 짓는 것만 보아도 허 학장의 위선적인 교육관을 알고도 남음이 있었다.

DN대학은 4년제 대학으로 승격되면서부터 K대학의 교수가 학장으로 오는 것부터가 불운인지도 모른다.

강의 노트 항의사태는 이내 수습되었다.

서 교수가 강의 시간에 들어가서 학생들 앞에서 무릎을 꿇고 사죄하는 것으로 일단락을 지었다. 그리고 말로 하는 강의는 따라 적거나 요약할 수 있는 능력이 부족한 학생들을 위해 칠판에 깨알같이 판서해 주는 것으로 일단락 지어졌다.

≒ 배짱 하나만은 알아줘야

하루는 김준서가 연구실에서 강의를 준비하고 있는데 큰 소리가 들려왔다. 학장실과의 거리는 연구실 여섯 개 사이로

문을 꼭 닫고 있는데도 소리가 쾅쾅 들렸으니 무슨 일이 터진 것만은 분명했다. 들려오는 소리로 보아 직원이 당하고 있는 것이 아니라 교수가 당하고 있는 것 같았다.

그것도 일방적으로 당하고 있는 것이 아니라 같이 맞받아서 큰소리를 치고 있었다.

어떤 교수인지 알 수 없으나 배짱 하나는 알아 줄 만했다.

김준서는 들려오는 소리로 사태를 대충 짐작했다.

"나 학장이야. 학장인데도 달려들다니, 당신 빨갱이 아냐?"

이는 잔뜩 흥분한 허 학장의 목소리가 분명했다.

"내가 빨갱이라면 당신은 골수 빨갱이요."

이렇게 응수하는 사람은 김세하 교수가 분명했다.

"당신 재임이고 승진이고 물 건너갔어."

"맘대로 하세요. 난 명예훼손죄로 당신을 고발할 테니까."

맞받아치는 것을 보니 김 교수도 여간이 아니었다.

김준서는 이젠 끝나겠지, 했으나 그 뒤로도 한 시간 정도 지속되다가 문 닫는 소리가 난 다음에야 조용해졌다.

김세하는 D시에서 고교 교감으로 근무하고 있었다. 그는 필사본 한문 전적을 판독하는 데 타의 추종을 불허했다. 아무리 독특한 필체라도 그의 손을 거치면 해독이 가능해서 그런 능력 때문에 쉰이 넘은 나이에 전임으로 채용되었다.

한문교육과는 젊은 사람을 교수로 채용하면서 문제가 발생했다. 젊은 교수들은 논문을 쓰거나 이론에는 밝을지 모르겠으나 필사본 판독에는 까막눈이나 다름없었던 것이다.

지역 특성상 희귀본 한문 필사본이 종종 발견되었으니 이를 판독할 교수가 필요했다.

그런 필요성으로 김세하를 특채로 채용하긴 했으나 이미 연구와는 거리가 먼 오십대 중반이었다. 그는 필사본 한적 판독에는 젊은이보다 뛰어났기 때문에 실무에는 강하고 이론에는 약한 데다 고지식한 사람이었다.

김준서와는 나이 차이가 있었으나 같은 고전 전공, 게다가 한 학기 차이로 임용되었기 때문에 입사 동기나 다름없었다.

큰 소리가 난 지 이틀이 지난 뒤였다.

김준서는 화장실을 다녀오다가 김세하 연구실에 불이 켜져 있어 노크를 하고 들어갔다.

"어서 오시오, 김 교수. 앉아서 차나 한 잔 합시다."

김세하 교수는 하소연할 데가 없어 답답했던지 김 교수가 들어서자 전에 없이 반기면서 자리에 앉기를 권했다.

그러나 김 교수는 차보다는 그저께 일이 궁금해 운을 뗐다.

"교수님, 그저께 학장실에서 무슨 일 있었습니까?"

"자, 차부터 마셔요. 내 다 말하리다."

그런데 김세하 교수는 차를 마시기도 전부터 말을 쏟았다.

"김 교수, 들어보시오. 세상에 이런 변이 있소. 학장이 강연 원고를 써 달라고 애걸하기에 써 줬더니…"

하루는 허기진 학장이 김세하 교수에게 차 한 잔 하자고 해서 학장실에 들렀다. 그랬더니 허 학장의 특기인 단골 메뉴, 바로 자기 자랑의 극치를 자작 연출했다.

"이 고장이 자랑하는 퇴계 이황 선생은 부제학도 못했소. 그런데 조선조로 치면 대제학은 서울대학교 총장이라고 한다면 내가 앉은 이 국립대학이라는 학장 자리는 부제학에 해당되는 벼슬이 아니겠소. 그러니 나도 출세했다고 할밖에."

그러면서 허 학장은 은근히 자기 자랑을 늘어놓곤 했다.

"아, 네. 그렇습니까. 학장님께서는 대단하십니다그려."

허 학장은 이런 저런 이야기 끝에 글을 부탁했다.

"그건 그렇다 치고. 김 교수, 원고 하나 부탁합시다. 명륜당에서 강연을 부탁해 오지 않았겠소. 제가 이 고장 사람이 아니라서 서원에 대해 아는 게 별로 없소. 당신은 한적에 조예가 깊으니 알아서 한 시간 강의 분량의 원고 좀 써 주시오."

"제가 뭐 알아야지요. 학장님께서는 우리 대학의 하나뿐인 박사님이시니까, 저보다 몇 배 글을 잘 쓰실 텐데요."

'우리 대학의 하나뿐인 박사'라는 말은 뼈 있는 말이었다. 허 학장은 모임 때마다 DN대학에는 자기 이외에 박사 하나 없는 대학이라고 빈정거리기 일쑤였기 때문이다.

허 학장은 모교인 K대에서 학위를 받지 못했다.

그의 말을 빌리면, DN대학 교수들에게 '하다못해 앉아 오줌 누는 대학(여자대학교 대학원)에 가서라도 학위를 따지 그 동안 뭐했느냐'고 비꼬았으나 오죽 변변찮았으면 자기도 '앉아 오줌 누는 대학'에서 학위를 받았을까.

"김 교수, 그러지 말고 글 한 편 써 주시오. 부탁합시다."

"그렇게 말씀하시니, 써 드리기는 하겠습니다만…"

김 교수는 마지못해 써 드리겠다고 말끝을 흐렸다.

말끝을 흐린 이유는 자기가 쓴 글을 강연에만 써먹고 잡지나 신문에는 싣지 말라는 의미를 내포하고 있었다.

"아, 알았습니다. 내 강연에만 써 먹지."

김 교수는 명륜당의 유래부터 시작해 영남 선비의 전통성과 정신까지 정리해 한 시간 가량의 원고를 마련했다.

이틀 뒤, 김세하 교수는 쓴 글을 허 학장에게 전해 주었다.

허 학장은 읽어보고 나더니 매우 흡족해 했다. 해서 한 자 고치거나 수정하지 않은 채 써 온 원고 그대로 허 학장은 강연을 했다. 게다가 기대 이상의 반응을 보이자 이를 D시 지방신문에 실은 것이 문제의 발단이 되었다.

김세하 교수는 자기가 쓴 글을 허락도 없이 학장의 이름으로 신문에 실은 것을 두고 학장실로 찾아가서 따졌다.

"학장님, 제가 쓴 글을 허락도 없이 어떻게 신문에 실을 수 있습니까? 이건 지능적인 글 도둑이 아니고 뭡니까?"

"무슨 소리하는 거요? 당신이 썼다고 해도 학장의 이름으로 글을 썼다면 그건 내 글이지, 당신 글이 아니오."

"저는 강연을 전제로 쓴 것입니다. 신문에 싣는다고 했으면 써 주지도 않았을 것입니다. 사과하는 광고를 내시오."

"대통령의 연설문은 대통령이 직접 쓴 것인 줄 아시오. 모두 비서들이 쓴 것이오. 그런데도 대통령 이름으로 나가지 않소. 도대체 이게 말이나 돼. 써 줬으면 그것으로 끝이지 당신 글이라고 사과하는 광고까지 내라니. 당신, 빨갱이 아냐?"

"제가 빨갱이라니요? 학장님께서는 입에 담을 수도 없는 망발을 그렇게 함부로 내뱉으셔도 되는 겁니까?"

"당신, 되지도 않은 말로 물고 늘어지니까, 그렇지."

"사과광고를 내지 않으면 명예훼손죄로 고소하겠습니다."

"어디다 대고 감히 명예훼손? 어디 고소해 보시오."

이 사건은 비화되어 김씨 문중으로 확대되었다. 김씨 문중의 고로古老들이 학장실로 쳐들어가서 진을 치고 물고 늘어졌다. 연판장을 받아 관계 기관에 학장의 해임을 건의하겠으며 동시에 명예훼손죄로 고소까지 하겠다고 윽박질렀다.

허기진 학장의 별명은 개뼈다귀로 소문났다.

개뼈다귀!

누가 별명을 지어도 그렇게 맞게 지었는지 모른다. 개뼈다귀로 소문난 허 학장도 김씨 문중의 집단 항의는 어쩔 수 없었던지 공개 사과하는 선에서 사태를 무마했다.

이는 허 학장이 D시의 짙은 보수성을 알지 못해 낭패를 본 것에 지나지 않는다. 노인들이 갓을 쓰고 횡단보도건, 차도건 무턱대고 건너고 본다. 그것도 좌우를 살피면서 건너는 것이 아니라 등짐까지 지고 먼 산을 쳐다보면서 건너간다.

그러면서 전통이 살아있는 양반 고장, 정신적인 수도라고 시대에 뒤처진 캐치 플레이져를 내걸고 자랑하는 얼토당치도 않은 전통을 이해하지 못한 탓이었다.

김세하 교수도 학장의 이름으로 글을 써 줬으면 그것으로 끝이어야 했는데 자기 글을 신문에 실었다고 해서 공개 사과하고 광고까지 내라고 한 것은 도가 지나친 것이 아닌가 싶다.

김준서는 인격의 척도는 무엇을 기준으로 해야 좋은지 숙고했으나 그 기준이 좀체 생각나지 않았다. 그만큼 인격이라는 기준이 모호하기 때문일 것이다.

그런데 옆에서 허기진 학장이 하는 짓을 지켜보고 있노라면 인격이 어떻다는 것쯤은 짐작 가고도 남음이 있었다.

김 교수가 중소 도시에 위치한 지방 국립대학에 몸담은 지 2년여 동안, 별 희한한 일을 당하기도 하고 또한 보기도 했으나 이번 사태는 정말 속된 말로 '아니올시다' 였다.

해서 김준서는 허 학장의 처신을 단적으로 보여주는 사건에 대해 두고두고 곱씹지 않을 수 없었다.

≒ 육두문자가 뭐 별 게야

10월 들어 세 번째로 맞는 월요일이었다.

김준서는 1, 2교시 강의를 끝내고 연구실로 들어섰다. 들어서는 순간, 전화벨 소리가 평소보다 요란하게 울렸다. 요란하게 울린 것은 마음의 안정을 찾지 못한 탓인지도 모른다.

김준서는 무슨 전화이기에 이렇게 요란하게 울리지, 하면서 수화기를 집어 들었다.

집어서 귀에 대자마자 마음 탓만은 아니었다. 퉁명스럽다 못해 불쾌한 기계음이 귓전을 찢는 것이 아닌가.

"부속실 김(이 김이 배선희의 뒤를 이어 몇 달 뒤, 한국어문학과 전임 강사로 특채된다)입니다. 김 교수님, 이제야 통화가 되다니… 학장님께서 지난 목요일부터 얼마나 찾았는데요. 부속실로 오소."

목소리의 주인공은 새로 온 부속실 김 비서였다.

비서인 주제에, 그것도 갓 온 주제에 학장 부속실에 근무한다는 것만 믿고 저렇게 큰소리치다니.

김준서는 불쾌해 하면서도 일말의 불안감이 엄습했다.

허 학장은 대학 운영의 노하우에 전력하기보다는 돈에 대한 단맛부터 들이기 시작했다. 학장으로 부임한 지 여섯 달이 되기 전에 업자를 어떻게 구슬려야 돈이 생긴다는 것쯤은 누워서 떡 먹기임을 터득했다. 돈이 궁하거나 필요하면 미리 귀띔하고 망치를 들고 학장실을 나선다.

그러면 업자가 따라붙어 죽는 시늉을 하며 그 밤으로 공관을 찾아갔음은 불문가지였다.

이런 허 학장의 행위에 대해 혹자는 비난할는지 모른다.

그런데 허 학장의 이런 행위는 새 발의 피, 곧 채용을 미끼로 돈을 뜯어내는 기막힌 사건이 예정되어 있다.

그 하나가 전국학회 유치였다. 학과의 의견을 묵살하고 단지 자기가 학장이 됐다는 것을 회원들에게 과시하기 위해.

현재 DN대학은 캠퍼스를 조성하거나 건물을 신축하고 있는 중이기 때문에 회의실 하나 변변한 게 없어 전국 규모 학술대회 유치는 무리였는데도 유치했으니 순전히 과시욕 때문이라고 할 수 있다.

한 마디로 동료 교수들에게 국립대학 학장, 대제학은 못되더라도 부제학에 버금가는 높은 벼슬자리에 있다는 것을 한껏 과시하거나 우쭐대기 위한 유치찬란한 과시욕.

소도시에 위치한 국립대학, 그것도 개교한 지 5년도 안된 DN대학 학장이 뭐 그리 대단한 벼슬이라고, 허 학장은 이를 최대한 과시하려고 했다. 이런 것이 약자는 사정없이 짓밟고 강자에게는 비비기를 잘하는 일종의 사이코인 허 학장의 특기라면 특기였던 것이다.

지금까지 DN대학은 개교 이래 전국 규모 학술대회는 개최된 적이 없었다. 교수들이 무능해서가 아니라 전국 규모 대회를 유치할 만큼 시설이 턱없이 부족했기 때문이다.

김준서는 본의 아니게도 학술대회 준비위원이 되어 생고생을 해야만 했다. 전국 규모 학술대회를 치러 본 경험이 없는 데다 한국어문학회 회원이 얼마나 되며 얼마만큼 참석할 지 예측이 불가능했다. 동원할 수 있는 것이라곤 그 잘난 소설을 구상하는 능력밖에 없어 상상력으로 대처할 수밖에.

김준서는 비록 좋은 소설은 못 쓰더라도 작품을 구상하고 실제 현장에 가 보면 거의 소설과 부합되는 경우가 흔히 있었기에 그런 상상력에 의지할밖에 없었다.

김준서는 먼저 전체 회원 수와 현재 회비를 내는 회원 수부터 파악했다. 그런 다음 학술 논문 발표자와 교통이 불편한 데다 오지인 D시까지 올 수 있는 참가 예상 인원수를 예측했으며 주로 회원이 영남지방 소재 대학임도 감안했다.

그리고 이런 예측에 따라 회원들에게 줄 선물이며 점심 준비, 학장의 리셉션에 참석할 인원을 산출했으며 논문 발표 장소도 마련했다. 논문 발표 장소는 회의실이 없어 규모 면에서 가장 넓은 무용실을 사용하기로 했다.

연단을 마련하고 강의실 두 개 크기인 무용실에다 1백여 명이 넘는 회원들의 좌석을 마련하려니 공간이 협소해 의자를 바짝 붙여 배치해야 했다.

김준서가 학생들과 함께 좌석을 정리하고 있는데 걱정이 되었던지 이 교수가 이를 확인하려고 무용실로 들어섰다.

"김 교수, 준비는 잘 돼 가고 있는가?"

"최선을 다하고 있습니다."

이 교수는 자석 배치며 연단, 발표자석 등을 둘러보았다.

"철저히 준비해야 되네. 학장이 보통 까다로운 사람인가. 나를 봐서라도 한 치의 실수도 있어서는 안 되네."

"선생님, 부족한 데가 있으면 지적해 주십시오."

"지금 봐선 눈에 거슬리는 것이 없으니, 잘 된 것 같군."

이 교수는 나가다가 되돌아서더니 핏대를 세웠다.

"날 어떻게 보고 이 따위로 자리를 배치했어?"

뜬금없는 반문에 김준서는 의아해 할 수밖에 없었다.

"무슨 말씀이신지… 선생님을 어떻게 보다니요?"

"이 새끼야, 귀 먹었어? 말귀를 못 알아듣게."

김준서는 이 교수가 성격 파탄자이거나 최후의 사무라이, 간질병이 발작했다고 해도 이런 행동은 이해가 되지 않았다.

"배신자 같으니. 내 자리는 어디 있어? 날 어떻게 보고 사회석을 마련하지 않았어? 이제 보니 당신, 진짜 ×새끼구만."

그제야 김준서는 생각이 떠올랐다. 학장 인사에 이어 학회장 인사로 이어지는 사회는 이 교수가 하기로 내정되어 있었다. 이를 이 교수가 오해한 모양이었다.

사회를 보니까 당연히 사회석을 마련했어야 했으며 그것도 연단 옆 학회장 옆에다 자리를 마련하지 않았다고 괘씸하게 여기고 나가다가 되돌아와서 해악을 퍼부어댔다.

"선생님을 생각해서 사회석을 특별히 마련해 뒀습니다."

"이 새끼야. 어디야? 어디다 마련해 뒀어?"

"선생님을 배려해 맨 앞자리에 마련했습니다. 연단 옆에 마련하면 개회식 사회만 보는데 학술 발표가 끝날 때까지 자리를 지킬 수 있겠습니까? 개회식 사회만 보시고 들어가셔서 수시로 드나들 수 있는 데다 자리를 마련해 뒀습니다."

"배려 좋아하네, ×새끼. 당장 연단 옆으로 옮겨."

"예. 시키는 대로 재배치하겠습니다."

김준서는 사회석 의자를 연단 옆자리로 옮겨놓고 말했다.

"한번 앉아 보세요. 마음에 드시는지…"

이 교수는 여전히 씩씩대다가 자리에 앉아 보더니 마음에 차지 않았던지, 아니면 먹던 떡으로 알고 골탕 먹이려고 했는지 이곳저곳을 지적하면서 옮겨 보라고 하지 않는가.

아무리 좋은 사람이라도 무한정 호인일 수 없다. 또한 보통 사람이라고 하더라도 참는데 한도가 있기 마련이다.

김준서도 보통 성질의 소유자가 아니었다. 한 건 한다면 하는 불같은 성질의 소유자였다. 당장 직장을 그만두는 한이 있더라도 더 이상 참고 견딜 수 없을 지경에까지 이르렀다.

다행히 주변에는 학생들이 보이지 않았다.

사람이 없는 틈을 타 한번 폼을 잡아 봐. 이십 년 손위고 대학 선배에, 교수로 특채시켜준 은인이라도 손을 봐.

김준서는 그래도 꾹 참고 좋은 말로 했다.

"선생님, 원래 자리가 모양새도 좋고 드나들기도 편리합니다. 원래대로 자리를 마련할까요? 개회식 때 사회를 보는 사람의 자리를 연단 옆에 마련하는 경우는 없습니다."

"뭐, 이 ×새끼야. 어쩌고 어째? 계속 날 무시할 거야?"

"선생님, 제가 언제 무시했다고 이러십니까?"

"이게 무시한 거지, 뭐야? 싸가지라곤 없는 새끼."

"뭐가 무시해요? 누가 무시를 했다고 그러십니까?"

김준서는 가슴 밑바닥에서 욱하고 뭔가가 치받쳐 오르는 순간, 무학대사가 이성계에게 말한 고사가 생각났는데도 정면에다 대고 말하지 못하고 돌아서서 중얼거렸다.

"본인이 ×새끼니까, 말끝마다 ×새끼만 들먹이지."

그랬는데 아니나 다를까. 이 중얼거림이 이 교수 귀에 들어간 것이 분명했다. 그랬으니 이 교수가 노발대발해서 김준서를 치려고 주먹을 불끈 쥐고 달려들지 아니하겠는가.

"뭐라고 했어? 내가 ×새끼라고? 이놈이…"

김준서는 삼 개 대학 대학원 박사과정에 합격했다고 이력서에 기재했다가 ×새끼 소리를 듣다못해 ×새끼라고 응수했다가 한 바탕 쇼가 벌어진 일을 떠올렸다.

당시 이 교수는 김준서가 ×새끼라고 한 말을 사형에게 곧이곧대로 이야기한 모양이었다. 이를 두고 사형은 이 교수에게 되레 퉁을 준 것을 떠올렸다.

"동생은 빈틈없는 데다 예의 바른 사람이라고 소문이 났는데, 그런 애한테 자네가 어떻게 처신했으면 ×새끼 소리까지 나오게 했어, 당신 성깔도 알아줘야 해."

그때를 생각해서 한 것은 아니었으나 아무도 없는 이 기회에 물불 가리지 않고 한번 대차게 나가기로 마음먹었다.

"그래, 난 ×새끼다. ×새끼에게 어디 한번 당해 볼래?"

김준서는 눈에 불을 켜고 태권도의 이단 옆차기 품세를 취하면서 이정타 교수를 차려는 자세를 취했다.

하자 이 교수는 자기 힘으로는 도저히 김준서를 이길 수 없음을 알고 있었다.

해서 정말 얻어터지는 것이 아닌가 여겨졌던지 삼십육계 줄행랑을 놓아 무용실을 빠져 나가는 것이었다.

세상의 인심이란 참으로 묘해서 사람이 너무 좋아 보이면 이유도 없이 무시당하거나 괴롭힘을 당하기 마련이다.

그런 사람일수록 더 좋게, 점잖게 대해 줘야 하는데도 그렇지 않았다. 순하고 착하면 되레 가지고 놀려고 들었다.

김준서는 순간적으로 욱해서 일을 저지르긴 했으나 다음 날 연구실로 불려가서 죽었다고 복창할 각오를 했으나 다음 날 복도에서 이 교수를 만나 인사를 하자 그는 아무 일도 없었다는 듯이 웃으면서 악수를 청하는 것이 아닌가.

해서 김 교수의 기우로 끝났다. 그만큼 이 교수는 뒤가 깨끗했다. 앞에서 감언이설로 알랑방귀를 뀌다가도 돌아서면 욕하고 헐뜯는 인간과는 차원이 달랐다. 뒤에서 호비작호비작 해코지하는 그런 저질의 사람과는 달랐기 때문에 최후의 사무라이라는 별명을 얻은 것은 아닐까.

그 뒤로도 이런 일이 비일비재했다.

김준서가 걱정했던 것과는 달리 학회는 무사히 치러졌다.

오지라 교통이 불편해 회원이 많이 참석하지 않을 것을 예상했었는데 그것이 그대로 적중했던 것이다.

김준서는 학회 뒤처리 때문에 학장 리셉션에는 참석하지 못했는데 허기진 학장이 공개적으로 학회 발표를 빈틈없이 준비한 김준서 교수에 대해 칭찬했다고 한다.

그리고 김준서는 사석에서 허 학장과 부딪쳤을 때, 그 일로 칭찬을 듣기도 했었다.

"학회 때 수고 많았어. 학장으로 오기 전부터 김 교수가 유능하다는 말을 들었는데 그것이 이번 학회를 기회로 확인된 셈이야. 앞으로 열심히 하라고. 내 많이 도와주지."

"네, 학장님. 저로서는 말씀만 들어도 감지득지입니다."

이런 칭찬도 일시적인 것에 지나지 않았다.

몇 달이 못 가 눈에 피눈물을 빼는 치욕, 김준서로서는 생애 최대의 치욕과 굴욕을 당하게 된다.

지난 화요일, 9교시가 훨씬 지난 시간이었다. 김준서는 모두 퇴근한 시간에 학과 학생회 간부들이 비밀리에 학과 학생들을 모아놓고 비상회의를 개최해서 학과 내 문제 교수들을 축출하자고 결의한 것을 전혀 눈치조차 채지 못했었다.

그랬는데 수요일 오후 세 시쯤이었다. 김 교수를 따르는 정한수 학생이 불안하고 다급한 목소리로 전화를 했다.

"한수입니다. 하숙집 위치 좀 가르쳐 주셨으면 해서요."

"갑자기 하숙집 위치를 가르쳐 달라니?"

"심각한 일이 발생해서 선생님께 말씀드리려고요."

"그래요. 기차 건널목 곁에 있는 구멍가게에서 물어 봐요."

"그럼 저녁 일곱 시쯤 찾아뵙겠습니다."

"알았어요. 내 기다리지."

찾아온 정한수는 매우 불안한 모습으로 말문을 열었다.

"선생님, 어제 저녁 사태를 알고 계십니까?"

"사태는 무슨 사태? 무슨 일이라도 있었어?"

"3학년 선배들이 주동이 되어 선생님을 쫓아내자고 강제로 서명을 받아 학장실로 쳐들어간 것 말이에요."

"그랬어요? 나로서는 금시초문인데…"

"그런 일이 있었는데도 선생님은 어쩌면 이렇게 태평하실 수 있어요? 전 분해서 지난밤은 잠도 한숨 자지 못했는데요."

"그래. 이렇게 찾아와 알려 주니 고맙네."

"고맙기는요. 미리 알리려고 했으나 선생님 연구실을 지키며 출입자를 감시하고 있어 알릴 수가 없었답니다."

"아, 그랬어. 아마 그럴 수도 있겠지. 어쨌든 고맙다."

김 교수는 정한수의 이런 행동을 좋게 보지 않았다. 보기 좋게 당할 때 당하더라도 집단행동에서 혼자 이탈해 알려준다는 것은 그리 바람직한 일이 아니라는 생각이 들어서였다. 그런 생각을 하면서도 물에 빠진 사람은 지푸라기라도 잡는다는 속담처럼 정한수의 행동이 고맙기까지 했다.

"정군이 날 찾아와서 알려 주는 까닭은?"

"첫째는 선생님을 존경하기 때문이에요. 선생님은 순수하잖아요. 그래서 충격을 받을까 걱정이 돼서요.

둘째는 이런 극단적인 행동으로 나온 학생들이 옳지 않다고 생각해서예요. 이정타 교수님이라면 모를까. 이 교수를 옹호했다고 해서 도매금으로 매도당할 수는 없잖아요. 제가 이렇게 알리기까지는 많은 고민을 했답니다.

제가 찾아와 알린 것을 주동자들이 알게 되면, 저는 학교를 그만둔다는 각오로 찾아왔습니다.

그런데 안타까운 것은, 선생님의 마음은 그렇지 않은데 쓸데없이 오해를 사는 경우가 더러 있어요. 표정만 해도 그렇습니다. 싫으면 싫다는 표정, 좋으면 좋다는 표정을 직선적으로 드러내잖아요. 그것은 순수의 대명사인데도 누가 알아주기나 합니까. 오히려 장점인데도 단점이 되는 겁니다. 앞으론 싫은 학생이라도 싫은 내색하지 마세요. 그것이 은연중에 적을 만드는 겁니다. 앞으로는 카멜레온을 닮거나 아니면 크렘린처럼 내색을 하지 않던가요."

"아, 그래요. 충고까지 해 줘서 더욱 고맙군."

"제가 어떻게 충고를 해요. 선생님, 저 나름으로 학생들의 부당한 행동을 적어 학장님께 편지하겠습니다. 앞으로 교사가 희망인 학생들이 사소한 일로 교수를 매도한 데다 축출하려고 서명을 받기 위해 폭력을 휘두르는 행동이야말로 교사가 될 자질이 애초부터 없다고 저는 생각합니다."

김준서는 "생각이 매우 건설적이군." 하고 대수롭지 않게 여겼으나 듣고 보니 사태가 심상치 않음을 직감할 수 있었다.

그런데도 김준서는 대책을 강구할 수 없었다. 아니, 하지 못했다는 것이 보다 정확한 표현일 것이다.

중이 제 머리 못 깎듯이 매도의 대상이 되었는데 어떻게 나서서 학생들을 설득할 것이며 사태를 수습할 것인가.

다음날 김준서가 일찍 출근하자 이정타 교수가 보자고 했다. 연구실로 가니 이 교수는 앉기도 전에 불호령부터 내렸다.

"당신, 그 동안 뭐했어? 학생지도 잘하라고 그렇게 말했잖아. 그런데 이게 뭐야? 이 새끼야, 내가 왜 널 채용했는지 알아? 학생이나 감시하고 지도 잘 하라고 채용했어. 그런데 이게 뭐야? 이 배신자 같은 새끼, 이제 어떻게 할 거야, 응?"

이 교수는 소문난 개뼈다귀 성질 그대로 입에 거품을 물면서 발악했고 주먹을 불끈 쥐고 때리는 시늉까지 했다. 김준서는 욕설보다 주먹이 날아올 것에 대비해야 했다.

"이 새끼야, 대학 교수되기가 어디 쉬운 줄 알아. 너는 내 힘으로 국립대학 교수가 됐어. 그런데도 배신을 해? 싸가지라곤 없는 새끼. 그래, 이제 어떻게 수습할 거야?"

"선생님, 죄송하게 되었습니다. 면목이 없습니다."

"뭐가 죄송해? 면목이 없다면 다야?"

"앞으론 절대 이런 일이 없도록 하겠습니다."

"당장 집어치워. 사건이 터진 다음에야 뭐 어쩌고 저째?"

김준서는 채용의 은혜 때문에 이 교수로부터 갖은 욕으로 배 터지도록 해장을 하고 연구실로 돌아와서는 피눈물을 얼마나 흘렸는지 모른다.

태어나 가장 많은 눈물을 흘린 셈이랄까.

DN대학은 설립 초창기라 신문에 교수채용광고를 내고 공개심사를 거쳐 채용한 것이 아니라 알음알음을 통해 소개하면 학장이 임의로 특채 형식을 빌려 발령을 냈던 것이다.

이정타 교수는 학장과 한 통속으로 대학 설립 2년 만에 한국어문학과를 개설하는 수완을 발휘했으며 임의로 학과 교수를 채용했다. 그 덕에 김준서도 교수가 되긴 했으나 그로부터 당해야 할 고통이야말로 지금까지는 시작에 불과했다.

김준서가 이 교수로부터 당한 오후였다.

연구실을 지키고 있어 봐야 중 제 머리 못 깎듯이 어떻게 할 방도가 없어서 될 대로 되라는 자포자기의 심정으로 수강하러 상경했던 것이다.

그랬으니 그 다음에 무슨 일이 벌어졌는지 알 수 없었기 때문에 일말의 불안감을 느끼며 학장실로 들어섰다.

"학장님, 안녕하셨습니까? 한국어문학과 김준서입니다."

학장은 인상 그대로 다짜고짜 해라로 해댔다.

"당신, 지난 목요일, 어디 갔었어?"

김준서는 H대학 박사과정에 적을 두고 있었기 때문에 수

강하러 목요일이면 강의를 하고 오후 늦게 상경했다.

"박사과정을 수강하러 서울에 갔습니다."

"학생들이 문제를 일으킨 것, 알아, 몰라?"

"학장님, 저도 그저께 대충 들어서 알고 있습니다."

세상에는 큰소리치는 사람이 왜 그렇게 많은지 모른다. 그 중에서도 속물근성으로 도배를 한 허 학장의 큰소리는 유럽 명품 시장에 내놓아도 전혀 손색이 없는 명품이었다.

≒ 뭐 땜시리 학장으로 왔는지 알아?

"당장 그만 둬. 내가 뭐 땜시리 학장으로 왔는지, 알아? 교수들에게 큰소리치려고 왔어. 이제 알았냐고?"

허 학장은 인상을 쓰며 험악한 분위기를 연출했다.

"아, 네. 학장님… 그게 부임한 이유군요?"

"그래. 김 교수, 내년 3월 1일부로 재임용이지?"

"그런 제도가 있는지도 모릅니다."

"또한 4월 1일부로는 조교수로 승진하지?"

"전 그런 제도가 있는지도 모르고 있었습니다."

"정말 모르고 하는 소리야?"

"네, 학장님. 그렇습니다. 전혀 모르고…"

김준서는 '전혀 모르고'란 점을 유독 강조했다.

"모르고 있었다니? 말같지 않은 소리는 하지도 마시오."

"사실이 그런데 어떻게 합니까."

"당신, 내게 꼬박꼬박 말 대꾸할 거야?"

"……"

김 교수는 언제 재임용을 하는지, 전임강사 몇 년 만에 조교수로 승진하는지, 어떤 절차를 밟는지 모르고 있었다.

"내가 재임용해 주지도 않을 뿐더러 조교수로도 승진시켜주지 않아. 당장 보따리를 싸서 서울로 올라가라고."

올라가든 말든 학장이 상관할 일도 아닌데, 그런데도 김준서는 "아, 네…" 하고 건숭으로만 대답했다.

아니었다. 아예 질려버려 입도 뻥긋 못하고 당하기만 했다. 허 학장의 저의, 지레 겁을 잔뜩 줘서 찍소리 못하도록 엄포를 놓으려고 하는 것인지, 사전에 구상해 놓은 포석대로 바둑돌을 집어서 두고 있는지 알 수 없어 불안하기만 했다.

허 학장이 순종의 타성에 인이 박힌 관료 출신이거나 장관 출신이라도 이처럼 교수를 억압하지는 않을 것이다.

김준서는 학장으로 오기 전에 교수였다는 사람이 해도 너무한다는 생각이 들었다. 전직이 교수다운 교수였다면 같은 교수에게 이럴 수는 없었다. 소설을 쓴다는 김준서가 떠올린 생각이라는 것이 고작 한심하다 할까.

학장으로서 학생들이 문제를 일으킨 것을 원만하게 해결

하려고 하기보다는 학생들 편에 서서 옹호하고 감싸주는 척하면서 아니, 오히려 학장의 권한을 최대한 활용해서 학생들을 선동하고 이를 이용해 해당 교수의 약점을 잡아 윽박지르려고 하는 권위의 화신일 것이라는 생각만 했지, 그 이상의 음흉함이 예비되어 있는지는 생각을 떠올리지 못했다.

그만큼 김준서는 생각이 단순하다고 할까

그랬는데 채용의 엄청난 음모가 도사리고 있는 줄은 꿈에도 생각하지 못했으니 석두가 따로 없었다.

김준서는 방금 떠올린 생각을 새삼 음미하면서 말재주가 메주 그대로 한 마디 불쑥 던져 화를 자초하고 말았다.

"학장님, 제가 비록 잘못을 했다손 치더라도 그렇게 말씀하셔서는 학장님의 인품과는 거리가 멀다고 생각합니다. 학장님께서는 지금 정구죽천丁口竹天이라 할까요."

국어학을 전공한 교수 출신답게 말귀는 알아듣고 있는 핏대, 없는 핏대까지 올리면서 고래고래 소리를 질러댔다.

"뭐라고? 정구죽천이라고? 이 친구가 보자, 보자 하니까."

"그렇지 않습니까? 학장님의 행동거지 말입니다."

"엎드려 빌어도 용서해 줄까 말까 한데, 성질까지 돋워?"

"누가 성질을 돋웠다고 그러십니까?"

"쫓겨날 처지에 어디다 대고 꼬박꼬박 말대꾸야?"

"천만의 말씀이십니다. 학장님의 말씀에 하찮은 전임강사 따위가 어떻게 대꾸를 한답니까. 당치도 않습니다."

"그래도 계속 씨부렁대? 두고 보자구."

"학장님, 바쁘실 텐데 한 마디만 하고 전 물러가겠습니다. 동에서 뺨 맞고 서에서 화풀이한다는 말이 있듯이 만만한 저만 가지고 큰소리치지 마십시오. 지나가는 소가 웃을 일입니다."

김 교수는 일어나서 출입문으로 걸어갔다.

그때 뒤에서 뭔가가 날아와 문에 부딪혀 박살이 났다. 뒤돌아보니 잉크 스탠드였다. 잉크 물이 문이며 바닥에 떨어져 번지는 것이 김 교수의 마음을 대변이라도 하는 듯했다.

9월 하순 경, 사범계 3102 계단식 강의실, 9교시가 끝난 시간이었다. 한국어문학과 학생들이 학과비상회의를 열었다.

안건은 교수 규탄. 회의는 지성, 야성, 낭만의 대학사회가 아닌 공산주의 체제에서나 있을 법한 주동자들의 일방통행, 힘센 자의 폭력이 난무하는 인민재판의 재현이었다.

사건의 발단은 화요일 3교시, '신라가요강독' 시간이었다. 그 시간은 학생들로 봐서 불만이 가득한 강의일 수밖에 없었다. 1학기에 개설된 강좌로 담당 교수는 배선희였다. 배선희는 신원진술서가 늦게 도착하는 바람에 발령을 받지 못한 채 신원진술서가 도착되는 즉시 전임강사 발령을 전제로 해서 '신라가요강독'을 맡아 강의를 했었다.

그네는 강좌를 맡자 스타 교수 뺨 칠 정도로 열의를 다해 강의했고 고운 목소리로 학생들을 얼리고 달래면서, 때로는 재미있게 또 때로는 귀에 쏙 들어가도록 강의를 했기 때문에 학생들의 인기를 독차지했다.

그랬는데 이규학 학장의 임기가 3월 15일자로 끝나고 새로이 K대에서 허기진 교수가 학장으로 부임한 지 두 주가 되기 전에 담당 교수가 소설의 제목처럼 『바람과 함께 사라지다』가 돼 버리는 바람에 강의할 담당 교수를 갑자기 구할 수 없어 어쩔 수 없이 일시적으로 강좌를 폐쇄했었는데 졸업 학점 때문에 더 이상 강좌를 미룰 수 없어 2학기 들어 재개설했다. 배선희 대신 '신라가요강독'의 강의를 맡은 교수가 공교롭게도 이정타 교수였다. 이 교수는 신라가요의 전공자가 아니었다. 그는 교육대학과 초급대학 시절, 교양 국어만 가르쳤으며 지금도 그때 학생만 여기고 준비 없이 임한 것이 문제의 발단이었다. 신라가요에 대해 상식 수준으로 강의에 임하며 시간을 땜질했다.

따라서 내심 공부 좀 한다는 학생들은 불만이 많은데다 질문을 했을 때, 솔직히 모르는 것은 연구해서 다음 시간에 가르쳐준다고 했으면 그 지경까지는 이르지 않았을 것이다.

딴에는 공부께나 한다고 자부하는 배윤한이 1학기에 기껏 3주 동안 수강한 배선희 교수의 해박한 지식과 논리 정연한 강의에 비해 너무 성의 없고 내용마저 부실함에 불만을 품고 강의 진행 중에 불쑥 질문을 던졌다.

질문한 태도부터 매우 불손했을 뿐 아니라 삐딱한 데다 다분히 골탕 먹이기 위한 의도로.

"향찰과 이두의 차이점에 대해 설명 좀 해 주십시오. 교수님께서는 그 차이나 알고 지금 강의하시는지 묻고 싶습니다."

이런 질문을 받았을 때, 강의하는 사람으로서 화를 내지 않는 것이 오히려 이상할 정도로 기분 나쁜 질문이었다.

게다가 나름대로 열강을 하고 있다고 자부하고 있는 고지식한 이 교수로서는 화가 난 것은 당연한 것인지도 모른다.

"너 이름이 뭐야? 교수가 강의하는데 허락도 없이 불쑥 일어나 질문을 해. 그것도 불손하고 삐딱하게 질문을 해? 누구 자식이야? 그 따위로 배워 처먹었어. ×새끼구만."

"교수님, 저, ×새끼가 아닙니다. 제가 어째서 ×새낍니까? 이래 봐도 DN대학 학생 중의 당당한 한 사람입니다."

배윤한은 이 교수의 화를 돋우기까지 했다.

그랬으니 최후의 사무라이로 소문난 이정타 교수의 다음 행동은 보지 않아도 상상이 가고도 남았다.

목청껏 소리쳤을 것이며 ×새끼를 입에 달고 있는 욕, 없는 욕을 퍼부어댔을 것이다.

"×새끼들, 니들이 뭔데 이 따위로 교수에게 항의를 해. 이번 학기 너희들의 학점은 모두가 F야. 알았어!"

이 교수는 불같이 화를 내다 못해 하던 강의를 접고 연구실로 돌아와서 식식댔다. 교육대학 시절에는 강의를 어떻게 하든 학생들이 고분고분 따라준 것만을 떠올리며.

이 교수는 교육대학에서 초급대학으로, 이어 4년제 대학으로 승격되면서 자동적으로 4년제 교수로 발령을 받았다.

그렇게 발령을 받았다면 4년제 교수답게 연구하고 가르치는 테크닉도 개발해서 강의에 임했다면 그런 일은 없었을 것이다. 이정타 교수로서는 학생들이 달라졌다는 것을 인정하지 않았고 아예 그런 것은 생각해 본 적도 없었다.

오직 교육대학 시절의 학생으로만 여겼으니 이 교수 자신에게 문제가 있었던 것이다.

그런데도 주테(낮에는 테니스), 야테(밤으로는 텔레비전 시청)란 말이 DN대학 교수사회에서 유행할 정도로 이 교수는 주테는 하지 않았으나 야테 아니면 폭주로 좋은 시절을 보내고 있었으니 연구가 부실하거나 강의가 무성의할 수밖에 없었다.

욕을 얻어먹은 배윤한은 분을 삭이지 못했다.

대학에 들어와 공부깨나 한다고 자부하는데 ×새끼 소리를 수도 없이 들었으니 분을 삭이지 못할 수도 있었다.

해서 그는 억울함을 호소하기 위해 3학년 강의실로 갔다. 3학년 선배들은 강의가 없어 잡담을 하고 있었다.

배윤한은 물고기가 물을 만난 듯 이정타 교수의 행패에 대해 있는 것 없는 것을 다 들춰내어 비난했다.

그러자 이 교수에게 나쁜 감정을 가졌거나 불만을 가진 학생들이 동조했다. 누구보다도 김종규가 맞장구를 쳤다.

그는 첫눈에도 착한 면이라고는 없고 악역 배우를 했으면 알맞을 것 같은 인상을 풍기는, 인상을 쓰지 않고 그대로 있는데도 상대방에게 섬뜩함을 줄 정도의 얼굴이었다.

"이 기회에 뽄대를 한번 보여 주자고. 이정타 같은 실력 없는 학과 교수는 다 쫓아내자고. 생각하고 자시고 할 것 없어. 지금 당장 떼를 지어 학장실로 쳐들어가자고. 가서 있는 것, 없는 것 다 들춰내서 항의하자고."

류종락은 말도 되지 않은 소리까지 했다.

"이정타 교수 월급이면 전임강사 두 명의 월급을 주고도 남는대. 그러니 이 기회에 이 교수를 쫓아내자고."

이런 일에 꾀보로 소문난 임종인이 빠질 리 없었다.

"지금 쳐들어갈 것이 아니라 계획부터 세우자고. 무턱대고 쳐들어갔다가는 우리가 되레 낭패를 당할 수도 있어."

김종규는 D시의 D고등학교 출신이다. 같은 학번보다 나이가 십년 하나는 더 많았고 예비군이었다. 고교시절부터 집안 배경을 믿고 자주 싸움질을 했다. 싸움질을 했다 하면 있는 것, 없는 것 주워들고 휘둘러댔던 것이다.

김종규가 또래보다 10년 늦게 입학했으니 동료들이 나이 대접도 나이대접이거니와 그런 깡이 무서워 입도 뻥긋 하지 못했다. 그런 김종규가 학장실로 곧장 쳐들어가자고 한 데는 나름대로 믿는 구석이 있어서였다.

새로 부임한 학장이 취임한 지 2주일이 지났을까.

허 학장은 어디서 주워들었는지 알 수 없었으나 김종규를 직접 학장실로 불러 이런 저런 집안 이야기까지 했다.

"자네의 본관이 아마 내앞이지?"

"네. 그렇습니다."

"자네 집안에 대해 나도 알 만큼은 알지. 그건 그렇고. 내가 자네에게 특별장학금을 주지. 아마 지도교수가 김준서일 거야. 이 장학금은 김 군을 배려해서 지도교수도 모르게 주는 거니까, 그리 알고 열심히 공부하도록. 그리고 무슨 일이 있으면 언제라도 날 찾아와. 뭐든 다 들어줄 테니까. 알겠는가?"

허기진의 속내는 들여다 보나마나 뻔했다.

학교 내외의 첩보를 수집하기 위해 장학금이라는 미끼를 주고 이용하려는 것임을. 그런데도 김종규는 눈치를 채지 못했다. 오히려 자기를 불러 장학금까지 주겠다고 하자, 소영웅이라도 된 듯 우쭐해서 눈에 보이는 것이 없을 정도로 기분이 잔뜩 업그레이드되어 있었다.

학과 비상회의는 일사천리로 진행되었다. 3학년이 주축(당시 한국어문학과는 4학년이 없었음)이었음은 물론이다. 3학년 대표로 김종규와 임종인, 2학년 대표는 배윤한, 한소남, 최은주, 황지성 김소성 등 학회 간부들이 대부분이었다.

회의를 끝내자마자 한국어문학과 학생 대표들은 지체 없이 학장실로 갔다. 갔다는 표현보다는 떼를 지어 몰려갔다는 것이 보다 정확한 표현일 것이다.

비서실 직원 둘이서 제지하려 했으나 학생들이 힘으로 밀고 들어서는 데야 막을 도리가 없었다.

허기진 학장은 절차도 밟지 않고 갑작스레 몰려온 학생들을 보고도 나무라거나 만나기를 거절하지도 않았다.

오히려 잘 왔다고 어깨를 툭툭 치면서 반겼다.

그것은 김종규가 있어서였다.

≒ 거론되는 교수는 다 쫓아낼 테니

김종규는 당돌하게, 아니 시건방을 떨어대면서 말했다.

"학장님, 이정타 교수 때문에 밀고 쳐들어왔습니다."

학장은 쳐들어왔다는 말에 불쾌감을 느낄 만도 했으나 그런 것에는 불쾌감을 드러내기는커녕 되레 반겼다.

"한국어문학과 이정타 교수를 두고 하는 말인가?"

허기진 학장은 알고 있으면서도 너스레를 떨었다.

"이 교수의 강의는 듣지 않겠습니다. 담당 교수를 바꿔주십시오. 그렇지 않으면 스트라이크라도 일으키겠습니다."

"스트라이크라니? 무슨 문제라도 있는가?"

"이정타 교수는 교수도 아닙니다. 강의를 할 실력도 없는데다 질문이라도 하면 답변 대신, 온갖 상스러운 욕만 해댑니다. 그런 교수의 강의는 못 듣겠습니다. 학장님, 당장 다른 교수로 바꿔주십시오."

"그래? 그런가? 알았네, 알았어. 그런데 어디 보자…"

허기진 학장은 회심의 미소를 지었다. 장학금을 준 약발이 이렇게도 빠르게 반응할 줄은 생각지 못했던 일이다.

"그렇다면 좋아. 내 문제 있는 교수들은 다 쫓아낼 테니까, 연판장(종이)을 돌려서 서명을 받아 와. 교수들의 문제점이나 비리를 구체적으로 나열하고 그 밑에 학생들이 서명하고 날인까지 받으란 말이야. 그러면 내 다 쫓아낼 테니까."

"네, 학장님. 알겠습니다. 그렇게 하겠습니다."

허기진 학장은 학생들을 돌려보낸 뒤, 새삼 회심의 미소를 비누방울처럼 만들어서 공중에 뿌뿌 뿜어댔다.

미소로 비누방울을 만들어 내면서 책상 위에 두 다리를 뻗고 눈을 지그시 감은 채 학장으로 부임하기를 참으로 잘했다는 생각까지 했다.

허기진 교수가 학장이라도 하고 싶었던 계기는 잘난 체하고 우쭐대기 좋아하는 과시욕이 남달라서이기도 했으나 학과 교수들과의 관계 때문이었다. 학과 교수들과의 관계가 원만하기는커녕 앙숙이었다. 별 일도 아닌데도 핏대를 세우고 흥분해서 다투기 일쑤였다. 한 마디 대꾸만 해도 얼굴이 벌겋게 달아올랐다. 흥분했다 하면, 침을 5미터나 튀기면서 거품을 물어냈으니 어느 교수인들 좋아할 리 없었다.

게다가 같은 학과 동료 교수들 중에서 두 명이나 한강 남

쪽 최고의 국립대학교라고 인정하는 K대 총장을 역임했는데 자기는 평교수라니, 이거 영 쪽팔려서 견딜 수 없기도 했었다. 이유는 모두가 허 교수의 성격 탓이며 본인에게 달렸는데도 이를 알지 못했다.

허기진은 소인배의 전형, 자기보다 못하다고 생각이 들면 우쭐대며 큰소리치고, 잘난 체하고 싶은 소영웅심의 소유자라고 할까. 말 한 마디만 해도 쩔쩔 매거나 굽신대기를 좋아한 탓으로 사사건건 학과 교수들과 부딪치는 바람에 따돌림을 자초했으며 이런 소문이 학생들에게 퍼져 기피 1호로 선정되곤 했다.

한 예로 모두가 싫어하는 교내 신문사 주간에 임명되었을 때, 그것도 무슨 큰 벼슬이라도 한 양 우쭐대곤 했다.

동창회에서 신문사의 활동 편의를 제공해 주기 위해 차량 구입비를 지원했었는데 차를 사기는커녕 이를 떼어먹어 보직에서 떨려났을 정도로 돈에 대한 집착은 이름 그대로 허기가 질대로 진 창자임을 단적으로 드러내기도 했다.

전두환 군사독재정권 때였다.

그는 청와대에 줄이 닿아 국립대학인 DN대학의 학장으로 임명받았으니 우쭐대고 잘난 체하는 것쯤은 봐 줄 만했으나 이를 계기로 더 높은 자리(교육부 장관)에 미련을 버리지 못할 정도로 주제 파악이 안 되는 인물이었다.

허기진은 학장으로 임명받기 위해 로비 자금으로 1억이

호가하는 집 한 채를 팔았다는 소문이 자자한 데도 그런 소문에는 눈 하나 깜짝 하지 않았다. 실력보다는 말발과 입담이 세 학원 강사로 이름을 떵떵 날릴 때 번 돈으로 산 집이어서 그런지는 모르겠으나 이를 두고 늘 자랑스럽게 말했었다.

허기진 교수로서는 그렇게 학원 강의를 해서 벌어 산 집을 팔았으니 배가 아플 수도 있었다.

하지만 종합대학교는 아니지만 국립대학 학장이라도 됐으니 보상을 받았다고 자위했다.

국립대 학장이라면 판공비만 긁어모아도 1년에 1억 하나는 챙길 것이니 원상회복하면 될 것이고 그까짓 집 한 채쯤이야 1년 안에 보충하고도 남을 재주는 타고 났다고 자부했다. 그리고 나머지 3년 동안은 끌어 모으면 되고.

그는 학장으로 내정되자 DN대학의 교수진부터 파악했다. 알음알음을 통해 교수들의 성향까지 파악하는 치밀성을 보였다. 이어 찍소리 못하게끔 장악하는 방안까지도 마련했다. 교육대학에서 2년제 초급대학으로, 4년제 대학으로 개편되면서 학위나 실력보다는 승계로 신분을 보장받은 교수들이니 실력이 있다거나 연구를 한다는 것과는 거리가 멀며 먹고 마시고 노는 데 일가견을 가진 교수들, 배짱 하나는 알아주는 걸물들이 많아 다루기가 쉽지 않다는 정보를 입수했다. 교수 중에서도 무용이 전공인 김상수 교수는 뼈대도 굵고 성정마저도 개뼈다귀 같다고 소문이 자자했으며 한국어문학과 이정타 교수도 그에 못하지 않은 최후의 사무라이라고 하지만 충분히 요리할 수 있는 대책을 마련하고는 회심의 미소까지 지었었다.

어떻게 생겨 먹은 대학인지 모르겠으나 신설 대학이라 하더라도 전임교수 33명 중에 박사학위 소지자가 하나도 없다는 것도 그로서는 큰소리칠 수 있는 결정적인 계기로 삼았다.

허기진은 다혈질과 개차반 성격 때문에 학과 교수들의 반대에 부딪쳐 출신대학에서 학위를 받지 못했다.

스스로의 말을 빌리면, 앉아 오줌 누는 대학에서 학위를 받은 처지인데도 박사 학위 소지자는 자기뿐이라고 큰소리칠 수 있는 계기, 그렇게 땅땅 큰소리치면서도 저서 한 권커녕 주목받은 논문 한 편이 없는데도 배짱 하나는 알아줄 만했다. 허 학장은 학문의 업적은 별 볼 일 없는 것에 비해 처세술만은 달인, 무조건 화를 내거나 깽판을 치는 것이 아니라 사람에 따라 이용 가치가 있다 싶으면 요리사가 하찮은 재료를 가지고도 먹음직한 요리를 만들어 내듯이 사람을 다룰 줄 알았다.

김상수 교수는 조직에도 없는 교수부장이라는 직제를 만들어 안기면 찍소리 하지 않을 것은 말할 것도 없었다.

여기에 이정타 교수와는 형님, 아우 하는 사이니 누군 보직을 하고, 누군 보직을 못하게 되면 사이가 벌어질 것은 당연지사, 이 교수를 고립시켜 힘을 못 쓰게 만들면 되니 꿩 먹고 알 먹기가 된다.

나머지 나이 든 교수들이야 얼마든지 손 안에 쥐고 흔들 수 있는 방안을 이미 마련해 두고 있었다.

이제는 대학도 변해야 하며 변한 대학에서 살아남으려면 학위가 있어야 하는데 당신들 실력으로는 영어가 돼, 제 2 외국어가 돼. 그러니 박사과정 입학은 물 건너간 지가 오래야. 나와 K대 총장과는 둘도 없는 사이, 내가 특별전형으로 박사과정에 입학시켜줄 것이며 졸업시험도 면제받도록 최대한 편의를 봐 주겠다고 하면 죽는 시늉이라도 할 것이 분명하겠다. 따라서 대학을 한 손에 쥐고 주무르는 것은 시간문제라고 나름대로 쾌재를 부르며 복안을 마련해 뒀다.

문제는 한국어문학과 이정타 교수였다.

최후의 사무라이라고 소문이 난 그대로 불같은 성미에 대응하기란 쉽지 않을 것임을 간파했다. 약점을 만들어 이를 비수처럼 휘두르기 전에는 골치 아픈 존재, 최대로 눈독을 들이는 한국어문학과 교수 채용에 있어 마음대로 주무르는데 장애가 될 것임은 뻔했다. 하물며 이정타 교수는 언제 어느 때 어디로 튈지 모르는 럭비 볼 성격, 박사과정에 입학시켜 준다고 해도 은공을 잊고 자기에게 불리하다 싶으면 시도 때도 없이 달려들 것이 뻔하기 때문에 그런 이 교수를 손안에 넣고 흔들기란 쉽지 않을 것이다.

이 교수만은 없는 약점이라도 만들어서 옭아매야지, 그렇지 않으면 한국어문학과 교수 채용에 전권을 휘두를 수 없어.

허기진은 대안 마련을 위해 고심을 거듭했다.

한데 교수채용 시즌에 맞춰 의외에도 빨리 그런 기회는 호박이 넝쿨째 굴러오듯이 손 안에 팍팍 소리나게 들어왔다.

학생 대표들은 학과비상대책회의를 개최하면서 학과 교수들이 눈치 채지 못하도록 하기 위해 일과가 끝난 저녁 시간, 빈 강의실에 1, 2, 3학년 전체 학생을 몰아넣었다.

계획은 꾀보에 전형적인 간신으로 소문난 임종인이 맡고 행동 책임자로 악역 배우 뺨치는 김종규가 선두에 섰다.

만에 하나, 학과 교수들에게 밀고하거나 전화로 알릴 수도 있어 연구실을 드나드는 학생이 있나 없나를 감시하는 감시조까지 편성해서 연구실마다 배치하고 회의를 진행했다.

회의가 시작되자마자 한국어문학과는 어디로 달아나 버리고 조어학과로 돌변했다. 입의 수만큼 온갖 설이 난무하면서 이정타 교수를 성토했으며 사적이나 공적으로 이 교수의 약점을 캐거나 들추기에 혈안이 되었다.

평소 이 교수의 행동거지며 강의시간은 물론 답사나 MT 등 사석에서 농담 삼아 주고받은 대화까지 문제 삼아 성토했고 이를 일일이 기록했다. 술에 취해 노상 방뇨한 것이며 만취해 대로변에 들어 누워 있는 것을 학과 교수인 이신홍 교수가 업어 기숙사로 데려간 것하며 다방에서 레지의 손을 잡고 희롱한 것, 교재를 사라고 강요한 것은 물론 열강을 하다

침이 튄 것까지 지탄의 대상이 되었다. 심지어 학점에 불만을 품은 학생은 이 교수가 답안을 보고 채점하지 않고 선풍기 바람을 쐬어 멀리 날아가는 답안지는 좋은 점수를 주었다는 둥, 터무니없는 거짓말까지 지어냈다. 어디서 주워 들었는지 부부 싸움하면서 사모님한테 욕한 것까지 들먹이며 성토했고 이를 일일이 기록했다. 두 시간에 걸쳐 입이라고 붙어 있는 입은 한 마디씩 비행을 폭로하고 성토해서 기록한 것이 소설가가 상상해서 지어내라고 해도 지어낼 수 없을 만큼의 분량인 편지지로 다섯 장이었다.

임종인이 기록한 것을 낭독하고 의견을 물었다.

"방금 낭독한 내용에 이의가 없다면, 즉시 서명을 받았으면 하는데 회원 중에 반대하는 사람 있습니까?"

이런 인민재판식 분위기를 깨뜨릴 수 있는 용기 있는 학생은 하나도 없었다. 있다면 그것이 이상했을 것이다.

비록 반대 의사를 가지고 있다고 하더라도 선뜻 나서지 못해 쥐 죽은 듯이 처박혀 있어야 했다. 모두가 험악한 분위기에 주눅이 들어 한 통속으로 놀아났기 때문이다.

누군가가 일어서지도 않은 채 앉은 자리에서 소리쳤다.

"쇠뿔도 단김에 빼라고 했듯이 서명을 받읍시다."

그러자 벌떼 같이 "좋고 좋소이다.", "옳고 옳소이다." 하고 동조해서 학과 비상대책회의는 일사천리로 끝냈다.

이어 곧장 서명을 받으려 했으나 주모자들은 이 교수를 따르는 학생들이 서명을 거부할 경우를 대비해서 방안을 따로 마련하기 위해 서명은 다음날로 미뤘다.

간부들이 따로 남아 마련한 대책이라는 것이 비서명자는 철저히 왕따를 시킨다든지, 협박이나 폭력을 행사해서라도 서명을 받아내기로 하는 등 추가 방안을 마련하고 헤어졌다.

학과 비상대책회의가 있은 바로 그 다음날이었다.

김준서는 학과에 어떤 사태가 발생했는지도 모르고 2학년 1, 2 교시 강의를 하기 위해 1212 강의실로 들어섰다. 출석을 점검하고 수업을 진행하려는데 이미정 학생이 손을 번쩍 드는 것이 아닌가. 김 교수는 의아해 하면서 "강의를 시작하기도 전에 질문부터 하다니. 좋아요." 하고 받아들였다.

"질문이라기보다는 물어볼 것이 있는데요. 선생님께서는 이정타 교수를 어떻게 생각하세요? 수업 중에 학생들이 질문하면 답변은커녕 ×새끼라고 욕부터 하는 것에 대해서요? 솔직하게 대답해 주세요."

순간, 김준서는 직감했다.

어떤 답변이 나오는가, 의중을 캐기 위한 의도적인 질문임을. 평소 이 교수가 학생들을 어떻게 대하며 학생들이 어떻게 생각하고 있는지 대충 알고 있어 선불리 대답했다가는 학생들이 쳐놓은 올가미에 걸려들 수도 있음을.

김준서는 이정타 교수를 좋아했다.

겉으로 보기에는 최후의 사무라이처럼 불같은 성미의 소

유자였으나 겪어 보면 앞에서는 착한 척하다가도 뒤에서는 갖은 해코지를 하는 더럽고 추잡한 인간보다는 뒤가 깨끗해서 좋아했다. 다만 다혈질이며 지나칠 만큼 막무가내로 행동하는 것이 다소 흠이랄까.

그런 이 교수 편을 들어 두둔하고 싶지 않았으나 그렇다고 교수인데 학생 편을 들어 맞장구를 칠 수는 없었다.

"지금 질문은 나를 떠보기 위해 의도적으로 하는 질문이라고 여겨도 좋겠습니까? 나로서는 학생들의 입장도 충분히 이해가 됩니다. 그러나 이정타 교수를 이해해 줬으면 하는 생각도 가지고 있어요. 교육대학을 거쳐 초급대학, 이어 4년제 대학으로 개편되면서 자연스럽게 신분이 승계되었으니 우리가 이해해야 합니다. 그리고 학과 개설에 결정적인 힘을 보탰고요. 머잖아 정년이니까 그때 실력 있는 교수를 초빙하면 됩니다. 4, 5년만 참고 견뎠으면 합니다. 더 이상 이 교수에 대해 왈가왈부하지 말고 구렁이 담 넘어가듯 넘어 갑시다. 그럼 강의를 진행해도 되겠지요?"

강의를 하려 하자 배윤한이 일어서더니 항의했다.

"선생님은 이 교수의 후배니까 편을 드는 것 아닙니까? 이 교수를 편드는 선생님은 이 교수와 뭐가 다릅니까?"

"아, 그래요? 내가 오해를 산 모양이군요. 내가 학생 편에서서 이 교수를 비난하면 제군들이야 좋겠지. 그러나 현실은 그렇지 않아. 학생들이 모르는 교수 사회의 특성도 있어요.

그리고 이 문제에 대해 시비를 가리고 싶다면 연구실로 찾아와. 내 얼마든지 응해 주지. 그러면 이쯤 해 두고 강의를 시작하겠습니다."

그랬는데 예상치도 못한 사태, 이것이 발단이 되어 김 교수가 이정타 교수를 두둔했다고 부풀려졌고 9교시 후 재차 학과 비상대책회의를 열어 안건으로 상정되기에 이르렀다.

김 교수와 개인적으로 친한 김종규가 제안했다.

"이 기회에 이 교수의 후배며 이 교수에 의해 특별 채용된 김준서 교수도 포함시키는 것이 어떻겠습니까? 어제 강의 시간에 이 교수를 두둔했다는 소문이 파다했다고 합니다. 그냥 뒀다가는 수강 과목이 많아 보복을 당할 수도 있습니다. 이 참에 김 교수마저 도매금으로 날려 버립시다."

그런데 비상대책회의를 주도했던 임종인이 반신반의했다.

"두둔했다는 이유만으로 묶기는 곤란하지 않을까요?"

"임형, 곤란하긴 뭐가 곤란합니까? 이 기회에 이 교수와 함께 김 교수마저도 한 방에 날려 보내자고요."

"김준서 교수는 약점이라고는 없는데, 없는 비행을 만들거나 약점을 지어내기라도 해야 하지 않을까요?"

그 말에 김종규는 지체 없이 말을 받았다.

"그 점은 내가 알아 처리하겠으니, 제게 맡겨 주십시오."

"좋아요. 김종규 씨에게 맡기지요."

김종규는 지난밤에 생각해 둔 복안이 있었다.

그도 지도교수인 김준서와는 각별한 사이임을 스스로 인정하고 있었으면서도.

김준서는 김종규에게 나이대접을 해줬다.

학과 모임이나 답사를 가서도 따로 불러 막걸리 잔이라도 나눴고 둘이 소주잔을 나눌 때는 친구처럼 흉허물 없이 마음을 털어놓기도, 때로는 세상 돌아가는 이야기며 장래 문제에 대해 의견을 나누기도 했다.

한번은 시내에서 술을 먹다가 취한 적이 있었다. 술이 취해 인사불성이 되자 김 교수가 집까지 데려다 준다고 택시를 타고 그의 집까지 갔었다. 그러자 이번에는 김종규가 김 교수를 시내까지 모셔다 준다고 택시를 되돌렸다.

그렇게 오고 가다 보니 날이 샐 정도였으니까, 스승과 제자를 떠나서 매우 친밀한 사이임을 스스로 인정하면서도 어떻게 그럴 수 있었을까?

김 교수도 서울에서 명색이 직장이라고 D시로 오긴 왔으나 연고가 없으니 마음 붙일 데가 없었다.

해서 학생들을 가르치고 함께 어울리는 것을 유일한 낙으로 삼았다. 뿐만 아니라 햇병아리 교수로서 열과 성을 다해 학생들을 지도했다. 그런 지도과정에서 열성이 지나쳐 학생들에게 오해를 불러일으킨 일도 더러 있었을 것이다.

김준서는 성격이 매우 단순하다 할까, 아니면 바보같이 순진하다고 할까. 있는 그대로를 드러내는 직선적인 성격이기 때문에 약점이 되어 빌미를 제공하기도 했을 것이다.

김종규는 술자리에서 농담 삼아 언질을 주기도 했다.

"빠른 시일 내로 선생님을 한번 골탕 먹이겠습니다."

"알았네. 나도 그런 기회가 왔으면 좋겠어."

농담이겠거니 여기고 농담으로 받아넘기면서도 정말 골탕을 먹이려들까 싶게 반신반의했던 일이 떠올랐다.

김준서는 사람과 사람의 만남에서 흉허물 없이 지낸다는 것은 상대방의 약점을 캐는 데 있어 절호의 기회이며 약점을 캐뒀다가 이를 악용하면 멀쩡한 사람을 병신 만들기는 식은 죽 먹기보다 쉬운 일임을 나이 사십에 가까워도 깨닫지 못했다.

김종규는 비상대책회의에서 나름대로 객기를 부렸으나 김 교수를 배척할 비리나 근거를 찾을 수 없었다.

항상 자신이 넘치는 태도, 실력이 있는 데다 강의할 때는 학생들을 압도하는, 학생들의 말을 빌리면 위풍당당했기 때문이다. 그리고 성질이 강한 것 이외는 흠 잡을 데가 없었다.

있다면 지나치게 자신만만한 태도와 잘난 체하는 것, 그리고 여러 과목에 걸쳐 강의를 한다는 것뿐이었다.

김 교수가 강좌를 많이 맡고 있어 한번 눈 밖에 나 미운 털이 박히면 학점 따기가 쉽지 않을 것이며 따라서 졸업하기가 쉽지 않을 것이라는 정도의 이유는 둘러댈 수 있었다.

그러나 이런 점도 김준서를 깊이 알고 보면 정이 많기 때문이며 기우에 지나지 않는다는 것이 드러날 것이다.

김준서도 초등학교 교사처럼 여러 과목에 걸쳐 강의를 한다는 것은 실력 이전에 결정적인 순간에 약점으로 악용될 수 있다는 것을 모르는 바 아니었다.

그렇다고 전임강사 주제에 선배 교수가 강의를 맡아 하라고 강권하는데 거절할 수 있겠는가.

교과과정을 어떻게 편성했던지 과목당 학점이 3학점이 아닌 2학점, 법정 주당 시수인 9시간을 채우려면 학기당 다섯 과목을 강의해야 했다.

게다가 이정타 교수는 외래강사에 대해 알레르기를 일으키고 있었기 때문에 울며 겨자 먹기로 전공과 상관없는 과목까지도 무조건 떠맡아 강의하지 않을 수 없었다. 따라서 초등학교 선생보다 많은 7개 과목을 강의해야만 했다. 그런데도 강의 시수는 기껏 14시간에 지나지 않았다.

이 교수가 외래강사를 싫어한 이유는 따로 있었다.

학과 교수는 자기 손으로 뽑았으니 반기를 들 리 없다. 그런데 외래강사에게 강의를 맡겼다가는 이를 빌미로 전임이 되기 위해 술수를 부리는 것을 두고 볼 수 없기도 했으며 학과 내의 비리나 자기에 대한 이미지가 나쁘게 퍼질까 두려워서였다. 게다가 이정타 교수는 김 교수를 먹던 떡으로 치부했다. 특채로 뽑은 데다 전공이 같은 고전문학, 또한 대학 직접 후배, 더욱이 D대학 김 박사를 봐서라도 자기에게 절대 반기를 들지 못할 것이라고 확신하고 있었기 때문에 만만하게 보고 더더욱 횡포를 부리는지도 모른다.

그러는 것이 겉으로 확연히 드러났다.

심지어 학과회의 때, 이 교수는 김준서가 의견을 말하거나 반대하는 기미라도 보이면 주먹을 쥐고 뺨을 칠 듯이 하면서 동네북 신세를 만들거나 공개적으로 모욕을 주기 일쑤였다.

김종규는 학과 교수를 도마에 올려놓고 난도질했다.

그는 시인인 이신홍 교수는 학생들에게 인기가 있는 데다 학과장을 맡고 있으니 일단 축출 대상에서 제외했다.

그리고 국어학 전공인 서잠금 교수는 대학원 때 허 학장이 지도교수는 아니었으나 허 학장의 직접 제자라는 이유 때문에 제외시켰다.

≒ 학과 비상대책회의를 한 결과는

이제 남은 교수는 외톨이인 김준서 교수뿐이었다.

김종규는 머리를 쥐어짜면서 생각해도 김 교수를 배척하거나 축출할 이유를 찾을 수 없었다. 있다고 한다면 이정타 교수의 후배라는 것뿐이었다.

이번 사태에 이 교수 편에 서서 그를 감싸고 두둔한 것이 축출의 이유라면 이유였다.

그것은 비리나 비행과는 거리가 먼 것이었다. 해서 없는 사실을 만들어낼 수밖에 없었다.

만들어낼 수밖에 없는 이유가 있었다.

만약 학장이 마음이 변해 이정타 교수를 쫓아내지 않는다면, 아니 못한다면 주모자로서 체면은 말할 것도 없고 후배들을 대할 면목이 없어지게 된다.

이를 대비해서라도 대타로 김 교수를 선정할 수밖에 없었으며 자기의 체면을 생각해서라도 둘 중 한 사람은 반드시 쫓아내야 한다는 점을 염두에 뒀다. 그리고 덤으로는 술좌석에서 농담 삼아 한 말, '제가 빠른 시일 내에 선생님을 한번 골탕 먹이겠습니다'를 보여주기 위해서도 그랬다.

김종규는 고민 끝에 세 가지 이유를 지어냈다.

첫째, 이중 인격자
둘째, 표리부동
셋째, 수업 불성실

김종규가 머리를 짜내 둘러댄 것이 고작 다섯 단어였다. 그는 이렇게 지어놓고 스스로도 어이없어 했다. 어이없어 한 것은 이런 단어야말로 김 교수의 비리나 비행과는 멀어도 거리가 한참이나 멀다는 것을 자인하는 것이었다.

김종규는 자작해 낸 김준서의 비행을 안건으로 채택해서 학과 학생 전체회의에 붙여 추인을 받으려 했다.

그러나 처음부터 반대에 부딪쳤다.

이정타 교수의 비리에 대해서는 이의가 없었으나 김 교수에 대해서는 이견이 분분해서 또 한번 한국어문학과 학생들은 조어학과에 편입학해서 '있는 말, 없는 말 지어내기 대회'에 참가하고 있어 학생이 언어의 재판이라도 하려는 듯했다. 배우는 학생들이라는 느낌은 도저히 들지 않는, 그런 막말은 지어낼 수 없는 말들, 어디서 그런 용어들이 순발력 있게 튀어나오는지 알 수 없었다. 슬리퍼를 신고 등교했다가 지적받은 것이며 강의 중에 신발을 벗었다가 냄새난다고 신으라고 한 것까지 들먹였다.

학생 전체회의는 격론 끝에 결론을 이끌어냈다.

김 교수는 2학년 지도교수니까 2학년 단독으로 표결에 부치기로 결정했으나 2학년 단독 회의에서 과반수 획득에 실패하자 이에 불안을 느낀 주모자들은 재차 학과 학생 전체회의에 상정시켜 과반수를 유도했다.

3학년은 지도교수가 아닌 관계로 찬성이 다소 많았으며 1학년은 영문도 모르고 분위기에 주눅이 들어 거수를 하다 보니 김일성 투표인 99%나 찬성을 얻어 통과되었다. 한국어문학과 학생들은 공부 머리는 부족한지 모르겠으나 이런 일을 해내는 데는 머리가 팽팽 돌아갔던 것이다.

집행부에서는 학생들을 강압적으로 유도해서 통과시킨 조폭보다도 야비한 주모자들은 서명을 받는데도 묘안을 짜

냈다. 서명 반대자들은 각개 전투, 친한 친구들이 둘씩 셋씩 매달려 설득을 해서라도 받아내기로 했다. 이어 서명을 거부할 때는 왕따를 시켜 스스로 자퇴를 하도록 괴롭힐 것이며 협박을 해서라도 서명을 받아내기로 했다.

그래도 끝까지 서명을 거부할 때는 으슥한 곳으로 끌고 가 폭력을 행사해서 90% 이상 서명을 받아내기로 결의했다. 하물며 신속하면서도 극비리에 서명을 받기 위해 감시조, 협박조, 폭력조까지 조직했던 것이다.

감시조는 어느 학생이 어떤 교수 연구실에 드나드는가를 파악하는 것과 학생들의 이탈을 감시하는 기능을, 협박조는 서명을 거부하는 학생을 회유하거나 협박해서 서명을 받아내는 일을, 폭력조는 협박과 회유를 해도 서명을 하지 않은 학생은 폭력을 행사해서라도 서명을 받는 임무를 맡겼다.

여기에 주모자들은 서명을 받아내는 데 있어 최대한 공포 분위기를 조성하라고 지시했기 때문에 서명을 받는 과정에서 조어학과답게 말의 잔치며 분위기의 살벌함은 조폭을 방불케 했다. 반대하는 학생들은 더러 있었으나 위세에 눌려 주눅이 들 대로 들어 저항 한번 못하고 떨기만 했으니.

반대파들이 벌벌 떨기만 하는 사이, 주모자들의 의도대로 서명은 차질 없이 추진되었다.

1학년은 아직 대학의 생리를 몰라 서명을 받는 데 별 어려움이 없었고 3학년도 지도교수가 아니기 때문에 개인적으로 존경하는 학생 이외는 별 생각 없이 서명했다.

문제는 2학년이었다. 2학년들은 김준서가 지도교수인 탓도 있었으나 별다른 잘못이나 비리도 없이 일방적으로 매도 당하는 것이 딱해서였던지 서명 초기는 지지부진했다.

그러자 2학년 주모자들은 당황했다.

주모자들 중심으로 어학그룹인 한소남, 최은주, 김소성 등 서잠금 교수를 따르는 학생들이 적극 가담하고 각개 격파로 방향을 선회면서 서명자는 늘어났다.

이들의 각개 격파는 친구도 없었고 의리도 없었다. 여자가 한을 품으면 오뉴월에 서리가 내린다더니 그 말이 무색할 정도로 오직 공갈과 협박으로 일관해 김 교수를 짝사랑할 정도로 좋아하는 조숙자, 한이정까지 회유시켜 서명을 받아냈다.

마지막 남은 대상이 정한수였다. 정한수의 서명 책임은 가장 친한 최은주가 맡았다. 그녀는 대학 2년 동안 애인과도 같이 가장 친하게 지내는 사이, 그런 친한 사이를 이용했다.

최은주는 퇴교 길에 정한수를 따로 만났다.

"한수야, 우리 사이 그런 사이 아니잖아. 어서 서명해. 왕따 당하기 전에. 그리고 우리 우정에 금이 가기 전에."

"왕따를 당해도 좋고 우정에 금이 가도 좋아. 난 못해."

"서명하지 않는 이유가 도대체 뭐야?"

"이유를 몰라서 물어? 학교를 졸업하고 선생이 되겠다는 학생들이 교수를 축출하겠다고 주동자가 되어 서명을 받으려고 뛰어다녀. 도대체 김 교수의 비행이 뭐야? 무엇을, 얼마나 잘못했다고 인민재판식으로 매장한 것으로도 부족해서 서명까지 받겠다고? 그렇게 서명을 받아낸다고 해서 무슨 이득이 생기는데? 그래, 좋아. 비록 비리나 비행이 있다고 해도 이런 식으로 스승을 매장하는 데는 찬성하지 않을 뿐더러 서명은 더욱 못해. 너나 계속 죽을 동, 살 동 모르고 서명을 받아내려고 돌아다녀라."

정한수는 왕따를 당하더라도 서명을 끝까지 거부했다.

"서명 못하겠다면 너와 나의 인연은 그것으로 끝이야."

"서명 때문에 우리 사이 끝이라면 나도 마찬가지야."

"그래, 알았어. 김종규 선배에게 그대로 보고할 거야."

"하라고, 해. 보고한다고 해서 누가 겁낼 줄 알고."

이유는 알 수 없으나 정한수는 갖은 협박에도 끝내 서명하지 않았는데도 김종규로부터 구타를 당하지 않았다.

정한수는 협박을 받지 않은 이유를 알 수 없었다.

다만 명문의 집안인 데다 현재 형이 판사로 있기 때문에 자기를 만만히 볼 수 없어 서명받기를 포기했는지도 모른다는 생각이야 들었지만.

김준섭은 3학년이고 김종규는 2학년이었다.

그런데도 김종규는 단지 나이 많고 깡이 센 데다 D시 D고 출신이라는 텃세를 믿고 학생들을 마구 협박했으며 끝까지 서명을 거부하는 김준섭을 인문관 옥상으로 끌고 갔다.

"서명을 다 했는데 너만 하지 않는 이유가 뭐야?"

"학생으로서 옳지 않다고 생각하기 때문이야."

"옳은 일은 뭔데? ×나발 불지 말고 어서 서명해."

"비록 나를 죽인다고 해도 서명 못해."

"하라면 해, ×새끼야. ×으로 밤송이를 까라면 깠지, 뭔 말이 그렇게 많아. 어서 서명하라고, 이 ×새끼야. 뒈지기 전에."

"김 형, ×새끼가 어떻게 서명할 수 있어?"

"이 ×팔 새끼가, 끝까지 말꼬리를 잡고 늘어질 거야?"

"누가 말꼬리를 잡고 늘어졌다고 그래?"

"×새끼야, 누군 누구야. 바로 너같은 새끼지."

김준섭은 분위기가 험악해짐을 느끼고 도망치려고 했으나 때는 늦었다. 옥상에서 아래로 내려가는 문을 잠가 놓았기 때문이다. 그는 김종규를 밀쳐내고 옥상 아래로 뛰어 내릴까 말까 망설이고 있는데 김종규의 주먹이 날아왔다. 그의 주먹은 명치며 턱을 가리지 않았다.

그는 정신없이 두들겨 맞았다. 맞다 보니 입안이 얼얼했고 숨쉬기조차 곤란했다. 숨을 쉬려고 입안에 가득 밴 피를 뱉으니 이가 서너 개나 바닥에 떨어지는 것이 아닌가.

김종규는 이가 빠진 것을 보고서야 구타를 멈췄다.

"이 ×팔 새끼야, 이래도 서명을 못하겠니?"

"죽여 봐라. 내가 서명을 하나."

이렇게 버티는 데야 김종규도 포기할 수밖에 없었다.

서명하지 않은 대가치고는 너무나 큰 희생을 치른, 빠진 이 서너 개가 결국 서명을 하지 않아도 되게 도와준 셈이었다.

데모가 학생들의 전매특허였던 시절, 김종규는 물불 가릴 줄 모르는 성격으로 학장과의 면담이 거절당하자 도끼 들고 학장실 문까지 부수고 들어가려다 실패하고 나중에 붙잡혀 집행유예로 풀려난 깡으로서도 김준섭을 회유할 수 없었다.

주모자들은 똘똘 뭉친 데다 갖은 수법을 동원해서 서명을 받았기 때문에 서명을 받아내지 못한 학생은 장기 결석자를 제외하고 단 두 명, 정한수와 김준섭 뿐이었다.

김종규, 임종인, 배윤한, 한소남, 김소성 등은 서명을 받은 연판장을 가지고 학장과 대면했다.

벌겋게 상기된 김종규가 흥분해서 말을 꺼냈다.

"학장님이 지시한 대로 저희들은 일치단결해서 서명을 받아 가지고 왔습니다. 거론된 교수는 반드시 쫓아내야 합니다. 만약 유야무야가 되어버리면 저희들은 해당 교수에게 미운 털이 박힐 뿐만 아니라 보복으로 학점을 취득하지 못해 졸업을 하지 못할 수도 있습니다. 그러니 학장님께서는 반드시 쫓아내야 합니다."

"알았네, 알았어. 김군, 어서 연판장이나 보여 주게."

임종인이 꼭 쥐고 있던 종이를 허 학장에게 건네줬다.

연판장을 본 허 학장은 함박웃음이 절로 지어졌다.

이 교수에 대한 비행을 적은 내용이 편지지로 다섯 장

반, 소설로 쓰라고 해도 쓸 수도 없는 비행이 빽빽이 적혀 있었다. 내용이야 진위를 떠나 양으로 보아도 학장으로 부임하기 전, 수집한 정보보다 구체적이었으며 자세하게 기록되어 있었다.

허기진 학장의 애초 의도대로 상대방의 약점을 캐내어 꼼짝 못하게 하는 전략이 맞아 떨어졌던 것이다.

허 학장은 이 정도의 비행이라면 이정타 교수쯤이야 도공이 되어 흙으로 도자기를 빚듯 마음대로 주무를 자신감이 생겼다. 학장으로 내정되었을 때 찾아와서 교수를 부탁한 사람이 수십 명, 제자 중에서 한국어문학과 교수 자리를 부탁한 사람만 해도 십수 명, 그 중 대여섯 명은 한국어문학과 교수로 채용해야 하는데, 그러자면 학과의 저항도 만만치 않을 터일 것이다.

그 중에서도 사무라이로 소문난 이정타 교수를 어떻게 다뤄야 할지 노심초사했었는데 학생들의 소요사태와 연판장을 빌미로 꽉 잡을 수 있는 결정적인 자료를 확보한 셈이었다. 이 교수 이외 교수야 꽥 소리만 쳐도 재임용입네, 승진입네 해서 절대적인 권한을 쥐고 있으니 쥐 죽은 듯이 할 것이기 때문에 고려의 대상에서 완전히 제외시켰다.

"그런데 문제가 생겼습니다. 학장님, 어쩌지요?"

"뭔가? 말해 보게. 문제가 생겼다면 해결해야지."

순간, 허 학장은 얼굴이 벌겋게 달아올랐다.

"학장님, 서명을 반대하는 학생을 한 대 때린다는 것이 그만 이빨이 서너 개가 나갔습니다. 치료비며 이빨을 해 넣어 줄 비용 마련이 난감합니다. 그리고 고소를 한다면서 진단서까지 끊어 놓았습니다."

순간적이긴 했으나 허 학장의 눈에는 그늘이 스쳐갔다.

촌놈이라고 가볍게 생각하고 연판장을 받아 오리라곤 믿지도 않았는데 3일 만에 100% 가깝게 서명을 받아 내다니, 무서운 학생들임이 분명했다.

허 학장은 서명을 받아낸 것을 보고 대도시 학생보다도 소도시 학생들이 보다 결속력이 강함을 알았으며 약을 대로 약은 운동권 학생들의 생리에 스스로가 걸려들어 축이 잡히거나 학생들에게 꼬투리를 잡혀 되레 질질 끌려다니는 것이 아닌가 하고 우려하는 마음까지 생겼다.

"아, 그런가. 그런 일이 있었던가."

"100% 서명을 받으려고 하다 보니 저도 모르게…"

허 학장의 머리는 빠르게 회전했다. 그런 우려를 일시에 불식할 수 있는 기회는 이때라는 생각이 퍼뜩 떠올랐다.

"일을 추진하다 보면 부작용쯤이야 있을 수 있지. 걱정 말게. 이번 사태로 야기된 문제는 내가 다 해결해 줄 터이니."

"저희로서는 학장님만 믿겠습니다."

"알았네. 내 친한 친구 중에 치과의사가 한 분 있어. 내겐 좋은 차도 있지 않은가. 관용 1호차에 태워 치료해 주고 이도

해 넣어주지. 고소문제도 해결해 주겠네. 걱정 말게. 그 대신 오늘 일은 절대로 비밀로 하게. 소문내서 득될 게 없으니."

"알겠습니다. 학장님만 믿고 물러가겠습니다."

"그 동안 고생했어. 이건 한 잔 하라고 주는 격려금일세."

학장은 격려금까지 봉투에 넣어 주모자에게 줬다.

이렇게 세상이 생각대로 되면 얼마나 살 만한 세상인가. 그런데 그렇지 않은 점이 있어 세상살이는 재미있고 스릴이 넘치며 울고 웃고 부대끼며 살아가는 것이 아니겠는가.

학생들이 연판장을 받아온 지 이틀이 못 가 허 학장은 난관에 부딪쳤다. 학장이라는 감투만 생각했지 앞뒤 고려해서 철저히 알아보고 대비하지 못한 것이 실수였다.

간부회의에서 이정타 교수에 대한 징계부터 제의했다.

"골통 교수 하나를 쫓아내야 하겠는데… 교무과장, 교수 모가지 따는 그런 법규는 없소? 아니지. 당장 이 교수 징계에 착수하시오."

맹하기로 소문난 교무과장이 의아해 반문했다.

"학장님, 뜬금없이 교수 징계라니요?"

"학생들이 스트라이크를 일으켰단 말이오. 그리고 비리를 적어 서명까지 받아와서 쫓아내 달라고 요구했소."

학생과장 최재기 교수가 사색이 되어 물었다. 학 내외문제는 먼저 알고 있어야 할 위치에 있는 사람으로서 체통을 구겼다고 생각해서인지 말을 더듬기까지 했다.

"하, 학장님, 무, 무슨 학과 교, 교수입니까?"

"학생과장이라는 사람이 정보가 저렇게 어두워서야."

허 학장은 신경질을 마구 부려댔다. 그 바람에 간부들은 더 이상 말도 붙이지 못하고 얼굴만 퉁퉁 부어올랐다.

그런 분위기에서 회의가 진행될 리 없었다. 간부회의는 멋쩍게도 시작하자마자 끝나 버렸다.

허 학장은 미련을 버리지 못해 재차 서무과장을 불러 징계줄 방법을 물었으나 방법이 없다는 말만 들었다.

허 학장은 연판장을 근거로 해서 징계하려고 해도 징계할 그 어떤 법적 근거나 해당 사항에 적용할 법규를 찾을 수 없었고 뒤늦게 평생 신분보장을 받은 교수를 해직시키거나 축출한다는 것이 불가능한 일임을 깨닫게 된 것이었다.

기실, 교수를 축출하는 절차가 얼마나 까다로운가 하면 교육부에 징계 품의를 문서로 만들어 올려야 하며 교육부는 이의 타당성을 따져 총무처로 보내 관계 차관회의를 거쳐 합의를 보아야 징계가 가능하기 때문이었다. 해서 징계 절차가 매우 까다롭고 복잡하기 때문에 아예 포기하는 경우가 많아 사람들이 교수들을 '철밥통'이라고 하는지도 모른다.

학장이라는 직위를 믿고 큰소리만 치다 보니 자승자박自繩自縛임을 깨닫고 대안을 마련하기 위해 또 골몰했다.

이제 어떻게 한다? 학생들에게 체면은 세워야 하겠고…

늑 희생타도 마련해 뒀다

허기진 학장은 그 어떠한 궁지에 몰린다고 해도 대안을 찾아내는 데는 비상한(?) 두뇌를 가졌다고 할까.

강자에게 약하고 약자에게 강한 전형적인 처세술의 달인이라는 말이 빛을 발휘하는 순간은 그리 오래 가지 않았다. 처세술의 달인답게 짧은 시간 안에 희생타를 찾았다.

그런 면에서도 허기진 학장은 천재를 뺨칠 정도로 머리가 팽팽 돌아간다고 할 수 있었다.

허 학장은 김정식 비서를 시켜 김종규를 불러오게 했다.

연통을 놓은 지 오랜 뒤에야 김종규가 나타났다.

허 학장은 김종규와 마주해 앉자, 비록 마음의 준비는 단단히 했다고 하더라도 마음 한 구석에는 켕기는 것이 있었다. 그러면서도 "김 군, 내 오랜 동안 심사숙고했네. 이 교수 축출문제 말일세. 축출이야 쉽지. 그런데 더 큰 문제가 있어. 김 군, 어쩌면 좋겠나?" 하고 슬쩍 떠보는 것이었다.

"그게 뭡니까? 학장님, 말씀해 주십시오."

"바로 학점 문제가 걸려 있네. 이 교수가 담당한 과목은 모두 포기해야 하는데 그러자면 자네들의 희생이 너무 커. 내 조사해 보니 1, 2, 3 학년 학점만 해도 12학점이야. 학과 전체 학생이 학점을 모두 날려야 할지도 모르네. 4분의 1 이상 강의가 진행됐으니 강의 정정 기간이 지나 폐강 처리도 할 수 없어. 그러니 어쩌겠는가? 겁은 줄 만큼 줬으니 이쯤해서 끝냈으면 하는데?"

허 학장은 이 정도면 학생들을 이용할 만큼 했다고 생각했고 더 이상 이용할 가치를 상실했다는 생각마저 들었다. 받아놓은 연판장이면 이 교수로서는 창피해서도 찍소리 못할 것이며 학과 교수채용에 반기를 들지 못할 것이 확실하다고 판단했기 때문이다.

게다가 소기의 목적은 이미 달성한 것이나 마찬가지라고 생각했고 김종규만 달래면 만사형통이라는.

그런 쉬운 길을 두고 학장의 권한으로는 교수를 축출할 수도 없는데 사서 골치 썩힐 이유가 없다는 생각이 들어서였다.

"학장님, 이건 처음 약속과는 다르지 않습니까?"

"물론 다르지. 이 정도만 해도 이 교수는 기가 죽어 학생들에게 큰소리치지 못할 게야. 그 대신 명분은 주지."

"명분이란 게 도대체 뭡니까?"

허 학장은 철저히 계산적으로 말했다.

김준서 교수라면 학생들에게 실력도 있고 인기마저 있으니, 그를 쫓아낸다고 하면 오히려 반대자가 많아 주모자들도 어쩔 수 없을 것이며 이 교수 문제도 덤으로 덮을 수 있을 것이라고 예상까지 하고 말을 꺼냈다.

"김 군, 대신 김준서 교수를 쫓아내 주겠네. 그는 내 권한으로 얼마든지 축출할 수 있어. 내년 3월 1일부로 재임용인데 학장의 권한으로 재임용해 주지 않으면 되니까."

"학장님, 제게 사기를 치는 겁니까?"

순간, 허 학장은 사기를 친다는 말에 얼굴이 벌겋게 달아올랐다. 어쩌다 촌놈들에게 이런 소리까지 듣게 되었는지.

"자네, 방금 뭐라고 했는가? 다시 말해 보게나."

김종규는 몹시 떫은 듯 학장의 말을 즉석에서 되받았다.

"학장님께서 사기를 쳤다고 했습니다."

"말이 지나치네. 양반 집 자제라 예의가 있는 줄 알았더니… 내가 언제 사기를 쳐. 한국어문학과 학생이 사기라는 단어도 모르는가? 가서 공부 좀 하게. 사기를 쳤다가는 형사입건일세."

김종규는 분을 삭이지 못해 여전히 식식거렸다.

"김 군, 내가 시키는 대로 하게. 내가 언제 자네에게 섭섭하게 대한 적이 있었던가. 돌아가서 학생들이나 설득하게."

"학장님, 죽어도 그렇게는 못하겠습니다."

"장학금까지 줬더니, 이제 와서 내 말을 못 듣겠다고?"

허 학장은 상대방의 약점을 물고 늘어지는 데 있어 일가견을 가졌으니, 이쯤에서 꺾이는 것은 당연했다.

"좋습니다. 김 교수라도 축출해 주세요."

"그 점은 걱정하지 말게. 내 자네에게 약속하지."

"……"

"그만 나가 보게나. 할 일이 밀려 있으니."

김종규는 그만 벙어리가 되었고 떫은 생감만 씹다가 학장실을 나왔다. 생각할수록 학장의 말만 믿고 시키는 대로 했다가 결국 낭패만 보고 말았다는 생각을 지울 수 없었다.

전혀 생각지도 않았는데 불러서 지도교수도 모르게 장학금을 주겠다고 했을 때부터 알아 차렸어야 했었는데 머리가 맹해 이를 눈치 채지 못한 것이 두고두고 후회스러웠다.

학장은 김종규를 돌려보낸 순간부터 생각이 바빠졌다.

학생들이 받아온 연판장을 속히 써 먹지 않으면 무용지물이 될 것 같은 생각이 들어서였다. 무용지물이 되기 전에 써먹어야 했으니 머리가 바쁘게 돌 수밖에 없었다.

허 학장은 비서를 통해 이 교수부터 학장실로 불러들였다.

학장실로 들어서는 이 교수에게 면박부터 줬다.

"당신, 학생들을 어떻게 가르쳤기에 이 모양이오? 보시오. 이 연판장을 보시오. 당신에 대한 비행이 빽빽히 적혀 있소."

허 학장은 연판장을 이 교수 앞으로 내밀었다.

이정타는 서명한 연판장을 이리 저리 넘기며 훑어보았다.

대충 보기만 해도 기가 막혔다. 제 아무리 유능한 소설가가 상상해서 지어낸다고 해도 지어낼 수 없는 항목들. 세상에 있는 것, 없는 것 다 주어 기록했는데 99%가 거짓이었다.

현대 자동차 노조가 사측의 부당함을 108개 조항으로 나열하고 파업한 것도 이해가 되지 않는데다 그보다 많은 160

여 조목을 들어 나열했으니 대단한 상상력이었다.

기가 찬 것까지는 좋았으나 늘그막에 와서 학생들에게 축출 대상이 되다니, 도저히 자존심이 허락하지 않은데다 이미 엎질러진 물을 어떻게 주워 담을 수 있겠는가.

칼자루는 허 학장이 거머쥐고 있는데, 소리 소문도 없이 살아남는 방법은 죽는 시늉이라도 할 수밖에 없지 않겠는가.

"이 교수. 내 말 잘 들어. 이 연판장을 가지고도 당장 당신을 그만 두게 할 수도 있어. 그런데 같은 교수끼리 그렇게 할 수는 없고. 그런데 말씀이야. 당신의 체면을 생각해서 학생들을 설득했네. 당신은 쏙 빼고 김 교수만 축출하겠다고 학생들을 달랬네. 그러니 내 말에 절대 복종하게. 알겠는가?"

"……"

이 교수는 이미 약점이 잡힐 대로 잡혔으니 아무리 사무라이라고 하더라도 더 이상 대들 의지가 있을 리 없었다. 만약 있다고 한다면 막가파가 아니면 불가능할 일일 것이었다.

"알겠습니다. 처분대로 하겠습니다."

"그리고 이런 일이 학 내외에 알려져 봐. 당신 고개 들고 다니겠어. 나도 비밀을 지킬 터이니 일체 함구해야 하네. 내 학생들에게도 비밀을 지키라고 신신당부했네. 이 교수, 알아 듣겠는가?"

"학장님, 그렇게까지 배려해 주셔서 고맙습니다."

"앞으론 처신을 똑바로 하게. 책이나 잡히지 말고."

"……"

이해 못할 일이 이 세상에는 너무나 많다.

김준서가 그랬다. 이 세상에는 비밀이 없다는 말 그대로 이정타 교수 대신 김 교수를 축출하기로 했다는 사건은 비밀 아닌 비밀이 되고 말았다.

허 학장이 주모자들에게 철저하게 함구토록 했으나 하루도 못가 김 교수의 귀에까지 들어갔던 것이다. 축출 대상인 이 교수는 쏙 빠지고 김준서가 타켓이 되었다는.

이유라고 한다면, 이 교수를 두둔했다는 사실 하나만으로 한데 엮인 김 교수만이 축출 대상이 되었다는 것 이외는.

이런 사실을 이 교수가 귀띔해 줄 리 없었고 주모자들이 알려줄 리도 만무했다. 있다고 한다면, 허 학장이 소기의 목적은 달성했으니 귀에 들어가라고 흘린 것이 분명했다.

김준서는 부임한 지 두 달이 되기 전에 허 학장이 돈을 지나치게 밝힌다는 점을 떠올리면서 자신이 축출 대상이 되었다는 소식을 들었을 때, 돈을 싸들고 찾아오거나, 아니면 스스로 학생들을 설득해 굽어들면, 없던 일로 묵인하겠다는 사전 포석인지도 모른다는 생각까지 하기에 이르렀다. 이미 모든 것을 각오하고 연구실에 있는 책을 서울로 반이나 옮겼다. 그리고 쫓겨나는 처지에 지방 국립대학의 전임강사가 뭐 그리 대단한 자리라고 벌벌 떨 것 없다는 생각까지 들었으며, 그만 둘 때 두더라도 공관으로 찾아가 학장에게 따질 것은 당차게 따져 보겠다는 각오로 새로이 전의를 다졌다.

저녁 8시경, 김준서는 학장 공관을 찾았다.

학장은 혼자서 텔레비전을 보고 있었다.

취임한 지 8개월이 되었는데도 이사를 하지 않은 채 가족을 D시에 남겨둔 탓이었다.

허 학장은 김준서가 음료수 한 통만 달랑 들고 와서일까. 엉덩이도 들썩이지 않은 채 반기기는커녕 시큰둥했다.

김준서는 어색한 분위기를 감지했으나 그렇다고 그냥 나올 수도 없어 먼저 인사치레부터 운을 떼야 했다.

"학장님, 학생들이 소요를 일으키게 해서 대단히 죄송하게 생각합니다. 거듭 지도교수로서 사과의 말씀을 드립니다."

"죄송한 짓은 애초부터 하지 말았어야지."

"아, 네. 거듭 죄송합니다. 그런데 저로서는 의아심이…"

"의아심이라니? 어서 말해 보게. 궁금하네."

"그런데 말입니다, 학장님. 해도 해도 너무하는 것 아닙니까? 제가 동네북입니까? 동네북으로는 결코 살아오지 않았습니다."

김 교수가 이렇게 나오자 학장은 불안을 느낀 모양이었다.

"김 교수, 방금 무슨 소리를 한 것이오?"

세상에 그에게도 놀랄 일이 있긴 있는가 보다. 갑자기 하게체에서 하오체로 어투를 바꾸면서 돌변하다니.

"저도 알고 있습니다. 학생들의 소요사태는 저 때문이 아니라는 것쯤은. 그런데 장본인은 쏙 빼놓고 절 축출대상으로 삼으시다니요? 좋습니다. 어디 학장님 마음대로 해 보시지요."

이런 정도로 말했을 때, 김준서는 스스로의 얼굴을 볼 수 없는 것이 한스러울 정도였다.

아마 이때 눈에서 불똥이 튀었을 것이다. 화가 나거나 화를 참지 못하면 눈에 불똥을 튀기는 것이 다반사이듯이, 게다가 베트남 전쟁에 자원해서 소총소대에서 박박 기다 살아온 깡도 있어 그리 만만하게 비치지는 않았을 것이다.

"김 교수, 차분하게 말하게, 차분하게."

"전임강사라고 함부로 하지 마십시오. 물론 전임강사 재임용은 학장님의 고유 권한이겠지요. 또한 조교수 승진도요. 저 그렇게 무능하지 않습니다. 그러나…"

"그러나 라니? 구체적으로 말하시오."

"굼벵이도 밟으면 꿈틀한다는 속담이 있습니다."

"내게 협박까지 하려고 드는 건가?"

"어느 안전이라고 저 같은 전임강사가 DN대학 대(위대한) 학장님을 협박하다니요. 천부당만부당하십니다."

"그렇다고 한다면, 김 교수의 저의가 도대체 뭔가?"

"저는 이미 학장님의 저의를 파악했습니다. 배선희 씨를 발령 내주지 않았을 때부터 말입니다. 그 배선희 씨 논문 그렇게 엉터리 아닙니다. 제가 학회지에 실린 논문 평을 읽었는데 논리정연하며 우수하다는 것을 기억하고 있습니다."

"이 사람, 생사람을 잡고도 남겠네."

"저의야 저보다도 학장님께서 더 잘 아실 것 아닙니까? 저는 마지막으로 이 한 마디만 하고 가겠습니다."

"마지막 말이라니, 어서 해 보게나."

"속담 그대로, 남의 눈에서 눈물을 빼려면 자기 눈에서는 피눈물을 흘려야 한다는 속담을 말씀드리고 싶습니다.

그럼 쉬는 시간에 찾아와 죄송하게 생각합니다."

이에 생각이 바뀌었는지 허 학장은 말을 돌렸다.

"김 교수가 그런 생각을 했다니… 그러다가 김 교수의 여린 마음이 상할까 걱정이네. 마음부터 다스리세요. 학생들이야 오래 버티겠는가. 김 교수는 설득할 수 있다고 보네."

"학장님, 안녕히 계십시오. 그만 물러가겠습니다."

김준서는 현관문을 열고 바깥으로 나섰다.

학장은 대문까지 따라오면서 김 교수의 뒤에 대고 말했다.

"학생들을 설득하게. 내 문제 삼지 않을 터이니."

김준서는 전임강사 자리에 연연해서가 아니었다.

학생들에게 쫓겨 간다는 선례를 DN대학에 남기지 않기 위해서였다. 해서 그만둘 때 두더라도 학생들을 설득해 사태를 없던 것으로 돌려놓은 다음, 그 때 그만 둬도 늦지 않는다고. 그러나 인기 있다는 이신홍 학과장은 장모 상을 당해 서울에 가고 없었고 학장의 제자인 서잠금 교수는 외톨이로 있다가 어디 D대학 출신 놈들 한번 당해 보라는 식으로 방관하고 있으니.

김준서는 '중이 제 머리 못 깎는다'는 속담을 무시하고라도 스스로의 머리를 스스로가 깎는 방법밖에는 없었다.

앞으로 어떻게 대처해야 최선의 방법일 수 있겠는가?

3교시에 2학년 강의, 수강자 중에는 김종규도 있었다.

강의를 하면서 곁눈질로 보니 김종규는 아무 일도 없었다는 듯 강의를 듣고 있는 체했다. 일체 내색하지 않고 강의에만 열중했다. 그리고 강의를 끝내고 부르면 김종규가 오지 않을 수도 있어 그를 데리고 연구실로 돌아왔다.

≒ 맞장을 뜨든가, 뺨이라도

"김 군, 이리로 앉게. 커피부터 한 잔 하겠는가?"

"선생님이 커피를 끓여준다면 먹겠습니다."

김종규는 매우 퉁명스럽게 대답했다.

김준서는 커피를 끓이면서 마음부터 가라앉혔다. 그리고 물이 끓자 커피를 넣고 프림을 타서 그의 앞으로 밀었다.

여전히 김종규는 시치미를 뚝 따 먹고 버티고 있었다.

"입에 맞을라나 모르겠네. 어서 들게나."

"……"

김종규는 커피를 마시면서도 말이 없다.

김준서는 김종규가 커피를 거의 다 마실 즈음해서 밤을 새워 만들어 뒀던 말을 조심스럽게 꺼냈다.

"김 군, 내가 정 못마땅하면 후려치든가, 아니면 맞장을 뜨자고 하지, 이게 뭔가? 이렇게 사람을 창피 주고 병신 만들어야 속 시원하겠는가? 나로서는 세상에 태어나 이런 모욕을 당하기는 처음이야. 내가 자네에게 몹쓸 짓이라도 했는가? 아니면 죽을죄라도 졌어? 죽을죄를 졌다고 쳐. 그런 짓을 했다고 해도 생사람을 이렇게 잡을 수는 없어. 내 말이 잘못됐다면 내 시정하지."

"……"

"'가까운 시일 안에 나를 한번 골탕 먹이겠다'는 것이 바로 이런 것이었는가? 내 딴에는 자네를 특별히 생각했어. 나이도 많은데다 나 또한 객지생활에 외로워서 자주 만나 술도 마시고 세상 돌아가는 이야기도 하며 있는 말, 없는 말 하면서 각별히 지냈다고 생각하는데 이를 악용했는가?"

"……"

"허 학장이 불러서 갔더니 재임용도 승진도 시켜주지 않겠다고 협박하더군. 그러면서 서명한 연판장을 보여주더군. 나에 관한 것은 단 석 줄, 단어는 기껏 다섯. 그게 비행이라고 적었어. 차라리 적으려면 결정적인 단서를 찾아서 적어야지. 없으면 지어내서라도 그럴 듯하게 적어야지. 유부녀와

간통을 했다든가, 아니면 제자와 정사 장면을 목격했다든가 등 많지 않은가. 그렇게 적었다면 결정적인 타격을 줬을 텐데. 머리가 그렇게 안 돌아가?"

"……"

"지금 상황은 자네들의 의도와는 정반대야. 규탄의 대상인 이 교수는 제외시키고 나만 축출하겠다고 한 것은 자네도 알고 있을 터. 내가 그렇게 비참하게 쫓겨날 만큼 나쁜 짓을 했는가? 그런 죄를 지었다면 내 달게 받아들이겠네."

"……"

"나도 성격 탓으로 알게 모르게 잘못한 게 많겠지. 지나치게 솔직하고 직선적인 데다 성격도 원만하지 못하니 오해받을 행동도 했을 수도 있지. 나도 내 행동이 항상 바르다고 생각지 않아."

그제야 굳게 다물고 있던 김종규가 입을 열었다.

"자신만만한 것이 학생들에게는 나쁘게 비칠 수 있습니다. 그리고 여러 과목을 강의하는 것도. 선생님께 잘못 보였다가는 학점을 망친다고 할 정도로 소문이 돌았으니까요."

"이 기회에 내 분명히 말해 두지. 내가 과목을 많이 맡고 싶어 맡는 것이 아니라 이 교수의 강압에 의해 맡았다고."

"그렇다고 해도 이해가 가지 않습니다."

"그럴 수도 있겠지. 앞으로 이 교수와 대판 싸움을 하는 한이 있더라도 맡지 않을 테니까, 그것만은 내 약속하지."

"선생님, 저간의 사정을 들으니 이해가 됩니다."

비로소 김준서는 대화가 되는가 싶었으나 이쯤에서 입을 열었다면 김종규는 그렇게 나쁘거나 악한 학생도, 물불 가리지 않는 골수 운동권도 아니라는 생각이 들었다.

김종규는 인상이 험악스럽게 생긴 데다 욱하는 성깔이 있어서 그렇지, 근본은 착하고 선한 지도 모른다.

"김 군, 내가 설득하려 든다고 할 테니까, 더 이상 말하지 않겠네. 이쯤해서 일을 끝냈으면 하네. 자네들의 의도와는 달리 엉뚱한 결과를 초래했잖아. 그만큼 했으면 학생들의 파워를 보여준 셈도 됐고, 소기의 목적은 달성한 셈이 아닌가?"

"선생님의 뜻은 알겠는데 당장 그렇게는 못하겠는데요."

"물론 체면도 있으니까 당장이야 어렵겠지. 내 기다리지."

"학생들의 의견부터 들어봐야 하겠습니다."

"지금 자네에게 내가 도움을 청하고 있다는 점이네. 좀 도와주게. 이 정도면 자네가 내게 한 말, '가까운 시일 내에 한번 골탕 먹이겠다고 한' 것은 충분하지 않는가?"

"대학촌에 가서 소주 두 병 까고 와서 말하겠습니다."

"그래 좋아. 자네가 올 때까지 기다리지."

김종규는 벌떡 일어서더니 연구실을 나갔다. 나가면서 중얼거리는 소리가 김준서의 귀에까지 들렸다.

'임종인 그 ×새끼 때문에 나만 코너에 몰렸어.' 하는.

그제야 김준서는 알 수 있었다. 이 모든 일이 살살이이며 꾀보인 임종인의 머리로부터 나왔음을.

김준서는 김종규와 대화를 나누는 사이, 등에 식은땀이 흠씬 배기도 했으나 사태 해결을 예감한 소득도 있었으나 사태 해결을 예감하면서도 여전히 불안하기만 했다.

김준서는 주모자급 학생들을 부르거나 찾아다니면서 개인면담을 통해 사태의 추이를 설명했다.

이어 그만큼 겁을 줬으니, 이쯤에서 물러서는 것도 배우는 학생들의 미덕이라고 설득했다.

그런데 지도교수인 데도 한소남만은 설득이 불가능했다. 그녀는 국어학을 좋아해서 서잠금 교수를 존경하고 또 따랐기 때문에 서 교수라면 설득이 가능할 것이었다.

서잠금 교수는 김준서와는 입사 동기, 이 교수의 추천에 의해 특채로 발령을 받았다. 나이는 김 교수가 10년 하나는 더 많다고 하더라도 인연 치고 그런 인연도 드물 것이었으나 이런 사실은 그의 인간성을 모르기 때문이다.

서잠금 교수는 이름 그대로 살살 눈치나 보는 타입이며 속을 좀체 드러내지 않아 무서운 사람이었다.

이번 사태만 해도 그랬다. 섭섭하기 이를 데 없었다. 자기를 특채로 임용해 준 이 교수가 학생들에게 당하고 있는데도 허 학장과는 스승과 제자 사이니까 액션 한번 취할 수도 있었는데 강 건너 불 보듯이 했으니.

이정타나 김준서가 재수 없게도 거명되었을 뿐이지 교수

라는 입장은 같으며 학과 교수가 규탄을 받았다면 자기도 규탄 받은 셈이며 학과 교수로서 치욕으로 여겨야 할 텐데 오히려 당해 보라는 듯 등짐지고 고소하게 여기는 듯했다.

김준서가 오죽 답답했으면 서 교수에게 부탁을 다 했을까.

"서 교수, 한소남이 국어학을 한다고 당신을 따르니, 만나서 설득해 주시오. 나로서는 설득이 불가능하니…"

"알았어요. 내 설득은 해 보겠습니다만…"

"서 교수라면 설득이 가능할 거요. 부탁합시다."

부탁한 지 10분쯤 지났을까.

서 교수가 연구실로 들어섰다. 그 사이에 안소남을 학생을 설득했다면 대단한 설득력을 지녔거나 아니면 학생이 교수를 좋아하거나 둘 중 하나일 것이다. 그랬는데 서잠금 교수의 말은 기대를 깡그리 무너뜨렸다.

"설득이 안 되던데요. 제 능력으로는…"

그러면서 서 교수는 앉지도 않은 채 나가 버렸다.

그제야 김준서는 서 교수의 본심을 알았다.

설득해 달라고 부탁을 받고 마지못해 응하는 척했다가 한소남은 만나 보지도 않은 채 시간만 끌다가 와서는 설득이 불가능하다고 한 것임을.

그만큼 서 교수는 무서운 사람, 겉으로는 내색하지 않고 속으로 통밥을 재는 인간이라서 그랬을까.

서 교수가 한소남을 설득하지 못했다는 것은 말짱 거짓말일 것이다. 벌써부터 한소남은 서 교수를 따르며 국어학을 전공하고 대학원도 서 교수가 다닌 K대 대학원에 들어가 학위를 받으려고 하며 학위를 받으면 강사라도 하다가 후임 자리를 꿰차려는 꿈을 키우고 있는데 설득 불가능이라니, 까마귀가 웃을 일이었다.

김준서는 서잠금 교수의 양심을 믿었다. 서 교수가 뒤에서 자기에 대해 욕을 하든 말든 믿었다.

그만큼 김준서는 생김새처럼 순진하다 못해 되레 바보였다. 직장에서 만난 사람은 아무리 친한 사이라도 그만두면 남남이라는, 아니 때로는 아편이 될 수도 있고, 적과의 동행도 될 수 있다는 것을 깨닫지 못하고 있는 속, 없는 속을 다 드러내는 성격으로 말미암아 바보취급을 받았던 것이다.

이제 믿을 데라곤 불알 찬 놈끼리의 담판.

김종규는 나간 지 두 시간이 지났는데도 돌아오지 않았다.

김준서는 너무 믿은 것이 아닌가 하는 의구심이 들 무렵, 김종규가 연구실로 들어섰다.

그의 얼굴은 익을 대로 익어 있었다. 앉으라는 말도 하지 않았는데도 자리에 털썩 주저앉기부터 했다.

그런데 앉으면서 의외에도 반가운 소리를 쏟아냈다.

"선생님, 이번 일은 없었던 일로 하겠습니다."

"김 군이 그렇게까지 해준다니, 나로서는 고맙다 할 밖에."

사과의 표시인지는 모르나 그가 말했다.

"이번 일은 저도 당했습니다. 억울하고 분합니다."

"당하긴 뭐가 당해. 앞장서서 일을 하다 보면 그럴 수도 있지. 이제 남은 문제는 연판장이야. 학장한테 가서 연판장을 찾아오게. 학장이 어디에 이용할지 모르지 않는가?"

"……"

김종규는 말이 없었다.

말이 없다가 이번 사태를 주도한 주모자로서 사과하거나 죄송하다는 말도 없이 나가 버렸다. 그래도 그 정도 선에서 양보한 것은 그의 근본이 착해서일 것이다.

김종규가 없었던 일로 한다고 하고 연구실을 나간 뒤, 학생들이 야기한 교수 축출문제는 김준서에게 더할 수 없는 일생일대의 치욕과 상처를 남기고 유야무야 돼 버렸으나 얻은 것도 있었다. 김준서는 이를 계기로 분발해서 DN대학에서는 학위를 맨 먼저 취득하게 된다.

그리고 대부분의 학위논문은 학위논문으로 사장되고 마는 것임에 비해 저서로 출판해서 세상에 내놓기도 했으며 게다가 얼마 가지 않아 품절이 되었다.

사태가 의외로 쉽게 일단락되자 허 학장이 학과 교수들을 학장실로 불렀다. 김준서는 학장이 또 무슨 까탈을 잡는 것이 아닌가 해서 불안한 마음으로 따라 들어갔다.

김준서는 학과 교수들이 자리에 앉자 학장이 연판장을 꺼내어 보여줘서야 비로소 그 의도를 알 수 있었다.

허 학장은 연판장을 직접 보여줘서 이 교수나 김준서, 이신홍 교수까지 한번 더 기를 죽이거나 꺾어놓으려는 저의임을.

"이 교수, 당신 눈으로 직접 확인해 보시오."

그렇지 않아도 이 교수의 얼굴은 붉은데 더욱 붉어졌다. 그는 다 보기도 전에 옆으로 슬그머니 밀어놓는다.

이신홍 교수도 내용을 읽었다.

이어 김준서 차례. 그는 이미 알고 있는 내용인데도 다섯 단어, 석 줄로 된 비행을 읽고 쓴 웃음을 지었다.

'수업 불성실, 표리부동, 이중인격자.'

끝으로 허 학장은 일침을 놓는 것도 잊지 않았다.

"다들 눈 여겨 보고 앞으로 조심하시오. 학생들을 우습게 여겼다가는 또 당할 수 있소. 나니까 이 정도의 선에서 끝냈지, 다른 학장이라면 당신들은 더 곤욕을 치렀을 것이오. 그럼 나가 보시오. 나가는 순간부터 이번 사태를 잊으시오. 나도 없던 일로 할 테니까."

그런데 허 학장이 없었던 일로 하겠다는 말과는 달리 하루도 못가 누가 입소문을 냈는지 모르겠으나 온갖 설이 퍼져 가창오리 떼가 군무를 추듯이 말의 춤이 학내외를 수놓았다.

사태가 해결된 그날 저녁이었다.

김준서는 혼자 소주 두 병을 가지고 캠퍼스 뒤에 있는 무덤으로 올라갔다. 무덤가에 주저앉아 안주도 없이 병나발을 불었다. 병나발을 불면서 너무나 억울하고 분통이 터진 데다 자존심마저 상해 엉엉 소리 내어 울었다.

밤이 이슥하도록 울고 울어도 받은 마음의 상처는 씻기기는커녕 오히려 깊게 파여만 갔다.

사건이 수습되고 일주일쯤 뒤였다.

김준서는 2학년 주동 학생들과 자리를 마련해서 지도교수로서 반성의 시간을 가졌다.

그는 이성을 잃지 않으려고 애썼으나 술이 한 잔 되면서 횡설수설하다가 학생들 앞에서 추태를 보였다.

"아, 이놈들아, 내가 니들에게 무슨 죄를 졌기에 사람을 병신 만들어, 만들기를. 그래, 난 자존심도 없는 놈이냐?"

그는 울면서 눈물까지 질질 흘렸으니 분명한 추태였다.

다음날, 김준서는 술이 덜 깬 채 출근했다. 하루 종일 머리가 띵한 데다 기분까지 우울했다.

이런 모욕을 당하고도 붙어 있어야 하는지, 이렇게 자존심을 상하고도 그냥 눌러 지내야 하는지만 생각했다.

그러면서 교라는 직업에 대해 반신반의하는 환멸에서 좀체 헤어날 수 없었다.

마침 퇴근을 하려는데 김소현이 연구실로 들어섰다.

"늦은 시간에 웬일로 내 연구실에 들어섰는가?"

"선생님께 상의할 일이 있어 들렀습니다."

"상의할 일이 있다니? 그렇다면 앉게. 앉아서 말해 보게."

"여기서는 좀 그렇습니다. 시내에서 만났으면 합니다."

“그래, 좋아. 장소는 자네가 정하게. 내 나가지.”

“역 앞 백년 다방이라고, 알고 계십니까?”

“백년 다방이라면 알지. 그곳에서 만나자는 게야?”

“네. 선생님. 일곱 시 경에 만났으면 합니다.”

“알았네. 그렇게 하지. 시간 지켜 나오게나.”

김준서는 일곱 시 정각에 다방 안으로 들어섰다. 안으로 들어서서 둘러보니 다방 안은 텅 하니 비어 있었다.

김소현은 오지 않았는지 눈에 띄지 않았다. 자세히 살펴보니 구석진 곳에 웅크리고 앉아 있는 것이 김소현이 아닌가.

그는 어떻게 된 셈인지 맨바닥에 무릎을 꿇고 있었다.

“자넨 어째서 무릎을 꿇고 그러고 있는가?”

“아, 네……”

“무슨 일로 무릎을 꿇고 있는지 물었어?”

“…… 자, 잠시만 기, 기다려주세요.”

“일어나게. 사람들의 이목도 있으니, 어서.”

“전 일어날 수 없습니다. 선생님께서 용서해 주시기 전까지는.”

“갑자기 용서해 주기 전까지라니?”

“그렇습니다. 선생님께서 절 용서해 주시기 전까지는.”

“뭘 잘못했기에 용서해 달라고 무릎까지 꿇어?”

“전 아주 나쁜 놈입니다. 선생님께 죽을 죄를 졌습니다.”

“무슨 소리 하는 겐가? 죽을 죄를 졌다니?”

"그러면 지금부터 제가 다 말씀드리겠습니다."

그로부터 김소현은 양심의 가책을 느껴서인지는 모르겠으나 저간의 사건 내막을 자세히 털어놓았다.

정한수로부터 사태를 대충 들어 알고 있었으나 구체적인 것은 알지 못했던 사실까지.

"저는 김종규 형의 지시를 받고 선생님의 동태를 감시하는 감시조의 일원이 되어 연구실 출입문을 감시했습니다. 시간대 별로 어떤 학생이 들어가고 나오는지 일일이 파악해서 보고했답니다. 당시는 응당 그렇게 하는 것이 옳은 일로 알았으나 사건이 해결되고 보니 그렇게 첩자 노릇한 것이 양심의 가책이 되어 견딜 수 없었습니다. 뿐만 아니라 너무나 죄스러워 자퇴를 결심하기도 했습니다. 자퇴하기 전에 선생님께 일단 용서를 빌어 보기로 했습니다. 용서해 주시면 학교를 계속 다니고 용서해 주시지 않으시면 자퇴하려고 결심을 하고 만나 달라고 요청한 것입니다. 선생님께서 용서해 주시면 학교를 계속 다니겠으나 용서해 주지 않으시면 내일 바로 자퇴서를 학교에 제출하겠습니다."

"용서해 주고 말고 할 그런 문제가 아닌 것 같네. 문제는 자네의 마음이지. 그러니 나로서도 용서해 줄 것이 없네."

"그렇다면 선생님께서 저를 용서해 주시는 겁니까?"

"나로서는 용서해 주고 말고 할 것이 없다니까."

"고맙습니다. 용서해 주시지 않으면 자퇴하려고 했었는데 고맙습니다. 용서를 받았으니, 이제 일어서도 되겠지요?"

"그야 당연하지. 용서할 것이 없었으니까."

그제야 김소현은 꿇었던 무릎을 펴고 자리에 앉았다.

학생들이 이 정도 의식을 가졌다면 얼마나 좋을까.

끝내 주모자인 김종규, 임종인, 배윤환, 한소남, 최은주, 이미정, 황지성 등은 찾아와 사과는커녕 유야무야 지나쳤다.

이 무렵, 김준서는 서울 소재 대학 교수초빙에 이력서를 제출해서 일이 순조롭게 추진되고 있었는데 이 사건으로 말미암아 포기할 수밖에 없었다.

이번 사태로 학교를 옮기게 되면 학생들의 축출에 의해 쫓겨 갔다는 악성 루머만 남게 되니, 가게 되더라도 다음 기회에 가는 것이 좋지 않겠느냐고 주위 사람들이 극구 말리는 바람에 학교를 옮길 기회를 놓쳤다.

≒ 스스로의 무덤을 파는 방법

허기진 학장이 취임한 이래, 그가 추진하는 일마다 말썽이 끊이지 않았다. 학교를 살리려고 하는 짓인지, 아니면 깡그리 말아 먹으려고 하는 짓인지 지방 국립대학, 그것도 4년제 대학으로 승격된 지 5년 정도, 입학 정원은 기껏 7백명 규모의 대학에서 축구부를 창설한다고 또 자충수를 두기 시작했다.

명분 하나는 그럴 듯하게 내세웠다. 전국적으로 이름이 알려지기 위해서는 대한민국 어느 국립대학에도 없는 축구부를 창설해서 전국대회 규모에서 우승하는 길이라고.

허 학장은 후원금은 한 푼도 없는데 축구부의 운영비며 축구부원 전액 장학금 지급 등 빈약한 기성회비로 충당하려면 선수들에게 들어가는 비용만큼 다른 학생들이 장학금 수혜의 피해를 보는 축구부 창설을 외고집으로 밀어붙였다.

포철이 프로 축구를 창설하고 있으니 최우수 졸업생을 우선적으로 보내준다는 조건으로 거금의 후원금을 받을 수 있다면서 축구부를 창설해야 한다고 떠들고 다녔다.

쌍수를 들고 환영한 사람은 아침을 학문으로 여기는 생활체육과 김종한 등 일부 교수와 지역 체육계 인사들이었다.

그런데 재정적 부담은 어떻게 둘러댄다고 하더라도 문제는 바로 선수 충원이었다. 고교 현역선수로서 대학에 입학하려면 전국 규모 대회 4위까지 입상하거나, 아니면 예비고사 50점 이상을 획득해야 했다. 그런 우수한 선수들은 연·고대며 수도권 대학에서 좋은 조건을 제시하면서 서로 스카우트하려고 몸살을 앓고 있는데 이름도 절도 없는 지방 국립대학, 그것도 4년 동안 전액 장학금 지급만으로 데려올 수 없어, 창설은 시작부터 무리였다.

그런데도 허 학장은 이를 밀어 붙였다.

대학 장학금 체계가 엉망이 되는 것은 고사하고라도 스스로 들어갈 무덤을 팠던 것이다.

허 학장의 지시로 생활체육과 김종한 교수가 직접 나서 전국적으로 수소문한 끝에 의정부에 있는 전국 규모 대회 8위 입상이 고작인 S고교 축구부 감독과 연줄이 닿아 협상을 했다.

협상은 무슨 협상, 일방적으로 당했다고 해야 옳다.

실력이 있든 없든 축구부 졸업생 전원을 입학시켜 줄 것과 4년간 전액 장학금을 지급한다는 조건으로 겨우 성사가 되긴 했다. 축구부 창설에만 혈안이 되다 보니 협상은 허울 좋은 개살구, 대학으로는 일개 고교 감독에게 끌려 다닌 셈이었다. 게다가 조홍구 축구부 감독까지 전임강사 발령과 축구부 감독을 겸한다는 이면계약마저 체결해야 했으니.

뒤에 드러나게 되지만 조홍구는 말이 대학 교수이자 감독이지 술만 먹었다 하면 세상에 그런 개망나니는 없었다. 대학의 이미지를 제고하기 위해 억대의 돈을 들여 광고하는 효과보다도 이 조홍구 교수 한 사람의 깽판으로 광고 효과가 마이너스가 되고도 남는 걸물 중의 걸물이었다.

어쨌든 우여곡절 끝에 축구부는 창설되었다.

S고교 졸업생을 주축으로 하고 여기 저기서 한두 명씩 선수를 끌어 모아 17명으로 창설했다.

17명 중에는 4강에 든 선수는 단 2명, 나머지 15명은 입학자격 미달의 선수들이었다. 입학 자격미달로 보면, 국립대학

부정입학치고 그런 엄청난 부정입학은 없으며 비리치고 그런 비리는 일찍이 없을 정도였다.

축구부 부장만 해도 그랬다. 허 학장은 S전문대학에 있는 하이개를 전임강사로 발령 내서 임명했다.

D시에서는 하이개의 명성(?)에 대해 알 만한 사람은 다 알고 있었었다. 어릴 적부터 시장바닥에서 자라, 보고 배운 것이라곤 깡패 짓거리, 그것도 오야붕은 못하고 똘마니 짓으로 소문이 자자했기 때문에 대학 교수가 되었을 때는 하이개 그 개망나니가 교수가 됐어 하고, D시에서는 교수를 같잖게 보는 계기가 되었다. 더구나 그런 사람이 DN대학 교수가 되었으니 대학의 이미지가 바닥이 좁아 이웃 집 숟가락 숫자까지 빤한 D시 시민들에게는 교수도 별 개 아니구나, 도나 개나 누구든 대학 교수를 할 수 있구나 하고 여기게 되었다.

해서 이를 알고 있는 학부모라면 어느 누가 자기 자식을 DN대학에 보내려고 하겠는가.

허 학장은 절대 다수의 반대에도 불구하고 하이개의 전임강사 임명을 밀어붙였다. 하이개는 전문대학 교수보다는 4년제 국립대학 교수를 하고 싶어 수단과 방법을 가리지 않았다.

해서 허 학장의 약점인 정치권의 힘을 악용했다.

당시 집권당 사무총장으로 있는 D시의 국회의원인 권중달은 DN대학의 유력 인사였다. 이를 알고 하이개는 권중달에게 죽자 사자 하고 매달렸다.

허 학장도 권중달의 부탁을 거절할 수 없기도 했으나 하이개가 D시에서도 다섯 손가락 안에 드는 재력가라는 점과 고등학교 이사장이라는 점도 감안했을 것이다.

허 학장은 하이개를 특채하기 위해 인사위원회를 개최했으나 인사위원들은 평판이 나쁜 데다 인간성마저 좋지 않다는 이유를 들어 반대해서 일단은 수포로 돌아가는 듯했다.

그렇다고 허 학장이 포기할 리 없었다. 하이개를 불러서 면전에다 대고 말하면서 그의 오만한 기부터 꺾었다.

"어찌 된 셈이야? 자네 평판이 영 좋지 않아. 학장의 강권마저 인사위원들에게 먹혀들지 않을 정도로 나빠."

"……"

"자네는 이 지방의 재력가에 유지가 아닌가. 그 정도면 인사위원들을 설득할 만하지. 자네의 주특기인 깡은 뒀다 어디다 써? 이럴 때 써 먹어야지. 이게 인사위원 명단이네."

학장은 명단을 하이개에게 넘겨주며 한 술 더 떴다.

"이제 공은 자네에게 넘어간 셈이네. 알아서 하게."

"학장님, 최선을 다해 보겠습니다마는…"

"자네의 옛날 기질을 반만이라도 발휘하면 해결될 걸세."

"아, 알았습니다, 학장님. 무슨 뜻인지."

"내 말 뜻을 알아듣긴 듣는군."

그로부터 군소 도시에서 있을 수 있는 라이브 쇼가 벌어졌다. 하이개는 교수나 직원도 아닌 주제에 명단을 가지고 연구실을 누비고 다니면서 인사위원을 어르고 달랬다. 그래도 먹혀들지 않는 위원은 밤에 집으로 찾아가 공갈, 협박했다.

그런데 주먹 앞에 장사 없다는 말이 있는데도 먹혀들지 아니하고 끝까지 소신을 굽히지 않는 인사위원도 있었다.

하이개는 그런 인사위원을 학장에게 일러 바쳤다.

"송호석 교수는 끝내 설득이 되지 않을 뿐더러 약점을 캐려 해도 약점마저 찾지 못해 어떻게 해 볼 도리가 없습니다. 학장님께서 송호석 교수만 처리해주시기 바랍니다."

"좋아. 내 인사위원을 다른 사람으로 교체하겠네."

급기야 송호석 인사위원을 면직시키고 새로 인사위원을 위촉하는 촌극까지 벌인 끝에 인사위원회를 열어 찬성을 유도했다. 해서 하이개는 전임강사를 발령받을 수 있었다.

하이개의 예만 보더라도 허 학장이 대학을 경영하는 것이 아니라 × 꼴리는 대로 주물렀던 것이다.

DN대학에는 하이개와 같이 대학 강단에 서서는 안 될 지역 인사가 두엇 더 있었다. 좁은 D시에서 빠삭하게 알려진 사람들, 사범학교를 나와 초등학교 교사를 하면서 야간대학에 편입했고 졸업을 하자 교수로 채용된 사람, 고시를 준비하다가 1차 시험에도 몇 번 떨어져 놀고 있는 사람이 대학원을 졸업했다고 해서 어느 날 갑자기 법학과 교수로 임용된 된 사람이 바로 그들이었다.

해서 도나 개나 교수가 되는 DN대학, 그렇고 그런 사람이 교수라는 인식이 시민들 사이에 팽배했다.

그런 탓으로 대학 사정을 잘 알고 있는 시민들은 형편이 어려운 데도 등록금이 싼 국립대학을 가까이 두고도 배 이상 비싼 데다 하숙비까지 출혈하면서 자제를 외지로 보내려고 했으며 가능한 한 DN대학에 보내는 것만은 피했다.

당시 DN대학에는 교수협의회니, 교수평위원회니 하는 교수들의 권익을 옹호하는 학내 단체가 없어 전임강사나 조교수로서 교육부에서 임명하는 임명직 학장에게 대들거나 항의한다는 것은 상상도 할 수 없는 일이었다.

허 학장의 횡포가 얼마나 심했는가 하면, 민방위 비상소집을 하면 민방위에 해당되지 않는데도 학장이 민방위 대장이기 때문에 교수와 직원들은 울며 겨자 먹기로 참가했다.

참가한 교수들이나 직원은 부동자세로 학장의 일장 연설을 듣고 나서 단체로 구보까지 해야 했다.

김종한 교수의 호루라기 구령에 맞춰 구보를 했는데 누구 하나 불평하는 교수가 없을 정도로 찍소리 하나 못하고 눈치까지 봐야 했고 허 학장이 부임하기 전에는 의형제처럼 지내던 교수끼리도 의형제 맺은 것이 신임 학장에게 책이나 잡히지 않을까 해 안면을 몰수하는 교수가 있을 정도였다.

지금 생각하면 어두웠던 과거라고 해도 DN대학에서는 상상을 초월한 일들이 꼬리에 꼬리를 물고 일어났다.

≒ 교수채용은 막가파만이 한다?

11월로 접어들면서 각 대학마다 교수채용의 알력으로 몸살을 앓아대기 시작했다. 역사와 전통이 살아 있는 국립대학교야 총장이 비록 인사권을 가졌다고 해도 마음대로 채용을 할 수 없다. 그것은 이목과 여론이 무섭기 때문일 수도 있었다. 아니, 내로라 하는 교수들이 많은 데다 할 말은 하고 사는 교수들이 스스로의 권익을 강화했기 때문일 것이다.

그런데 DN대학은 그렇지 못했다.

신설대학인 데다 교수들도 연구와 업적에 의해 신분을 보장받은 것이 아니라 4년제 승격에 따라 자동적으로 승계되었기 때문에 전국적으로 알려진 교수며 연구나 업적으로 큰소리칠 수 있는 교수가 없는 탓이었다.

4년제 대학으로 승격된 지 5년, 아무리 초창기라고 해도 37명(2학기 들어 4명 임용) 전체 전임강사 이상의 교수 중에서 학위를 가진 교수가 단 한 사람도 없다는 것은 교수의 권익을 주장할 수 있는 명분을 축적하지 못했을 수도 있었다.

저간의 사정이야 어떻든, 아니 이유야 어쨌든 오도 가도 못하는 DN대학 교수들의 집단, 그랬으니 큰소리칠 수 있겠는가. 허 학장은 모교인 K대학에서 학위를 받지 못하고 앉아 오줌 누는 대학에서 학위를 받았는데도 여전히 자기밖에 학위 소지자가 없다고 큰소리치고 다녔다.

기존 교수들은 속으로 떫기야 했겠지만 겉으로 드러내놓고 일언반구도 대꾸하지 못했고 허 학장이 무슨 짓을 하든지 이의를 제기하는 교수 하나 없었다.

제대로 된 학장이라면 이런 면을 최대한 이용하면 대학을 경영하는 책임자로서 소신껏 일할 수 있으며 최단 시일 안에 대학을 본 궤도에 올려놓을 수 있는 기회일 수도 있었다.

그런가 하면 DN대학과는 연고가 없는데도 학장이라는 명예도 얻고 돈도 긁어모을 수 있기 때문에 이를 탐내 돈이라도 쓰고 빽이라도 동원해 학장으로 부임한 사람이라면 대학을 말아먹는데 그 이상 좋은 기회는 없을 것이었다.

허 학장은 바로 후자에 해당되는 인물이었다. 그는 전국적으로 박사 하나 없는 교수집단, 명색이 허울 좋은 교수이지 연구업적이 있어, 저서가 있어, 뭐 하나 내세울 것이 없는 교수집단이라면 얼마든지 주무를 수 있었기 때문에 기고만장했으며 그런 교수들이 안중에 있을 리 없었다.

이런 작태가 교수채용에서 그대로 드러났다.

DN대학은 현재 전임 강사 이상 인원이 37명에 지나지 않는다. 그런데도 허 학장은 전임강사 임명을 전제로 강의 조교와 전임강사 이상의 임명을 합해 23명이나 한꺼번에 발령을 냈다. 23명이나 발령을 냈다 하더라도 학과가 요청한 전공자이거나 꼭 필요로 하는 사람이면 모른다. 15여 개 학과 중에서 학과와는 전혀 동떨어진 사람을 발령 냈는데도 희한하게도 항의하거나 이의를 제기하는 학과가 없는 것만 보아도 학장의 기세가 얼마나 등등했는가를 알 수 있다.

이 정도는 그래도 봐 줄만 했다.

그런데 조교나 전임강사 이상으로 특채된 교수 중에서 대학원 과정을 정상적으로 밟은 사람도 드물었다.

학부와 대학원 전공과목이 다른 것은 그렇다 치더라도 교육대학원 수료자마저도 과목이 상치하는데도 임명했다는 것은 상식으로는 이해가 되지 않았다.

그리고 연구하기에는 이미 실기한 50대 후반인 사람, 그런 사람을 임명했으니, 대학을 통째로 말아먹겠다는 의도가 아니면 그런 험 많은 사람을 임명할 리 없다.

허 학장이 이를 모르고 임명했을 리 없었다.

저의가 따로 있었다.

있었으니까 더욱 의도적으로 임명했다. 약점이 많을수록 보다 다양한 조건을 제시할 수 있기 때문에.

교수 채용이 끝난 뒤, 1인당 5백에서 1천(이 금액은 83년 1월 기준) 이상 받았다는 유비통신이 풍선을 타고 날아올랐다.

알고 보면 내막이 뻔, 뻔, 번데기인데도.

허 학장이 조교로 임명하고자 해서 한 것도 아니었다. 교육부에 임명을 요청했다가 결격사유로 과목 상치, 학부와 대학원의 전공과목이 달라 임용허가를 받을 수 없게 되자 받은 것은 있는데다 되돌려주기는 아깝고 해서 임명했던 것이다.

허 학장이 신임 교수들을 환영하는 식사자리에서였다. 좌중을 둘러보면서 농담 삼아 한 마디 던졌다.

"영어영문학과 모모 교수는 임명을 해 줬더니 감사하다고 가져온 것이 멸치 한 포였어. 그런데 뜯어보니 반은 썩어 구더기가 들끓지 않겠어. 그래도 선물이라고 내 고맙게 받았지."

이 말은 듣기에 따라 다르게 들릴 수도 있었다. 순진한 사람이라면 학장이 교수를 임명하는데 땡전 한 푼도 받아먹지 않았다는, 매우 깨끗하다는 것으로 들릴 수 있었다. 그에 비해 생각이 있는 사람이라면 저의가 다분히 내포되어 있음을 직감할 수 있을 것이다. 인사차 공관으로 찾아갔다면 멸치 한 포만 달랑 들고 찾아갔겠느냐고, 앞으로는 돈을 한 보따리씩 싸들고 찾아오라는 소리로 들릴 수도 있었다.

다른 학과는 신임 교수의 채용을 한두 명으로 끝나 안도했다. 그러나 한국어문학과는 죽을 쑤고 재까지 뿌려댔다. 학과 사정을 잘 알고 있는 교수가 학장으로 왔으니 도움을 받으리라는 기대와는 달리 개피 중에서 똥개피를 봤다.

현재 학과 교수가 4명인데 허 학장이 들어서 학과 교수들의 품의 없이 4명이나 채용했다.

그런데도 학과 교수들은 항의하거나 이의를 달지 못했다. 오히려 학과장 이신홍 교수는 배알머리도 없이 신임 교수들을 환영하는 회식까지 해줬으니까.

해서 채용은 허 학장의 의도대로 100%한 셈이었다.

이정타 교수는 DN대학에서 최후의 사무라이라고 소문이 자자한 데다 말발이 세고 성질도 개차반이로 택호가 났다. 그런 그를 허 학장은 학생들을 동원해서 소요를 일으키게 하고 비행을 적게 해 연판장까지 받아내게 했으며 이를 무마해 주는 척하면서 교수채용에 반기를 들지 못하게 했기 때문이다. 게다가 전임강사 김준서 쯤이야 햇병아리, 그도 함께 싸잡힌 데다 재임용을 미끼로 한 마디 하면 입도 뻥끗 못할 터이고 새로 임명한 학과장 이신홍 교수야 사람 좋다고 소문난 데다 이래도 좋고 저래도 좋은 사람이니 항의하지 못할 것임을 자신한 탓이었다. 여기에 서잠금 교수야 직접 제자로 정보통이니 더 말할 나위도 없었다. 4명이나 채용하는 데 있어 입맛대로, 이른바 시장잡배에게나 있을 법한 골라, 골라 임명할 수 있었던 것이다.

4명을 임명해도 좋았다. 문제는 자질과 수준이었다. 그렇게 해 임명한 교수가 학과나 학교를 위해 도움이 되는 사람이냐 하면 글쎄, 그런데 '아니올시다' 였다. 그것은 학력만 얼핏 보아도 이번 인사가 얼마나 엉터리인지 알 수 있었다.

개설된 적도 없는 문장론을 급조해서 문장론 전담 교수로 채용한 김인수는 없어진 청구대학 2부 상학과 출신으로 안경테공장을 10여 년 운영하다가 K대 대학원에서 현대문학을 전공한 사람, 시를 쓴다고 걸쩍거리는 사람이다.

동생이 지청 지원 판사로 있는 탓으로 허 학장의 아들이 개원하는데 도움을 준 것이 임용의 기회를 얻었다.

나이 많은 최정이는 오십대 초반으로 교육대학원을 갓 수료한 사람이며 고등학교에서 20여 년 교편을 잡았다.

그는 이미 연구와는 거리가 멀어도 한참 먼, 곧 집에 가서 아기 볼 나이였다. 그는 짜고 치는 고스톱의 대명사, 교육대학원에서 '적벽가연구'로 학위를 받았는데도 이를 무시하고 한문학 전공으로 임용을 받았다.

그런데 최정이가 사기꾼이 아니라면 학장이 사기꾼이었다. K대 교육대학원에서 쓴 논문이 '적벽가연구'라면 고전소설이 전공인데 한문이 전공이라고 둘러대고 임용했기 때문이다. 그래도 한 톨의 양심은 남아 있었던지 학생들의 축출 대상이었던 김준서 교수의 전공이 고전소설인데 이를 피하기 위해 전공을 한문학이라고 둘러댄 것인지도 모른다.

김정식 또한 K대 교육대학원에서 중세 문법으로 석사학위를 받았는데 고등학교에서 20년 가까이 교편을 잡았으니 연구와는 거리가 먼 사람이었다.

게다가 ROTC 대위 출신으로 예편한 것만 보아도 학문과는 거리가 먼 사람임을 알 수 있다.

기종려 또한 예외가 아니었다. 학부는 철학과 중에서도 서양 철학과 출신으로 대학을 졸업하고 취직을 못해 시장에서 노점상을 십수 년 하다가 뒤늦게 K대 교육대학원에 들어가

고전시가를 공부했다. 그리고 허 학장과 어떻게 인연이 닿았는지는 알 수 없었으나 임용을 받았다.

월남해서 시장바닥을 전전하며 구걸하다시피 목숨을 부지했기 때문에 성격마저 비딱해서 성격 파탄자나 다름없었으며 교육자로는 적합한 인물은 결코 아니었다.

이처럼 허 학장이 사람을 골라도 흠 많은 사람들만 골라 임용한 것만 보아도 저의를 알 수 있다.

대학에서 국어학을 전공했다는 교수 출신이 한국어문학과를 망쳐도 이렇게 망칠 수는 없었다.

채운 것이라고 한다면 허 학장 스스로의 배를 채운 것밖에는. 이들은 모두 K대 출신, 해서 DN대학 한국어문학과는 K대 출신의 실업자구제소가 된 셈이다.

왜 학장은 흠 많은 사람만 골라 골라 채용을 했을까?

이유는 말하지 않더라도 이미 눈치를 챘을 것이다. 제대로 코스를 밟아 실력을 갖춘 사람이라면 거금을 들여 교수가 되려고 하지는 않을 것이었다. 약점이나 허점이 많을수록 거금을 주고라도 교수가 되려고 할 것은 뻔했으니까. 따라서 자연 단가가 올라가는 것은 당연한 이치가 아니겠는가.

허기진 학장의 인물됨도 그랬다. 천하에 몹쓸 폭군, 복수의 화신으로 도륙을 일삼았던 연산군마저 최악의 지도자가 되지 못했다고 지하에서 오히려 서러워하는 대상이 되었으며 자살한 전 대통령 노무현, 놈현스럽다는 신조어가 나타난 것은 국민 대다수가 불행이 아닐까 싶다.

그리고 사람은 생긴 바퀴대로 산다고 하더라도 어떻게 하면 가치 있게 사는가 보다는 어떻게 하면 남에게 나쁜 짓을 해서 스트레스를 많이 줘, 보다 많은 욕을 얻어먹는가에 가치를 둔 참여정부의 전신前身은 아닐 텐데.

허 학장은 해도 해도 너무했다. 약자는 대거리 한번 못하고 병신처럼 죽어지내며 죽은 듯이 사는 것이 진짜 인생인지도 모른다는 점을 깨우쳐준 허 학장, 지금까지 4명의 교수 채용은 학장의 뜻대로 주무를 수 있었다.

그러나 세상은 그리 만만한 것만은 아니었다. 4명 중 2명은 서류를 갖춰 교육부에 올렸으나 퇴짜를 맞았으며 학부와 대학원의 과목 상치로 서류가 반환되었던 것이다.

허 학장이 교육부로부터 임용을 허락받지 못했다고 해서 포기할 위인이 아니었다. 앞으로 임기가 3년 여 남았으니 기회를 보아 재상신하기로 하고 4명을 일단 조교로 임명했다.

그렇게 임명해 놓고 법에도 어긋나는 조교에게 전임교수의 강의시간인 10~12시간을 맡기게 했다.

한국어문학과는 3월 초, 교육부 감사에서 조교는 강의를 할 수 없다는 지적을 받았다.

해서 졸지에 강사를 구하느라고 동분서주했는데 한국어문학과로 보아서는 국어학 전공 출신이 학장으로 부임함으로써 이중, 삼중으로 피해와 고통을 본 셈이었다.

세상은 어리석지도, 똑똑하지도 않다는 것을 증명이라도 하듯이 허 학장의 횡포를 옥죄는 사건은 엉뚱하게도 푸념과 하소연으로부터 시작되어 쥐도 새도 모르게 진행되고 있었다. 그랬으니 천하의 허 학장이라도 이를 눈치 챌 리 만무했다.

'사람은 죄 짓고 못 산다'는 속담은 강자 편이라기보다는 약자 편에 서서 한 말일 것이다. 죄를 지었으면 죄 값을 치러야 한다는 것은 약자에게만 해당되는 것이지 강자에게는 통하지 않는 것이 역사의 아이러니가 아닌가.

배선희는 강의를 하다가 학기 도중에 쫓겨 난 일을 두고, 세상에 미친개에게 물려도 그렇게 지독히 물릴 수는 없다고 자탄했다. 부당하게 쫓겨난 일은 그렇다 치더라도 이미 전임 학교는 사표가 수리된 뒤였으니 복직의 길마저 막혀 버렸으니.

인맥이 있고 발이 넓어 자리를 찾다 보면 사립학교 교사 정도야 구할 수 있겠지만 지금은 학기 중간이라 쉽지 않았다.

강의 하나는 똑 부러지게 잘 한다고 소문이 났으니 학원에서 시간을 얻거나 방송에 출연해 생계를 이어갈 수는 있었다.

그러자니 자연 생활은 엉망진창일 수밖에.

게다가 신세타령까지 했다. DN대학에서 억울하게 쫓겨난 것이 두고두고 생각났으며 분하고 원통했다.

재수가 없어도 그렇지, 세상에 살다 보니까 재수가 옴 붙었는지 미친개에게 이렇게도 물릴 수 있는지, 먹는 것이 살로 갈 리도, 잠이 올 리도 없었다. 곱던 피부마저 윤택을 잃었다. 어떻게 하면 복수의 신녀를 만나 앙갚음을 할까 생각했으나 뾰족한 수도 떠오르지 않았다.

어떻게 이 복수를 하지, 어떻게 이 복수를…

그런데 복수라는 것도 보통 사람으로서는 하고자 해서 복수할 수 있는 것도 아닌가 보다.

복수는 천륜에 의해 우연히 갚아지는 경우는 더러 있을까. 복수의 뜻을 이루기는 하늘의 별 따기나 다름없었다.

와신상담臥薪嘗膽은 극히 드문 고사이듯이 복수는 복수하고자 하는 마음의 수십 배 이상으로 독하고 못됐고 모질어야 가능하다. 그러니 보통 사람인 배선희가, 그것도 여성이 복수를 하겠다고 어금니를 깨문다고 해서 복수를 할 수 있을 것인가. 그네는 자포자기하면서 못 먹는 술로 세월을 보내다 보니 마음과 몸이 다 병들어가기 시작했다.

그런데 세상은 뜻밖의 일도 있을 수 있기 때문에 살맛이 나는지도 모른다. 배선희가 그러했다.

그네는 먹은 것도 없는데 밤 내내 속이 쓰리고 아팠다. 신문을 들고 화장실로 갔으나 변도 제때 나오지 않아 신문만 뒤적였다. 몽롱한 정신으로 신문을 뒤적이는데 눈에 번쩍 띄는 이름이 있었다. 두 번, 세 번 확인해 봐도 눈에 익은 이름이 분명했다. 대학 3년 동안 동아리 멤버로 활동하면서 오빠, 오빠 하고 따르며 애인과 다름없이 지낸 한 해 선배인 박수찬, 그의 이름이 교육부 인사란에 들어 있었다.

장관이 바뀌면서 차관 인사 때 대학국장이던 그가 승진해서 차관으로 발령을 받은 모양이었다. 그로서는 능력이 있는데다 관운까지 따라 준 셈이었다.

출세하리라고 예상했는데 한 자리 꿰어 찼네.

배선희는 기쁜 나머지 나오던 변마저 들어갔다. 빠른 시일 내에 찾아가서 축하한다는 인사말이라도 해 주고 싶었으나 발령을 받은 지 얼마 되지 않아 바쁠 것 같아서 미뤘다가 한 달 뒤쯤, 전화를 하니 비서가 연결시켜 주었다.

"박 차관님, 저 배선희예요. 늦었지만 축하해요."

"아, 배선희. 뭐하느라고 이제야 전화를 해?"

"음성만 듣고도 내가 누군지 알아보네."

"선희의 목소리를 알아보지 못한다면 내가 나쁜 놈이지."

"그렇게 말해 주니 고마워요,"

"우리 사이, 인사치레를 따질 땐가. 그건 그렇고. 나 지금 매우 바쁘니까 시간을 내서 가까운 시일 내로 연락하지."

"말 솜씨 하나는 옛날과 다름없네요. 좋아요,"

일주일이 지나 박 차관으로부터 전화가 왔다.

"배 선생, 아니 배 교수, 오늘 시간 어때?"

"차관님께서 만나자는 데야 만사 제쳐놓고 나가야지요."

"차관님이라니, 말버릇 하난 고약하군."

"모처럼 대놓고 농담 한번 한 것 가지고 뭘 그래요."

"무교동 낙지 골목 기억나? 대학 다닐 때 단골로 다니던 '한 대포 낙지전골 집' 말이야. 거기서 저녁 일곱 시에 만나지."

"알았어요. 박 차관님, 전화 줘서 고마워요."

"또 그런 소리, 그러면 이따가 봐요."

배선희는 약속 시간에 무교동으로 갔다. '한 대포 집'으로 들어서자 박 차관이 먼저 손짓을 했다.

그와 만나기는 참으로 오랜만이었다. 대학 때는 애인처럼 붙어 다니면서 함께 살다시피 했었다. 그러다가 졸업을 하자 가는 방향이 달라 처음에는 가끔 만나던 것마저 뜸해지고 1년에 한번 동창회에서 얼굴을 볼 정도였다.

그리고 20여 년 뒤, 차관이 되어 대하게 되었으니.

"차관으로 승진한 것 축하해요. 진작 난이라도 하나 보내 축하했어야 하는데, 사는데 바빠 결례를 했답니다, 호호."

"나도 DN대학 교수가 되었다는 소식은 들었지만 축하한다는 말도 못했으니 피장파장이지. 어서 잔 비우고 일어서지."

배선희는 DN대학 교수라는 소리에 오장육부가 뒤집혔고 술맛은 천리나 달아났다. 그런 인상이 얼굴에 그대로 나타나 눈치 없는 사람이라도 알아챌 수 있을 정도였다.

박 차관은 관료생활 20여 년에 눈치도 늘었다. 그런 그가 배선희의 달라진 표정을 읽지 못했을 리 없었던 것이다.

"배 교수, 얼굴이 그게 뭔가? 영 말이 아니네. 일어나세. 조용한 찻집으로 가 이야기 좀 나눔세."

두 사람은 무교동을 지나 인사동 거리를 걸어가다가 외진 곳에 있는 전통찻집이 눈에 들어왔다. 안으로 들어서고 보니 바깥에서 보기와는 달리 의외로 한갓져 대화를 나누기엔 안성맞춤이었다. 빈 자리로 가서 앉았다.

주문한 차가 나와 찻잔을 들면서 박 차관이 물었다.

"배 교수 얼굴을 보니 무슨 일이 있었던 것이 분명해. 어디 말해 보게나. 내가 도울 수 있는 일이라면 힘을 보태지."

"일은 무슨 일. 이미 지나간 일인데요."

"학창 때는 내가 배 교수를 얼마나 좋아했는데. 어서 말해봐. 내가 도울 수 있는 일인지. 어서 말해 보라니까."

"이미 지나간 일이라는데, 그래요."

"지나간 일이면 어때. 말하라니까 그러네."

배선희는 DN대학 일이라면 치가 떨리며 자존심이 너무 상한 데다 창피해서 입에 담기도 싫었으나 박 차관이 이렇게까지 말하는 데야 존심부터 접고 이야기를 털어놓았다.

"박 차관, 나, 이런 소리 하면 폭싹 삭았다고 하겠지. 그래도 좋아요. 세상이 더러워서 살기 싫어졌다고."

"말 돌리지 말고 직선적으로 말해."

"나, DN대학에서 전임강사 발령도 받지 못한 채 3주 동안 강의하다가 쫓겨났어요. 신원진술서가 늦게 도착하는 바람에 전임 학장이 발령을 내지 못했는데 새로 부임한 학장이 부르더니만 발령을 내주지 않겠다고, 강의를 그만 두라고 하지 않겠어요. 어쩌겠어요. 사정할 수밖에. 금부처 하나를 준비해서 공관으로 찾아가지 않았겠어요. 금부처만 들고 가니, 그것도 뇌물이라고 가져왔느냐고, 당장 가져가라고 호통을 치는 바람에 찍소리도 못하고 나왔답니다. 그 길로 보따리를 싸서 곧장 서울로 올라왔고요."

"전임 학장이 결정했는데 다만 신원진술서가 늦어져 발령을 내지 못한 것을 두고 신임 학장이 취소해 버렸다고?"

"그러니까 재수 옴 붙었다는 말이 생긴 것 아니겠어요."

"세상에 횡포치고 이만 저만한 횡포가 아니군."

"저로서는 K대 텃세에 일방적으로 당하기만 했답니다."

"뭐 했어? 교육부나 청와대에 진정하지 않고…"

"제가 뭐 아나요. 그런 것은 전혀 생각지도 못했는데요."

"그런 일을 당하고도 그래, 가만히 있었어?"

"있지 않으면요? 제가 무슨 힘이 있나요, 빽이 있나요."

"내일이라도 차관실로 날 찾아와."

박 차관은 자기가 당한 일 이상으로 열불을 토했다.

이튿날 배선희는 전후 사실을 기록해서 박 차관을 찾아갔다. 그는 기록을 읽어보더니 자기 일처럼 흥분했다.

"일선 대학에선 학장이나 총장의 횡포가 끊이지 않으니 큰일이야. 이번 기회에 되게 뼌대를 보여줘야겠어."

"교육부가 그럴 권한이 있어요?"

"있고 없고가 문제 아니지. 이는 자기 사람을 채용하려고 쫓아낸 거야. 그런데 자네와 둘도 없는 친구인 내가 그냥 있겠어. 친구가 아니라도 좋아. 그런 비리를 알고 그냥 둘 수야 없지. 비리를 뿌리째 뽑아 버릴 테니까."

배선희가 돌아간 뒤, 박 차관은 감사관을 불렀다.

"DN대학의 비리에 대해 올라온 것 좀 없습니까?"

"허기진 학장에 대한 것 말이지요?"

"그렇다고 할 수 있지요."

"대학이 몹시 시끄럽다는 보고는 몇 건 올라 와 있습니다."

"그런 보고가 있었다고요? 좋아요. 허 학장인가 뭔가의 비리에 대해 철저하게 조사해서 보고하도록. 가급적 한 칼에 목을 딸 수 있는 비리를 잡아내면 더 바랄 것이 없겠는데…"

김주수 감사관이라면 오랜 경험과 노하우가 축적되어 있어 그 방면에 베테랑이라고 자타가 인정하고 있었다.

"차관님, 알겠습니다. 그 점은 걱정 마십시오. 감사실 나름대로 대학의 비리나 교수들의 비행을 내사하는 경험이 많으니까 철저히 조사해서 한 달 안으로 보고 드리겠습니다."

"저는 김 감사관만 믿겠습니다. 잘 부탁드립니다."

"박 차관님, 염려 놓으셔도 좋을 겁니다. 제가 누굽니까."

"한 달이라고 했지요. 벌써부터 기다려지는군."

김 감사관은 내사內査를 하기 전에 적임자부터 물색했다.

그런 사람으로 함께 일을 해서 잘 알고 있는 데다 일을 맡기면 빈틈없이 해내는 여소영이 떠오른 것이 아닌가. 그와는 오랜 동안 일을 했으니 척 하면 삼척과 다름없었다.

감사실로 돌아온 김주수는 여소영을 불렀다.

"여 선생, DN대학 허기진 학장에 대해 극비리에 조사할 것이 있는데, 빠른 시일 내로 조사 좀 해 줄 수 있겠소?"

"그야 우리 감사실의 소임이 아닙니까. 실장님께서 지시만 내린다면 내일이라도 조사에 착수하겠습니다."

"그래요. 허 학장의 비리나 비행을 캐 보세요. 허 학장을 옭아맬 수 있는 결정적인 비리를 찾으면 더 좋고."

여소영은 눈치가 빨라 감사관의 뜻을 알아챘다. 저 위에서 허 학장의 목을 한 칼에 보내겠다는 의도가 깔려 있음을.

여소영은 교육부 입사 동기인 이국진을 떠올렸다.

그는 사무관으로 승진했기 때문에 관례에 따라 지방 근무를 해야 했다. 신학기 들어 DN대학으로 발령을 받았으나 가족을 서울에 두고 몸만 달랑 내려가 있기 때문에 주말이면 상경했던 것이다.

여소영은 토요일 저녁, 이국진을 만났다.

"사무관님, 사람을 이렇게 무시할 겁니까. 승진해 내려가더니, 얼마나 깨가 쏟아지면, 그래 연락조차 없깁니까?"

"당신도 지방 근무를 했으면서 구박 주긴가. 폐쇄적인 도시라 얼마나 따분한지. 낙이라곤 올라오는 것뿐이네."

"그건 그렇고. 내 부탁이 있어 급히 만나자고 했네."

"본청에 근무하는 사람이 부탁을 다 하다니…"

"이 일은 윗전의 극비 지시니 조용히 처리해야 하네."

여소영은 말을 아끼며 조심스럽게 말했다.

"자이 궁금하니 어서 말해 보게."

"윗선의 지시이네. 비밀도 유지해야 되고 한 치의 오차도 있어서는 아니 되네. 알겠는가?"

"무슨 일인데 뜸을 그렇게 들이는가?"

"허기진 학장 말이네. 그의 비리에 대해 조사 좀 해 주게. 증거도 반드시 필요하니 빈틈없이 조사해야만 하네."

"그런 일이라면 우리들이 전문가 아닌가. 식은 죽 먹기지."

"알았네. 자, 이제부터 술이나 들지."

그렇지 않아도 이국진은 과장으로서 업무를 하다 보니 허 학장과 번번이 충돌하곤 했다.

모두가 학장의 독선 때문이었다.

허 학장은 행정에 대해 쥐뿔도 모르면서 이 세상 모든 일을 다 꿰차고 있는 듯한 오만은 교수 출신이라 이해한다고 해도 자기에게 서울에서 내려왔다고 텃세를 부리는 것이며 절대 다수인 K대 출신끼리 똘똘 뭉쳐 작당하는 꼴불견은 정말 보아줄 수 없었다.

그런 탓으로 더욱 신바람이 나 허 학장의 비리를 헤집고 들었다. 대학사회는 교수와 직원 사이에 알게 모르게 알력이 있기 마련이다. 직원으로서는 개 ×도 아닌 것들이 교수라고 빼기면서 월급만 자기들보다 많이 탄다고 불평을 했다.

반면에 교수 편에서는 직원들의 행정 서비스가 형편없다고 불평이었다. 그러면서 교수는 직원에게 일 같지도 않은 일을 두고 저자세로 청탁을 일삼아 직원들의 콧대만 높여 놓았다. 이런 교수와 직원의 알력은 어제 오늘의 일이 아니었다. 꽤 오랜 동안 뿌리 깊이 박혀 있었다.

이국진은 허 학장에 대해 알게 모르게 불평하거나 불만을 토로하는 사람을 모아 술좌석을 마련했다.

이어 허심탄회하게 마음을 열도록 유도했다.

공무원이란 참으로 묘해서 싫든 좋든 윗전에게 잘 보이려고 하는 생리에 젖은 데다 술이 얼큰해지자 있는 말 없는 말을 쏟아냈다. 그러면서 세상 돌아가는 이야기 끝에 좀체 꺼낼 것 같지 않은 허 학장에 대한 불만을 토로했다.

이국진은 2주일 만에 허 학장의 비리를 정리하면서 주요 사안에 대해서는 증빙자료까지 첨부, 보고서를 작성했다.

첫째, 전임 학장에 의해 채용을 결정하고 신원진술서가 늦어 발령을 내지 못한 배선회를 좇아낸 것은 자기 사람을 심기 위한 의도적인 횡포였음을 구체적으로 밝혔다.

그것은 한국어문학과 전임 교수가 4명인데 학과의 의견을 묵살하고 학장 임의로 4명이나 교수를 채용했으며 2명이 학부와 대학원의 과목 상치로 교육부의 허가를 받지 못하자 조교로 임명해서 강의를 맡긴 데서 확인되었다. 게다가 K대 출신 제자 국어학 전공자를 채용한 것이 보다 확실한 증거였다.

당시 전임 교원이 37명뿐인데 학과 의견이나 교무회의 결의까지 묵살하면서 학장 임의대로 23명이나 발령을 낸 저의는 검찰에 의뢰해 조사하면 백일하에 드러날 것이다.

알게 모르게 5백 내지 1천만원까지 돈을 받았다는 유비통신이 나돌기야 했지만 이런 비리는 증거를 찾아내기도 어렵거니와 고발하는 사람이 없어 단서가 될 수 없었다.

둘째, 털어 먼지 나지 않는 사람이 없다고 하지 않던가.

기성회비를 유용한 것이 드러났다. 기성회비 지출을 면밀히 분석해서 다른 데 썼다거나 부당하게 지출한 부분이 있나 없나 확인하는 과정에서 드러났다. 허기진이 학장으로 취임하면서 통 큰 것을 보여 주기 위해 교직원에게 18K 두 돈으로 대학 마크를 만들어준 적이 있다. 이는 예산을 부당하게 편법으로 집행한 것으로 비리가 되나 개인이 착복한 것이 아니기 때문에 목을 따기에는 미흡했다.

이국진은 머리를 이리저리 돌려가며 궁리했다.

어떤 비호세력으로도 막을 수 없는 결정적인 비리, 그것을 찾아야 했다. 비리를 찾지 못한다면 목을 칠 수 없으니.

단 칼에 목을 댕강 날릴 수 있는 비리는 없을까? 있다. 있었다. 당연시하는 부정입학이 그것이었다.

전국 규모 대회 4강에 입상하지 못한 선수들을 뽑아 축구부를 창설한 것이 부정입학의 온상이 된다. 선수로서 대학입학 자격은 전국 규모 대회에서 4강에 들거나 예비고사 점수 50점 이상을 받아야 자격이 있는데도 그렇지 못한 무자격 선수를 선발했으니 부정입학이 분명했다.

그것도 15명이나 입학시켰으니 국립대학 부정입학치고 유례가 없을 정도였던 것이다.

이국진은 여소영과 함께 김주수 감사관을 만났다.

"감사관님, 충분한 자료를 확보했습니다. 이 정도의 자료라면 목이 열 개라도 붙어날 수 없을 것입니다. 자신합니다."

"그래요. 수고하셨습니다. 어디 봅시다."

김 감사관은 자료를 검토하면서 회심의 미소를 지었다. 권력의 실세라도 어쩔 수 없는 결정적인 비리를 확보했으니 이제는 보고를 하고 목을 따는 절차만 남았다.

"이 사무관, 정말 수고 많이 했습니다. 어려운 일을 해내다니. 곧바로 차관님께 보고해서 절차를 밟도록 하겠습니다."

"수고라 하긴요. 당연히 해야 할 일을 가지고…"

"박 차관님께서도 매우 기뻐할 것입니다."

김 검사관은 이국진과 헤어진 다음, 차관실로 갔다.

"차관님, 결정적인 비리를 확보했습니다."

"그래요. 궁금합니다. 어디 한번 들어 봅시다."

박수찬은 넘겨받은 자료를 검토했다.

"이 정도 비리로 가능할까요? 더 나온 게 없소?"

"제가 검토한 바로는 도망갈 구멍이라곤 없을 것입니다."

"그러면 절차를 밟도록 하지요."

"차관님, 알겠습니다. 빠른 시일 내로 절차를 밟겠습니다."

박수찬은 장관부터 만나 DN대학 부정입학에 대해 보고했다. 그리고 그를 학장으로 추천했다는 소문이 난 민정당 사무총장 권중달을 만났다.

만나 허 학장의 비리를 귀띔하면서 더 이상 자리를 유지할 수 없음을 사전에 양해를 구하기 위해서였다.

박수찬 차관이 권 사무총장에게 귀띔해 준 이유가 있었다.

복잡한 절차를 밟아 구속시키고 해임하기보다는 추천자의 체면도 생각해 주고 교육부도 부적격한 사람을 임명했다는 것을 감추면서 마무리 지으려는 의도에서였다.

권 사무총장은 박 차관의 이야기를 듣고 보니 기가 찰 노릇이었다. 입학부정, 그것도 한두 명이 아니라 15명이라니, 자기의 권세로도 허 학장의 자리를 보장해 줄 수 없었다. 그는 박 차관의 배려로 언론에 노출되지 않은 것만도 다행으로 여겨야 했으니 막강한 권력도 쓸 수가 없었던 것이다.

권중달은 생각하고 자시고 할 겨를이 없었다.

"허 학장, 나 권이오. 지금 당장 만났으면 하오."

"알겠습니다. 지금 상경하겠습니다."

권 사무총장은 다혈질의 허기진 학장을 대면하기조차 불쾌했으나 피할 성질의 일도 아니었다.

죽자 사자 하고 매달려 추천을 하긴 했으나 일이 이렇게 뒤틀려지리라곤 생각지도 못했었다.

허기진 학장이 급하긴 급했던 모양이었다. 연락을 받은 지 네 시간 만에 얼굴을 맞댔으니.

"허 학장, 축구부를 창설하면서 지나치게 자만한 것 아니오? 입학 자격도 없는 선수를 열다섯 명이나 입학시키다니요. 교육부에서 이를 꼬투리 잡아 해임 절차를 밟고 있소. 내 힘으로도 이미 막을 수가 없으니 해임되어 구속되느니보다는 사표를 내고 조용히 물러가는 것이 좋을 것 같소. 내 이미 그렇게 조치했소."

순간, 허 학장은 사색이 될 수밖에 없었다. 온갖 무리를 감수하면서 축구부를 창설한 것이 자기에게 치욕적인 단명을 가져올 줄은 어디 상상이나 했겠는가.

"총장님, 좀 도와주십시오. 14개월 만에 그만 두다니요."

"하루라도 빨리 결단을 내리는 것이 좋을 것이오."

허 학장이 자리를 뜨지 않고 미적이며 미련을 버리지 못해 하자 권 사무총장은 일언지하에 뚝 잘라 말했다.

"나, 매우 바쁜 사람이오. 그러니 그만 내려가 보시오."

허 학장은 두 말도 못하고 물러났다.

그는 대학으로 돌아오자 급한 일부터 수습했다.

쫓겨 가기 전에 한국어문학과 교수 임용의 건, 과목 상치로 발령을 받지 못한 두 사람에 대해 수단과 방법을 가리지 않고 임용하는 일이었다. 이로 보면 의리가 있는 사람이라고 할 수 있으나 알고 보면 먹은 것이 워낙 컸기 때문에 토해내지 않으려는 의도였는데도.

허 학장은 발령을 받지 못한 두 사람을 불렀다.

"지금 서류를 만들라고 지시해 놓았으니 당장 서류를 가지고 교육부에 가서 발령을 받도록 하시오. 수단과 방법을 가리지 말고 허가를 받아 오시오. 한 시가 급하니…"

둘은 무슨 일이 있긴 있는가 보다고 생각했다. 그렇지 않으면 학장이 이렇게 서두를 이유가 없다고 생각했다.

두 사람은 유례를 찾아 볼 수 없는, 학교에서 만들어준 서류를 직원이 아닌 본인이 직접 가지고 임용동의를 받으려고 교육부를 찾아갔다. 찾아가긴 했으나 아는 사람이 없었다.

사방으로 연줄을 놓기도 했고 무턱대고 담당자를 찾아가 통사정했으며 집까지 찾아가서 애원을 했다.

그들이 어떻게 허가를 받았는지 모르겠으나 허 학장이 DN대학에서 마지막으로 한 일이 전임강사 발령이었다.

권 사무총장은 하이개를 군복무 중에 방첩대로 전속시켜 주기까지 한 인연으로 안면을 터놓고 지내는 사이였다.

해서 권 사무총장은 지방에 내려왔다가 서울로 가면서 하이개를 동승시켰다.

그리고 하이개 편에서는 교수로 임용해 달라고 허기진 학장에게 부탁까지 했으니 불가분의 관계라고 할 수 있다.

하이개는 D시에서 똘마니 행세를 하며 개망나니로 소문이 나긴 했으나 한때는 권중달 의 대항마로 겁 없이 국회의원에 출마하려고까지 했으나 막강한 집권당 사무총장 앞에 쥐새끼 꼴, 게임의 상대가 되지 않아 포기한 적도 있다.

"허 학장의 비리가 드러나 나로서도 막을 수 없었네. 해서 감옥에 가기 전에 조용히 물러나라고 종용했어. 축구부를 창설하면서 선수가 부족해 4강에 들지 못한 선수로 채우다 보니 부정입학이 된 게야. 그게 부정인 줄은 몰랐네."

하 교수는 허 학장이 그만 둔다는 사실을 최초로 알고 잠시 당황했으나 속으로는 오히려 잘 됐다고 생각했다.

자존심도 깡그리 팽개치고 매달려 전임을 부탁한 것이 두고두고 부담이 될 텐데 오히려 묻히게 되었으니, 잘된 것인지도 모른다는 생각이 들어서였다.

뿐만 아니라 동생 하이주의 교수 임용만 해도 그랬다. 학부는 화학과를 졸업한 동생을 교수로 만들기 위해 미국 소재 대학에서 1년 만에 석사학위를 취득케 해서 경영학과 교수로 임용할 수 있었던 내막도 묻힐 것이었다.

임용 시에 학과 교수나 인사위원들이 반대해서 연구실을 찾아다니면서 갖은 협박과 공갈을 쳐서도 끝내 동의를 받지 못했는데도 허 학장은 이를 무시하고 전임강사로 발령을 냈다. 자기와 동생, 도저히 대학 교수가 될 수 없는 실력과 자격인데도 교수로 임용해 줬으니 은인임에 분명했다.

그런데도 걱정은커녕 오히려 잘됐다고 할 정도니 하이개의 인간 됨됨이가 뻔할 뻔으로 드러났던 것이다.

"그렇다면 축구부는 어떻게 되는 겁니까?"

"시민들의 열망도 있고 하니 당분간은 유지되겠지."

하이개 교수는 D시에서 재력가로 알려졌으나 축구부가 출전을 하거나 회식을 해도 개인 돈을 내거나 땡전 한푼도 기부금을 낸 적이 없는 철저한 이기주의자인데도 전임강사 주제에 축구부 부장을 맡았으니 축구부의 장래도 보나마나 뻔할 뻔이 아니겠는가.

"학장이 너무 튀어 화를 자초한 것이 아닙니까?"

"하늘 높은 줄 모르고 튀긴 튀었지."

"총장님의 빽을 믿은 건 아닌지요?"

"이제 와 오히려 잘 됐지. 다음 학장은 D고 출신 중에서 물색해야겠어. 하 교수도 좋은 사람을 찾아보게."

"총장님, 알겠습니다. 좋은 사람이라면…"

당시만 해도 국립대학 학장이나 총장의 추천에 있어 그 지방 집권당 국회의원이 막강한 힘을 발휘했다.

김준서는 이신홍 교수 연구실에 들렀다. 그런데 자리에 앉기도 전에 이신홍 교수는 학장의 말을 전했다.

"김 교수, 허 학장이 불러서 학장실에 갔더니 그러더군. 김 교수에게 이젠 걱정하지 말고 연구나 하라고. 학생들이 진정되었으니 불안해 할 것 없으며 안심하고 가르치라고."

"뭐, 걱정 말라고? 사람을 병신 만든 것까지는 그렇다 치고. 쓰레기를 네 명이나 집어넣기 위해 라이브 쇼를 해놓고선. ×새끼도 낯짝이 있는데 이건 낯짝이라곤 없으니…"

김준서가 화를 벌컥 내자 이 교수가 머쓱해 했다.

이번 학생들의 소요사태에 있어 학과장으로서 장모 상을 핑계로 빠지는 바람에 한 일이라곤 없었기 때문이다.

"……"

김준서는 이 교수가 영 못마땅했다. 학장이 온갖 횡포를 부리면서까지 무능한 사람을 임용하는데도 학과장으로서 대거리 한번 못하고 그저 죽은 듯이 있었던 것 때문에.

성격으로 보아 물에 물 탄 것 같은 사람, 사람은 좋으나 나만 당하지 않으면 된다는 이 교수를 좋아할 리 없었다.

이신홍 교수는 김 교수와는 동문이었다. 이 교수가 1년 선배인 데다 DN대학에 1년 먼저 왔다. 그런데 나이로 보면 김준서가 한 살 위였다. 그런 탓으로 '하게' 하는 사이였다.

"무덤이 가까우니 사람이 좀 돼 가는 모양이지."

김준서가 중얼거리자 이 교수가 반문했다.

"김 교수, 갑자기 그게 무슨 소리요? 나도 좀 압시다."

"무슨 소리긴. 그냥 해 본 소리에 지나지 않아요."

"난 무슨 내막이라도 있는 줄 했네."

"내막은 무슨 내막. 이상한 예감이 들어서지."

그런데 1학기도 반이나 지난 5월 중순이었다. 예고도 없이 감작스럽게 전체 교수회의가 열렸다.

장소는 사범계 2101 강의실이었다.

안건도 없는 교수회의 탓인지 허 학장이 교단에 올라서자마자 뼈 있는 말을 한 마디 하는 것이 아닌가.

김준서는 허 학장의 말을 듣고 혀를 내둘렀다.

누군가 인생을 두고 새옹지마塞翁之馬라고 했던가. 허 학장의 처지가 바로 새옹지마였다. 온 얼굴에 혈색을 띠고 홍분해서 한 마디 했던 것이 누워 침 뱉은 격이나 다름없었다.

"오늘부로 나 학장을 그만두게 되었수다."

그런데 갑자기 그만두게 된 내막을 모르는 교수들에게는 폭탄선언이나 다름없었다.

이어 나온 말은 정말 청천벽력이었다.

"마지막으로 한 마디 하겠소. 남의 눈에 눈물 나게 하려면 자기 눈에서는 피눈물을 빼야 한다는 것, 모두 명심하시오."

허 학장은 쫓겨 가면서도 제 버릇 개 못 주고 협박이나 다름없는 말을 남기고 퇴장하는 바람에 교수회의는 5분 만에 싱겁게 끝났다. 참석자들은 의도를 몰라 의아해 했고 서로 쳐다보기만 했으나 김준서만은 알고 입이 쓰고 떫었다.

학장 공관으로 찾아가 한 말을 허 학장이 그대로 반복했으니 인생은 새옹지마라는 말이 이렇게도 기막히게 들어맞을 수 또 있을까. 아마도 세상에 극히 드문 일일 것이다.

김준서가 강의실을 나서는 길에 하이개 교수가 동료 교수들에게 하는 소리가 귀에 들려왔다. 하이개 교수는 허 학장의 최측근으로서 감회가 남달랐을 수도 있을 것이었다.

"허기진 교수가 학장으로 부임하는데 집 한 채를 팔았다는 소문을 들었는데 그만 두게 된 것을 알고, '학장님, 비용은 뺐습니까?' 하고 물었더니, '내가 누군데, 비용은 빼고도 남았지.' 하지 않겠어. 1년 2개월 동안 학장을 하면서 지독히도 긁어모은 모양이야. 허기진은 돈 긁어모으는 데는 타고난 기재가 아니겠어."

허기진 학장이 1년 2개월 만에 모양새는 자진 사퇴, 내막은 쫓겨 가고 뒤를 이어 새로 온 학장도 K대 출신으로 국사교육과 교수였다. DN대학은 그렇게도 인물이 없는지, 아니면 K대 부설인지 국립대학이라는 이름이 무색할 정도로 K대 그늘을 벗어나지 못했다. 지역적으로 가까운 탓일 수도 있으나 이는 DN대학이 정체성을 확립하지 못한 것이 원인이라고 할 수 있다.

구성원마저 K대 출신이 80% 이상을 차지하고 있으니 차

라리 K대 D시 캠퍼스라는 것이 보다 어울릴 것이었다.

회의를 하거나 규정 하나 만들 때마다 K대만 있는지 선진 대학 하면서 K대를 예로 들기 일쑤였다. 안목이 좁아 K대를 예로 들지 않으면 회의가 진행되지도 않았고 규정 하나 만들지 못하는 것이 DN대학의 현주소였다.

진부한 말이긴 하지만 신설대학은 추진력 있는 학장이 부임해야 어느 정도 대학의 발전을 기대할 수 있다.

그런데 새로 취임한 김섭 학장은 얌전한 선비의 성격. 스타일마저 판공비나 타 먹으면서 자리만 지키고 앉아 꼼꼼하게 서류나 챙기거나 결재만 하는 샌님, 발로 뛰어다니면서 대학 발전을 위해 적극적으로 뛸 인물이 아니었다.

김준서가 김 학장과 첫 대면을 하게 된 것은 이신홍 교수의 타 대학 전출동의서 때문이었다. 당시는 지방대학 육성 차원에서 대도시 진출을 막기 위해 재직 대학장의 동의서가 있어야 옮길 때 불이익을 당하지 않는다는 묵계가 있었다.

이 교수가 김 학장을 몇 번이나 찾아가 동의서를 요청했으나 김 학장은 샌님 차림 그대로 차일피일 미루기만 했다.

김 학장이 미룬 이유는 따로 있었다.

어느 교수가 귀띔을 했는지 모르겠으나 학생들이 학과 교수들을 몰아내자고 스트라이크를 일으킨 지 얼마 되지도 않은 데다 인기 있는 이 교수가 학과장이 되자 학과가 겨우 진정되었는데, 만약 이 교수가 타 대학으로 가게 되면 또 학생들이 문제를 일으킬 소지가 있으니 허락해 주지 말라는 말을 들었기 때문이다.

이 교수는 답답한 심정을 달래다 못해 김준서에게 말했다.

"김 교수, 학장이 동의서에 날인해 주지 않으니 어쩌면 좋겠소? 저 쪽 학교에서는 하루라도 빨리 오라고 성화인데…"

"그래요? 그렇다면 내가 가서 학장과 담판을 짓겠소."

"김 교수가 그래 주면 나로서는 고맙고…"

김준서는 학장의 면담을 요청했고 두 시간 뒤, 연락이 와서 학장실로 가 학장을 만났다.

인사를 하는데도 학장은 엉덩이도 들썩이지 않았다.

"학장님, 상의 드릴 일이 있어서 면담을 청했습니다."

"그래요. 상의할 일이라니? 말해 보게."

김 학장은 못마땅한 표정부터 지었다.

"학장님, 이가 없으면 잇몸으로 버틴다는 옛말이 있습니다. 이 교수가 타 대학으로 간다고 해서 저희 학과가 문이라도 닫는답니까. 갈 사람은 보내주세요. 간다고 이미 바람 든 사람인데, 그런 교수 저희 학과에서는 필요 없습니다."

"이 교수가 가게 되면 학생들이 문제를 일으키지 않겠소?"

"문제를 일으키게 되면 그때 가서 대처하면 됩니다. 가려고 마음이 붕 떴는데 붙잡아 뭐합니까."

"김 교수가 그렇게 말하니, 내 생각해 보겠소."

"이만 물러가겠습니다. 안녕히 계십시오."

김준서는 학장실을 나오자 이 교수 연구실부터 들렀다.

"이 교수님, 학장을 만나 보시오. 허락해 줄 겁니다."

"그래요. 김 교수의 신세를 또 지다니, 고맙습니다."

이신홍 교수는 김 학장을 만났다. 그렇게 반대하던 김섭 학장은 군말 없이 동의서에 날인해 주었다.

학장실을 나온 이 교수는 김준서 연구실부터 들렀다.

"김 교수가 학장에게 무슨 말을 했기에 그렇게 완강하게 버티던 학장이 군말 없이 동의서에 날인해 주는 거요?"

"말은 무슨 말. 별 말도 하지 않았는데."

"그래요? 나로서는 어쨌든 고맙다고 할 밖에."

이신홍 교수는 사뭇 의아함을 감추지 못했다.

학과장도 무슨 감투라고 간부회의에서 한국어문학과 학과장 임명문제로 의견이 분분했다고 한다. 부임 순서나 나이에 의하면 김준서 차례였다. 한데도 비벼야 살맛을 찾는 본부 보직 교수가 학장에게 조언했다.

"김준서 교수는 학생들의 축출 대상이 된 지 얼마 되지 않았습니다. 해서 그런 교수를 학과장으로 임명하면 학생들이 들고 일어날 지도 모릅니다. 그런 처지인데 어떻게 학과장으로 임명하려고 합니까. 안됩니다. 그리고 그런 교수가 학생들의 소요사태가 발생했을 때, 어떻게 대처하겠습니까. 김 교수는 안됩니다."

"그래요? 그렇다면 고려해야 되겠지요?"

학장으로서는 학과 사정을 잘 모르니 반신반의했다.

"그렇게 하는 것이 좋을 것 같습니다."

본부 보직자는 자기 편하기 위해 학과장이 무슨 큰 감투라도 되는 양, 김준서의 학과장 임명을 반대했던 것이다.

그러나 갑론을박 끝에 대안을 찾지 못하자 순서에 따라 김준서를 학과장으로 임명하는 바람에 빛 좋은 개살구보다 못한 학과장의 임명장을 받았으나 우려했던 학과 학생들이 학과문제는 닭서리 한 자리, 학교의 비리나 시국문제를 들고 나와 김준서는 학과장으로서 고역을 치러야 했다.

학과 교수 채용이라면 김준서는 학을 뗀 적이 있었고 그로 말미암아 치욕을 겪기도 했으니 진저리를 쳤다. 한데 또 학과 교수를 채용해야 하는 사태가 발생했다. 이신홍 교수가 S 대학으로 가자 공석이 생겼기 때문이다.

≒ 아직도 정신 못 차리고 협박하다니

학과를 위해 실력 있는 사람을 교수로 채용한다면 쌍수를 들어 환영할 일이겠으나 문제는 그렇지 않다는 데 있었다.

허기진 학장이 쫓겨 간 지 얼마 되지도 않았는데 이정타 교수가 또 들어서 칼자루를 쥐고 뒤흔들기 시작했다.

허기진에게 그렇게 당했으면 정신을 차릴 만도 했으나 세 살적 버릇 여든까지 간다더니, 이 교수가 그 장본인이었다.

이미 언급했듯이 허기진 학장이 DN대학 교수들, 좋게 말해 원로 교수들, 나쁘게 말해 노틀들의 약점을 최대한 이용해 확 휘어잡는 수단으로 7, 8명을 K대 대학원 박사과정에 특례입학을 시켰다. 그 중 한 사람이 바로 이정타 교수였다.

이 교수는 박사과정을 다닐 만한 학구파가 아니었다. 나이도 나이지만 학문을 할 만한 기초가 부족했다.

그런데도 박사에 대한 욕심은 있어 취득했으면 하는 과욕을 품고 있는 것을 김준서가 눈치 채지 못한 것은 아니었다. 그리고 앞으로 종합대학교가 되는 것은 기정사실, 학장이라도 한 번 해 먹으려면 박사 가운이라도 있어야 했기 때문이었다.

한번 이 교수가 흘러가는 소리로 물은 적이 있었다.

"김 교수, 나, K대 박사과정을 계속해야 하나 마나하고 고민 중인데, 김 교수는 이 점에 대해 어떻게 생각해?"

김준서는 정신이 번쩍 들었다. 말 한 마디 잘못 꺼냈다가는 무슨 벼락이 또 떨어질지 모르기 때문이었다.

그렇다고 자기를 교수로 특채시켜준 은인인데 피안의 불을 보듯 할 수도 없고 해서 아주 조심스럽게 운을 뗐다.

"선생님, 오해하지 마시고 들었으면 합니다."

"말해 보게. 오해할 일이 따로 있지."

"선생님, 그럼 말씀드리겠습니다. K대 국문학과 교수들이

개뼈다귀(허기진 전 학장)가 입학시킨 사람인데 자존심이 있지 학위를 그리 쉽게 줄 리 없다는 생각이 듭니다. 논문을 제출하자면 종합시험을 봐야 하는데 전공은 그렇다 치고, 연세가 내년이면 환갑인데 언제 공부해서 영어며 제2 외국어에 합격하시겠습니까?"

"듣고 보니 그건 그렇겠네. 나도 영 자신이 없어."

"영어며 제2 외국어는 사전 양해를 얻어 대리시험이나 옆 사람의 답안지를 대놓고 보고 써서 합격한다고 해도 교수님 성질에 젊은 놈들이 학위논문을 발표하거나 심사과정에서 이것도 논문이라고 썼느냐고 따지고 들면 유들유들 넘길 수 있겠습니까?"

"그야, 나도 내 성질에 도저히 참지 못하지."

"이런 말씀을 드리면 어떻게 생각하실는지요. 제 생각으로는, 어디까지 나 제 생각입니다. 선생님께서 욕심 내지 마시고 수료하는 것으로 만족하시는 것이 좋을 것 같습니다."

"나도 그런 생각을 했는데 그렇게 하는 것이 좋겠지."

"그만 두고 말고는 선생님께서 잘 판단해서 하십시오."

"알았네, 알았어. 고맙네. 역시 내게는 김 교수밖에 없어."

그랬던 것이 이 교수는 여전히 주제파악을 못하고 또 교수 채용을 쥐고 흔들며 과욕을 부렸다.

장본인은 손남익, ROTC 대위 출신으로 석사과정만 수료했는데 군복무를 하느라고 얼마나 공부를 했는지 모르지만 이미 학문에서 손을 뗀 것이나 다름없었다.

게다가 학과에서는 시인인 체하며 시를 전공하는 교수가 있는데도 이름도 없는 문예지에 추천받아 시인임을 자처하는 사람을 뽑으려고 하다니, 사람의 탈을 썼다면 그런 짓은 할 수 없을 것이었다. 학과에서 필요한 교수는 현대소설을 전공한 평론가나 소설가가 필요한 데도 단지 손남익을 채용하려고 한 것은 이 교수의 과욕 때문이었다.

이 교수는 이왕이면 다홍치마라고 은근히 박사에 대한 욕심과 미련을 버리지 못하고 있어서였다.

그러던 차에 이 교수는 손남익을 교수로 채용해 준다면 학위를 주겠다는 손남익의 지도교수 말에 귀가 솔깃했다.

여기에 손남익은 서잠금 교수와는 K대 국어국문학과 동기 동창, 서 교수가 끼어 있는 정보, 없는 정보를 제공하고 중개역할을 하면서 이 교수를 적극적으로 구슬려 삶으니 김준서의 말이 먹힐 리 없었다.

그날따라 이 교수는 김준서의 연구실에 좀체 들르지 않는데 들렀으니 급하긴 되게 급했던 모양이었다.

"김 교수, 내가 당신을 채용했으니까 이번 인사에도 간여하지 않도록 하시오. 만약 했다가는 배신자로 대못을 박을 터이니. 그렇게 알고 이번 채용에도 모르는 체하시오."

이건 애초부터 협박이나 다름없었다.

"선생님께서 학위를 받는다는데 제가 반대할 리가 있겠습니까. 요는 저들이 선생님을 이용만 하고 나중에 언제 그랬느냐 듯이 입을 싹 씻을까 그게 걱정입니다. 그렇게 된다면 선생님께서 받을 충격이 매우 크시리라고 생각됩니다."

"내가 누군데 호락호락 당할 것 같은가?"

"그래도 압니까, 세상일을요."

채용광고는 현대소설 전공을 초빙한다고 공고했으니까, 최소한 현대소설 논문이라도 두어 편 있어야 하는데도 무슨 백을 믿고 서류를 제출했는지, 손남익의 논문은 석사논문인 '정지용 시에 관한 연구' 한 편과 이름을 알 수 없는 잡지에 실린 시 몇 편과 잡문이 고작이었다. 업적치곤 너무나 초라했고 볼 것이 없었다.

논문심사는 학과 교수 일곱 명 모두가 전공을 떠나 심사를 했다. 심사는 요식적인 절차, 이미 사람을 정해 놓고 심사를 하고 있으니 뻔한 번데기였다.

엄정하게 심사를 한다고 해도 구성원으로 보면 다섯은 K대 대학과 대학원 출신이니 팔은 안으로 굽을 테고, 이 교수 또한 학위를 받는 전제 조건으로 채용을 기정사실화했으니 심사는 하나 마나 요식에 지나지 않았다.

반대를 한다면 김준서뿐, 다수결로 결정하니 이미 채용된 것이나 다름없었다. 여기에다가 학장마저 K대 출신에 인문대 교수였으니 손남익의 지도교수와는 오랜 지기였으니.

약자의 궤변은 이럴 때 유효적절한가 보다.

김준서는 들으라고 대놓고 K대 출신 학과 교수들에게 DN대학 한국어문학과는 K대 국어국문과 출신의 실업자 구제학과라고 비아냥대는 것으로 위안을 삼지 않을 수 없었다.

김준서는 학과 내에서 박사 이야기는 꺼내고 싶지도 않았다. DN대학 내에서 첫번째 학위를 받았으나 학과 내에서는 공식적으로 축하해 주지도 않았다. 허기진 학장 때 채용된 4명의 교수와 갈등 탓도 있었으나 문제는 이 교수 때문이었다.

학과에서 원로라고 자칭하는데도 학위가 없어 큰소리치지 못하는 데다 후배가 학위를 받았으니 배가 아픈 탓이었다.

해서 축하해 주고 싶지 않았다.

게다가 학과 교수들도 그런 눈치를 챈 데다 배가 아파 쉬쉬하면서 지나쳐 버렸던 것이다.

김준서도 그런 족속들에게 축하를 받고 싶지도 않았다.

학위 논문을 쓸 때만 해도 그랬다. 쥐도 새도 모르게 모두가 퇴근한 9시가 지나서야 연구실에서 밤 새워 논문을 썼다.

그렇게 2년이나 머리를 싸매고 논문을 썼기 때문에 박사과정을 수료하고 1년 만에 유례가 없는 단기간에 학위를, 그것도 문학박사를 취득할 수 있었다. 그리고 학과 분위기를 알고 있었기 때문에 학위 수여식은 알리지도 않았다. 그런 탓으로 학생이고 교수고 간에 축하 꽃다발 하나 받지 못했다.

김준서는 학위 취득을 배 아파하는 데다 학위를 받는 조건으로 손남익을 채용하겠다는 이 교수를 어떻게 해 볼 방법이 없었다. 그렇다고 손을 놓고 있을 수도 없었다.

학과를 위해서라면 갖은 욕을 들을 각오를 하고 이정타 교수 연구실을 찾았다.

"이런 말씀을 드려야 할지 말지 조심스러워서 그 동안 말하지 않았습니다. 선생님께서 학위를 받는다면 저로 봐서나 학과로 봐서도 그 이상 좋은 일은 없습니다. 그런데 채용의 건과 관련짓는 것은 아니라는 생각이 듭니다."

"아니라니? 뭔 소린가? 이제 와서."

"손남익 채용에 관한 것인데요. 학과에서 필요로 하는 전공자라면 뽑아도 상관없겠습니다만, 학과에서는 소설 전공자가 필요합니다. 그런데 선생님, 대학원도 없는 우리 학과에서 시 전공을 하는 교수가 있는데도 또 시 전공자를 뽑는다는 것은 납득이 가지 않습니다. 그리고 손남익을 뽑아 줬다고 학위를 받는다는 보장이 있습니까. 결국 선생님께서만 피해를 입고 상처를 받게 될 것이 분명합니다."

김준서는 채용의 비리를 자주 듣고 보아 잘 알고 있었다. 그런데도 이번은 결코 아니라는 것을, 학과를 통째로 말아먹으려는 이기주의자들의 횡포가 분명해 보여서였다.

인류학과만 해도 그랬다. 성포 교수는 제자의 도움을 받아 학위를 받았다. 말이 도움이지 제자가 학위 논문을 써준 셈이었다. 한명하는 성포 교수의 논문을 써준 덕에 교수로 채용되는 행운을 누렸다. 뿐만이 아니었다. 인류학과는 1회 동기 동창 세 명이 같은 학과에 교수가 되는 대한민국 그 어디에도 없는 기현상, 말하자면 임 교수가 자기왕국을 구축했다.

그렇게 된 것은 닉네임을 엘모라고 하는 임문재 교수의 재간에 놀아난 때문이었다. 스승인 성포 교수가 있었으나 그는 이미 학위 논문문제로 임문재 교수에게 약점이 잡힌 데다 한 명하를 교수로 채용하는 조건으로 이 이후 학과 문제는 일체 간여하지 않는다는 묵계가 있어 가능했다.

이렇게 학과에서 일방적으로 갖은 악랄한 행패를 부리는 데도 대학 본부에서는 제재하는 방안이 전혀 없었다.

"피해는 무슨 피해?"

"저는 알고 있습니다. 선생님께서는 앞에서 욱 하시다가도 뒤로 돌아서면 언제 그랬느냐는 듯 모두 잊으시는 참 좋은 분이시란 것을. 그런 분은 상처를 쉽게 받기도 합니다. 해서 말씀드리는 것입니다. 제가 보기에는 이용만 당하시고 상처만 받게 될 겁니다. 포기하셨으면 합니다."

"내가 학위받는 것을 배 아파하는 모양인데…"

"그게 아닙니다. 배 아파하다니요?"

"×새끼 두고 보자 보자 하니까, 점점 가관이야. 니가 뭔데 나보고 이래라 저래라 해. 당장 내 방에서 꺼지라고."

이렇게 나오는 데야 김준서는 해 볼 방법이 없었다.

손남익의 교수 채용은 이정타 교수가 혼자 떡고물을 쥐고 주물러 끝내 그의 뜻을 관찰시켰으나 김준서의 예측은 손남익이 전임이 되고 한 학기도 지나지 않아 적중하게 된다.

불쌍한 사람은 이정타 교수, 헛물만 켠 셈이 되고 말았다.

뿐만 아니라 손남익이 이 교수의 뜻을 따르거나 도와주지도 않았다. 이 교수가 곤경에 처했는데도 말만 번지르르했지 학생 앞에 나서서 액션을 취하지 않고 수수방관만 했다.

이정타 교수는 전공인 종합시험 정도는 어느 정도 치를 수 있다고 하더라도 외국어 시험은 사전에 옆에 앉은 수험생이 드러내놓고 보여준다고 하더라도 답안지를 바꿔서 써주기 전에는 순발력이 없는데다 손이 떨려 쓸 수 없을 것이다. 아니, 비록 쓴다고 해도 시간이 부족해 쓸 수도 없을 것이다. 특별히 종합시험이나 외국어 시험을 면제해 주지 않는 한 시험에 합격하기란 하늘의 별 따기와 다름없다.

여기에 학위논문 요약 발표를 할 때, 10년이나 아래인 지도교수 김광순, 최정이 교수와는 동기 동창, 이 교수와 앙금이 깊은 최 교수가 김 교수에게 이야기하지 않을 리 없었다. 그랬으니까 논문 발표를 빌미 삼아 한 방 먹였다.

"당신, 그것도 논문요약이라고 발표하는 거요?"

이처럼 대놓고 하는 모욕적인 발언에 아무리 지도교수라고 하지만 이정타 교수는 생긴 성깔이 어디로 가겠는가.

"당신 방금 뭐라고 그랬어? 당신이라니? 당신 몇 살이야? 젊은 사람이 어쩌고 저째? 되먹지 않게시리."

당장 논문요약 발표장은 아수라장이 되었고 이 교수가 울그락푸르락해서 뛰쳐나간 순간, 학위는 물 건너갔던 것이다. 학위를 받으려면 지도교수와 밀착해 커뮤니케이션이 교감되지 않으면 받을 수 없는 것은 당연하지 않는가.

≒ 연구실 집기가 들려나가다

사람이 지저분해지려면 얼마나 지저분해질 수 있을까? 이는 생활체육과 교수들만이 알 수 있을 것이다.

생활체육과는 민속음악과 다음으로 교수들 사이에 문제가 많은 학과였다. 시세 말대로 골 때리는 학과였다. 소속 학과 교수들이 나빠서가 아니라 어딘가 잘못된 점이 있어서일 것이라고 이해해도 감당하기 어려운 교수들이었다.

대학 교수치고 그 나름대로 소신과 고집을 가지고 있다고 하더라도 절대 다수 제3자가 이건 '아니올시다'라고 한다면 문제가 있는 교수임에는 틀림없겠기 때문이다.

한 학과 교수 8명 중에서 이건 아니올시다'에 속하는 교수가 5, 6명이나 된다면 특단의 조치가 필요한데도 형사처벌이나 그에 상응하는 비행이 폭로되기 전에는 그 어떤 제재도 할 수 없기 때문에 교수를 두고 철밥통이라는 용어가 생겼을 것이다. 그런 학과가 바로 생활체육과였다.

그렇지 않아도 학생들이 데모에 편승해서 눈에 불을 켜고 학교의 비리나 교수들의 비행을 들추어 추방하자고 혈안이 되어 있는데 교수들의 알력과 불화는 그들에게 결정적인 소스를 제공하는 것이나 다름없었다.

이정갑, 박용수, 김종한, 김윤홍, 박인철 교수들의 불화와 갈등은 학과장, 체육부장 등의 감독을 누가 맡는가에 따라서 사사건건 말썽을 일으켰다. 심지어 뒤에서 구체적으로 교수를 지적하고 학생들을 조종해 교수를 몰아내야 한다고 선동까지 하니 인화人和하고는 거리가 멀었다.

이런 것이 사단이 되어 다툰 것이 쉬쉬하게 되고 끝내는 연구실에서 주먹질을 해댔고 그로 인해 진단서를 발급받아 소송까지 했으니, 학과나 대학의 이미지가 어떻다는 것쯤은 말하지 않아도 짐작이 갈 것이다.

여기에 박인철과 조홍구 교수의 돌출행동은 저런 사람이 교수일까 싶게 교수의 권위를 실추시키는 작태를 일삼았다.

애초에는 보직을 누가 맡느냐에 따라 시비가 붙었다. 웬만한 학과라면 귀찮다고 학과장 맡는 것을 회피했으나 생활체육과 만은 예외였다. 학과장, 체육부장, 무슨 부의 감독, 코치를 서로 맡으려고 하는 이면에는 이런 보직이라도 맡지 않으면 힘에 밀리거나 병신 소리 듣기 때문이라고 이유를 들고 있으나 실은 그렇지 않았다.

알고 보면 모두가 돈 때문이라고 할 수 있다.

다른 학과와는 달리 생활체육과에는 떨어지는 고물(돈)이 더러 있었다. 학과장이라면 공식적인 판공비 외에 체육복 지정에 따른 체육사와의 썸싱으로 몇십만원, 학생답사 때 나오는 답사비로 몇십만원 등 지나가던 소가 들어도 웃을 돈을 '인 마이 포켓' 할 수 있기 때문이며 또한 체육부장이나 감독, 코치는 출전에 따라 출장비며, 참가비로 또 몇십 만원을 주머니에 넣을 수 있어 순전히 돈 때문이라고 할 수 있었다. 돈, 돈, 그까짓 것 별 것도 아닌 몇 푼의 돈 때문에 왜 그렇게 다투는지 알 수 없었다.

예・체대 학장 선거는 추잡함의 극치였다. 소속 학과가 3개 학과가 2년마다 돌아가며 학장을 맡기로 했기 때문에 학장선거는 소속 학과 교수끼리 학장 선거를 치러야 했다. 서로 나이 순이나 부임 순서를 고려해서 조금만 양보하면 될 텐데도 밥 사주고 술 사주고 선물까지 주는 것으로 부족해서 중상모략까지 하는 추잡함의 극치를 떨어댔다.

그랬으니 학과 교수들은 최소한 두 파로 갈려 으르렁댔던 것이다. 출신 대학 파워 게임만은 아닐 텐데도. 알고 보면 더럽게 추잡하고 치사하다고 할밖에 없었다.

이번 사건도 그랬다. 동계 방학 중에 취득하는 학점으로 스키강습 과목이 있다. 학점을 신청한 학생은 별도로 스키장의 비용을 부담해야 했다.

이때 강사는 학교부터 출장비 30만원을 신청해 수령했는데 이를 이정갑 교수가 양해도 없이 주머니에 집어넣고 함께 간 동료 교수에게 차 한 잔을 사지 않은 것이 발단이었다.

게다가 학생들의 참가비 일부를 착복했다는 유통까지 나돌자 김종한 교수가 은근히 빗대놓고 한 마디 했다.

"출장비는 개인이 쓰라고 준 것이 아닐 텐데 혼자 먹을 수 있어? 참가비마저 챙기고도 당신, 입 싹 닦기야."

"관례대로 했을 뿐인데. 당신이 할 때도 그랬잖아."

"내가 맡았을 때는 그렇게 하지 않았어."

"웃기고 있네. 사돈 남 말하고 자빠져 있네."

"사돈 남 말하고 자빠졌다고? 당신 그걸 말이라고 해!"

이쯤 되면 싸움은 벌어지기 마련.

스키 타러 온 사람들이며 타 대학 학생이나 교수들이 지켜보는 데서 싸움판이 벌어졌다.

이를 뜯어 말린 사람이 학과 학생들이었다. 학생들은 교수들의 싸움을 뜯어말리면서 창피해 고개를 들 수 없었다.

강습을 끝내고 학교로 돌아온 학생들은 학과 학생회에서 이 문제를 제기했다. 한 학생이 일어나 발언했다.

"이번 스키강습에 참가했다가 창피해서 죽는 줄 알았습니다. 싸우는 추태 때문에 고개를 들지 못했어요. 이번 기회에 이런 교수들을 몰아내야 학과가 조용할 겁니다."

그 학생은 한참이나 뜸을 드리다가 "어떻게 좋은 대책이 없겠습니까?" 하고 학생들을 향해 반문했다.

갑자기 강의실은 교수를 지지하는 찬성파와 이를 반대하는 반대파로 갈라져 고성이 오갔다.

"교수들의 작태를 한두 번 본 것도 아니지 않습니까. 이번 기회에 학과를 위해서라도 조치를 취해야 합니다."

어느 정도 시간이 흐르자 학회장이 의견을 정리했다.

"이런 소문이 학내나 시내에 퍼지면 학과도 덩달아 창피하니까, 소리 소문도 없이 추진합시다. 교수들끼리는 절대 화합이 불가능하니까, 우리가 손을 씁시다. 지금 당장 연구실 집기를 복도로 들어냅시다. 들어낸 다음, 학과 교수들에게 화목하겠다는 각서를 받고 해당 교수들은 학생들 앞에서 어떠한 일이 있더라도 추태를 보이지 않겠다고 무릎을 꿇고 맹세하지 않으면 집기를 연구실로 들여놓지 못하도록 합시다. 그리고 이를 받아들이지 않을 경우는 관계기관에 진정서를 제출하겠다고 공개적으로 선언합시다. 그렇게 한다면 창피해서라도 들어줄 것입니다."

학생들이 이정갑, 김종한, 김윤홍 교수의 연구실 문을 따고 들어가서 집기를 모두 들어내어 복도 한쪽에 진열해 놓았다.

해당 교수는 집기가 들려나갔다는 소식을 듣고 달려왔으나 그들의 설득으로는 집기를 들여놓을 수 없었다. 해당 교수들은 학생들 앞에서 추태며, 교수들끼리 알력을 드러내지 않겠다고 각서를 쓰는 것으로도 부족해 무릎을 꿇고 비는 해프닝을 연기해서야 집기를 들여놓을 수 있었다.

비밀리에 이를 추진한다고 해도 세상에 비밀이 어디 있을까. 소문은 학내외로 빠르게 번져 김준서도 알게 되었다.

이런 일이 있은 뒤로도 생활체육과 교수들은 얼굴을 뻔뻔스럽게 들고 다녔고 해당 교수는 조금도 반성하는 기색도 없이 교수들 사이의 알력만 깊어져 갔고 알게 모르게 추태가 지속되곤 했다. 해당 교수들이 정년을 해야 해소될 수 있을까.

아니었다. 후배 교수들이 배우고 익힌 것은 전임 교수들의 행태뿐이었으니 그들도 전임자들과 마찬가지로 편을 갈라 싸우고 지지고 볶고 해서 명색이 교수이지, 교수라는 단어와 거리가 멀어도 한참 먼 지옥사자들의 추태가 아닐 수 없었다.

조홍구 교수에 대해서는 짚고 넘어가야 할 것 같다.

조 교수는 애초부터 교수로 임명하지 말았어야 했다.

허기진 학장이 축구부를 창설하면서 고교 감독인 그를 선수들을 많이 보내주었다고 해서 전임강사에다 축구부 코치로 발령을 냈었다. 그는 축구부 창설 2년 만에 전국체전 대학부에서 우승하자 사람이 완전히 달라졌다. 근본은 악한 사람이 아니었으나 술이 그를 악인으로 몰아갔던 것이다. 술만 먹었다 하면, 이건 눈에 보이는 것이 없었다.

한 마디로 세상에 없는 개차반이였다.

학과회의 때도 술 냄새를 푹푹 풍기면서 참석했고 대낮인데도 술에 취해 강의실에 들어가 강의를 했으니 그 강의가 제대로 진행될 수 있겠는가.

게다가 조홍구는 입만 들썩이면 ×놈, ×년은 양념이고 『고금소총』이 무색할 정도로 Y담이 질편했다.

학과 여교수 한 분 있는 것을 두고 잡아먹지 못해 새끼손가락으로 시늉까지 하며 총장의 그것이라고 힐난했다.

학생들이 착해도 너무 착해 이를 받아주고 달래기까지 했으니 교수라고 할 수 없었다. 그런 짓을 하다가 술이 깨면 세상에 둘도 없는 사람처럼 사람이 싹 변해 버린다.

김준서는 우연히 소설의 배경을 조홍구의 고향으로 설정한 적이 있었는데 그로 인해 그가 고향 선배를 자처했다.

해서 겉으로는 둘도 없이 친하게 지내는 사이가 되었다.

그리고 사건이 터질 때마다 김준서는 그의 편에 서서 설득하고 달래기도 했으며 적극적으로 도와줬으나 그때뿐이었다.

조홍구는 그런 버릇을 좀체 개 주지 못했다.

급기야 축구부가 해체되기까지 한다. 하자 유야무야가 된 축구부 코치, 실력이 없어도 좋고 연구를 하지 않아도 좋으며 교수답지 않아도 좋으나 행동 하나만은 바르게 해서 사람답다는 소리만 들어도 좋으련만 그는 그런 그릇이 되지 못했다.

≒ 외국에 교환교수라도

또한 문제학과는 민속음악과였다. 한 마디로 생활체육과처럼 골 때리는 학과, 학생들이 불쌍한 학과였다.

교대시절부터 4년제 대학으로 승격되면서 교수까지 승계되었기 때문에 교수들도 4년제 대학 교수답게 생각이나 태도를 바꿔야 했었는데 그에 미치지 못해 교수와 학생들 사이에 충돌이 잦았다.

교육대학시절이야 연구는 제쳐둔 채 적당히 놀고 가르쳐도 학점을 잘 따야 원하는 학교로 발령을 받을 수 있기 때문에 학생들은 교수 눈치 보느라고 항의조차 하지 못했었다.

한데 상황은 바뀌었다. 게다가 시대도 변했다.

민주화운동이 방향을 바꿔 대학 비리나 교수들의 무능과 비행을 가지고 문제 삼기도 했다. 학교 당국으로 봐서는 학생들의 동태에 대해 일일보고서를 작성해서 올리라는 상급기관인 교육부의 보이지 않는 압력이 있는데다가 지방 기관과의 유대도 소홀히 할 수 없었다. 특히 데모를 막는 주무 부서인 경찰서와는 더 말할 나위가 없었다.

그 한 예로 총장이 학생들의 압력에 굴복해 사표를 낸 적이 있었다. 바로 K대 서원석 총장이 장본인이다.

그는 총장 집무실 책상 위에 비망록 수첩을 그냥 두고 퇴근했다. 학생들이 시국문제에서 학교 비리를 문제 삼아 데모를 했는데 일부 학생들이 총장실을 점거하면서 문제의 비망록 수첩이 학생들의 손으로 들어갔다. 비망록 수첩에는 총장의 판공비 지출내역, 특히 기성회비 판공비의 내역이 적혀 있었다. 학생들은 다른 지출은 문제 삼지 않았으나 유독 전경들의 격려금으로 수천 만원이 지출된 것을 문제 삼아 총장 축출운동으로 비약했다. 부모들이 뼈 빠지게 돈을 벌어 등록금으로 낸 돈을 다른 데 쓴 것이 아니라 학생들을 잡아가서 고문하는 경찰에게 줬다는 것은 도저히 용서할 수 없다고 연일 데모하는 바람에 결국 서 총장은 임기를 채우지 못하고 사퇴하는 결과를 초래했다.

이런 것이 허기진 학장과는 또 다른 방향에서 임기를 채우지 못하고 중도에서 하차하고 만 예가 아닐 수 없다.

그런 사태가 같은 도내에서, 그것도 국립대학에서 발생했는데도 민속음악과 교수들은 정신을 차리지 못했다.

학생들이 교수 축출 문제를 들고 일어났다고 해서 학생들을 나무랄 수도 없었다.

그들로 봐서는 참다못해 들고 일어났으니. 교수들이 가르치는 것이라곤 교대 시절의 복사판이오, 전문 지식이라곤 고등학교 음악 교사보다 못한데다 강의 노트는 너덜너덜했으며 학생을 교대 학생 취급을 해 마구 혼내거나 갖은 욕설을 퍼붓기 일쑤이니 대학생 대접이라곤 찾아볼 수 없었다.

이런 것은 그래도 참고 견딜 만했으나 걸핏하면 학생들을 무시하거나 돌대가리라고 윽박질렀으며 심지어 강의 진행 중에 학생들의 머리를 쥐어박거나 꿀밤을 주기도 했다. 그러면서 교수인 자기는 잘났고 또한 잘난 체하며 인격적으로도 훌륭한 사람이라고 은근히 자랑까지 했다. 더욱이 꼴불견인 것은 교수끼리 서로 못 잡아먹어 강의 중에 공공연하게 비난하고 욕하는 추태는 두 귀 가지고는 들을 수 없었다.

이런 오만방자함은 학생들에게 뜨거운 거동을 당하지 않아 정신을 차리지 못한 탓이라고 할 수 있다.

이런 소문이 학내만 퍼진 것이 아니라 군소도시에 위치해 있기 때문에 시내에까지 번져 여론도 좋지 않았다.

학생들은 시내 사람들이 어느 교수, 어느 교수가 서로 앙숙이라거나, 교수들끼리 서로 못 잡아먹어 안달이라는 소리를 듣거나 '그런 교수 밑에서 무슨 공부를 한다는 게야' 하는 소리를 들으면 자기도 모르는 순간, 욱 하고 자존심이 상했다.

급기야 이 문제에 대해 학과 학년 전체 학생회 주체로 회의를 개최해 대책을 모색하기로 했다. 학생회 간부들이 마련한 대책을 가지고 담당 교수를 찾아가 이렇게 해 줬으면 좋겠다고 건의까지 했으나 오히려 욕만 실컷 얻어먹고 나왔다.

딴에는 세계적인 작곡가를 자처하는 최이찬 교수는 학생들을 윽박지르다 못해 뺨을 후려치기까지 했다.

박저양 교수 또한 귀에 담을 수 없는 욕설을 퍼부었다.

오페라를 전공하는 김영차 교수도 젊은 기질 그대로 학생들을 나무란 것까지 좋았으나 학점을 날려 보복했다.

그런 횡포를 당하고도 그냥 있다면 학부 학생들이 이상할 것이다. 급기야 학생들은 교수 연구실의 집기를 복도로 들어내고 출입문에는 대못까지 박아 차단한 채 연좌농성으로 들어갔던 것이다.

그런데도 최이찬이나 박저양 교수는 꿈쩍도 하지 않았다. 오히려 학생들을 욕하고 비난하면서 요새 학생들은 버르장머리가 없다느니, 돼먹지 않았다느니 하고 호통을 쳤다.

해서 사태 수습은 더욱 어렵게 했다.

남치곤 총장은 학과 교수들을 총장실로 불러 설득하면서 학생들에게 사과하는 선에서 조용히 무마하기를 권장했으나 학과 교수들이 이를 듣지 않았다.

이는 직선 총장의 약점, 아니 욕심이 과한 탓이었다.

한번 총장을 했으면 그것으로 만족해야지, 재선을 하려는 남 총장의 과욕이 빚은 결과라고 할 수 있다.

되레 교수들의 눈치를 봐야 하고 누가 뽑아 줘서 총장이 됐는데 하면서 교수 편에서 오히려 큰소리치기까지 했다.

학생처에서도 처장이 직접 나서서 민속음악과 학생회 간부들을 불러 설득했으나 들으려고 하지 않았다.

남 총장은 백방으로 노력해서 방안을 찾았다.

최이찬이나 박저양 교수는 정년이 1, 2년밖에 남지 않아 공개적으로 사과하고 앞으로는 그런 일을 저지르지 않겠다는 각서를 써서 학생들에게 돌리는 것으로 무마가 됐으나 40대인 김영차 교수는 너무나 많은 인심을 잃고 미움까지 사 해결 방법이 없었다.

남 총장은 가재는 게 편이라고 김영차 교수를 두둔했다.

"김 교수, 김 교수가 직접 사과하고 각서를 쓴다고 해도 학생들이 들으려고 하지 않습니다. 김 교수라면 이런 경우, 어떻게 해결하는 것이 좋겠다고 생각하세요? 말 좀 해 보세요."

"교칙에 따라 학생들을 제재해야 합니다. 주동자는 퇴학을 시키고 나머지는 무기정학에 처해야 한다고 생각합니다."

"나도 그런 경우를 생각하지 않은 것이 아닙니다. 그랬다가는 사태만 더 크게 만들 뿐입니다. 골치만 아프지."

"사태는 무슨 사태입니까?"

"이번 사태가 민속음악과뿐 아니라 대학 전체로 번진다면 그때는 어떻게 수습하겠습니까? 김 교수, 이렇게 합시다. 일단 외국에 교환 교수로 나가시오. 1년 나가 있는 동안 주동자들이 졸업하면 학과가 조용해질 것 아니겠습니까. 그때 귀국해서 강의를 한다면 어느 학생이 소란을 일으키겠소?"

"2년 전에 교환교수를 갔다 왔는데 또 가란 말입니까?"

"그래요? 그렇다면 방법을 찾아 봐야지요."

"교육부에서도 허락해 주지 않을 겁니다."

"이렇게 합시다. 형식상 교환 교수로 간다고 하고 집에 가서 1년 쉬시지요. 집이 서울이니 외출을 삼가고 집에서만 지내다면 모두가 교환교수로 간 줄 알 것 아닙니까."

"월급은 정상적으로 지급해 준다면요."

"그런 선에서 내 해결해 보겠소."

"어쩔 수 없네요. 총장님, 알겠습니다. 제가 지난 총장선거 때 학과 표를 몰아준 것을 잊으시면 아니됩니다."

"갑자기 삼천포로 빠지기는."

김영차 교수의 이 말은 새빨간 거짓말이었다.

학과 교수들의 표를 몰아줬다니, 이는 날강도들보다 더한 거짓말이었다. 김 교수는 학과 교수 중에서 한 명 정도나 가까이 지낼까. 교수들과는 앙숙이나 마찬가지였다.

교수 채용 때마다 자기 사람을 채용하려고 지지고 볶고 싸우기만 했으니 앙금이 깊을 대로 깊어졌으며, 강사에게 시간 한 강좌 주는 것까지 다퉜을 정도인데 어느 교수가 김영차의 말을 들어줄 것인지 뻔했다.

김영차 교수는 성격이 강한 데다 남의 말을 들어주지 않는 옹고집으로 뭉쳐 있다. 예술을 하는 사람치고 감수성은커녕 나쁜 면으로 두각을 나타내는 성격의 소유자랄까.

오히려 남치곤 교수를 총장 깜도 되지 않는 것이 총장선거에 나섰다고 욕하고 다녔었는데 찍다니 입에 침 한 방울 묻히지 않고 거짓말을 했다.

김영차는 학생들의 타겟에서 벗어나기 위해 교환 교수 아닌 집에서 쉬는 휴직의 형태로 처리되었다.

이런 사실을 알고 있는 김준서는 김영차에게 이를 확인하려 했으나 그는 귀띔을 하기도 전에 완강하게 부인했다.

“김 교수, 교환 교수로 1년 동안 이탈리아 Q대학에 다녀왔다고. 못 믿겠다면 여권과 비행기표를 보여 줘?”

“여권이 무슨 증인이라도 된다고. 그만 둬.”

“정말, 사람 환장하겠네. 여권을 보여줘도 믿지 않으니.”

“당신, 나 같은 사람을 만난 것, 행운이라고 생각해.”

김준서의 이 말은 뼈 있는 말이었다.

졸업생 중에 주먹이 센 데다 깡도 있어 시내에서 둘째가라면 서러워 할 이기혁이 있었다. 그를 갈거나 주먹으로 대적할 사람은 D시에서는 없었다. 주먹 때문에 감옥 갔다 온 사람들의 단체인 소명의 또 다른 왕초 박승권 이외는.

한창 학생들의 데모가 유행병처럼 번졌을 때, 누가 추천을 했는지 알 수 없으나 김섭 학장이 학생 데모를 막는데는 이기혁밖에 없다는 건의를 받아들여 기성회 직원으로 특채했다가 기능직으로 돌린 문제의 인물이다.

해서 이기혁은 총장의 끄나풀이거나 사무총장의 똘마니, 학생처장의 손아귀에서 놀아났다.

그런데도 김준서와 이기혁과는 통하는 면이 있었다. 그는 학내에서 그 누구의 말도 듣지 않았으나 김 교수의 말은 듣는 척했다. 이기혁이 김준서에게 넌짓 뜻을 비쳤다.

"민속음악과 김영차 교수, 그 새끼, 그냥 둬서는 안되겠습니다. 기회를 보아 한번 손을 봐야 할 것 같습니다."

"손을 본다고? 뭣 때문에?"

"이지설 총장과 인터뷰하면서 사전 양해도 없이 녹음기를 들이댔다고 하니, 그게 어디 교수입니까? 여러 교수들이 있는 데서 뺨이라도 몇 대 후려갈기려고 벼르고 있습니다."

이지설 총장 때 김 교수는 교수운영위원장을 맡고 있었다.

"그런 짓하다가는 직원으로 근무하기 어려울 거야."

"선생님, 제가 누구 겁내는 것 봤습니까?"

"기성회 직원이, 그것도 졸업생이 스승인 교수를 구타했다고 해 봐. 여론이 어떻겠나? 폭력을 행사하겠다는 생각은 아예 꿈도 꾸지 마. 한 방에 가는 수가 있어. 나도 절대 반대고."

김준서는 김영차 교수의 하는 행동머리로 봐서는 중인환시에 얻어터지는 것을 보고 싶었으나 그래도 교수라는 양심이 있었던지 적극 말려 치욕을 면할 수 있게 했다.

그런데도 김 교수는 고맙다는 말조차 없었다. 더욱이 같은 서울에서 다녔기 때문에 오페라 출연이며 독창회라도 하게 되면 교수친목회의 화환을 단골로 갖다 주기도 했으나 근본적으로 받을 줄은 알았지 줄 줄은 모르는 골통이었다.

민속음악과는 교수들뿐만 아니라 대학 발전의 암적인 존재였으며 국민 혈세를 낭비하는 대표적인 학과였다.

세상에 강사는 왜 그렇게 많은지 상상을 초월했다.

정원 40명의 학과에 아무리 전공을 살린다고 하더라도 강사 수만 52명이 넘었다. 그리고 이들의 강사료는 대학 강사료의 33%를 차지할 정도로 막대한 비용이 지출되었다.

학생들의 전공을 살려줘야 한다고 해도 이는 교수들이 대학 재정을 말아 먹는 행태라고 할 수 있다.

그렇지 아니하고 수익자 원칙을 내세워 타 학과보다는 기성회비를 더 받는다고 해도 그렇게 많은 강사에게 강의를 맡긴다는 것은 교수들의 이권이 분명히 개재되어 있어서였다. 조이룡 같은 교수는 한 강좌를 내주고 생색이라도 내듯이 강사로 하여금 버스 터미널에 내리거나 버스를 타러 갈 때 태워 달라고 해 자가용 기사처럼 강사를 부려먹었다.

강사 자신들도 문제가 있었다. 교수들과의 끈을 맺어 한 강좌라도 얻으려고 사생결단으로 매달렸다.

학원을 내고 운영이라도 하려면 강사라는 명함이 있어야 수강하러 오는 학생이 있기 때문에 어떻게 보면 상부상조한다 할까. 그 물에 그 물고기란 말이 그렇게 적합할 수 없었다.

이런 학과로는 회화과도 예외가 아니었다.

회화과도 강사 수가 서른이 넘었다.

전체 신입생에게 교양을 가르치는 데다 석・박사 과정에 교육대학원까지 있는 한국어학과 강사라야 기껏 예닐곱 정도에 지나지 않았다. 석사과정만 있는 회회과도 민속음악과처럼 학원 운영을 위해서 강사라는 명함이 절실했기 때문에 목숨 걸고 교수들에게 매달린 결과라고 할 수 있다.

언제나 예·체능 계통의 학과가 말썽이었다.

이런 학과는 대학에서 독립시키거나 아예 떼어내 버려야 대학이 발전할 수 있을 것이다.

김준서는 넋을 놓고 멍하니 생각하는 버릇이 생겼다.

사람이 추하고도 더럽게 늙으려면 얼마나 추하고 더럽게 늙어야 진짜, 진짜, ×새끼가 될까. 아니 ×새끼 교수가 될까.

그는 그렇게 늙어 보지 않아 알 수 없었으나 김수동에게 '×새끼들, 니들이 교수야'란 소리를 들은 뒤로부터 진짜 ×새끼가 되지 않기 위해 얼마나 노력했는지 모른다.

그런데 이건 정말 너무나 '아니올시다' 였다.

≒ 진짜, 진짜, 왕괴담王怪談

대학사회에서 교수채용에 얽힌 비리야 어제 오늘의 일이 아니다. 이 세상에 공짜가 어디 있을까.

저승 가는 데도 돈이 든다고 하지 않는가. 그렇게 생각해도 이번 일은 이해가 가지 않는다.

심지어 학과에서 꼭 필요해서 채용했으면서도 재주는 곰이 부린다고 엉뚱한 사람이 생색을 내기 마련이었다.

선임 교수는 승진은 해야 하겠고 논문이나 저서가 없어 승진은 못하고 쭈걸스럽게 눈치나 보고 있다가 돈 한 푼 받지 않고 채용한 대가로 신임에게 저서를 출간하가나 논문을 게재할 때, 공저나 공동논문을 대놓고 요구하기도 한다.

그것도 어렵게 찾아와서 부탁하는 것이 아니라 연구실이나 집무실로 당사자를 불러 당연하다는 듯이 요구하는 풍토를 김준서는 이해하지 못하는 것은 아니었으나 이런 요구는 정말 '아니올시다' 였다.

세상에 잘 생긴 편으로는 둘째가라면 서러워할 정도로 면대 하나는 잘 생긴 교수 하면 고연준을 빼놓을 수 없다.

그는 잘 생겼을 뿐 아니라 처세술도 민완했고 화술도 능란해서 겉보기에는 그만한 교수도 없었다.

그런 탓인지 모르나 고 교수는 학내에서보다는 외부에서 이름이 더 잘 알려졌던 것이다.

고 교수는 초청강사로, 연사로 다니다 보니 짭짤한 수입을 올리는 재미로 연구는 아예 팽개친 채 외부 강연만 다녔다.

뒤늦게 대학원이 생기고 학과에 석 · 박사 과정이 개설되자 내막을 모르는 원생들은 이름과 면대만 보고 지도교수로 선정하게 되었다. 석사과정의 지도교수는 그렇다 치고 박사과정의 지도교수는 아무리 교수라고 하더라도 학위가 없으니 지도교수를 맡기가 낯 뜨거운 일이 아닐 수 없었다.

그런데도 고연준 교수는 제자 욕심은 있어 오는 대로 지도 교수를 수락한 것까지는 좋았으나 막상 지도를 하려니 논문 지도가 되지 않았다. 해서 고 교수가 지도학생 중에서 똑똑하다고 고른 것이 오미정이라고 하는 여학생이었다.

오미정은 40대의 가정주부였으나 정말로 열심히 공부하는 대학원생으로 그 방면의 국가 자격증을 열서넛이나 가지고 있었다.

고 교수는 오미정에게 학위문제를 의논했다.

오미정은 고 교수가 전공과목을 한 강좌 준 것에 대해 고맙기 그지없으나 뒤늦게 지도교수를 바꿀 수도 없었고, 바꾸었다가는 어떤 보복을 당할지도 몰라 울며 겨자 먹기로 요청을 들어주지 않을 수 없었다.

그네는 자기 학위논문을 준비할라네, 지도교수의 학위논문을 대신 써 줄라네, 정말 눈코 뜰 새 없이 바빴다. 가정을 팽개치다시피 학교에서 잠을 자 가면서 논문을 준비하고 작성해서 써 주느라고 정말 뒤 보고 뭐도 보지 못할 정도로 바쁘게 생활했다. 남이 보면 고 교수가 논문을 쓴 것으로 알고 있으나 실은 오미정이 대신 작성해서 써 준 것이나 다름없었다. 그렇게 해 고 교수는 뒤늦게 정년을 4년 앞두고 흔해빠진 학위를 받았다.

오미정은 고 교수의 학위논문을 대신 써 줬다는 것이 알려질까 봐 악착같이 입을 악물었다.

만약 이런 사실이 알려지기라도 한다면 학위를 포기해야

하는 경우가 올지도 모르기 때문이다.

고연준 교수도 이 점을 몹시 염려했으나 오미정이 입이 무겁다는 것을 알고부터는 마음을 놓았다.

그런데 오미정이 학위논문을 쓰면서 지도교수에게 실질적인 지도를 받을 수 없었다. 지도교수는 논문을 지도할 실력이 되지 못했다. 논문 자체가 현장조사를 통한 분석이 주류를 이루기 때문에 통계에 밝아야 했기 때문이다.

오미정은 통계에 밝은 교수를 찾아가 사정을 해야 했다.

그런데 오미정이 도움을 청한 허신수 교수는 이혼하고 재혼을 하지 않은 독신이었기 때문에 그의 사생활은 비정상적이었기 때문에 그와의 약속은 번번이 어긋났다.

연구실에서 주야로 파묻혀 논문을 쓰다가도 어디론가 사라졌다가 새벽이면 연구실로 되돌아와 논문을 써 일 년에 예닐곱 편의 논문을 발표하긴 했지만.

오미정에게 밤 10시에 지도 받으러 오라고 해놓고 두 시, 세 시가 보통이었다. 주부라는 것은 고려하지 않았다.

독불장군처럼 자기 멋대로, 기분 내키는 대로였으니 괴짜가 따로 없었다.

그런데 어찌 하겠는가. 힘도 없고 빽도 없는 약자로서는 감정을 꾹 눌러 죽이고 참고 견딜 수밖에.

오미정으로 봐서는 운이 따르지 않는다고 할 수 있었다. 이를 악 물고 논문을 썼고 지도교수도 아닌데다 학과가 다른 허 교수에게 논문지도를 받았는데 주로 한밤중에 받았다.

오미정은 그렇게 참고 견디며 갖은 수모를 당한 끝에 학위를 받을 수 있었으며 온갖 어려움을 극복하고 학과 1호 박사를 취득한 것은 나름대로 계산이 있었다. 지도교수의 정년이 3년 남았으니 잘만 하면 전임이 될 수 있다는 생각, 최소한 학과 1호 박사니까, 학과 교수들도 무시하지 못할 것이라는 생각 때문에 수모와 어려움을 극복했던 것이다.

그런데 이건 물에 빠진 사람을 건져 주니 내 보따리 내놓으라는 격, 갈수록 태산이라는 속담의 주인공으로 등장했다.

오미정은 교수채용 광고라도 나면 이력서를 제출했다. 남편의 수입도 시원찮아 시간강사 몇 푼으로는 생활이 되지 않은 데다 대학을 다니는 아들의 등록금도 벌어야 했으니. 비록 강연을 잘한다는 소문으로 초청을 받아 강연료가 들어온다고 해도 고정적인 수입이 아니어서 어디든 전임이 되어야 했으니. 그렇다고 해서 뒤를 적극적으로 봐 주는 믿을 만한 사람도 없었고 믿었던 지도교수는 인맥이 없는데다 엉뚱한 소리만 하고 있으니 속이 뒤집힐 지경이었다. 오직 혼자 힘으로 이를 해결하려면 많은 논문을 발표해서 학계에서 인정을 받는 길밖에 없었다.

그러던 하루였다. 지도교수의 사모님한테 전화가 왔다. 전수미는 대학에서 유일한 부부 교수였다.

오미정은 전화를 받았다.

논문 때문에 지도교수와 자주 접촉하다 보면 스캔들이라도 생길까 얼마나 조심했는지 모른다.

해서 맺고 끊는 데 독할 만큼 이를 악물었었다.

"오 선생, 가까운 시일 내에 한번 만났으면 해요."

"네, 사모님. 그렇게 하지요."

"언제가 좋을까요? 어디 보자, 오 선생의 강의가 있는 목요일, 학교 부근에서 점심이라도 했으면 하는데 어떠세요?"

"사모님, 고맙습니다. 그렇게 하도록 하겠습니다."

"그럼, 약속한 것으로 알고 자리를 예약해 두겠습니다."

"네, 사모님. 그렇게 알고 있겠습니다."

전 교수도 남편인 고연준 교수가 어떻게 해서 학위를 받았는지 알고 있을 것이었다.

그녀가 오미정이 논문을 작성해 줘서 남편이 뒤늦게나마 학위를 받을 수 있었다는 것을 모를 리 없다.

오미정은 고마워 밥이라도 한 끼 사주는 것으로 알고 가벼운 마음으로 만났는데 그게 아니었다.

진짜, 진짜, ×같은 부탁을 하는 것이 아닌가.

식당까지 예약해 뒀다는 전 교수는 식사는 주문도 하지 않은 채 커피 한 잔 달랑 시켜놓고 망설이거나 주저하는 빛 하나 없이, 세상에 입이라고 달고 있으면 다 입인지 거침없이 쏟아내는 것이 아닌가.

"오 선생, 이건 고 교수와 상의한 것이 아니기 때문에 고 교수에게는 절대로 비밀로 해야 됩니다. 알겠습니까?"
"사모님, 알겠습니다. 그렇게 하겠습니다."
"반드시 지켜야 합니다, 오 선생. 거듭 말입니다."
오미정은 또 "네. 알겠습니다." 하고 대답했다.
전 교수는 그렇게 다짐을 받고도 마음이 켕겼는지 모른다.
"다름이 아니고 우리 고 교수님의 정년이 3년밖에 남지 않은 것을 오 선생도 알고 있지요?"
"네, 사모님. 알고 있습니다."
"해서 부탁하는데요. 학교 규정에 의하면 명예 교수의 조건으로 정년하기 5년 이내에 학술진흥재단 등재지 논문이 600% 이상이라는 규정이 있습니다. 우리 집 그 양반 형편으로는 논문 편수를 채울 수 없습니다. 그러니 앞으로 3년 동안 다섯 편을 써서 집 양반 이름으로 발표 좀 해 줬으면 합니다. 이건 집 양반과는 상의한 적이 없으며 제 단독으로 부탁하는 것이니 고 교수에게는 절대 비밀로 해야 합니다."
오미정은 듣고 보니 기가 막혔다. 학위논문을 대신 써줘 겸임 교수가 되었다는 소리를 듣는 것도 억울한데.
논문을 대신 발표했다고 해서 그 대가로 지도교수의 후임으로 전임을 보장받은 것도 아니고, 또 보장을 받았다고 해도 지도교수가 이사장도 아닌데 어떻게 보장을 할 수 있을는지, 그것이 더욱 의아스러운데, 결과적으로 제자의 장래를 걱정해 주는 것이 아니었다.

자기 이익만 챙기려는 심사가 분명했다. 학위 논문을 대신 작성해 준 것만으로도 감사해야 할 처지에 제자를 희생삼아 이득을 챙기고 보자는 심보, 제자가 논문을 대신 써서 발표해 주어 논문 편수를 채워서라도 명예교수를 하겠다는, 해서 그 바닥에서 행세를 하려는 이기심의 극치.

전 교수는 당장이라도 확답을 얻으려고 거듭 재촉했다.

"오 선생, 어떻게 안되겠습니까? 부탁합니다."

"…"

오미정은 어떻게 답변하는 것이 좋을까 판단이 좀체 서지 않았다. 그것은 나름대로 미련이 있기 때문이다.

지도교수가 정년하면서 자기를 전임으로 밀지도 모른다는 생각, 어쨌든 지도교수에게 최소한 밉게 보이지 말아야 한다는 생각이 있어서였다. 박사학위 논문을 대신 작성해서 줬다고 해도.

오미정은 이를 역으로 생각하지 않은 것도 아니었다.

자기의 논문을 대신 작성해 준 비밀을 알고 있으니 전임이 된 뒤 폭로한다면 자기의 설 자리가 그만큼 좁아진다고 반대할 수도 있을 것이다. 이와 반대로 전임이 되지 못하면 앙심을 품고 학위논문의 비밀을 폭로할 수도 있다는 점도 가정했다.

이 경우는 폭로한 사람도 함께 매장될 수 있다.

이런 것까지 계산에 넣고 도저히 폭로하지 못할 것이라는 자만에서 전 교수가 부탁하는 것은 아닐까? 남편과 상의하지 않았다는 것은 새빨간 거짓말, 남편이 부탁하지 않았다면 어떻게 부탁을 해, 이런 비밀은 어디 가도 털어놓을 수 없다는 것까지 통밥을 재고 나서야 비로소 자기 입으로는 직접 말을 못하고 마누라를 내세워 부탁하는 것은 아닐까?

그렇다면 진짜, 진짜. ×새끼가 분명했다.

오미정은 좀체 답을 줄 수 없었다. 상대방이 통밥을 재면 그만큼 따라서 통밥을 재야했기 때문인지도 모른다.

"오 선생, 대답하기 곤란하다면 지금 하지 않아도 됩니다."

그제야 오미정은 답을 줄 수 있었다.

"사모님, 고 교수님과 상의해서 연락드리겠습니다."

"교수님과는 전혀 상의하지 않았다고 했잖아요."

전수미 교수는 발끈했다.

"그래도 그렇지 않습니다. 교수님과 상의하지 않고 제가 일방적으로 논문을 써서 교수님 이름으로 발표한다면 교수님 체면은 뭐가 되겠습니까. 만에 하나 이것이 알려진다면 교수님의 일생에 오욕으로 남을 것은 분명한데 어찌 제 단독으로 하겠습니까. 교수님과 상의해서 전화를 드리겠습니다. 사모님, 죄송합니다."

"교수님과는 상의하지 않았다고 해도 그러네요. 만약 알게 되면 벼락을 맞을지도 모릅니다. 비밀로 해 주세요."

"그 점은 염려 놓으셔도 됩니다. 제가 알아서 하겠습니다.

"할 수 없군요. 그렇게 하겠다니."

오미정은 사모님과 헤어진 뒤 진땀을 빨빨 흘린 것을 뒤늦게 알 수 있었다. 등에는 식은땀이 흥건했던 것이다.

그런데 오미정은 지도교수에게 상의할 수 없었다.

부부가 심사숙고해서 내린 결론임이 뻔한데 어떻게 대놓고 말할 수 있을 것인가.

오미정은 정말 힘들게 고 교수 밑에서 강사생활을 하지 않을 수 없었다. 그렇다고 집어치울 처지도 못되었고 이러지도 저러지도 못해 미적거리는 것으로 대답을 대신했다.

≒ 태어난 성질대로 산다더니

주변 사람들을 유심히 관찰하다 보면, 사람은 타고 난 성질대로 살지 못하고 죽는 것을 흔히 볼 수 있다.

기종려 교수의 죽음이 그랬다. 그는 누구와 부딪쳐 다투지 않으면 밥맛을 잃을 정도로의 다혈질이었다. 자란 환경 때문인지 모르겠으나 타고 난 천성 탓이었다.

김준서는 기 교수와 자주 다퉜다. 자주 다투다 보니 은연중에 그의 성격을 파악할 수 있게 되었다. 타고 난 다혈질, 이런 성격은 후천적으로 고치기에는 본인의 노력이 필요한데도 이를 컨트롤해 줄 수 있는 사람이 주변에는 없었다.

해서 평생을 두고 수 틀렸다 하면 다투기 일쑤, 사람 좋다는 소리는 지옥에 가서나 들을 수 있을지 모른다.

김준서는 허기진 학장이 교수를 채용하면서 돈을 얼마나 받았는지 기종려 교수의 입을 통해 들을 수 있었다.

허 학장은 김인수나 기종려는 과목 상치 때문에 서류를 교육부에 올렸다가 퇴짜를 맞자 조교로 발령을 냈었다.

허 학장이 쫓겨 가게 된 마당에 그냥 뒀다가는 과목 상치로 발령을 받지 못할 것은 뻔하고, 먹은 돈은 토해내기는 싫고 해서 '서류는 챙겨줄 테니 교육부에 가서 수단과 방법을 가리지 말고 발령을 받아내도록 하라'고 강요했다. 기 교수는 교육부에 가 아무나 잡고 도와달라고 생떼를 쓰다 시피해 허락을 받은 내력까지 털어놓으면서 김인수는 1천을 줬는데 비해 자기는 그 반도 주지 않았다고 실토했었다.

김준서는 오전 강의를 끝내고 홀가분한 마음으로 연구실에서 책을 보고 있는데 기 교수가 들어왔다.

"김 선생, 우리 드라이브나 할 겸 수삼이나 사러 갑시다."

"가다가 또 다투려고? 난 싫은데."

"다투긴 내가 뭘 다퉜다고. 내 아무 소리 안할게."

"아무 소리 안하겠다고 약속한다면 모르지만."

"약속을 하라면 열 번이라도 하지."

"그렇다면 좋아. 어디 한번 따라가 볼까."

김준서는 아반떼에 동승해서 1Km도 가기 전에 후회가 막급했다. 이건 운전을 한다기보다는 폭주였다.

게다가 폭주족들의 난폭운전은 저리 가라였다. 급한 경사나 급커브 길을 직선을 달리듯이 7, 80Km 이상으로 달리는데야 목숨이 열 개라도 배겨나지 못할 것만 같았기 때문이다.

"차를 모는 것을 보니 당신의 평소 운전 습관을 알 수 있을 것같애. 당신, 그렇게 운전하다가는 제 명에 못 죽어."

"빨리 밟기 위해 악셀레이트 발판을 땜질해서 늘렸는데."

"뭐 악셀레이트 발판을 늘렸다고?"

"당신이 탔기 때문에 이 정도로 조심해 모는 거야."

"두 번 조심했다가는 지옥을 헤매고 있을지도 모르겠네."

"그래, 알았어. 속도를 줄이지."

그런데 5분도 못가 기 교수는 스피드를 내기 시작했다.

김준서는 불안해 더 이상 타고 있을 수 없었다.

"당장 차 세워, 나 내릴 거야."

그런데도 계속 과속에다 난폭운전을 다반사했다.

"차 세우라니까, 어서. 당신, 귀 먹었어, 못 알아듣게?"

"알았어. 천천히 몰면 되잖아."

"또 폭주를 했다가는 내리고 말 테니까."

김준서는 몇 번이나 서행하자고 싸우다시피해 갔다 오기는 했으나 기 교수의 차는 두 번 타고 싶지 않았다.

김준서는 수삼을 사러 갔다 오면서 벌써 직감했었다.

이 친구는 제 명에 죽지 못하리란 것을.

그로부터 1년쯤 지나 기 교수는 교통사고로 주었다.

차를 몰고 귀가하다 앞에서 오는 덤프트럭을 보지 못하고 급커브에서 추월을 하다 정면으로 충돌했다.

차체는 20여 미터나 튕겨 논바닥에 처박혔다. 처박히면서 불이 붙어 차체는 완전히 타 버렸으며 기 교수 또한 신원을 알 수 없을 정도로 새카맣게 타 버렸던 것이다.

사고 지점은 인적마저 드물어 이틀이 지나서야 발견되었고 차적을 조회해 뒤늦게 알려지게 되었다.

김준서는 사고현장에 가 보고서야 사람은 결대로 살아야 오래 사는데 생긴 성질대로 사니까 제 명에 살지 못하고 일찍 죽게 될 것같은 예감이 불행히도 적중했던 것이다.

기종려 교수가 죽었으니 교수를 채용해야 했다. 김 교수의 전공은 고전시가였으나 학생들이 현대문학을 선호하기 때문에 현대소설을 공채한다고 광고를 냈다.

학과장은 서잠금 교수였다. 호랑이가 없으니 늑대가 어른 노릇을 한다더니 이번에는 이정타 교수가 정년을 하자 서 교수가 들어 별명 그대로 크렘린처럼 야비작야비작 돌아다니면서 자기 사람을 심기 위해 공작을 벌였다.

출신은 K대 국문학과 출신, 전공은 희곡이었다.

희곡이 현대소설인지, 현대소설 전공자를 채용해야 되는데도 희곡 전공자를 뽑겠다니, 이건 학과를 또 송두리째 말아 먹겠다는 심뽀, 그 이상이라고 할 수 있었다.

이런 작태에 대해 김준서가 모를 리 없었다.

≒ 떼로 죽치고 앉아 뭉개?

그러나 김준서는 학과 교수 전원이 참석해 심사를 하고 최고 득점자를 채용한다는 교수채용규정 때문에 혼자 반대를 한다고 해서 다수의 횡포를 막을 수 없었다.

김준서는 일단 심사를 하지 않기로 결심하고 심사결과보고서 제출기일이 지났는데도 심사하지 않았다.

김준서의 보직은 총장이 임명한 도서관장, 직선 총장이기 때문에 도서관장을 보직 받았다는 것은 총장과 어느 정도 통할 수 있기 때문에 끝까지 밀어붙일 생각을 가지고 있었다.

서잠금 교수의 인간 됨됨이가 드러난 것은 이때부터였다. 그는 날짜가 지나도 결과보고서를 제출하지 못하자 당황했다. 서 교수는 도서관장실로 김준서를 찾아갔다.

"선생님 제가 뭘 잘못했기에 난처하게 만듭니까?"

"내가 뭘 난처하게 만들었다고 그러십니까?"

"채용심사 거부 말입니다."

"그야, 이번 인사에도 K대 출신들이 똘똘 뭉쳐 학과를 송두리째 말아 먹겠다는 것을 알고 있는데 심사를 해요?"

서잠금 교수는 눈물까지 흘리며 사정했다.

김준서는 눈물을 흘리는 것을 보자 마음이 약해졌으나 저들이 어떤 꿍꿍이속이 있는지, 아니면 어떤 농간을 부리기 위해 학과장이 찾아와 눈물까지 흘리는 것인지, 그것만 보아도 섬씽이 있긴 있는가 보다는 생각이 보다 강하게 들었다.

"선생님, 화 푸시고 이제 심사 좀 해 주세요."

"나, 화 낸 적 없습니다."

"제가 이렇게 눈물까지 흘리면서 통 사정을 하는데도 심사를 못하겠다니, 내게 억하심정을 가진 것 아닙니까?"

"말 잘했습니다. 우리 학과가 그래, K대 실업자 구제소인 줄 아세요? 뽑는 사람마다 K대 출신이니, 이는 학과를 통째로 말아 먹으려는 작태입니다. 심사를 못하겠습니다. 굳이 채용하려고 한다면 대학을 하나 설립해서 채용하세요."

"……"

"얼굴에 철갑을 둘렀는지 모르겠으나 당신이 내 앞에서 눈물을 흘리는 것부터 저의가 드러났다고 하겠습니다."

"선생님, 저의라니요? 무슨 뜻으로 한 말인지요?"

"서 선생, 정말 몰라서 묻는 거요?"

"그렇습니다. 정말 모릅니다."

서 교수는 음흉하다 할까. 속을 좀체 드러내지 않았다.

"대놓고 말하지요. 섬씽같은 거 말이오."

"전혀 그런 일 없습니다. 양심을 걸고 맹세합니다."

"양심이 채용의 공정성을 보장해 준답니까."

김준서는 서 교수를 몰아붙이다가 지나친 것이 아닌가 하는 생각이 들었다. 앞으로도 한 솥 밥을 먹으려면 20여 년을 함께 생활해야 하는데 등지고 독불장군처럼 살 수는 없었던 것이다. 사람이 살다 보면 부탁할 일이 있을지도 모르는데.

김준서는 이만쯤 해서 양보를 해 주는 것이 나중을 생각해서라도 좋을 것 같은 이기심이 발동하지 않는가. 비록 이기심이 발동했다고 해서 조건 없이 그냥 물러설 수는 없었다.

"조건이 하나 있습니다. 그 조건만 들어준다면…"

"무슨 조건인지 말해 보세요."

"학과 교수들이 모두 각서를 쓰고 날인을 하세요."

"어떤 내용의 각서 말입니까?"

"앞으로 K대 출신은 어떤 일이 있더라도 채용하지 않겠다는 각서 말입니다. 그런 제안을 하는지 알겠지요?"

이런 제안을 한 김준서는 생각이 있었다. K대 출신들이 일말의 양심이라도 있다면 각서까지 쓰면서 채용하는 치욕은 당하지 않으리라는 것을, 그리고 최소한 조건을 들어주는 척하면서 그들의 진정성이 무엇인가를 알 수 있을 것이며 똘똘 뭉쳐 치욕을 감내하면서까지 심사를 해서 채용하려고 한다면 섬씽이 있었다는 것을 일깨워주기 위해서였다.

그런데 이외에도 저들은 각서를 쓰고 심사를 하겠다는 통보를 학과장인 서 교수가 김준서에게 전했다.

자기 사람을 채용하기 위해 양심을 시골 뒷간 '통시'에 처박았거나 시궁창에 갖다 버린 사람들, 자기 편 사람을 쓰기 위해 양심도 쓸개도 빼 버리는 명색이 교수라는 사람들, 이들에게는 논리고 명분이고 그런 것은 모두 사치였다.

미친개를 대적하는 데는 몽둥이가 최선이듯이. 세상에 각서를 쓰면서까지 심사를 하겠다니…

김준서는 쓴 웃음을 지으면서 각서를 초안해서 정리했다.

각 서

19××년 이후부터는 K대 출신은 어떤 압력이 들어오더라도 절대 채용하지 않을 것이며 이를 어겼을 때는 신분상의 불이익을 당하더라도 달게 받는다.

이는 교수의 양심을 걸고 맹세하며 아래에 날인한다.

19××년 ×월 ×일

김준서, 서잠금, 김정식, 김인수, 최정이, 손남익

김준서는 각서에 학과 교수들의 서명까지 받고 심사를 하는데도 마음이 개운하지 않았다.

심사는 하나 마나 최고 득점자를 채용한다면 이미 판가름이 난 것이나 다름없다. 그렇다고 심사를 포기한다는 것은 패배를 자인하는 것이었다. 최소한 임명권자가 한번쯤 생각할 여지를 줄 수 있는 심사를 하고 싶었다.

김준서는 김재식에 한해서만 영점 처리를 했다.

그는 학과 여섯 명의 교수 중에서 이미 K대 출신이 다섯인데 더 이상 K대 출신이 들어온다면 학과는 K대 일색이며 자기들끼리 돌아다니다 보면 경쟁적인 연구나 학과의 발전은 물 건너갔다는 이유를 들었으나 결과는 김준서의 일방적인 패배였던 것이다.

그는 총장까지 만나 비록 최고 득점을 했다고 해도 임명해서는 안된다고 주장했으나 남 총장이 난색을 표했다

"내가 소속했던 수학교육과는 100% K대 출신인데, 그걸 어떻게 해? 김 교수 말대로라면 다 쫓아내야 하지 않겠어."

"과거에는 그렇게 했다고 하더라도 지금부터라도 내규를 만들어 같은 대학 출신은 50% 이내로 제한해야 합니다."

"광고를 내고 심사를 해 최고 득점한 사람을 정당한 사유 없이 채용하지 않으면 교육부로부터 불이익을 당해."

"총장님 댁에서는 구더기 무서워 된장 못 담그겠습니다."

"도서관장이라는 사람이 저렇게 삐딱해서야."

"제가 삐딱하다고요? 저 그런 사람 아닌데요."

남 총장은 K대 출신, 재선을 하려면 한 표라도 내 편으로 만들어야 하겠다는 과욕 때문인지는 모르겠으나 김준서가 반대를 하는데도 '채용광고를 내고 채용하지 않는다면 교육부로부터 불이익을 당한다'는 이유를 들어 김재식을 전임강사로 발령을 냈다.

결과적으로 김재식을 채용한 것은 잘한 것이었다. 사람이 사근사근했고 학생들도 잘 따라 주었던 것이다.

임명에 불만을 품은 김준서는 김재식이 연구실로 인사하러 왔을 때, 호통을 쳐 돌려보냈으나 이런 점이 마음에 들어 이내 마음을 돌려 그를 아끼고 도와줬다.

문제는 그 다음이었다. 틀이 잡히고 학생들의 인기를 차지할 즈음, 2년이 지나자 모교인 K대 국문학과로 가 버렸다.

요컨대 김재식 교수는 DN대학쯤이야 가소롭게 여기고 K대를 가기 위한 징검다리로 이용했던 것이다.

그는 겉으로 보어서는 세상없이 좋은 사람, 그를 싫어한다는 사람이 이상하게 보일 정도였으나 좀 더 깊이 알고 보면 그렇지도 않았다. 동기 동창인 D대 전재일 교수가 모교로 가기 위해 김 교수에게 매달렸다. 이런 약점을 이용해서 룸살롱으로 데리고 다니면서 양주를 마시고 돈을 지불케 했다. 그렇게 해서 누적된 술값만 해도 3천을 넘기게 된다.

그리고 막상 채용의 결정적인 순간에도 그가 도와준 것이 아니라 오히려 방해를 했다고 한다.

채용이 다른 사람으로 결정된 그날 저녁에도 전 교수를 룸살롱으로 불러내어 술을 마시면서까지 결정된 사실을 까맣게 숨기고 술값을 대신 지불케 할 정도로 보기와는 다른 사람이라는 것을 전 교수를 통해 들었다.

김준서는 이런 이야기야 전 교수의 일방적인 말만 믿고 그렇다고 단정 짓는다는 것은 또다른 어리석음을 저지를 수도 있었다. 그런데도 아니 땐 굴뚝에 연기 날 리 없다는 속담을 떠올리며 그런 교수가 대학원생들을 어떻게 지도할 것이며 무엇을 가르칠 것인가가 뻔해 무서운 사람임에 틀림없다는 생각까지 들었다.

열 길 물속은 알 수 있어도 한 길 사람 속은 알 수 없다는 속담은 김재식을 두고 한 말이 분명해 보였다.

≒ 연구실마다 전단지가 뿌려지다

하루는 투서와 유사한 전단지가 교수 연구실이며 사무실마다 집어넣어 학교를 발칵 뒤집어놓았다.

김준서가 연구실 문을 열고 들어서자 A4지가 떨어져 있었다. 강의 중에 리포트를 제출하지 못한 학생이 집어넣은 것이 아닌가 해서 리포트를 모아 둔 곳에 두려다 이름이라도 알려고 재차 확인했더니 리포트가 아니었다. 소신을 밝히거나 비리를 적은 전단지 같은 성격의 내용이 담겨 있었다.

김준서는 대충 읽어 보다가 다 읽기도 전에 어이가 없어 읽을 수 없었다. 그는 전단지에 씌어 있는 그대로 한 자 틀리지 않도록 주의해 가면서 컴퓨터에 하나하나 입력시켰다.

존경하는 DN대 교수님들과 학생 여러분에게

저는 DN대학교 졸업생이며 모교에서 수년간 양궁 코치로 근무하고 있는 최홍성입니다.

이제 정든 이 학교를 떠나게 되었습니다. 제가 떠나기 전에 운동을 전공한 스포츠맨으로서, 남자로서, DN대학교 졸업생으로서 여러분 앞에 진실을 이야기하지 않고는 떠날 수 없어 글을 써서 돌리기로 마음을 먹었습니다.

이는 생활체육과 후배들에게 다시는 이런 일이 일어나서는 안된다는 간절한 바람으로 몇 자 적습니다.

저는 이렇게 하는 것이 진정한 용기라고 생각하며 저의 이런 판단이 헛되지 않도록 관심과 격려를 부탁드립니다.

또한 대학에 계신 다른 교수님들에게 저의 이런 행동으로 인하여 불쾌함을 드려 송구스럽게 생각합니다.

아무쪼록 훌륭한 교수님들에게 다시 한번 고개 숙여 사죄를 드리며 끝까지 읽어 주시면 고맙겠습니다.

이 시간 이후로는 저와 같은 일들이 저의 후배들에게는 일어나지 않기를 바랍니다.

제가 이렇게 하는 것을 두고, 이 글의 대상은 '나를 죽이려고 모함한다'고 말합니다만 저는 그 무엇을 얻기 위함이 아닙니다. 다만 진실을 알릴 뿐이며 다시는 이런 일들이 우리 대학에서는 일어나지 않았으면 하는 바람뿐입니다.

지금부터 모든 내용은 제가 직접 겪은 일이며 조금도 거짓이 없음을 천명합니다. 만약 그렇지 않다면 폭로의 죄값은 저의 몫이라고 생각하며 죄값을 당당하게 받을 것을 이 글을 읽는 모든 분 앞에 약속합니다.

이제부터는 편지 형식으로 적겠습니다.

김윤홍 교수님께.

제가 떠나기 전에 지금까지 제가 느낀 것과 여러 가지 사건을 통해 교수로서 자질이 의심스러운 몇 가지 점에 대해 허심탄회虛心坦懷하게 대답해 줄 것을 부탁합니다.

첫째, 지난 해 1학년 2학기 때, 전국체전에 참가해 최선을 다하고 돌아온 주이은 선수를 두고, 강의 중 많은 학생들 앞에서 개망신을 준 적이 있습니다.

그로 인해 그 선수는 신경과민은 물론 스트레스를 받아 병원에 실려 간 적이 몇 번인지도 모릅니다. 당시 상황을 1학년-지금은 2학년에게 물어보면 알 겁니다. '주이은 너는 양궁 선수도 아닌 게 수업에는 왜 안 들어와. 너는 무용 특기생으로 들어왔잖아. 해서 학점을 줄 수 없어'라고.

체육부에서 출전 때마다 공문도 돌렸고 게다가 시합을 한두 번 출전한 것도 아닌데 말입니다.

또한 코치인 저와 주이은 및 컴 파운드 선수 2명에 대해 당신은 선수들을 모아놓고 '운동을 하는 것은 아무런 문제가 없다'고 공개적으로 선언하기까지 했습니다.

기억하시겠지요, 선생님?

둘째, 그때 당신은 '양궁부에 대해 아무런 감정도 없다, 다만 장수희 교수가 버릇이 없는 것 같다. 장 교수가 우리 학과에 들어올 때, 내가 많은 도움을 줬는데 배은망덕하다, 해서 내가 장 교수의 버릇을 고치고 싶다'고 했습니다.

선생님, 그렇게 말하지 않았습니까? 교수들 싸움에 약자인 학생들이 겪은 괴로움을 충분히 알고 그랬던 것이 아닙니까?

셋째, 그때 연구실에서 당신은 내게 '최 코치, 지금 장수희 교수와 현 총장하고는 애인 사이다.

(젊은 층 사이에서 애인을 지칭하는 제스처로 새끼손가락을 앞으로 내밀면서) 해서 무용 전공 교수 주제에 너무 까불어댄다'고 하셨지요? 저 혼자 들은 것도 아닌데 부인하겠습니까.

또한 제가 나가려고 할 때, 이런 말도 하셨지요.

'연구실을 나가면 장수희 선생한테 고자질할 거야? 해도 상관없다. 나가 봐라' 하고 말씀하셨지요? 기억이 나시겠지요?

언젠가 장수희 교수님이 말씀하셨습니다. 장 선생님이 깜짝 놀라면서 '김 교수가 진짜 그런 말을 했느냐?'고 묻기에 분명히 말한 적이 있으며 저만 들은 것이 아니라고 했습니다.

그런데 지금 와서 난처해지자 '그런 말 한 적 없다'고 발뺌을 하다니, 참으로 어이가 없습니다.

넷째, 제가 양궁부 코치로 들어온 1999년 여름 방학 때, 당신이 학과장과 체육부장을 동시에 맡고 있을 때입니다.

양궁부 여학생 1명이라도 더 들어올 수 있도록 도와달라고 600여 명 학생들에게 서명을 받은 적이 있습니다.

서명 받은 종이를 체육관 앞에서 보여주자, '내년에는 여학생 1명을 더 배당시켜 주겠다'고 당신은 약속했습니다.

그런데 이를 지키지 않다가 장 교수가 학과장이 되자 떠넘겼습니다. 맞지요? 책임질 수 없는 말을 왜 하셨습니까? 교수의 신분으로서 공개적으로 약속했다면 반드시 지켜야 하거니와 지키지 못했다면 사과라도 해야 하는 것 아닙니까?

다섯째, 제가 대학원 1년차일 때 회식이 있었습니다. 1차는 다도회 횟집에서, 2차는 학과 교수 4명과 시내에 있는 BMW룸에서 술을 마셨지요. 그때 저는 Y여중에서 근무하고 있어서 차를 몰고 Y읍으로 가야 했기 때문에 술은 입에 대지도 않고 노래만 불렀습니다.

그랬는데 뒤늦게 알고 얼마나 당황했는지 압니까?

당신 스스로 바지와 팬티를 벗더니 물건을 꺼내 보여주면서 '자, 빨아라'라고 말했지요. 장난치고는 너무 황당하더군요.

그러나 대학원을 졸업해야 했기 때문에 참을 수밖에요. 다른 교수가 바지를 올리면 당신은 내리기를 반복했고요.

어디 그뿐입니까. 당신이 아가씨와 함께 3차를 가고 난 뒤, 저는 더욱 황당했답니다.

술값이 장난 아니게 나왔으니까요.

술집 마담이 '당신 보고, 저번에 먹은 술값까지 계산하라'

고 했다지 않습니까. 기억나실 테지요. 남은 사람들이 어이없어했으나 어쩔 도리가 없었답니다.

왜냐하면 졸업을 해야 했으니까요.

제 입장을 이해하시겠습니까?

저번에는 이정갑 교수님이 김 교수를 명예훼손죄로 고발한 적이 있습니다. 그때 증인으로 자청한 이유는 이 교수의 행동이 정당하다고 생각했으며 없는 말을 만들어 내면서까지 인격을 실추시키는 행위는 잘못된 것이라고 판단해서입니다. 결과적으로 저는 체육인의 한 사람으로서 올바르게 처신했다고 생각합니다.

당신도 잘못을 인정하고 사과했기 때문에 이 교수가 고소를 취하했습니다. 그렇지 않습니까, 김 교수님?

없는 일을 만들어서 말을 지어내는, 학생들과의 약속을 밥먹듯이 하며 지키지 않는, 교수들 싸움에 약한 학생들을 희생시키는, 돈 없는 대학원생들에게 술값을 내게 하는, 같은 학과 여교수를 총장 애인이라고 지어내서 말하는 것은 교수로서 자질 문제가 아닙니까?

그리고 학생에게 팬티를 벗고 빨라고 하면, 남녀를 불문하고 성폭력이 아닌가요? 김 교수님, 이번 기회에 뒤를 한번 돌아보고 다시는 그런 일이 없도록 하십시오.

위에 기록한 것이 사실이 아니라면 그 책임은 제가 당연히 져야겠지요. 기억이 전혀 나지 않는다거나 취했기 때문에 모른다고 하는 것은 아주 비겁한 작태라고 생각합니다.

앞으로 저는 생활체육과 졸업생으로서 자부심을 가지고 생활할 것이며 학과의 무궁한 발전을 기원합니다.

졸업생 및 양궁부 코치 최홍성 드림

사람은 하루아침에 고개를 들고 다닐 수 없을 정도로 낯뜨거운 일을 겪을 수도 있긴 있구나 하는. 그 예가 김윤홍 교수의 전단서 사태가 바로 그런 것이 아닌가 싶었다.

물론 양궁부 감독인 박용수 교수와의 알력 때문이라고 하지만 이번 사태는 아닌 것 같았다.

박 교수와 김 교수 사이는 앙숙이었다. 학과 내에서나 도내 체육활동에서나 사사건건 부딪치며 싸웠다. 그것은 대학 출신이 달라서 그런 것도 아니었다.

그냥 있으면 어디가 근질거려 못 견디는 성격 탓이랄까. 두 사람 다 한다면 한 건 하는 사람으로 못 말리는 사람, 한마디로 걸물이라고 할 수 있었다.

두 교수의 알력은 양궁부와 테니스부, 그리고 전공을 하는 학생들에게까지 피해가 미쳤다.

애초에 최홍성 본인 스스로 그런 글을 써서 연구실과 사무실마다 돌리려고 마음먹지는 않았을 것이다.

누구의 사주인지 뻔히 들여다보이는데도 박용수는 누워서 침 뱉기 하는 짓인 줄은 모르고 당해 보라는 식으로 뒤에서 깨소금을 볶으며 고소해 하고 있을 것이 분명했다.

김 교수는 최홍성에게 영향을 미칠 수 있는 사람을 만나 그를 설득해서 해명서를 작성해 돌리도록 하는 한편, 최홍성을 만나 명예훼손죄로 고소하겠다고 협박했다. 심지어 변호사를 만나 무고죄로 고소하는 고소장까지 작성해서 보여주면서 취소하지 않으면 맞고소하겠다고 으름장을 놓았다.

최홍성은 고소를 당하게 되면 골치 아픈 일이 한두 가지 아님을 미처 생각하지 못했다. 사방으로부터 압력을 받고 보니 전단서를 만들어 돌리는 것이 약자로서 얼마나 고통스러운지 뒤늦게 깨달았다. 그만큼 세상 물정을 몰랐다.

이 사건은 시내까지 파다하게 퍼졌기 때문에 DN대학은 1억원을 들여 텔레비전 광고를 한다고 해도 실추된 대학의 이미지를 제고할 수도 없었다. 그런데도 김 교수에 대해 학교 당국으로서는 그 어떤 제재나 처벌을 하지도, 할 수도 없었다.

그것이 철밥통인 국립대학 교수의 신분이니까.

마침내 최홍성은 강압에 의한 것이긴 하지만 전단서의 내용은 본인이 악의적인 의도에서 작성했으며 사실이 아니라는 것을 해명하는 전단서를 만들어 각 연구실과 사무실에 돌리는 해프닝을 연출하면서 전단서 사건은 유야무야 돼 버렸다.

그리고 김윤홍 교수를 잘 알고 있는 사람이라면, 그러고도 남을 위인이라는 짐작만은 쉽게 사라지지 않았다.

그 일로 해서 김윤홍 교수는 창피해서도 얼굴을 들고 다니지 못할 정도로 수치를 느껴야 하는데도 그렇지 않았다.

오히려 얼굴을 뻔뻔히 쳐들고 돌아다니면서 모르는 사람까지 알도록 제 입으로 떠들고 다녔다. 해서 김윤홍 교수의 입을 두고 '세상에 그 입을 누가 말려' 하는 유행어까지 생겼다.

김준서는 김 교수와는 10여 년 나이 차이, 한 집에 10년 가까이 세 들어 살았기 때문에 누구보다도 그를 잘 알고 있었다. 그런데도 그에 대한 험담은 입에 담지 않았다.

밤새 룸살롱에서 아가씨 끼고 술을 먹다 새벽에 들어와 붕붕을 했다고 자랑하며 잠을 깨워도 곧이듣지 않았다.

그가 아침에 일어나서도 Y담을 늘어놓으면 여기서는 하되 다른 데 가서는 하지 말라고 충고까지 했다.

그러면서 그런 그의 생활을 안타까워했으며 동정했다.

하 총장은 김윤홍이 밉던 차, 잘 걸려들었다고 생각하고 학장직에서 사퇴시키려고 했으나 뜻을 이루지 못했다.

김준서마저 이 사건을 무마하기 위해 하이개 총장을 만나, 이는 누구의 사주가 아니라면 최 코치 혼자서는 꿈도 꾸지 못했을 것이라며, 오히려 김 교수가 피해자라고 옹호까지 했다.

그 뒤로도 김준서는 김윤홍 교수가 어려움에 처할 때마다 도와줬으나 돌아오는 것은 신의 없음, 그것이었다.

≒ 억울하고 분해도 좀 참지

총장 선출을 둘러싸고 갈등이 증폭되고 있는 와중에서 DN대학의 이미지를 또 땅에 떨어뜨리는 대형 사건이 하나 터져 교수들이 얼굴을 들고 다닐 수 없게 했다.

게다가 총장 선출의 갈등이 외부에 알려지면서 교수들이란 것이 연구하고 학생들을 가르치지는 아니하고 총장 감투에만 혈안이 되어 싸우기만 한다고 온갖 비난이 쏟아지고 있는 마당에 또 하나의 악재가 터진 셈이라 할까. 교수채용의 비리가 그것이다.

교육부에서 이에 대한 자세한 보고를 요구해서 사건의 전말이 보고되고 언론이 이를 보도하면서 청와대까지 알려졌다. 수석들 사이에서는 "국립대학도 많은데 DN대학 그런 거 하나 이참에 싹 없애 버리지." 하는 말이 나올 정도로 DN대학교가 곤욕을 치른 것은 말할 나위도 없었다.

DN대학은 교세 확장을 위해 끊임없이 학과를 증설했다. 때맞춰 국가 시책도 이공계 학과를 중시했기 때문에 전자공학과를 신청해 인가를 받았다.

신설학과니 학과 교수가 있을 리 없었다. 해서 본부 보직자가 채용심사를 대신해 임용했다.

이때가 본부 보직자로서는 큰소리치거나 이권개입을 할

수 있는 절호의 찬스라고 할 수 있다. 당시 교무처장은 교수를 채용하면서 받은 액수가 얼마나 되는지 알 수 없었으나 한 몫 단단히 챙긴 모양이었다.

그렇게 채용된 교수가 강남일이었다.

강 교수는 거액의 돈을 주고 채용되었으니 억울하고 분했을 것이며 해서 한 몫 잡겠다고 기회를 본 것이 분명했다.

그렇지 않고서야 그런 짓을 할 리 없었다. 총장이 새로 임명되고 본부 보직자마저 바뀌자 기회는 이때다 하고 물밑 작업을 했는데 본부에 교수를 채용하겠다는 공문을 올리고부터 생각이 달라졌던 모양이다. 학과 교수래야 자기를 포함해 이지해, 정수기 교수뿐이었다. 게다가 먼저 왔다고 해서 학과장까지 맡고 있으니 들어올 때 준 것 이상으로 벌충할 기회는 이때다 하고 인물부터 물색했다.

물색의 핵심은 돈을 지불할 수 있는 능력부터 파악하는 일이었다. 물색하다 보니 대상이 걸려들었다. 거금을 먹어도 토해내거나 후환이 없는 대상으로 고교 후배인 이종석이었다.

교수 채용의 비리는 대학 본부에서 방조하거나 조장하지 않으면 불가능했다. 그런데도 강 교수가 그런 비리를 저질렀다는 것은 이해가 가질 않았다.

이유라면 이지설 총장이 간선 총장선거에 매달리다 보니 교수 채용의 감시를 소홀히 했다는 것밖에는.

강 교수는 이종석으로부터 1억원의 거금을 받아 자기가 5

천만원을 챙기고 나머지 돈은 두 교수에게 2천5백만원씩 나눠줬다. 당시 5천만원이라면 강 교수의 1년 연봉보다 많았다.

강 교수가 1억원을 받아 5천만 원을 챙겼다는 것은 자기도 들어올 때 최소한 5천만 원의 돈을 집어줬다고 추측할 수 있다. 이종석 교수가 1억원의 돈을 지불하고 교수생활을 하면서 주위 교수들에게 들어 보니 돈을 주고 들어왔다는 교수는 없었다. 있다면 덜 억울했을 텐데 전혀 없으니 더욱 억울하고 분했다. 해서 돌아다니며 돈을 줬다는 말을 흘렸다.

무심코 흘린 말이 씨가 먹히듯이 긴가민가하던 소문이 기자의 귀에 들어가게 되었다.

담당 기자는 한 건 하려고 공갈과 협박까지 하면서 악착스럽게 파고들어 특종을 터뜨렸다. DN대학 교수들도 방송을 보고 교수채용의 비리를 알게 될 정도였다.

세 교수는 체포되어 검찰 지청으로 넘어갔다.

미꾸라지 한 마리가 맑은 웅덩이를 흐린다더니 강남일 교수가 그랬다. 강 교수는 자기가 돈을 먹게 된 사실을 다 털어놓았으나 돈을 챙긴 전 보직자들은 5년이라는 공소 시효가 지나 처벌할 수 없다는 법의 맹점 때문에 처벌을 하려고 해도 할 수 없었다. 재판은 석 달을 끌어 결과가 나왔다.

강남일 교수가 1년 6개월의 실형에 벌금 6천만 원이라는 선고를 받았고 나머지 두 교수는 집행유예 1년, 벌금 2천5백만 원을 선고받았으니 참았으면 좀 좋았을까. 이종석도 파면, 돈만 1억원을 날린 셈이었다.

채용비리로 인해 DN대학은 1억원 이상을 들여 홍보한 대학의 이미지는 땅에 떨어졌고 학과는 쑥대밭이 되었다.

김준서는 도서관장 인수인계를 해준 지 한 달이 지나 서균서 신임 도서관장으로부터 점심이나 하자고 연락이 왔다.

서 교수는 김준서와 친해서가 아니라 전임 도서관장을 했으니 노하우라도 들을까 해서 점심을 하자고 했다. 김준서는 그 동안 친분 관계로 보아 거절할 이유가 없었다.

서 교수 쪽에서 재차 연락이 왔다.

"김 교수님, 어떻게 하지요. 총장님께서 점심을 하자고 연락이 왔는데 선약이 있다고 했더니 누구와 점심 약속을 했느냐고 하시기에 전임 도서관장이라고 말씀 드렸더니, 좋다고 하시면서 함께 식사나 하자고 해서 그렇게 하겠다고 했습니다. 정 불편하시다면 참석하지 않으셔도 됩니다."

김준서는 서 교수를 보지 않아도 전전긍긍하는 모습이 선했다. 이 총장이야 안 보면 되지만 서 교수와는 앞으로 두고두고 봐야 할 사람이기 때문에 이럴 때 도와주는 것도 좋을 것 같았다.

"관장님, 잘 하셨습니다. 총장보다는 서 교수님의 체면을 생각해서라도 제가 가야 하지 않겠습니까. 가겠습니다."

서 교수는 시원한 대답에 마음이 놓이는 모양이었다.

"시간이 되면 제가 차를 가지고 모시러 가겠습니다."

"알았습니다. 현관에 나가 있겠습니다."

약속 시간이 되기도 전에 서 교수가 차를 가지고 왔다. 차를 타고 보니 강 건너 보신탕집으로 가는 것이 아닌가.

이 총장은 보신탕을 즐겨 먹는 것이 분명했다.

김준서는 애완견을 키우고 있기 때문에 보신탕은 입에 대기는커녕 냄새조차 맡는 것을 싫어했다.

그런데 어떻게 하겠는가. 이왕 서 교수의 체면을 살려주기 위해 왔으니 보신탕 대신 삼계탕이라도 주문할 수밖에.

참석한 사람은 김준서만이 아니었다.

회계학과 이해여 교수와 무역학과 이상추 교수도 있었다. 이해여 교수나 이상추 교수는 대학 초창기부터 근무한 원로 교수인 데다 나이도 총장보다 대여섯 살이나 위였다.

맞은편에는 두 원로 교수가 앉고 총장 옆 자리는 김준서와 도서관장이 앉았다. 두 교수는 보신탕 냄새만 맡아도 구역질을 하는 사람들이었다. 그런데도 이 총장이 보신탕을 좋아해서 시키자 따라서 보신탕을 시키는 것이 아닌가.

동료 교수였던 남치곤이 총장이 되어 고맙다는 뜻으로 식사에 초대했을 때는 이것저것 시켜서 먹으면서 대놓고 듣기 싫은 농담을 해대던 사람이 이지설 총장을 대하는 것이 어떻게 그렇게 다를 수 있을까 싶게 태도가 싹 변했다.

어떤 여성이 노무현을 따라 자살을 하려고 부엉이 바위에 올라가 뛰어내렸으나 나무에 걸려 미수로 그치고 말았다.

이를 두고 덜 떨어진 여자라는 일화까지 생겼다.

이처럼 덜 떨어진 사람은 장관을 하고 수석을 한 그 벼슬에 아마 주눅이 들어 그랬을 것이다.

김준서는 혼자 삼계탕을 앞에 놓고 두 교수의 꼴을 보고 있자니 음식이 목에 넘어가지 않았다. 그렇지 않아도 이지설과의 첫 대면 때의 한센인이라는 인상이 지워지지 않았었다.

해서 '잘해 보시오' 하고 빈정댄 것이 이 총장의 머리에 남아 있을 것을 생각하니 더더욱 목에 걸려 넘어갈 리 없었다.

식사를 하기 전에 소주 한 병을 시켰다.

이 총장이 점심을 사는 처지여서 그랬는지 먼저 두 교수에게 술을 따랐다. 술잔을 들고 술을 받는 두 교수는 정말 '아니올시다.' 였다. 세상에 일어서더니 무릎을 꿇고 술을 받는 것이 아닌가. 김준서는 관료출신 앞에서 교수 망신을 저렇게 시키다니, 저것도 교수라고 하는 생각이 들어 먹은 것을 토할 것만 같았다.

김준서는 술을 받기는 했으나 입에 대지도 않은 채 만지작거리다가 이 총장에게 한 마디 했다.

"총장님께서는 장관도 하시고 수석도 하셨으니 경륜이 남다를 것입니다. 그리고 중앙에는 인맥도 많을 것입니다."

두 교수는 무슨 말을 하려나 하고 지켜보는데 유독 도서관장만이 와서는 안될 자리에 앉은 듯 전전긍긍했다.

"그것이 내가 가진 무형의 자산이오."

"해서 총장님께 드리는 말씀입니다. 이제 저희 대학 총장이 되셨으니 대학의 발전을 위해 힘 좀 써 주십시오. 그러면 많은 교수들이 이 총장님을 두고두고 기억할 것입니다."

도서관장이 듣기 민망했던지 사이에 끼어들었다.

"김 교수님, 새삼스레 그런 말을."

"서 교수님은 좀 빠지십시오. 총장님, 누구라고 이름은 밝히지 않겠습니다만, 그 사람의 말에 의하면 총장님께서는 상당한 재력가라고 캅디다. 그 많은 재산 중에 일부라도 대학 발전을 위해 솔선해서 발전기금을 내놓으신 다음, 이를 기회로 발전기금을 거둬 주십시오. 그러면 많은 호응을 얻을 수 있습니다. 지금까지 총장 되신 분이 솔선해서 발전기금 한 푼도 내놓지 않고 남들 보고 내놓으라고만 했으니, 누가 기금을 내놓겠습니까."

"…"

그런데도 이지설 총장은 교수 주제에 무슨 충고를 하느냐, 아니꼽다는 투로 한센인 얼굴을 한 채 반응을 보이지 않았다.

"총장님, 고향이 구미시지요?"

"김 교수, 그렇소."

"저는 선산에 대해 어느 정도 알고 있습니다. 선산 출신 중에서 김우동 전 국회의원과 그의 아들도 알고 있습니다. 그리고 선산 이씨 집안이 어떻다는 것도 알고 있고요."

하자 이 총장은 얼굴색이 싹 변하는 것이었다.

선산 이씨라고 하면 아는 사람은 거의 알고 있었다. 별 볼 일 없는 집안이라는 것을. 그만큼 미미한 가문이었다.

이지설은 개천에서 용이 난 것과 같았다.

손으로 빌고 발로 비비다 보니 출세한 인간이 바로 이지설이었다. 그런 속 좁은 인물에게 무엇을 기대한다는 자체부터가 덜 떨어진 인간이 아닐까.

김준서는 계속 빈정대는 말만 주워섬겼다.

"이 총장님, 총장이 관리직이라고 해서 교수를 공무원 다루듯 해서는 안됩니다. 교수들의 연구를 위해 뒷바라지 하는 자리이지 군림하는 자리가 결코 아니라는 뜻입니다. 노파심에서 드리는 말씀인데요, 장관시절을 생각해서 명령하거나 지시하지 마세요. 교수들의 반발이 의외로 클 것입니다."

이건 주객이 전도된 것이나 다름없다. 총장이 말을 하면 들어주는 자리인데도 김준서 혼자 지껄이고 있으니 총장이나 다른 교수들은 자리가 불편할 수밖에 없었을 것이다.

그런 반면에 김준서는 얻은 것도 있었다. 두 교수에게 자기를 충분히 인식시켜 줄 수 있어서였다.

김준서는 이 총장과 두 번째 대면이었다. 첫 번째도 그랬으니 두 번째라고 해서 달라질 게 없었다.

이 총장은 김 교수에게 명절 때마다 윤 사무국장을 통해 민속주를 한 병 보내거나 와인이라도 한 병 보내기도 해서 의견을 들어보려고 했다. 해서 사무국장이 연구실로 가끔 찾아오기도 했었다. 그렇게 한 것은 김준서의 의견을 은근히 떠보기 위해서였던 것이다.

"김 교수님, 이 총장에 대해 어떻게 생각하시오. 제 체면을 생각해서라도 이 총장님 좀 도와주시지요."

"저, 이 총장에 대해 사사로운 감정 없습니다. 단지 보직자들이 문제지요. 장관을 했다는 사람이 두려워서 그런지 모르지만 교수들의 뜻과 반대로 학교를 끌고 가고 있어요. 그게 불만입니다. 다른 감정은 없습니다. 이 총장 스스로도 자기를 옹립한 교수와는 단절을 해야지 보다 욕을 덜 얻어먹을 것입니다. 이 총장님 보고, 그러시오. 옹립한 교수들과는 인연부터 끊는 것이 좋겠다고요."

"옹립한 교수들이 문제다?"

"그렇습니다. 앞으로 멀리 해야 할 겁니다."

그 뒤로도 이 총장은 김준서를 자기편으로 포섭하기 위해 윤 국장을 보내기도 했으나 그는 절대 포섭되지 않았다.

김준서는 하이개를 총장으로 만들기 위해 교수운영위원회 부위원장을 맡아 이 총장과 사사건건 부딪친다.

호남지방에서 김일성 투표와 같은 96점 몇%의 압도적인 지지를 받아서 김대중 정권이 들어선 것은 대한민국의 불운인지도 모르고 역사의 수레바퀴는 굴러가고 있었다.

좌파 사고로 정부의 경영은 한과 복수의 정치가 판을 쳤다. 그 중 하나만 예로 들어보자.

공무원들의 서열을 파괴하고 능력 위주로 승진시키는 제도는 바로 은혜를 입은 호남지방 출신 공무원들을 승진시키기 위한 좌파 사고의 단면을 보여준 것이 된다.

여기에 편승해서 반미를 외치면서 제도는 미국 것을 그대로 본 받는 모순을 드러낸 것만 든다면 서열파괴, 연봉제도 실시, 성과급제도 실시가 그것이라고 할 수 있다.

이는 사람과 사람, 계층과 계층간을 2분법으로 나눠 갈등을 조장하고 감정대립을 야기케 해 적을 만드는 데 있다.

≒ 연구점수가 678.3점이라니

성과급 제도만 해도 그랬다. 정부에서 성과급 제도를 시행하면서 숱한 착오와 저항을 받았다.

성과급을 받느니 마느니 하는 논란이 일었으며 받은 것조차 반납하는 저항까지 불러일으켰다.

그런데 DN대학만은 성과급제도가 순조롭게 실시되었다. 그것은 관료주의에 충실한 이 총장 때문이었다. 그는 관료로 잔뼈가 굵었기 때문에 교육부에서 시키면 시키는 대로 잘 따랐으며 교수들의 저항을 무시하고 시행했기 때문이다. 게다가 돈이라면 동료 교수마저 배신하는 도시락부대가 보직을 독차지하고 있었기 때문에 일사천리로 시행될 수 있었다.

교육부는 성과급 지급에 있어 A, B, C 등 3등급으로 나눠 지불하되 가급적 차등을 많이 둬 지불하라는 지침을 하급기관에 내려 보냈다. 그리고 차등을 두지 않고 균일하게 지불할 경우에는 성과급을 줄일 뿐 아니라 불이익을 준다고 협박했다. 해서 대학 본부에서는 이 지침에 따라 A의 비율은 C와 같이 10%씩 차이를 둬 차등액을 최소화했다.

그리고 대학의 특성을 살려 다소 그 비율을 변경해서 실시할 수도 있다는 단서를 만들어 각 대학에 하달했다.

이런 단서에 충실한 대학이 단과대학 중에서도 인문대가 유독 심했다. 인문대의 말 빨은 도시락부대가 쥐고 있었다. 그들은 돈 따라 모이기도 하고 흩어지기도 했기 때문에 성과급을 보다 많이 타 먹기 위해 혈안이 되다시피 했으며 차등을 최대로 했다.

유독 인류학과 교수들의 주장은 극렬했다. 학과 특성상 논문을 쓰기 쉬워 1년에 몇 편이라도 써서 발표할 수 있었기 때문에 A는 따놓은 것이나 다름없었으니 당연한 주장이었다. 논문이라야 민속자료나 구비문학을 조사해서 살만 덧붙이면 한 편의 논문이 되거나 학부생들의 현장답사를 시켜 조사한 것을 정리하면 한 편의 논문이 되니 논문 쓰기가 얼마나 쉬운가. 게다가 학회라는 것도 수십 명이 모여 조직한데다 비록 학술진흥재단에 등재지 논문집이라고 하더라도 수

록할 논문이 부족해서 여기 저기 부탁하는 처지였으니 싣기도 쉬웠다. 따라서 게으름만 피우지 않으면 한 해 발표하는 논문 대여섯 편은 식은 죽 먹기이며 현장 조사를 한 자료를 책으로 엮는 자료집도 부지런만 떤다면 한 해 서너 권 이상 묶어낼 수 있다.

그런 학문상 특성이 있으니 타 학과에서는 기를 쓰고 논문을 쓴다고 해도 따라갈 재간이 없었다.

그런 교수 중 한 사람이 임문재, 별명이 엘모로 더 잘 통하는 사람이었다. 이름이 있는데도 대부분의 교수들은 그를 두고 엘모라는 닉네임을 즐겨 불렀다. 엘모는 학과장회의에서 성과급 차등을 강력하게 주장뿐 아니라 이를 관철시켰다.

죽기 살기로 관철시킨 것 중에서 괄목할 만 것은 A등급이었다. 나머지 등급에 대해서는 관심도 두지 않았다.

그것도 A등급을 받은 교수에게 똑같이 성과급을 지불할 것이 아니라 A등급 중에서도 차등을 둬서 1등, 2등, 3등으로 나눠 지불하는 내규를 만들었다. 예를 들면 A등급 중에서도 1등은 7백만, 2등은 5백만, 3등은 4백만, 나머지는 일괄해 2백만원을 지불하는 내규의 제정이었다.

엘모의 주장은 자신을 위한 주장이었다. 연구점수 획득이라면 타의 추종을 불허했으니까.

엘모는 자기주장이 너무나 강한 데다 돈에 유독 집착했기 때문에 인심을 잃어 보직다운 보직은 한번도 하지 못했으며 선거에 의한 학장은 아예 꿈도 꾸지 못해 욕만 하고 다녔다.

성과급을 지불하기 위해 12월 들어 1년 동안의 연구 성과를 제출받아 학과장이 학장실에 모여 제출된 자료를 대상으로 확인 작업에 들어갔다. 학술진흥재단 등재지 논문 20점, 기타 논문지에 실은 경우는 10점, 저서 30점, 학회에 발표한 논문 10점, 좌장으로 참석한 경우는 3점 등이다.

김준서는 학과장이기 때문에 평가에 참석해서 하나하나 확인했다. 확인 작업을 하다가 입이 그만 딱 벌어졌다.

엘모 교수의 자료를 보는 순간, 본인 스스로 평가한 점수가 678.3이라는데 놀라고 만 것이었다.

678.3점을 획득하려면 최소한 저서로 쳐서 1년 동안 22권을 출간하고도 논문 한 편을 더 발표해야 하는 분량이었다.

한 해 동안 이 정도의 저서를 출간하고 논문을 등재지에 싣거나 학회에 발표했다고 하면 세계적으로도 저명한 교수이며 최소한 대한민국에서는 명문대학인 서울대학교에서 특별 초빙하지 않은 것이 이상할 정도였다.

그랬으니 놀랄 경짜일 수밖에.

김준서는 어떻게 평가해서 그런 점수가 나왔는지 제출한 자료를 보다 철저하게 확인하고 또 확인했다.

엘모의 자기 평가는 공저에 있었다.

단독 저서는 3권, 심지어 12명의 집필자가 논문 한 편을 실어 책으로 냈는데도 공저라고 해서 15점의 점수를 계산한 점이었다. 전문적인 논문지에 실은 것이 아닌 잡지 나부랭이에 잡문 비슷한 것도 논문으로 취급해서 20점을 산정한 것이 대부분이었다. 뿐만이 아니었다.

같은 논문을 두고 학회에 발표해 10점, 이를 등재지 논문집에 실려 20점, 논문을 묶어 책으로 낸 것은 30점을 계산했으니 이중, 삼중, 사중의 중복 계산이 대부분이었다.

이런 정도는 그래도 양심적이라고 할 수 있다.

같은 논문을 여기 저기 실어서 각각 점수를 환산했으며 심지어 같은 내용을 제목만 바꿔 실은 것까지도 점수에 넣었으니 정말 대단한 사람, 짜서 맞추는 재주 하나는 알아줘야 했다.

대통령의 지명을 받은 총리나 장관, 대법관 후보 등 국회 청문회를 거쳐 임명되는 고위직이라면 모르되, 교수들은 들통 날 리가 전혀 없는 100% 안전 빵이었으니.

그렇다고 시비 걸 교수도 없었다.

학과 교수래야 여교수가 둘, 나머지 셋은 직접 가르치고 교수로 채용했으니 언감생심 문제를 제기할 수 있겠는가.

학과 교수의 구성도 다양하게, 타 대학 출신이 섞여야 경쟁도 되고 피차 감시도 되고 할 텐데 그런 위험 장치라곤 없었으니 얼마나 편한지, 제왕이 따로 없었다.

임 교수가 제왕이었다.

점수평가로 본다면, 임문재 교수는 분명히 사기꾼이었다. 사기꾼이라고 해도 고급 사기꾼, 678.3점이라는 놀라운 점수를 자기 스스로 평가했다는 것 자체부터가 사기꾼이 아니면 불가능했다. 그런 숨겨둔 재주가 있었으니 A등급 중에서도 1, 2, 3등으로 차등을 둬서 지불해야 한다고 주장했지.

김준서는 그렇게 하는 것도 재주가 없으면 할 수 없다고 이해하면서 그 재주가 아깝다는 생각마저 들었다. 그런 머리를 좀 더 좋은 면에 써 먹을 수도 있을 텐데도.

비양심적 계산하기는 했으나 성과급을 많이 타 잘 먹고 잘 살았으면 좋겠다는 생각마저 들었으니 못난 자의 쓴웃음인지. 군에 입대하고부터 부는 나팔이라면, '×으로 밤송이를 까라 해도 까는 것이 군대'이고 여군은 '×으로 침상의 못을 빼라 하면 뺐지 무슨 잔말이 많아'가 군대의 생리였다.

이를 반영하듯이 김준서는 이지설 총장의 임기 동안 '×나발 불어도 세월은 간다'를 입에 달고 생활했다.

≒ 바람과 함께 사라지다

어느 날 갑자기, 정말, 갑자기라고 해야 했다.

최재기 교수가 보이지 않았다. 허기진 학장 시절 그렇게도 학생과장이 되고 싶어 안달을 했었는데 갑자기 사라지다니, 그가 학생과장이 된 내막은 알 만한 사람은 다 알고 있었다.

천고마비의 계절인 10월 들어 등화가친, 독서의 계절이 무색할 정도로 행사가 빈번해 놀고먹고 보자는 판이 벌어졌다.

학생회 주최의 행사인데도 학생들이 행사에 자진해 참가하기보다는 행사를 핑계로 강의에 빠지기 일쑤였다.

그 동안 부족한 공부를 보충하기 위해 도서관을 찾거나 학원을 다니면서 영어회화를 배우는 것도 아니었다.

명문대학이야 학생 스스로 알아서 공부를 하기 마련이지만 DN대학생들은 그렇지 않았다.

아예 행사장에는 얼씬도 하지 않은 채 이를 핑계되고 사방으로 놀러 다니기에 정신이 없었다.

이럴 때일수록 기를 쓰고 밤샘 하며 공부를 하더라도 명문대 학생들을 따라잡을까 말까 한데, 대학에 발을 들여놓은 순간부터 공부와는 담을 쌓았는지 강의하러 강의실에 들어가면 강의실이 텅텅 비어 개점 휴업상태나 다름없었다.

지각 있는 교수들은 이를 걱정하는 반면, 일부 교수들은 강의하지 않은 것을 좋은 기회로 삼아 그 동안 미뤄둔 일을 보거나 덩달아 놀러 다니기에 여념이 없었다.

DN대학은 지방 군소 도시 소재의 국립대학이다.

말이 국립대학이지 정부 지원 차원에서 보면 대학이라는 말이 무색했다.

지방 군소 도시 소재의 국립대학은 전신이 사범학교에서 초등학교 교사 자질을 보다 향상시키기 위해 2년제 교육대학으로 승격시키면서 교직원도 자동적으로 승계되었다.

이어 초등학교 교사 자질 향상을 위해 4년제 교육대학으로 개편하면서 졸업생이 남아돌아 한 도에 하나의 교육대학만 둔다는 설치령에 따라 군소 도시 소재 2년제 교육대학은 폐쇄되거나 주민들의 항의, 또는 대통령 후보자의 공약에 따라 초급대학으로 개편되는 정책의 난맥상을 보였다. 그러다가 주민들의 집단 진정이나 대통령 후보자의 공약에 따라 4년제 대학으로 승격시켰다. 한꺼번에 개편해서 승격시킨 국립대학이 7개 대학에 이르니 교육부 공무원들만 승진의 숨통이 틔어 살판나게 했던 것이다.

결과적으로 대통령 후보자의 공약이 지방 국립대학을 양산해 대학의 양적 팽창만 가져온 셈이었고 양적 팽창에 비해 시설이나 교수의 질은 사범학교 수준을 벗어나지 못했다.

DN대학도 예외는 아니었다. 대통령 후보자의 공약에 의해 살아남은 대학, 그런 대학의 주인은 주민이나 교육부가 아니라 임명을 받아 대학을 경영하는 학장의 손에 달려 있었다.

따라서 학장의 능력, 인맥과 정치력에 따라 발전의 속도가 달렸으며 로비에 따라 발전이 좌우되곤 했다.

이를 입증이라도 하듯이 DN대학은 4년제 대학으로 승격된 지 5년이나 지났는데도 서른 서너 명의 교수 중에서 박사학위 소지자가 하나도 없었으니 해도 해도 너무했다.

또한 DN대학이 비록 초창기라고 하더라도 3대에 걸쳐 K

대 교수가 잇달아 학장으로 부임하는 바람에 K대 부속인지 병설인지 알 수조차 없었다.

더욱 한심한 것은 사범학교, 2년제 교육대학, 초급대학, 4년제 대학으로 개편되면서 교수 또한 도나 개나 자동적으로 승계되었기 때문에 그런 교수들의 수준으로는 학문이 제 자리에 설 수 없었으며 오직 주어진 시간을 때우고 월급이나 타면 그만이다는 타성이 저변에 깔려 있었다.

해서 DN대학은 이런 교수들이 정년하기 전에는 학문의 수준 향상을 기대하기는 만년하청이었던 것이다.

보직만 해도 그랬다. 종합대학교가 아닌 단과대학이기 때문에 보직이래야 교수가 맡을 수 있는 직책은 교무과장, 학생과장, 더 든다면 도서관장, 학생생활연구소 소장 정도가 법정 보직이다.

보직 수당은 사립대학에 비해 서너 배나 많았기 때문에 학문과는 거리가 멀거나 학문을 손에서 아예 놓고 돈만 밝히는 늙다리 교수는 본부 보직을 맡고 싶어 안달이 날 정도였으며 보직에 얽힌 에피소드가 곧잘 회자되곤 했다.

허기진 학장이 부임하면서 교수들에게 권위를 세우기 위해 사사건건 이래라 저래라 하고 간섭했다. 그러면서 교수들의 약점 캐기에 수단과 방법을 가리지 않았다.

허기진 학장은 전임 이규학 학장과는 K대학 동료 교수였으니 그를 통해 교수들의 신상에 대해 듣기도 했으나 뒤로 캔

정보가 더 많을 정도로 부임하기 전부터 정보를 수집했다.

그는 여행은 아는 만큼 보인다는 말처럼 교수들의 신상에 대해 속속들이 수집하는 끈질긴 면을 보였다.

그런 정보 중에서 학교를 운영하는데 껄끄러운 상대가 어느 교수이고 가장 강단이 세고 배포가 있는 교수가 누구인지가 주로 조사의 대상이었다.

이유는 눈 뜨고 아웅 했으니 누구나 알 수 있었다. 강단이 센 교수부터 찍 소리 못하게 잡아야지, 그렇게 하지 못한다면 다른 교수들마저 손아귀 안에 둘 수 없겠기 때문이다.

해서 개인 신상을 수집해서 대책을 세운 경계 1호는 바로 김상수 교수, 2호는 김상수 교수와는 형님 아우 하는 사이인 한국어문학과 이정타 교수가 클로즈업되었다.

허 학장은 부임하자마자 이정타 교수를 외톨이로 만들기 위한 사전 공작이 바로 이간질이었다. 그 대책이 김상수 교수에게 국립 단과대학에서는 조직에도 없는 교수부장 자리를 급조해서 부장에 임명하는 민첩성을 발휘했다.

임명장을 받은 순간, 김상수 교수는 입이 떡 하니 헤벌어진 반면, 이정타 교수는 불만이 팽배해서 서로 오가지도 않을 정도로 사이가 뜸해졌기 때문에 허 학장은 교수부장 자리를 마련해 준 것은 기대 이상의 성과를 거두었다고 회심의 미소까지 지었다.

또한 교무과장은 살살이로 소문난 한상덕 교수, 학생과장은 말이 없는 화학과 배병수 교수를 임명했다. 그리고 부과장제를 신설해서 최재기 교수를 임명했던 것이다.

국립대학의 법정 보직수당은 교육부에서 지급하지만 비법정 보직은 학생들이 낸 기성회비에서 지급했다. 비법정 보직이 많을수록 장학금 지급이며 시설 및 교육 기자재에 투입되는 기성회비가 줄어드는 것은 불을 보듯 뻔했다.

비법정인 부과장제가 신설되자 학생과장이 학생회 간부와 부딪치는 것이 아니라 부학생과장이 주로 상대했다.

그럴수록 최재기 부학생과장은 재주는 곰이 부리고 돈은 엉뚱한 사람이 챙긴다는 말처럼 자기가 곰의 신세라는 생각이 들었다. 게다가 군사독재정권시절이었으니 예산의 절대적인 편중 현상이 두드러졌던 시기로 어느 부서보다도 학생과 예산이 최우선적으로 편성되어 지출되었으며 지출 시에는 영수증을 첨부하지 않아도 감사에 지적을 받지 않았으므로 '인 마이 포켓'이 자유로웠다.

집중적인 예산 편성과 편의를 봐 준 이유는 군사독재정권에 대항하는 데모는 최대한 막으라는 취지에서였다.

그랬으니 학생과에 배당한 예산은 말할 것도 없고 학생지도를 위한 돈이라면 다른 부서에서 끌어다가 물 쓰듯 해도 감사에 걸릴 염려가 없었으며 눈 먼 돈이 가장 많은 부서였다.

그런데 법정 보직인 과장과 비법정인 부과장의 수당은 기성회비에서 지출했기 때문에 세 배 차이가 났다.

최 교수는 자리보다 돈에 눈독을 들였기 때문에 수당에 욕심이 생긴 것은 당연했다.

국립대학 보직의 병폐는 바로 수당에 있었다. 사립대학의 보직 수당보다도 서너 배 많은 탓으로 염불보다는 젯밥에 관심이 많아 보직을 서로 하려고 머리를 싸매고 달려들었다. E급 대학교의 총장이라도 장관급 대우, 단일대학의 학장은 차관급, 종합대학교의 대학원장, 부처 처장, 학장은 차관보격인 특3의 예우를 해줬으니 군침을 흘릴 수밖에.

호봉이 낮은 교수가 보직을 할 경우, 특 3의 대우를 받아 월급과 보직수당을 합쳐 배 이상의 급료를 받으며 6개월만 보직해도 그 직급으로 계속해 연금을 넣으면 특 3의 혜택을 받았다. 이런 실정이었으니 최재기 교수가 탐내지 않을 수 있겠는가.

최 교수는 생각을 거듭했다. 인품 좋고 점잖은 선배 교수가 여섯 달밖에 안된 자리를 자기에게 양보하고 물러날 리 없다. 그렇다면 어떤 수단을 강구해서라도 물러나게 해야 했다.

그가 생각해 낸 것이 기껏 축제 때 깡패를 동원해서 축제를 망치게 하는 길뿐이라는 생각에 미쳤다.

대학 본부는 시내에서 멀리 떨어져 있는 S동으로 옮겨갔으나 대부분의 조직은 시내에 남아 있어 축제 때는 교통이 불편한 S동보다는 시내에 있는 대운동장에서 행사를 치렀다.

축제 전야제는 시장 내의 온갖 깡패 나부랭이들이 모여들기 마련이고 크고 작은 집단의 깡패도 한 건 하려고 별렀다.

최 교수는 시장 바닥에서 자랐기 때문에 누구보다도 깡패들의 생리를 잘 알고 있는 데다 터놓고 지냈다.

개중에는 소명이라는 깡패 집단이 있었다. 두목은 주먹이 가장 센 전도환으로 한 몫 하는 친구였다.

그런 그에게 최 교수는 축제 전부터 부탁해 뒀었다.

드디어 축제를 알리는 축포가 터졌다. 허기진 학장이 개막 축사를 하려는데 갑자기 사방에서 웅성대기 시작했다. 질서의 책임을 진 배병수 학생과장은 연단에 앉아 저런, 저런 하면서 혀를 내두르기만 했지 속수무책이었다. 그는 이런 사태에 대비해 대책을 세우거나 경찰서에 사전 협조 공문조차 보내지 않아 경찰의 도움조차 받을 수 없어 매우 난감한 처지가 되었다. 게다가 장내가 너무 소란스럽고 시비까지 벌어져 학장의 축사는 물 건너갔다.

허기진 학장은 갖은 인상을 찌푸리며 학생과장을 노려보았다. 노려본다고 해서 학생과장이 뾰족한 수를 내는 것도 아닌데. 학생과장은 속이 탔는지 모르나 겉으로 보기에는 멀쩡했다. 그러자 허 학장은 더 더욱 화가 났다.

그럴 즈음, 때는 바로 이때다 하고 부학생과장인 최재기 교수가 자신만만한 걸음걸이로 학장에게 성큼 다가갔다.

"학장님, 제가 사태를 수습해 보겠습니다."

"부학생과장이 다르긴 다르오. 어서 수습하시오."

"네, 학장님. 조금만 기다리십시오."

최 교수는 단상을 내려갔다.

내려가자마자 학장이 자기를 지켜보리라 확신하면서 멱살을 잡고, 치고받는 난장판 속으로 들어가 깡패들에게 등을 툭툭 치면서 작은 소리로 속삭였다.

"나야, 나. 나라고. 이제 그만 해도 돼."

"이 새끼, 나가 누구라니? 뒈질려고 환장을 했어?"

"나야, 나라니까. 최재기라고."

그제야 똘마니들은 최재기 교수를 알아본 모양이었다.

"난 또 누군가 했지요. 형님인 줄도 모르고…"

"그래. 바로 니네들 형님이시다. 형님의 체면을 봐서라도 소란을 중지했으면 좋겠어. 지금 당장 말이야."

최재기는 준비한 봉투를 똘마니들의 뒷주머니에 찔러주는 것을 잊지 않았다. 하나 둘 셋…

십수 명에게 봉투를 찔러주자 소란이 멎었다. 약은 현찰, 현찰이라는 약발은 이내 효력을 발휘했다.

그제야 학장은 축사를 할 수 있게 되었다.

김준서는 우연히도 현장지도를 위해 소란의 와중에 있다가 최 교수가 깡패들에게 봉투를 찔러주는 것을 목격했다.

김준서는 이를 보고 같은 교수로서 심히 못마땅하게 여긴데다 어떤 대답이 나오나 해서 슬쩍 물어 보았다.

"부과장님, 무슨 봉투를 찔러줍니까?"

"김 교수는 공부만 해서 잘 모를 거요. 축제 때면 깡패들이 소란을 피우기 마련이오. 소란을 막으려면 술값 정도는 줘야지. 이해하시오."

"그래도 그렇지요. 그러다 되레 약점 잡히는 거 아닙니까?"

"약점이라니? 모르는 소리, 하지도 마시오."

김준서는 최 부학생과장의 당당한 태도를 못마땅하게 여기긴 했으나 그의 음흉한 의중은 알 수 없었다. 학생과에서는 그런 궂은일도 해야 하는가 보다 생각했을 뿐.

축제가 끝나고 며칠이 지났다.

학생과장이 경질되었다. 배병수 교수가 물러나고 최재기 교수가 학생과장으로 발령을 받았다.

비로소 김준서는 알 수 있었다.

최 교수가 깡패들에게 돈을 찔러주며 그렇게도 당당해 하던 태도가 무엇을 의미했는지를.

김준서는 부모가 이름을 지어준 것에 대해 불만이 많았다. 성은 조상 대대로 물려 받은 것이라고 치더라도 이름까지 주긴 뭘 그렇게 많이 줬다고 준서로 지었는지, 센스도 없고 비빌 줄도 모르는 곧이 곧 대로의 성격은 세상을 사는 데 피곤만 더했다. 적당히 숨기기도 하고 비빌 줄도 알아야 하는데 옳고 그른 것은 분명하고, 하면 한다는 성격이 얼굴에 그대로 나타나는 표정관리로는 사회생활에서 환영받을 수 없는데도 말이다. 그러니 바보일 수밖에.

크렘린이란 말이 왜 생겼겠어. 크렘린처럼 입을 굳게 잠그고 겉으로는 일체 내색하지 않은 표정관리를 했어야 했는데도 그렇지 못한 것은 피곤 자체였다.

처세술이 능한 최재기 교수도 학생과장 2년의 임기를 채우지 못하고 여섯 달 만에 떨려난다. 허기진 학장의 비리가 드러나 물러가자 사직서를 제출했기 때문이다.

최 교수는 학과 신임 교수 채용 문제로 학과 교수들과 마찰을 빚기도 했다. 면대는 희멀끔하게 잘 생겼으나 처신에 문제가 있는 탓인지 나이 대접이나 원로 대접을 받기는커녕 돌리기만 하더니 가짜 명예박사 학위문제가 비화되어 울며 겨자 먹기로 쥐도 새도 모르게 명퇴를 했다.

그 흔해빠진 박사, 젊은 교수들도 모두 학위를 소지했는데 학위가 없으니 학장을 하려고 해도, 대학원장을 하려고 해도, 총장선거에 나서려고 해도 학위가 없어 명함 하나 들이밀지 못하는 족쇄에 지나지 않은 거지같은 학위.

급기야 명예박사라도 얻어 볼까 했으나 그것마저도 여의치 않아 생각한 것이 외국에서 가짜 박사를 사서라도 행세하고 싶었는지도 모른다.

그랬는데 교육부가 들어서 외국 학위 소지자에 한해 해당 대학에 조회를 하는 바람에 들통이 나 대학을 떠났다.

국립대학교 총장 자리가 좋긴 정말 좋은 모양이다. 김준서는 그 자리에 앉아 보지 못해서 알 수 없었으나 한번 해 본 사람은 또 하고 싶어 하는 것으로 보아 짐작이 갔다.

남치곤 교수도 총장이 되더니 재선을 꿈꾸었다. 교수들이 자기를 어떻게 여기는지도 모르고 재선을 꿈꾸었으니 사람의 속은 알고도 모를 요지경으로 가득한 모양이었다.

≒ 보직을 할 수 있다면 독약도 마신다

남치곤 교수는 총장이 된 뒤로 되는 일도 없고 되지 않는 일도 없으며 물에 물 탄 것 같고 기름에 기름을 부은 것과 같이 우유부단하기 짝이 없는, 저런 인간이 총장이냐고 교수들로부터 온갖 비난이 쏟아졌다.

그런데도 당사자만 모르고, 건물 하나 달랑 지어놓고 총장으로서 그만큼 업적을 남겼으면 됐지, 얼마나 더 많은 업적을 남겨, 하는 식으로 자화자찬하면서 재선을 꿈꾸고 있었으니 세상은 요지경이랄 수밖에.

보직자인 교무처장, 학생처장, 기획연구처장을 앞세워 여론을 떠 보다가 그만 포기하고 만 것은 그나마 다행이었다.

해서 본부 보직자는 대학을 위해서 일하는 것이 아니라 총장 재선의 총대를 멘 사람들이라고 낙인이 찍혔다.

이런 관행은 뒤에 총장이 되어 재선을 노리는 총장들도 본부 보직자를 그렇게 이용하게 된다.

그런데 보직자는 천년 만년 보직을 해 먹으려는지 이에 반대를 하거나 사표를 내고 나오는 교수는 없었다.

누구 할 것 없이 떨려나기 전까지는.

정말 미안하고 안된 소리지만 쓸개를 완전히 빼 버린 인간이 아니면 본부 보직을 한다는 것은 꿈도 꾸지 말아야 했다.

남 총장은 순진한 면이 있어 이내 재선을 포기했으나 이지설 총장은 그렇지 않았다.

악랄할 정도로 끈질기게 공작을 꾸몄다. 갈수록 태산이라더니 이 총장보다도 앞으로 총장이 되는 하이개가 더더욱 더럽고 추잡한 인간의 탈을 쓰게 되나 보다.

이지설만 해도 그랬다. 군소 도시 지방 국립대학교 총장이 얼마나 편한 자리인지 그리고 안전 빵인지, 건설교통부장관 여섯 달 만에 그 좋은 노란 자리를 재수 옴 붙었던지 성수대교가 무너지는 바람에 모가지가 떨려났다.

그런데도 그는 운이 뒤따랐던지 동서인 김호인의 천거로 노태우 대통령의 경제수석이 되는 행운을 꿰어 찼다.

그 자리는 떡고물이 줄줄 떨어지는 자리. 아니, 꿀이 흐르는 자리라고 할 수 있다. 왜냐하면 노태우 대통령이 비자금 7, 8천억을 끌어 모을 때, 수석자리를 거쳐 갔기 때문에 그냥 지나칠 수 없는 없는 자리였다.

그런 요직을 거친 이지설마저 국립대학교 총장을 해 보더니 날나리가 날 대로 나, 이보다 편하고 좋은 자리는 없다고 생각한 모양이었다. 게다가 군소 도시 사람들은 장관을 한 사람, 청와대 경제수석까지 했다는 경력에 깜빡 죽으니, 이보다 존경받는 자리는 없다고 재선의 욕심을 냈다.

비록 도시락부대 교수 이외는 자기를 싫어해서 직선으로 재선되는 것은 물 건너갔다고 해도 직선이 아닌 간선으로 한다면 못할 리 없다고 생각했다.

교육부에서 각 대학으로 내려 보낸 총장선출규정을 보면, '교수들의 직선으로 총장을 선출할 수도 있고 간선으로 평의원을 구성해서 선출할 수도 있다'는 조항이 있다.

이지설은 공무원 생활을 밑바닥에서부터 비비고 올라서서 출세했기 때문에 누구보다도 이런 규정에 밝은 사람이었다.

해서 그가 이런 규정을 놓칠 리 없었다.

이지설은 간선을 위한 평위원회 구성부터 서둘렀다. 아니꼽긴 했으나 어쩔 수 없이 교수들의 비위를 맞추는 척하면서 위선부터 떨었다. 평의원 구성은 교수 12명, 시민 중에서 8명을 선출해 구성했다. 겉으로 보면 다수결에 의해 결정하기 때문에 12대 8이라면 교수들의 의사에 달렸다고 할 수 있다.

그러나 여기에 숨겨진 함정이 있었다.

이명박 정부의 미디어산업법 하나만 보아도 알 수 있지 않는가. 절대 다수인 한나라당이 미디어산업법 하나 처리하지 못해 해를 넘긴 데다 끝까지 소수당인 민주당에 질질 끌려

다니다가 국민들에게 무능하다는 소리며 욕이란 욕은 다 얻어먹은 다음, 임시 국회 막판에 와서야 국회의장 직권으로 상정해서 날치기로 통과시키기는 했다.

그런데 그것도 매끄럽게 처리하지 못해 헌재에까지 재소되는 무능의 극치를 그대로 드러내지 않았는가.

하물며 통과된 법마저 처음 의도와는 전혀 다르게 이리 찢기고 저리 뜯겨 누더기가 된 것을 두고 통과시켰다고 자화자찬하고 있는 친이 진영의 국회 운영 미숙은 이명박 정부를 그대로 쏙 빼닮은 것이 아닌가 싶다. 한나라당이 절대 다수를 차지하고도 소수당인 민주당에게 놀아나고 있듯이 그보다 형편없는 교수 집단이 막가파인 외부인사 8명을 당할 수 있다는 자체부터가 어불성설이었다.

이런 점을 누구보다도 이지설이 잘 알고 있었다.

시민들의 평의원 면면을 보면 더욱 가관이었다. 이는 지방 군소도시에서만 있을 수 있는 삼류 코미디랄까.

DN대학과는 전혀 관련이 없는 사람들 일색이었다. 정부를 등쳐 병원을 세운 A병원 이사장 가보여, 지방지 사장, 놀고 있는 30대 동창회 부회장과 간사, 자칭 민권운동가, 향토사학자, 주유소 사장, A지방 방송사 사장 등이었다.

그런 인물이 아니라면 전혀 관련이 없는데다 뭐 얻어 빨겠다고 DN대학 평의원을 하려고 하겠는가.

학교 측에서는 교수운영위원장과 부위원장, 평의원을 합쳐

12명으로 구성해서 총 20명으로 조직해 첫 회의를 열었다.

교수운영위원회에서는 안이하게 회의에 대처했다. 교수들은 숫자가 많으니까 당연히 다수결로 정하게 되면 교수 쪽이 유리할 것이라는 상식선에서 대비조차 하지 않았으니.

그랬는데 뚜껑을 열어 본 결과는 깡패집단의 행패보다 더 하면 더했지 조금도 못하지 않는 사람들이었던 것이다.

먼저 외부인사 대표인 가보여가 말했다.

"우린 애초부터 다수결이 아닌 완전 합의로만 총장선출 규정을 작성하기로 의견을 모았습니다. 다수결로 정한다면 우리가 숫자가 적은데 왜 위원이 되었겠습니까? 그러니 다수결로 결정하겠다는 생각은 아예 꿈도 꾸지 마시오."

이는 처음부터 깽판을 치고 보겠다는 깡짜 그것이었다.

해서 합동회의는 처음부터 암초에 부딪쳤다.

완전 합의는 교수들이 교수이기를 포기하고 외부인사의 의견을 들어주지 않는 한 불가능했다.

외부인사들이 학교를 말아 먹으려는 데도 영입파인 도시락 부대는 오히려 그들을 옹호했으니 제삼자가 보아도 정말 웃기는 사람들이라고 욕하고 비웃어도 변명의 여지가 없었다.

회의는 한번으로 끝나고 말았다. 더 이상 해 봐야 총장선출규정이 도출될 리가 없기 때문이었다.

그런데 무슨 협박이나 아니면 달콤한 제안을 받았는지 모르겠으나 운영위원장인 무역과 윤영우 교수가 운영위원회에 위원장 사퇴서를 제출하는 바람에 교수운영위원회에서는 또 난관에 부딪쳤고 어떻게 처리할지 막연했다.

어떻게 해서 출범시킨 교수운영위원회인가. 교수운영위원장이라는 것은 보직이 아니라 교수들의 임의단체였다.

그랬으니 수당이 일체 나오지 않았다. 오직 희생과 봉사정신만으로 골치 아픈 교수운영위원회를 이끌어 가야 했다.

그러니 누가 맡으려고 하겠는가. 총장 반대편의 교수들, 아니 차기 총장의 꿈을 꾸고 있는, 궂은일은 하기 싫고 앉아서 떡이나 먹으려고 하는 교수만이 안달할 수밖에 없었다.

특히 하이개 교수가 그랬다.

그는 이 총장이 자충수를 둘수록 다음 총장은 따 놓은 당상이나 마찬가지라고 여기고 있었는데 교수운영위원회를 출범시키지 못하면 선거를 주관하는 부서가 없어지니까 총장선거는 물 건너 간 것이나 다름없었다.

이유는 교수운영위원회에서 선거관리위원회를 구성해야 비로소 총장선거를 치를 수 있기 때문이다.

하이개의 능력을 발휘하는 시험단계가 운영위원장을 할 교수를 찾아내는 데 있었으나 100여 명의 교수와 접촉해서 설득했으나 끝내 찾지 못하고 뒤늦게 윤영우 교수를 설득했다.

윤 교수는 학장선거에 나섰다가 32명의 교수 중에서 세 표를 획득했다면 그 사람됨을 알 만했으며 모두가 교수운영위원장을 하지 않으려고 하니 그런 교수라도 어쩔 수 없었다.

교수운영위원장 감은 찾았으나 또 난간에 봉착했다. 그것은 부위원장 후보의 물색이었다. 위원장도 서로 하지 않으려고 하는데 부위원장은 더 말할 필요가 없어서였다.

김준서는 하이개 교수의 근본부터가 전형적인 협잡꾼, 꾼, 꾼, 상사기꾼이라는 것을 알아채고 인연을 끊었어야 했는데 그렇게 하지 못한 것이 두고두고 후회가 되었다.

김준서는 하 교수를 총장으로 미는 처지였으니 눈 딱 감고 나이 어린 윤 교수 밑으로 들어가 부위원장을 맡겠다고 해서 겨우 교수운영위원회를 출범시켰는데 윤영우 교수가 위원장을 사퇴했으니 모든 것을 뒤집어 쓸 수밖에 없었다.

교수운영위원회는 윤 교수의 위원장 사퇴는 일단 보유하고 부위원장 체제로 운영하기로 했다.

김준서는 본의 아니게도 운영위원회를 떠맡게 되었다.

이때, 위원장 대행을 거절하고 물러났다면 교수운영위원회는 표류했을 뿐만 아니라 총장선거는 물 건너갔을 것이다.

그리고 이 총장의 의도대로 교수들을 일체 배제한 채 간선에 의해 총장으로 재선되었을지도 모를 일이다.

그런데도 운영위원회에서 교수회의를 소집하면 교수들이란 얼마나 이기주의 집단인지 회의를 방해하는 도시락부대 교수들과 총장 지지 교수들이 알게 모르게 서로 전화를 걸어 방해했으며 나머지 교수들은 무관심과 방관으로 강 건너 불 구경하듯 해서 성원이 되지 않아 회의를 개최할 수도 없었다.

교수들의 협조가 절대적인데도 이렇게 무관심하니 김준서는 어떻게 해 볼 대책이 서지 않았다.

이처럼 지리멸렬, 어려움에 봉착하면 봉착할수록 이를 얼씨구나 하고 반기는 쪽은 바로 이 총장 측이었다.

≒ 나, 인문대 학장이오

세상사 일이란 참으로 알다 가도 모를 일이라고 했다. 이는 김태하 교수를 두고 하는 말이었다.

한문교육학과 김태하 교수가 그런 짓을 하다니.

그것은 평소에 그런 지병을 가졌거나 지병이라고 해도 중증이 아니라면 정상적인 사람으로서는 할 수 없는 행태였다.

김준서는 김태하 교수를 어느 정도는 안다고 할 수 있다. 김 교수에게 하이개를 총장 후보로 밀었을 때부터 한 표 달라고 부탁했고 그런 일로 지지를 이끌어냈으니 말이다.

김 교수는 연구실에 붙어 있지도 않았다.

강의만 끝나면 사라지기 때문에 그를 만나기란 쉽지 않았다. 그리고 건강도 좋지 않은 듯했다. 얼굴은 간염이라도 걸린 듯 거무죽죽했다. 그런 얼굴 탓인지 남과의 접촉도 피했다. 그랬던 김 교수가 김준서 연구실에 자주 들리곤 했다.

"김 선생님. 우리 동해안으로 회나 먹으러 갑시다."

"회는 무슨 회? 기회가 되면 간단하게 식사나 합시다."

"한번 갑시다. 김 선생님을 모시고 가고 싶습니다."

김준서는 무슨 꿍꿍이수작으로 매달리는지 알 수 없었다.

"그야 어렵겠소. 언제 그렇게 합시다."

김준서는 거절은 했으나 그 뒤로도 산나물을 뜯으러 가면 따라붙기도 하고, 뒷산 등산을 가면 따라오기도 해서 뭔가 아쉬운 부탁이 있다는 것만은 짐작이 갔다.

하루는 김준서가 김태하 교수에게 대놓고 물었다.

"김 교수, 부탁이 있으면 솔직히 말하세요."

"그럼 말씀을 드려도 되겠습니까?"

"하세요. 못할 말이 우리 사이에 뭐 있답디까."

"그렇다면 말씀드리겠습니다. 김 선생님께서 이번 학장선거에 나서지 않는다면 제가 나가고 싶습니다."

"아, 그래요, 전 저번 학장선거에 나갔다가 한번에 업어치기를 당해 두 손 번쩍 들었습니다. 총장선거라면 몰라도…"

"총장선거에 나가면 제가 돕겠습니다."

김준서가 알기로는, 김 교수는 친하게 지내는 학내 교수가 없었기 때문에 그런 말은 조금도 달갑지 않았다.

"당신에게 무슨 표가 있다고 그런 장담을 하시오?"

"저 이래 뵈도 한두 표는 있습니다."

"좋아요. 알았습니다. 김 교수가 나선다면 하이개가 총장에 나섰을 때 내가 부탁한 것도 있고 하니, 내 표는 주겠습니다."

"고맙습니다, 김 선생님. 앞으로 잘 모시겠습니다."

김 교수는 더 더욱 적극적으로 매달렸다.

이세균 교수가 김준서 보고, "학장선거에 나서. 당신은 가만히 있으면 우리가 조종해서 당선시켜 줄게." 했다.

김준서는 이를 한 마디로 거절했다.

그랬던 것이 학장선거 막바지에 김태하 교수에게 학장선거에 나서지 말 것을 은근히 종용했으나 학장도 무슨 벼슬이라고 김 교수는 '이제 와서 뺄 수도, 박을 수도 없다'며 학장선거에 나서겠다는 뜻을 끝내 굽히지 않았다.

그러니 김준서는 더 이상 어떻게 할 방도가 없었다.

도시락 부대는 학장을 하고 싶어도 선거에 나서봐야 패거리 수가 적어 들러리만 설 뿐 당선될 가망이 없어 포기하고 있었기 때문에 김태하 교수가 압도적으로 당선되었다.

그랬는데도 김태하 교수가 학장이 된 것은 김준서가 밀어줘서 당선이 되었다는 비난을 감수해야만 했다.

김태하 교수가 학장이 됐으면 학장 노릇이라도 제대로 했으면 좋으련만 그렇지가 못했다.

교무회의에서 지나치게 총장 편을 드는 바람에 이상한 사람으로 낙인이 찍힌 것은 그렇다 치고, 이번 사태에 있어서만은 정말, 정말 '아니올시다' 였다.

어느 날 갑자기 김 교수가 저녁 뉴스에 나왔다고 한다. 그것도 좋은 뉴스가 아니라 입에 담기조차 낯 뜨거운 뉴스.

김준서는 그런 사태까지 발전한 것은 김 교수의 오랜 지병 때문인지도 모른다는 생각을 했다.

그런데도 그런 중증을 조금도 이해하지 못하고 결과만 보고 헐뜯고 비난부터 하는 세태야말로 대학 사회가 막 가는 세상 같은 생각이 들기도 했다.

김태하에게는 몰래 숨어 남의 행동을 촬영하는 병적인 취미가 있었다. 그것이 점점 중증으로 발전하자 되돌릴 수 없게 되었다. 그리고 몰래 숨어 비디오를 촬영하는 취미는 여자 화장실에 숨어들어가 찍는 지경에까지 이르렀다.

그 날도 그랬다. 완전히 양아치 차림, 검은 옷을 입고 머리는 검은 모자를 푹 눌러 쓰고 비디오카메라를 숨겨 F의료원으로 갔다. 가서는 여자 화장실로 숨어 들어가 여성이 소변을 보거나 큰 것을 보는 기회를 틈타 촬영했다.

한두 여성이 일을 보는 것을 찍고 나왔으면 일이 생기지 않았겠으나 계속해 촬영을 했다. 그러다가 한 여성이 "악!" 소리치며 화장실을 뛰쳐나가는 바람에 사단이 되었다.

그랬으면 민첩하게 도망을 치거나 피했으면 탈이 없었을 텐데 머뭇머뭇 거리다가 경비원이 달려오자 다급한 마음에 도망친다는 것이 출입구 유리창까지 깨고 말았다.

김 교수가 유리창을 깼으면 변상하겠다고 순순히 응했으면 그 지경까지는 가지 않았을 것이다.

옥신각신하다가 대판 싸움이 벌어졌다.

2층에서 이를 지켜보던 환자 보호자가 내려와 증인으로 서고 화장실에서 놀라 뛰쳐나갔던 여성까지 합세했다.

김 교수는 무슨 생각으로 그런 말을 했는지 알 수 없었다.

"나, DN대학 인문대 학장이오."

뚱하게도 신분을 밝히는 촌극을 연출했다.

그러자 대학 교수라는 사람이 추하게 여자 화장실에 숨어들어 여성이 용변 보는 것을 비디오로 찍었느냐고, 당장 경찰서로 끌고 가서 구속시켜야 한다고 이구동성으로 말했다.

사태는 순식간에 퍼져 주워 담기에는 이미 틀려 버렸다.

방송에서 떠들고 신문에서도 기사화했다.

김 교수는 어쩔 수 없이 사직서를 제출하지 않을 수 없었다. 사직서를 제출하고 뒤도 돌아보지 아니하고 사라져 그 뒤의 소식은 김준서도 알 수 없었다.

새로 학장을 선출하는 자리에서 도시락부대가 그런 사람을 학장으로 선출해 인문대를 먹칠했느냐고 비난했으며, 김준서는 김태하를 밀어 학장으로 만들었다고 덤으로 욕을 얻어먹었다. 도시락부대에서 학장이나 할까 해 비도시락부대 교수들을 비난하고 책임을 추궁했으나 이번 학장도 저들의 뜻대로 되지 않았다.

김준서가 도와준 서잠금 교수가 학장이 되었다.

≒ 연구는 하지 않고

임명 총장과 직선 총장의 차이점은 무엇일까? 단적으로 말해 교수들이 임명 총장에게는 벌벌 기고 직선 총장에게는 동료 교수가 총장이 된 데다 그의 장단점을 너무나 잘 알기 때문에 무시하거나 업신여긴다는 그것이다.

물론 반대파나 지지하지 않은 교수의 입장에서 보면 그 강도의 차이는 있을 수 있겠으나.

DN대학이 종합대학으로 승격되면서 운 좋게도 남치곤 교수가 초대 총장으로 당선되어 총장의 집무를 수행했다.

남치곤 교수는 복 받은 사람이었다. 4년 전 학장선거에 출마했다가 떨어진 것이 전화위복을 가져다준 셈이다.

남 총장은 사람 하나는 좋았다. 화를 내는 사람을 보고도 싱글싱글 웃으면서 대한 탓이었다. 그런가 하면, 누구에게나 사람 좋다는 말을 듣는다는 것은 줏대가 없다거나 소신이 부족한 사람으로 비칠 수도 있었다.

남치곤 총장이 그랬다. 10년, 20년 한솥밥을 먹은 교수들은 그를 너무나 잘 알고 있었다.

너무나 잘 안다는 것은 좋은 점도 있으나 그보다는 나쁜 점이 많다는 것이 상례일 것이다. 게다가 남 총장을 지지하지 않은 교수의 입장에서 보면 더욱 그러했다.

그런데 선거는 상대적일 수 있다. 도토리 키 재기, 그만그만한 인물에서 보다 나은 사람을 총장으로 선택한다는 것은 기권을 하지 않는 한 선택의 여지가 없기 때문이다.

바로 남치곤 교수가 그렇게 선택된 총장이다. 대학 경영능력이 있어서가 아니라 상대방은 독일 병정 같은 성격의 소유자, 그가 당선된다면 무슨 일이 일어날지 모르기 때문에 찍어줄 수는 없었고, 그렇다고 남 교수를 찍기에는 어딘가 함량미달이고, 에라 모르겠다며 찍어 줘 총장이 되었던 것이다.

그것은 이명박 후보를 좋아서 찍었다기보다는 정동영은 찍을 수 없고 그렇다고 기권했다가는 노무현이라는 생각지도 않은 사람이 대통령이 되었듯이 그런 비극이 또 초래될까 봐, 울며 겨자 먹기로 이명박 후보를 찍은 사람의 입장을 생각해 보면 이해가 가고도 남을 것이다.

그런데 이 대통령이 잘나서 대통령이 된 줄 알고 우쭐대다가 촛불 시위로 곤욕을 치렀듯이 남 총장도 그런 경우를 당했다. 4년 뒤, 동료 교수가 총장이 되어 봐야 대학 발전은 고사하고 갈등만 야기케 했다고 해서 차기 총장은 외부 인사를 영입하자는 분위기가 돌더니 남 총장을 반대했던 파에서 행동으로 나섰다.

이런 면만 보아도 교수들이 얼마나 이기주의자인지 알 수 있다. 스스로 힘을 합쳐 노력해도 대학의 발전을 가져올 수 있을까 말까 한데 남의 도움으로 대학의 발전을 도모하겠다니.

이는 손 안대고 코 풀려고 하거나 화장실에 가서 큰 것을 보고는 손 안대고 뒤처리를 하려는 것과도 같다.

대학 당국이 적극적으로 지원해 주고 교수들도 노력해서 좋은 논문을 발표하거나 명저를 내어 세계적인 교수가 되어야 대학이 발전되는 것이지 총장이 발전기금 몇 십억 구걸해 온다고 해서 하루아침에 발전되는 것은 아닐 터인데도.

남 총장의 반대파는 속칭 '도시락부대' 였다. 인문대 교수 몇 명이 뜻이 맞아 도시락을 싸 와서 함께 먹는 데서 유래했다. 그들은 DN대학교에서 운동권이었다. 운동권이라고 하지만 겉만 운동권이지 알고 보면 이권 따라 움직였다.

도시락부대의 핵심 멤버는 국사교육과 임소건을 비롯해서 이웅소, 동양철학과 호이거와 이해영 교수가 주축이 되었고 이들에 동조하는 인류학과 임문재 교수와 그의 세 제자 등이다. 뒤에서 책사의 전형인 임소건이 조종하고 이웅소와 호이거가 행동대원으로 전면에 나섰다. 그들은 단결도 하지만 때로는 적으로 돌아서서 저희들 끼리 다투기도 했다. 다툼의 원인은 연구비 분배나 프로젝트 탓이었다.

애초부터 김준서는 그들과 적으로 돌아선 것은 아니었다.

적이 된 결정적인 원인은 총장선거나 학장선거, 그런 일이 아니라면 서로 부딪칠 일이 없었기 때문이다.

김준서는 외부인사 영입을 달갑지 않아 했다. 어느 교수가 총장을 하든 상관 밖, 교수가 총장을 한다는 것만도 자부심이 생기는데 교수로서 최대의 영광스런 자리인 총장을 외부인사에게 맡기려고 하는지 이해할 수 없어서였다.

못나도 교수요, 잘나도 교수기 때문에 교수끼리 돕게 되면 돕고, 싸우게 되면 싸워 가면서 대학의 발전을 도모해야지, 외부 인사를 데려와야 대학이 발전된다는 사고방식은 교수되기를 포기한 것이나 다름없었다. 게다가 그런 교수들은 소신이나 긍지가 손톱 밑의 때만큼도 없는 사람들이었다.

2대 총장선거를 앞두고 교수들의 알력은 알게 모르게 팽배해지고 있었다. 외부 영입파인 도시락부대의 극성은 타의 추종을 불허했다. 그들에게 동조하면 집중포화를 면할 수 있으나 반대하면 그날로부터 적으로 돌아서기 마련이었다.

같은 캠퍼스, 같은 인문대학 안에서 아침저녁으로 대하면서도 인사조차 하지 않아 김준서로서도 어쩔 수 없이 도시락부대와는 벽돌을 하나씩 쌓을 수밖에 없었다.

김준서는 모르고 있었으나 도시락부대는 외부인사를 영입하기 위해 비밀리에 여러 차례 모임을 가졌으며 그들 중에서 핵심 멤버 서너 명은 서울까지 올라가 영입인사를 만나 무릎을 꿇고 충성을 다할 것을 맹세했다는 소문이 학내에 공공연히 나돌았다.

김준서는 외부인사를 영입하기 위해 서울까지 간 교수 중에는 최정이도 있었다는 것을 알고는 실소하지 하지 않을 수 없었다. 똥 묻은 개가 겨 묻은 개를 나무란다는 격으로 최 교수까지 끼었다는 것은 속이 훤히 들여다보였기 때문이다.

김준서는 허기진 학장 때 전공을 속여서 들어왔고 들어와서는 자기 전공을 살리겠다고 해서 그와는 많이도 싸웠다.

김준서는 나이가 서넛 많은 최 교수에게 윽박질렀다.

"당신, 내가 있는 동안 전공 강의할 생각은 아예 마시오. 내가 하늘이 두 쪽 나더라도 전공과목은 주지 않을 테니까. 문장론이나 대학국어만 강의할 생각이나 하시오. 알았소!"

허기진 학장이 쫓겨 간 뒤라서인지 모르겠으나 나약해 보이는 최 교수는 이런 소리를 듣고도 꿀 먹은 벙어리였다.

최 교수는 김준서에게 되게 당한 적도 있었다.

학과 단합대회에 갔다가 술이 한 잔 된 김준서가 다분히 의도적인 행동, 두 손으로 허리를 움켜쥐고 오른 배지기로 마루 바닥에다 냅다 업어 치는 바람에 정신을 차리지 못한 뒤로는 김준서와의 충돌을 되도록이면 피했던 것이다.

"알겠습니다. 그러지요."

그렇게 했는데도 김준서는 마음이 약하고 착한 탓으로 2년도 되기 전에 최 교수에게 전공과목을 개설해 줬다.

최 교수가 서울에 갔다면 어떻게 해서든 보직 하나 차지하겠다는 속셈, 도시락부대와의 밀약이 있었던 것이 분명했다.

본부 보직은 몰라도 학장은 만들어 주겠다는 묵계. 그렇지 않고는 그 풍신에 어느 총장이 보직을 줄 것이며 학장선거에 나선다고 한들 학장이 될 수도 없을 것이었다.

김준서는 도서관장을 하고 있었는데도 남치곤 총장이 재선을 하겠다고 도와달라고 하는 것을 극구 반대하면서까지 하이개 교수를 알게 모르게 총장 후보로 밀고 있었다.

이를 알고 주위 교수들이 비난했다.

특히 동양철학과 안소병 교수는 대놓고 비난했다.

"김 교수님은 도서관장을 하시더니 판공비에 재미를 톡톡히 들인 모양입니다. 총장선거에 뛰어든 것을 보니."

"내가 총장선거에서 남 총장을 도와줘서 보직을 한 것으로 오해하고 있는데 천만의 말씀, 남 교수 선거운동을 한 적이 없습니다. 보직 때문에 총장선거에 뛰어들었다고 오해한다면, 오해를 풀기 위해 학장선거에 나가겠습니다."

"선생님이 학장선거에 나선다면 선생님 같은 분이 학장이 되어야 하니까, 저도 적극적으로 도와 드리겠습니다."

"안 교수님, 그렇게 말씀하시니, 말만 들어도 고맙습니다."

그러나 안소병 교수는 김준서가 학장선거에 뛰어들자 여섯 가지 사례를 들어 반대했으며 찍어 주지도 않았다.

시간이 지나니 자연스럽게 외부 인사의 실체가 드러났다. 이지설. 이지설이라면 알 만한 사람은 다 알고 있었다. 노태우 대통령 시절, 대통령 특보 김호인과의 동서인 관계로 그의 천거를 받아 건설부 장관이 된 사람이라는 것을.

그런데 성수대교 붕괴로 여섯 달 만에 목이 떨어지고 노태우 말년에는 청와대 경제수석으로 있으면서 노태우의 7천여

억의 비자금을 끌어 모으는데 일조를 한 인물이었다.

그리고 7천여 억원이 경제수석의 손을 거쳐서 대통령에게 건네지는 과정에서 떨어진 고물만 대나무비로 쓸어 담아도 수백억은 챙겼으리라고 추측되는 인물, 이지설은 전형적인 관료로 출세를 위해서는 수단과 방법을 가리지 않는 인간이다. 그의 비결은 윗사람에게 잘 보이기 위해 비비기를 주특기로 삼았다. 어려서는 너무나 가난해 끼니를 잇기 어려웠으며 어렵게 공부를 해서 행정고시에 합격했기 때문에 남의 사정은 조금치도 헤아릴 줄 모른다고 할 수 있다. 지금은 김영삼 정부, 갓 끈 떨어지고 뭐 떨어진 퇴물을 영입하자니, 그리고 DN대학과는 연고가 전혀 없는 인물이 총장이 되었을 때, 대학의 발전을 위해 얼마나 노력할 것인가는 고려하지 않은 채 사람을 찾다보니 마땅한 인물을 구하지 못해 울며 겨자 먹듯이 대타로 옹립한 인물이었다. 기껏 몸에 밴 관료주의, 이를 교수들에게까지 적용하려다 반감만 사고 충돌만 야기할 것이 뻔한 인물을.

김준서가 이지설을 처음 대면하게 된 것은 우연이라고 할 수 있었다. 퇴근을 하기 위해 주차장으로 가고 있는데 호이거 교수와 버버리 코트를 걸친 사람이 스쳐 지나간다.

지나가는가 했더니 되돌아와서는 "김 교수님. 이번에 총장 후보로 영입한 이지설 전 장관입니다. 인사하시지요. 장관님, 도서관장으로 있는 김준서 교수입니다." 했다.

김준서는 호이거 교수에 대한 선입관(김수동의 데모를 막기 위해 특채되었기 때문에)이 좋지 않은 데다 영입인사라는 말에 불쾌감을 드러내면서 한번 힐끗 거들떠보고는 그냥 지나치다가 생각을 바꿔 되돌아서서 인사를 하긴 했으나 삐딱하게 했다.

"장관을 했다니, 잘해 보이소."

김준서는 악수를 하면서 이지설의 얼굴을 정면으로 바라보았다. 물론 이 교수가 난처해 한 것은 그렇다 치고 장관이라고 했다는 인사가 호감이 가는 인상은 아니었다.

키는 작달막한데다 얼굴은 주름살이 져 한센병에 걸렸다가 나은 사람 같았다.

김준서는 그것이 이지설과 첫 대면이었으나 그로부터 이 총장과는 피할 수 없는 충돌이 끊임없이 이어지게 된다.

풀뿌리 민주주의, 민주화 바람은 지방 국립대학에도 불어닥쳤으며 학장의 임기가 맞아 떨어져서 그랬는지도 모른다.

그런데 국립대학으로서는 단과대학에서 민주화 바람을 타고 DN대학이 최초로 학장선거를 치르게 된다. DN대학은 허기진 학장이 부임함으로써 임명제의 폐단을 어느 대학의 구성원들보다도 절실하게 경험했기 때문에 교육부에다 구성원들의 서명을 받아 직접 선출을 강력히 주장했었다.

직접 선거를 하게 된 결정적인 계기는 노태우 대통령에게 한 참모가 총장을 시켜줬는데도 입을 딱 씻은 것에 대해 오기로 건의했다는 우스개 소리까지 있다.

"각하, 대학 총장에게 임명장을 줬다고 해서 감사하다고, 누구 하나 사과 한 박스라도 가져오는 것 봤습니까. 민주화에 편승해서 학·총장도 직접 선거를 하겠다고 저 야단들이니 이 참에 골치 아픈 것 싹 잊을 겸 미련 없이 던져 버리시지요."

해서 국립대학이나 대학교가 직접 선거를 치를 수 있게 되었다는 웃지 못할 우스개소리까지 나돌았다.

이유야 어찌 되었든 국립대학 중에서 DN대학이 최초로 학장선거를 치르게 되었다.

≒ 선거, 선거, 선거가 뭐길래

선거가 최초로 실시되기도 했으나 그만그만한 인물 두 사람이 출마한 탓인지 과열현상은 나타나지 않았으며 그 이상 깨끗한 선거도 찾아볼 수 없었는데 하이개 교수가 2대 총장 선거에 뛰어들면서 선거 풍토를 완전히 흐려놓게 된다.

출마자는 배환달과 남치곤 교수였다.

두 사람 다 교대시절 교수로 학문과는 거리가 멀어도 먼 사람들, 돈을 쓴다고 해 봐야 한 끼 식사 대접, 돈으로 따져 1인당 2, 3천 원 정도, 교수가 출마했으니 선거운동보다는 서로가 너무나 잘 알기 때문에 대학의 운영방향이나 소신을 홍보하기보다는 친목을 도모하는 자리나 다름없었다.

선거 결과, 두 출마자는 단 몇 표의 차이로 운명이 갈렸다.

배 교수는 당선되어 좋아했으나 학장 소리밖에 듣지 못했으나 떨어진 남 교수는 4년 뒤, 종합대학교로 승격되면서 3표 차이로 당선되어 장관급 대우를 받는 총장 소리를 듣게 되었으니 전화위복이라는 말이 실감나게 했다.

학부제 실시에 따라 학장 선출로부터 분 선거바람은 학부장도 선거를 통해 뽑기로 내규를 만들었는데 결과적으로 인화를 깨뜨리는 선거만능부의의 폐단을 낳았다.

김준서는 학부장 선거를 앞두고 이 교수에게 동네북 신세, 또 곤욕을 치르지 않을 수 없었다. 이 교수가 학부장 선거에 나가겠다고 김준서 보고 도와달라고 했기 때문이었다.

김준서로서는 당연히 도와 줘야 했다. 그 동안 한 짓이야 어쨌든 같은 학과 소속이 아니더라도 대학 선배, 특채로 교수로 뽑아줬으니 당연히 도와줘야 했던 것이다.

김준서는 이 교수가 채용해 주는 대가로 흔해빠진, 아니 썩어빠진 학위를 받으려고 하는 것이나 선거를 해서라도 학부장이라도 하고 싶은 욕심을 이해할 수 있었다.

같은 교대시절 동료였던 배환달이나 남치곤 교수는 어쨌든 학위를 가졌기 때문에 학장선거에 나설 수도 있었다.

이 교수는 학위를 취득하지 못했기 때문에 선거에 나서고 싶어도 학위 미소지자기 때문에 나설 수도 없었다.

배 교수나 남 교수는 허기진 학장이 DN대학 원로 교수들을 손아귀에 쥐고 흔들기 위해 동료였던 K대 총장에게 부탁을 해서 이 교수와 함께 박사과정에 특례입학을 한 교수였다.

그들은 이미 학문과는 담을 쌓은 사람들, 술이나 먹고 요즘 교수들은 버릇도 없고 돼먹지 않았다고 험담이나 했다.

그리고 모였다 하면 Y담을 입담 좋게 늘어놓으며 세월아 네월아 하는 것이 낙, 그런 사람들이 뒤늦게 학문을 한다고 해서 머리가 돌이 된 지 오래인데 종합시험이며, 외국어 시험에 합격했을 리 만무했으며 학위 논문을 쓴다는 것은 더욱 불가능했는데도 학위를 받았으니 처세 하나는 알아줄 만했다.

남 교수는 대리시험을 치게 해서 종합시험이며 외국어 시험에 합격했으며 논문도 학과 후배 교수가 대신 써 줘 학위를 받았다는 소문이 공공연하게 나돌았다.

이는 사실일는지 모르나 김준서는 사실이 아니기를 바랐다. 교수라는 신분, 학위 소지자로서 자존심이 상하니까.

그리고 4년 뒤, 남 교수가 3표 차이로 총장이 되었을 때, 기획연구처장으로 장원호 교수를 임명함으로써 긴가민가했던 것이 어느 정도 확신을 갖게 했으며 장 교수는 소속 학과가 없어 떠돌이 신세였는데 그의 전공을 살려주기 위해 위인설과爲人設科, 인기도 없고 전망도 전혀 없는 독어독문학과를 개설해 줌으로써 외국어 대리시험의 장본인임이 드러난 셈이었다. 독어독문학과는 고등학교 졸업생이 급격히 주는 바람에 학생이 없어 학과명을 이리저리 바꾸는 해프닝이 벌어지게 된다.

"이 교수님, 제가 책임지고 도와 드리겠습니다. 그런데 조건이 있습니다. 교수님께서는 선거에 간여하지 마십시오. 제가 알아서 분위기를 만들어 추대 형식으로 하겠습니다."

김준서는 노파심이 들지 않는 것은 아니었다.

이정타가 젊은 교수들에게 선거 운동을 하는 것도 꼴불견이거니와 젊은 교수들을 만나고 다니다가 수 틀렸다 하면 욱하고 있는 성질, 없는 성질을 부리게 되면, 선거는 물 건너갔으며 그때는 도와주고 싶어도 도와줄 수 없겠기 때문이다.

"김 교수를 못 믿는 게 아니라, 그래도 될까?"

"제가 뭣 때문에 빈 말을 하겠습니까?"

"그래 주면, 김 교수에게 내가 너무 고맙고."

"저는 원로이신 선생님께서 젊은 사람들을 찾아다니면서 부탁하고 사정하는 것, 그런 꼴 못 봅니다. 해서 도와 드리려고 하는 것입니다. 그렇게 저를 믿고 조용히 계십시오."

"그렇다면 더 좋고. 내 김 교수만 믿지."

김준서는 나름대로 믿는 구석이 있었다.

그때까지만 해도 김준서는 인문학부 교수들과 등지고 지내지 않았으며 여러 교수들과 터놓고 지내는 사이였다.

학부 20명의 교수 중에는 친하게 지내는 교수들만 해도 7, 8명이나 있었다. 대부분의 교수들에게 오래 근무하시고 나이 드신 원로 교수를 학부장으로 추대하는 것이 도리가 아니겠느냐고 운을 떼보면 학부장이라는 것이 그렇게 탐탁하게 여기지 않았던지 대부분의 교수가 수긍한 탓이었다.

그랬던 것이 본의 아니게도 곤욕을 치르게 되었다. 모두가 기종려 교수의 농간 때문이었다.

기종려가 어떻게 이 교수를 구워 삶았는지 모르겠으나 두 사람은 아삼삼이 되어 김준서를 궁지에 몰아넣기 일쑤였다.

김준서가 연구실에서 소설 구상을 하고 있는데 벨이 울려 받으니 이정타 교수의 성난 목소리가 울려나왔다.

"김 교수 내 연구실로 당장 오게. 오란 말이야!"

"네. 알았습니다. 지금 가지요. 가겠습니다."

김준서로서는 별 생각 없이 이 교수의 연구실로 들어섰다. 그랬는데 이 교수가 벌컥 화부터 내는 것이 아닌가.

"김 교수를 좋게 보았는데, 영 돼처먹지 않았어."

김준서는 무슨 뜬금없는 소린지 알 수 없어 "선생님, 무슨 소릴 그렇게 하십니까?" 하고 의아해서 반문했다.

"몰라서 물어? 자기가 한 일을 정말 몰라서 물어?"

"예. 모르겠습니다. 말씀해 주시지요."

"난 귀가 없는 줄 알아. 야, 임마, 너는 내가 학부장이 되면 안된다고 떠벌리고 돌아다닌다면서? 돼 처먹지 않게시리."

"예 엣! 선생님, 세상에 별 소릴 다 듣겠습니다."

"놀라는 걸 보니, 사실은 사실인가 보군."

"아, 알겠습니다. 누가 그런 소릴 했는지."

"난 귀가 따갑도록 들었다고."

"선생님께 고자질한 사람이 기종려 교수이지요? 선생님, 그 사람 정말 조심해야 합니다. 제가 보기에는 성격 파탄자나 다름없습니다. 도대체 감을 잡을 수 없는 사람입니다."

"건 또 무슨 소리인가?"

"앞에서는 듣기 좋게 말하고 돌아서면 욕하고 다니는 그런 사람입니다. 저는 벌써 그 사람과 여러 번 다퉜습니다."

"김 교수, 지금 그 말을 내가 믿으라고 하는 겐가?"

이정타 교수는 귀가 얇고 단순한 면이 있었다.

"선생님, 두고 보세요, 제 말이 맞나. 아마 맞을 겁니다."

기종려 교수는 6.25 때 형제만 월남해서 대구 서문 시장에 눌러앉아 갖은 고생을 하면서 살았다.

그랬으니 시장 잡배들과 수도 없이 싸우다 보니 성격이 비뚤어지다 못해 파탄자가 되었다. 그리고 입에 풀칠하기도 힘에 겨운데 고학까지 했으니, 정상적으로 자랄 수도 없었다.

그래도 딴에는 고집은 있어 대학은 철학과에 입학했으나 졸업 후 살 길이 막연해서 학원에 시간을 얻어 입에 풀칠을 하면서 뒤늦게 대학원에 진학을 해 시가를 전공했으니, 공부했으면 얼마나 했고 연구했으면 얼마나 연구했는지 뻔할 뻔이었다. 더욱이 함께 일하는 교수마다 부딪치고 싸워 이미 소문이 날 만큼 난 사람인데 이 교수만 몰랐다.

"김 교수, 나 학부장 선거 포기하겠어. 더러워서 나."

김준서는 이미 물밑 작업을 해 둔 처지였다.

"갑자기 왜요? 누가 뭐라 캅디까?"

"이거 더러워서. 김 교수만 그렇게 알고 있어."

"선생님께서는 가만히 계셔도 학부장이 될 겁니다. 그런데 이제 와서 포기하다니요? 저만 실없는 사람이 됩니다."

"실없는 사람이 되든 말든, 난 그만 두겠어."

"종합대학교로 승격되면 그때 학장을 하십시오. 학부장 소리 듣는 것보다야 열 배, 스무 배, 더 나을 것입니다."

"그렇다면 그때 가서 적극적으로 도와주게."

"그러세요. 알겠습니다, 선생님. 제가 여론을 들어보니 선생님께서 조용히 계시기만 하면 학장이 되고도 남습니다."

4년 뒤, 이정타 교수가 선거를 치르면서 김준서에게 '이 ×새끼, 저 ×새끼' 하면서 행패를 부렸으나 뒤에서 말없이 도와주는 김준서의 숨은 도움을 받아 압도적으로 학장에 선출된다. 그는 이 교수를 학장으로 당선시킨 뒤, 또 무슨 곤욕을 치를지 몰라 교환교수를 신청해 도망친다.

≒ 호연인지 악연인지 신도 모르다

사람은 살아가면서 많은 사람들을 만나게 되며, 그 만남이 깊든 옅든 나름대로 인연을 맺고 살아가기 마련이다. 그런 인연으로 인생을 좌우하는 경우가 더러 있을 수 있다.

김준서의 타고 날 때부터 활동적이지 못했다. 성격 탓이기도 했으나 조용히 지내는 것을 좋아하기 때문에 쓸데없이 돌아다니면서 사람들을 만나 수다 떨기를 좋아하지 않았다.

그런데도 어쩔 수 없이 사람을 만나게 되고 만났다가 언제 어느 땐가는 헤어지기 마련이다. 그렇게 만났다가 헤어진 사람은 오십 평생에 다섯 손가락을 꼽을 정도였다.

그 중에 한 사람이 하이개 교수였다. 그의 첫인상은 키는 작고 얼굴색은 까마잡잡한 것이 마치 깡패 똘마니 같았다.

그런 데다 입사할 때 소문이 좋지 않아 비슷한 나이인데도 지나칠 때면 고개를 뻣뻣이 쳐들고 인사조차 하지 않았다.

그는 D시의 유지, 둘째가라면 서러워할 정도로 재력가, 원래 전문대학 교수로 있었는데 허기진 학장이 오면서 채용의 물꼬를 텄으며 돈과 깡으로 인사위원회를 움직였다.

그리고 동생마저 미국에서 1년 과정의 석사학위를 취득케 해서 교수로 임용시키려고 소속 학과 교수 연구실을 찾아다니며 깃은 협박까지 했다는 사실이 알려지면서 그를 의도적으로 무시했다. 그렇게 피차 무시했던 것이 학위논문 때문에 가까이 하게 된 계기가 되었다.

하이개가 작성한 학위논문을 보니 한국정치를 전공해서 그런지는 모르겠으나 문장이고 문맥이고 단어고, 인문학과는 달라 문장 하나, 문맥 하나까지 연결이 되지 않았다.

김준서는 지적하다 보니 사회학 계통의 논문이 어떻다는 것쯤 알게 되었으며 사회학 논문이라고 인문학 논문과는 다를 것이 없을 텐데도 잘못 쓰인 문장이나 문맥 투성이였다.

"하 교수, 전반적으로 손을 봐야겠어. 목차나 논리적인 것은 두고라도 문맥이 연결되지 않아."

"사회학은 인문학과 달라서 그래."

"다르다고 해도 나 같은 수준으로도 무슨 뜻인지 이해가 되지 않는데 다른 사람들이라고 이해할 수 있겠어?"

"그래? 문장은 국어 선생이, 한문은 한문 선생이 책임지고 교정을 봤으니 됐겠지. 지도교수도 아무 말이 없었는데."

"그렇다고 해도 당신 이름이 들어가잖아."

"지금 손 볼 시간이 어디 있어. 그대로 두지."

"그렇다면 좋을 대로 하세요."

김준는 왈가왈부 할 필요가 없다는 생각에 그만 뒀다.

뒤에 하이개가 총장선거에 나왔을 때, 하이개의 논문을 읽어 봤는지 그것도 박사학위논문이라고 써서 학위를 받았느냐고, 그 방면의 논문 전공자인 김희고 교수가 비아냥댔다.

김준서는 논문을 지적한 뒤로 하이개를 만나지 않았는데 학위 수여식장에서 가운을 입은 채 대면하게 되었다.

그와는 좋은 이미지든 나쁜 이미지든 박사학위 동기가 되었으니, 그것도 DN대학에서는 첫번째로 받은 학위라는 동류위식이 서로를 가깝게 맺어 주기는 했다.

그러나 김준서가 하이개를 좋아하게 된 것은 딴 데 있었다. 바로 그의 화술에 있었다.

하이개는 어느 정도 김준서를 믿을 만했던지 학생시절을 이야기하곤 했다. 이야기라는 것이 모두 싸움에 관한 것이었다. 중 고등학교 때 어깨를 재고 돌아다니지 않았다면 사내라고 할 수 없을 정도로 한번쯤은 폼을 잡은 경험을 누구나 가지고 있듯이 김준서도 그런 기질이 있어 열심히 들어 주었는지도 모른다.

열심히 들어주자 하이개는 신이 나서 이야기했다.

나중에 알고 보니 학교 다닐 때 주먹도 없는 것이 깡패짓이란 짓은 다하고 다닌 시장 개망나니, 시장 바닥에서 누구도 갈지 못하는 개차반이로 소문이 났으며 그것도 집이 부자라서 한 몫 봐줘 똘마니 짓이라도 할 수 있다고들 했다.

가끔 만나 사우나에 가 목욕을 하고 8급 정도의 꼰 바둑이라도 두면 그는 슬슬 이야기를 꺼내곤 했다.

"한창 뭣 모르고 설쳐댔으니까, 중학교 2학년 때였을 거야. 아버지가 운영하는 역 앞 사무실에 가지 않았겠어. 그런데 소명의 깡패들이 몰려와 구공탄을 달라고 떼를 쓰지 않겠어. 그들에게 쩔쩔 매는 아버지를 보자 화가 났지. 해서 '×새끼들, 니들이 뭔데, 사무실에 와서 땡깡을 부려' 하고 대들었지. 그러자 소명의 한 덩치가 나를 번쩍 쳐들고 사무실을 나가는 거야. 난 이제 죽었구나 했지. 그런데 그 덩치가 하는 말이 '너, 아버지를 위한 용기가 가상해서 이번에는 봐 주는 거야. 다음부터는 그러지 마. 뼈다귀도 못 추려. 알았어!' 하는 것이 아니겠어. 해서 놓여났지."

김준서는 하이개가 이야기꺼리도 되지 않는 것을 가지고도 재미있게 말했기 때문에 화술이 능하구나 생각했다.

김준서는 민방위 교육의 강사로 하 교수가 연단에 올라 재미있게 말하는 것을 듣기는 했으나 자기가 겪은 싸움 이야기보다 더 흥미를 끄는 이야기는 들어 본 적이 없었다.

"한번은 후배가 맞는다고 해서 역전으로 달려갔지. 내가 패거리를 데리고 달려가자 둘러서서 내 후배를 패던 저들도 멈칫 하는 것이 아니겠어. 내가 저쪽 오야붕에게 제안했지. '야, 똘마니들끼리 싸움을 붙일 것이 아니라 나 하고 맞장을 뜨자고. 어때?' 하자, 저쪽 오야봉도 좋다고 응해 왔지. 내가 '똘마니들은 다 보내고 단둘이서 붙자. 자, 따라와.' 했지. 그리고 맞장을 뜨기 위해 골목으로 들어서서 마주 섰지. 그때 내가 제안했지. '너와 나 둘이서 맞붙어봐야 상처밖에 더 남겠어. 그러니 똘마니도 없으니 얼마나 다행이야. 그리고 보는 사람도 없으니까, 우리 이대로 헤어지는 게 어때?' 하고 말이야. 해서 그냥 헤어졌지. 그때 만약 싸움을 했다면 나는 죽사발이 되고도 남았을 거야."

김준서는 잔뜩 기대했다가 실망은 했으나 이야기의 반전은 소설을 읽는 그 이상이었다.

하이개는 좀체 털어놓기 어려운 이야기까지 꺼냈다.

"서울에 있는 Y여대 부속고등학교 1학년 때 봄 소풍을 갔었지. 점심을 먹은 뒤 몰래 숨어 담배를 꼬나물고 신나게 빨아 당기는데 2학년 선배 서너 명이 달려와서는 나를 때리기 시작하는 거야. 한참 얻어맞다 못해 논 기질은 있는데다 울화통이 터져 더는 참을 수 없었지. 해서 돌을 주워 그중 한 놈의 머리를 빠겠지. 그 길로 퇴학을 맞고 대구에 있는 K고등학교로 전학을 가게 됐고."

"그래. 당신은 사연이 많기도 많군."

"제 버릇 어디 가겠어. 한번은 교문에 들어서는데 규율이 부르는 거야. 부르더니 '야 임마, 당장 그 모자 바꿔 써.' 하는 것이 아니겠어. 나는 논 가락은 있어 째려보았지. 그러자 몇 명의 규율이 수위실 뒤쪽으로 끌고 가서는 두들겨 패는 것이 아니겠어. 죽지 않을 만큼 얻어터졌지. 그랬는데 어떻게 했는지 알아?"

"그래, 어떻게 했어? 손을 본 게야?"

"복수를 하기 위해 가방 속에 자전거 체인을 늘 넣고 다니면서 기회를 엿보았지. 하루는 교문 뒤에 숨어 놈들이 나오는지 안 나오는지 지켜보았어. 그랬는데 나를 가장 많이 때린 놈이 나오지 않겠어. 그놈이 교문을 나서는 순간, 나는 체인을 꺼내어 뒤에서 머리부터 후려갈겼지. 아마 반 이상은 죽여 놓았을 거야."

"그래서 당신 또 퇴학을 맞은 거야?"

"그야 당연지사. 퇴학을 당한 것이 오히려 다행이었지. 계속 학교를 다녔다고 해 봐. 놈들에게 맞아 죽었지."

"그러면 어느 고등학교를 졸업했어?"

"그건 말 안해. 그 뿐인 줄 알아. 고향인 D고등학교로 전학을 했지. 점심시간에 학교 뒷산에서 담배를 꼬나물고 신나게 빨고 있는데 어깨를 툭툭 치는 게 아니겠어. '이 시팔 어느 새끼가 어깨를 쳐.' 하면서 되돌아보니 학생과 선생이야. 그 길로 학생부로 끌려가 실컷 얻어맞고 퇴학을 당했지."

하이개를 끌고 가 퇴학시킨 교사가 바로 지금 교양학부 한상덕 교수라고까지 했다.

그가 그렇게 털어 놓았는데도 김준서는 어느 고등학교 졸업장으로 H대학에 들어갔는지 알 수 없었다. 돈 주고 졸업장을 사서 보결로 대학을 들어가지 않았나 하는 추측만 할 뿐, 그가 털어놓지 않아 더 이상의 내막은 알 수 없었다.

하이개는 대학에 가서도 고교 때 한 가락 한 기질을 버리지 못해 초죽음을 당한 적이 있었다.

야외음악당 계단에서 친구가 깡패들에게 죽사하게 얻어 터지고 있다는 연락이 왔다. 하이개는 한 걸음에 달려갔다.

그는 한 걸음에 달려가 친구를 족치고 있는 친구에게 하룻강아지 범 무서운 줄 모르고 대뜸 큰소리부터 쳤다.

"×새끼, 너 오늘 제삿날인 줄 알아!"

기세 좋게 큰소리치긴 했으나 걸려도 되게 걸려들었다. 알고 보니, 바로 H대학의 깡패 두목 홍덕규였던 것이다.

"청계천에서 굴러먹던 개뼈다귀냐?"

"개뼈다귀? 너 장사 지내주려고 온 저승사자다."

"어디서 걸레같은 ×새끼가 달려들어?"

"뭐 걸레? 오늘 너, 한번 죽어 봐라."

어려서부터 시장바닥에서 논 주먹과 중 고등학교를 다니면서 키운 주먹과 젖 먹던 힘까지 실어 한 대 날린 것이 허공에서 맴 도는가 했더니 눈에서 번쩍 하고 번갯불이 이는 순간, 계단에서 운동장 바닥으로 굴러 떨어졌다.

굴러 떨어져 미처 일어나지도 않았는데 언제 뛰어 내렸던지 주먹세례를 받자 눈에서 버쩍 하고 번갯불이 일었다.

그로부터 얼마나 얻어 터졌는지 모른다. 그리고 죽기 아니면 까무라치기로 버티다 못해 여기서 죽나 보다 하고 덩치 큰 사내를 힐끔 거들떠보는 순간, 일방적으로 때리기만 하던 녀석이 삼십육계 도망을 치는 것이 아닌가. 하이개는 녀석이 도망치는 것을 보면서 정신을 잃고 말았다.

얼마나 시간이 흘렀는지 모른다. 깨어났을 때는 병원 응급실이었다. 꼬박 하루 동안 의식을 잃은 셈이었다.

하루도 되지 않아 덩치 큰 친구가 병실로 들어서는 것이 아닌가. 이상한 생각이 다 들었다.

자기를 죽도록 두들겨 패던 친구가 병실까지 찾아와서 또 패려고 나타난 것이 아닌가 해서.

그러나 그게 아니었다.

그는 병실로 들어서자마자 무릎을 착 꿇는 것이 아닌가.

그런데 그의 입에서 나온 말은 충격적이었다.

"하형, 당신 소원대로 나를 두들겨 패되 살려만 주게."

홍덕규는 정말 죽는 시늉을 했다.

"…?"

"치료비는 내가 책임지겠네. 그리고 어떠한 폭행도 달게 받을 테니까 제발 목숨만 붙어 있게 해 주게. 부탁이네."

"누굴 살려 달라고 그러세요?"

"나 말이네. 살려만 주면 무슨 짓이든 다 할 테니까."

"그렇다면 하나만 물어 봅시다."

"뭔데요? 말하시오."

"죽일 듯이 패다가 갑자기 도망을 친 이유는?"

"아, 그거 말이오. 당신 눈에서 살기를 보았기 때문이오. 지금까지 경험해 본 적이 없는 살기 말이오. 그 살기는 당장 나를 죽이고도 남을 것 같았소. 해서 살기 위해 도망쳤소."

김준서는 그럴 수 있을 것 같은 생각이 들었다.

하이개도 그의 눈에서 살기를 느끼고 이제는 죽었구나 하고 눈에 살기가 올라 쳐다보았고, 그로서도 그런 살기를 느끼고 살기 위해서 도망을 쳤을 것이라는 짐작이 갔다.

사람은 죽을 때 마지막 안간힘을 쏟는다지 않는가.

이것이 알려져 하이개는 영웅대접을 받았다.

그는 그 뒤로도 그런 기질을 살려 깡패짓을 했다. 그리고 군에 가서도 깡패 근성을 버리지 못해 탈영까지 했으나 무마가 되고 만기제대까지 하게 되었다. 그것은 뒤에 민정당 사무총장을 한 방첩대 권중달 대위가 도와줬기 때문이다. 이를 계기로 두 사람은 밀접한 관계를 유지하게 되며 권중달은 하이개가 DN대학 교수가 되는데 결정적인 역할까지 했다.

김준서는 하이개를 만나 사우나를 하거나 바둑을 두면서 이야기를 들을수록 사람 하나는 괜찮다는 생각이 들었다.

김준서는 하이개가 비록 젊은 시절에는 집안이 잘 살아 그 덕에 시장바닥에서 망나니짓이나 깡패, 또는 똘마니로 갈지 못하는 개차반이짓을 하고 돌아다녔다고 해도 그것이 흠은 될 수는 없다고 생각했다.

사내라면 한때 그런 생각을 하지 않은 사람이 있을까. 이미 과거, 젊은 시절 한때 누구나 거들먹거리며 싸움 한번 못해 봤다면 용기가 없거나 베짱이 부족해서 일 것이다.

문제는 현재라고 할 수 있다. 능력이 있고 재력까지 있는

데다 인간이 됐다면, 그것이 총장 감이 아니겠는가.

≒ 총장선거에 뛰어들다

김준서는 하이개가 교수라기보다 경영자에 가깝다는 생각이 들었다. 학문을 하거나 연구를 한다는 것은 기대할 수 없으나 학교를 경영하는 데는 뭔가가 있을 것 같은 생각이 들었다. 게다가 D시에서는 재력을 알아주기도 했고 고등학교 이사장도 하고 있으니 그 정도면 총장 감으로는 충분할 것 같았다. 그리고 정치를 하려고 국회의장 비서까지 하면서 그 방면에 발을 넓혔기 때문에 로비 능력도 있을 것이라는 생각이 들었다.

김준서는 틈을 보아 그의 마음을 슬쩍 떠보기도 했다.

"하 교수, 이번 총장선거에 나서 보지 않겠어? 나서게 된다면 내가 도와주지. 어떻게 생각하는가?"

그러자 그는 속을 숨기고, 아니 철저히 가면을 쓰고 말하는 것인지도 모르겠으나 부정적인 반응을 보였다. 속된 말로 열길 물 속은 알 수 있으나 한 길 사람의 마음속은 알 수 없다는 잠언은 하이개를 위한 잠언이라고 할 수 있었다.

당시는 몰랐으나 그는 총장 후보로 나서고 싶어도 시내나 학내에 퍼진 개망나니라는 이미지 때문에 망설이고 있었다.

그랬으니 속으로 환호했을 것이 분명했다.

하이개는 그만큼 속을 드러내지 않은 무서운 사람, 극단의 이기주의. 자기 아니면 안된다는 근성을 숨기고 있었다.

"그렇게 말하니 고맙네만 나 같은 사람이 무슨 총장을…"

"내가 보기에는 우리 대학 교수 중에서 정치적인 배경으로 보아 당신만한 사람은 없다고 생각하는데 어떻게 생각해?"

"그렇게까지 생각해 주니 고맙네."

"서울에서 다니는 교수들의 모임부터 마련할 테니까 얼굴이나 내밀고 밥이나 사. 뒤는 알아서 처리할 테니까."

그랬는데도 가면을 쓰고 좀체 속내를 드러내지 않았다.

이유가 어떻든 김준서가 들어 추대 형식으로 하이개가 총장선거에 나서게 되었다. 1차 투표에서 하 교수를 찍은 한 표가 무효표로 처리되는 바람에 결선 투표에 나서지 못했다.

결선에 올라갔다면 당선은 따놓은 것이나 다름없었는데.

이를 두고 김준서가 미안해서 하이개에게 말했다.

"하 교수, 미안해, 내가 공연히 총장선거에 나서라고 해서."

"미안해 할 것 하나 없어. 김 교수가 권유했다고 해서 나선 것이 아니라 전부터 총장 꿈을 꾸고 있었으니까."

"그랬어? 그랬으면 나로서는 덜 미안하고"

하이개는 "그러니까 미안해 할 것 없어." 하고 말해 김준서는 말문이 막힌 적이 있었다.

"다음 선거를 위해 차근차근 준비나 하지. 또 도와주게나."

"…"

김준서는 뭔가 사기를 당했다는 기분이 들었다.

며칠 뒤였다. DN대학 최초로 서울에서 발전후원회의 밤을 개최했다. 그때 분위기 파악을 위해 김준서도 참석했다. 그 자리에는 D시 출신 유지들은 거의 참석했다.

물론 하이개 교수도 참석했다. 참석자 중에는 하 교수의 후배인 경제기획부 부이사관인 김소림도 참석했다. 그는 모임이 끝나자 하이개를 따로 만났다.

"하 교수님, 이번 총장선거에 제가 모시던 이지설 장관이 교수들의 옹립을 받아 총장선거에 나서기로 했으니 제 얼굴을 봐서라도 이번 총장선거에 나서지 말았으면 합니다."

하이개는 가슴이 뜨끔했다. 이지설 전 장관이 나선다면 그를 이겨낼 수 있을까. 그를 이길 자신이 없었다.

"그래. 그렇다면 내 고려는 해 보지."

김소림은 이지설 밑에서 잔뼈가 굵었다. 그리고 그의 도움으로 부이사관까지 되었으니 은공을 입어도 많이 입은 셈이었다. 그는 결정타를 날리듯이 대못까지 박았다.

"선배님, 잘 생각해서 결정했으면 합니다. 승산 없는 대결에 공연히 뛰어들어 이미지만 구기지 마시고 말입니다."

"알았어. 알았네. 내 알았다고 하지 않는가."

김준서는 이런 사실을 까맣게 모르고 있었다.

그랬는데 하이개와 함께 세종로에서 콜택시를 타고 잠실까지 오는 중에 그가 털어놓아 알게 되었다.

"김 교수, 미안한 말이지만 이번 총장선거에 나서는 것을 포기할까 봐. 왠지 자신이 서지 않아서 그래."

"갑자기 왜 그러는데? 이유가 뭐야? 말해 보라고"

"이지설 전 장관이 총장선거에 나온다고 해서."

"무슨 소리야? 당신 꺼꾸리 아냐? 발부터 먼저 나오지 않았다면 그 따위 소리를 할 수 있어? 신의라곤 없게시리."

김준서는 사정없이 하 교수를 윽박질렀으나 하 교수는 포기의사를 거두지 않았다. 오히려 장가들고 처음으로 꺼꾸리 소리를 들었다고, 서운해 하면서 옛날 같으면 대판 싸움이라도 했을 것이라며 투덜대기만 했다.

"당신이 꺼꾸리가 아니면 누가 꺼꾸리야? 알았어. 마음대로 해. 앞으로 당신 같은 사람과는 상종하지 않을 테니까."

그랬던 것이 총장선거에 뛰어들게 되었다.

김준서는 교수들을 하나하나 만났다.

만나서 이야기를 들어 보니 외부에서 온 교수들은 대체로 긍정적인데, 유독 D시, D군 출신이나 다니다 퇴학을 맞았다는 D고교 출신은 반신반의했다.

그럴 만한 이유가 있었다.

하이개가 중 고교 다닐 때, 누구도 갈지 못하는 개차반이짓을 한 것이 지금까지도 그대로 머리에 박혀 있었고 형편없는 ×새끼 취급을 하고 있었기 때문이다.

게다가 서울 팀이 모임을 가지면 어디서 알았는지 민속음악과 김영차가 나타나 약을 올렸다.

"당신 또 보직 하고 싶어 하이개 교수에게 총장 나서라고 꼬이는 거지? 내가 보기엔 그래. 내 말 맞지? 꿈 깨셔."

"그래 그렇다, 보직 좀 하면 배 아픈 것 있어!"

김준서는 그냥 있지 않고 빈정대는 김 교수를 맞받아쳤다.

"교수가 연구를 해야지 보직에 맛을 들이면 쓰나."

"고맙지만 난 사양하겠네. 그건 그렇고. 당신은 입이 열개라도 말할 자격도 없는 주제니까 집에 가서 아기나 봐."

김영차 교수야 걱정할 것이 없었다. 독불장군, 큰소리나 치고 가가대소나 할 줄 알았지 남을 생각하는 인간이 아니었다. 그렇다고 어울리는 사람도 없다. 늘 혼자였다. 그런 탓으로 한 표밖에 없으니 걱정할 이유가 없었던 것이다.

그런 인물이 하이개가 총장이 되자 바싹 매달려 철저하게 아부근성으로 일관했다. 더욱이 재선은 몰라도 3선에 나섰을 때는 교수회의에서 발언같지 않은 발언을 하면서 하 총장을 옹호했다가 표를 깎아먹는 좀 벌레로 낙인이 찍혔다.

남치곤 총장 시절은 한 자리 못해 서러움을 받았다고 생각하는 도시락 부대는 내 일도 그렇게 열성적으로 할 수 없을 만큼 선거운동에 혈안이 되었다. 특히 호이거 교수는 자기 차에 이지설을 태우고 연구실을 찾아다니며 운동을 했고 이응소는 행동대원으로 일선에 나서서 직접 뛰어다녔다.

도시락 부대는 연구실을 찾아다니며 선거운동을 한 결과, 찍어주겠다고 확약을 받아낸 교수만 해도 과반수를 넘어 1차 투표로 끝난다고 큰소리치고 돌아다녔다.

보직 한 자리 못한 것이 한이 맺혔다는 것은 철저히 위장하고 가장 학교를 위한 체, 가장 양심적인 교수인 체하면서 순진한 교수들을 끌어들였다.

이들에게 확약한 교수는 대부분 모자란 데다 카멜레온 교수들이라고 할 수 있다. 건설부 장관에 청와대 경재수석을 지냈다는 경력에 혹해 약속했으니 불쌍한 친구들이다. 밑에서부터 손으로 비비대고 발로는 돌려대면서 승진을 해 장관이나 수석을 했다면 얼마나 치사하고 졸렬하며 속을 숨기면서 독을 품고 있는지도 모르고 약속했을 것이다.

틀에 박힌 관료주의가 자유분방한 교수사회에서 어떤 사건을 야기할지 모르고 약속한, 좋게 보아 순진한 카멜레온이라고 할 수 있었다. 더구나 DN대학과 전혀 인연이 없는 사람이 얼마만큼 대학을 위해 헌신적으로 일할지는 미지수인데도 그가 총장이 되면 대학이 저절로 발전되리라고 믿으니 불쌍한 카멜레온.

1차 투표가 끝나 개표를 한 결과는 전혀 예상을 뒤엎는 결과가 나왔다. 총 173명 투표에 이지설 52표, 김호조 46표, 하이개 45표, 이정규 21표, 무효 2표, 기권 7표.

1차 결과가 나타나나자 의외에도 당황한 측은 도시락부대였다. 그들은 과반수로 당선을 확신했는데 예상 외였기 때문이었다. 이웅소는 입에 ×팔을 달고 다니면서 식식거리기까지 했다. 그것은 약속한 교수들이 이지설을 찍지 않은 탓이었다. 그런 행동이 김준서의 눈에도 들어왔다.

하 교수의 불행은 무효표가 2표, 하 교수를 찍긴 찍었으나 선에 약간 닿아 무효로 처리되었기 때문이다.

만약에 무효로 처리되지 않았다면 1표 차이로 결선에 올라 당선이 되었을지도 모른다.

이어진 2차 투표에서 결과, 판가름이 났다. 김호조가 82표, 이지설이 88표를 얻어 겨우 과반을 넘어 총장이 되었다.

김호조는 속으로 땅을 치고 통곡했을 것이 분명했다. 6표 차이긴 했으나 학과 교수 세 사람만 찍었어도 동점 내지 당선이 되었을 텐데, 얼마나 아깝고 원통할까. 학과 교수 세 사람은 이지설을 적극적으로 밀었을 뿐만 아니라 연구실을 찾아다니며 선거운동까지 했으니 말할 나위가 없었다,

총장 운동의 맨 선두에 서서 활동한 사람이 학과 교수 이웅소이다. 그는 김호조의 K대 후배, 김이 들어 교수로 채용했으니 김 호조로서는 자기 눈을 뽑은 것이나 다름없었다.

그러나 이를 반대로 생각할 수도 있다. 대학 후배에다 자기가 교수로 뽑아 줬으면서도 사람 관리를 얼마나 못했으면 자기 사람을 못 만들고 반대편에 서서 적극적으로 운동을 하

게 했다면 김호조의 인물됨은 알고도 남을 것이었다.

≒ 학장선거에 나섰다가

김준서는 김호조 교수를 잘 알고 있었다. DN대학에 처음 왔을 때, 고향 선배라고 자기를 소개를 했으나 그것으로 끝이었다. 커피를 한 잔 사는 것도 아니었고 밥을 한 끼 사 주는 일도 없었다. 자랄 때 얼마나 못 먹고 못 살았으면 저토록 철저한 구두쇠가 되었는지 알만했다. 그런 주제에 총장을 하겠다고 나섰으니 그 정도의 표를 얻었다면 교수는 교수 편을 든 양심적인 교수들이 많았기 때문이다.

김준서는 생전 처음 선거에 뛰어들어 패배를 자초했다. 그리고 이어진 학장선거에서도 떨어져 또 다른 적을 만든다.

김준서는 총장선거를 치르면서 자기 일도 아니면서 본의 아니게 적을 많이 만들었다. 특히 인문대학 도시락 부대와는 지나치다 만나면 고개를 돌리는 사이로 변했다. 그러니 학장을 하려고 했다면 총장선거에 뛰어들지 않아야 했다.

이래저래 오해 산 것까지 계산하면 손해를 보았으면 보았지 득이 될 리 없었다.

그것은 보직에 눈이 멀어 하이개를 총장으로 밀었다는 데서 비롯했다. 결국 총장선거를 치르면서 농담 삼아 학장선거에 나가겠다고 한 말이 진담이 되고 말았다.

김준서는 말에 대한 책임을 지려면 되든 떨어지든 학장선거에 나가야 했다. 한데도 정황으로 보아 선거에 나선다는 것은 불리했다. 인문대 교수들은 무능하기 짝이 없는 남치곤을 총장으로 밀어 도서관장을 했으니 보직에 맛을 들인 나머지 또 보직을 하기 위해 학장선거에 나섰다고 오해하고 있으니 찍어 주지 않을 것이 뻔했고 소속 대학인 인문대는 도시락 부대가 적극 민 후보가 총장이 되었으니 그 여세를 몰아 학장까지도 하려 할 것이기 때문이다.

게다가 교수들의 생리로 보아 보직을 한 사람이 또 보직을 하려고 한다는 것도 불리하게 작용할 것이다.

김준서는 이래저래 학장선거에 나선다는 것 자체가 무리임을 알고 있었기 때문에 포기하고 있었다.

그랬는데 국사교육과 김희고 교수가 충동이었다.

“김 선생님, 이번 학장선거에 나서야 합니다. 총장선거 때 학장선거에 나선다고 했으니 나서야 하지요. 그렇지 않으면 신의 없는 사람으로 낙인이 찍히고 맙니다. 알아 하이소.”

“보직 때문에 총장선거에 뛰어들었다고 교수들이 오해하고 있어 그런 오해를 풀기 위해 한 말이었는데…”

김 교수는 도시락 부대와는 성격이 달랐다.

김준서는 그의 연구실에 가끔 들려 차를 마시기도 했다.

그런 탓인지 모르겠으나 공연히 하는 말은 아닌 것 같았다.

"정말, 제가 나서야 합니까?"

"나섰다가 떨어진다고 해도 나서야 합니다. 김 교수가 나서야 말에 책임을 지는 사람이라고 남들이 믿지 않겠습니까?"

"그렇게 말하니 나서지 않을 수도 없네요."

"제가 나서서 도와주지 못하지만 제 표는 주겠습니다."

김준서가 김희고 교수의 말을 곧이곧대로 믿고 학장선거에 나선 것이 얼마나 바보인지 곧 드러나게 된다.

"고맙습니다. 기회를 봐서 식사나 한번 합니다."

"좋아요. 기대하고 있겠습니다."

김준서는 말은 그렇게 말했으나 이내 이를 잊고 방학이 되면 결혼 30년 만에 부부 동반해 동남아 여행을 준비하고 있었는데 여행 기간에 학장 선거일이 정해졌다.

김준서는 어쩔 수 없이 집사람 혼자 여행을 보내고 남아서 학장선거를 치러야 했다. 그렇다고 학과에서 공식적으로 표명한 것도 아니었고 기회를 보아 도와 달라고 할 참이었다.

하루는 시간이 있어 김인수 교수 연구실에 들렀다. 차를 한 잔 마신 뒤, 그냥 나오기도 뭣해서 한 마디 했다.

"언제 대구에 가시오? 나도 대구에 갈까 합니다."

"대구를 가다니, 무슨 일이라도 있습니까?"

김준서는 별 생각 없이 "일은 무슨 일. 운동이나 해 볼까 해서요." 하는 실없는 대답을 했다.

김인수는 "그래요?" 하고 심각해 하다가 "도시락부대에서 최정이 교수를 민다고 하던데요." 하고 말했다.

"아, 그래요. 최 교수를 민다면 나도 학장선거에 나서려고 하니까, 먼저 학과회의를 열어 의견부터 들어 봅시다."

김인수도 제 주제파악을 못하는 교수 중의 하나이다. 제 앞가림도 못하는 주제에 영입파에 뛰어들어 표를 던졌다.

그랬으니 김 교수와는 생각이나 가는 길이 달랐다.

김준서는 최 교수나 김 교수를 싫어했다.

싫어한 이유는 조금치의 양식도 없는, 주제 파악이 전혀 되지 않는 인물이라는 데 있었다. 살림집은 대구, D시에 오면 여관에서 3일 동안 지내다 가는 일부 교수 중의 한 사람이다. 그런 생활을 해도 대학 본부에서는 간섭도 하지 않았다.

김인수는 한참 뜸을 들이다가 운을 뗐다. 학과회의를 열어 의견을 들어보자는 김준서의 말에 기분이 상한 듯했다.

"김 교수님, 1, 2년 먼저 온 것이 뭐 그리 대단할까 싶네요."

김준서는 그 말에 그만 욱해서 해부쳤다.

"당신 방금 뭐라고 했소? 1, 2년 먼저 온 게 뭐 대단할까 싶다고? 좋아요. 그렇다면 한두 살 더 먹은 것이 뭐 그리 대단합니까. 주제 파악도 못하는 처지에 말입니다."

"……"

그는 잠시 어이없어 하다가 말을 이었다.

"내가 주제 파악이 안된다는 말인가요?"

"그래요. 당신 들어올 때 어떻게 들어왔는지 난 그 내막을 다 알고 있어요. 그러니까 주제 파악이 안된다고 한 거요. 당신 같은 인간은 우리 학과로 보아서는 백해무익이오. 당신 보따리 싸들고 집에 가서 아기나 보시오. 당신 강의할 때 고등학교 교사처럼 책에다 요점만 깨알처럼 써 가지고 들어가서 판서나 하는 주제에 할 말 있으면 하시오. 그리고 대학원생의 논문지도가 돼, 뭐 하나 제대로 하는 것이 있소? 어디 반박해 보시오."

김준서는 연구실을 나와 문을 쾅 처닫았다. 그리고 며칠 동안 불쾌해서 견딜 수 없었다. 김인수 같은 인간에게까지 무시를 당했다고 생각하니 밤새 잠도 오지 않았다.

그로부터 며칠이 지나서 김준서는 서잠금 교수를 찾아가 학장선거에 나서겠으니 좀 도와 달라는 말을 꺼냈다.

"서 교수, 좀 도와주시오. 기회가 되면 당신을 도와주겠소."

"…"

"학과 교수들이 표를 모아준다면 당선은 걱정하지 않아도 될 것 같소. 그러니 서 교수부터 좀 도와주셨으면 합니다."

"…"

김준서는 서잠금이라는 인간이 얼마나 무서운 사람인지, 속내를 좀체 드러내지 않는 것을 이때에야 알게 되었다.

서 교수는 연구실을 돌아다니면서 의견을 떠 보거나 챙길 것은 챙기는, 해서 상대할 때는 조심해야 한다는 것을.

그는 도시락부대에서 최정이 교수를 옹립한다는 것을 알고 있었을 것인데도 입을 꽉 봉하고 있었으니 얼마나 무서운 사람인지 짐작이 가고도 남을 것이다.

서잠금 교수는 김준서와 입사동기로 이정타 교수의 추천에 의해 특채로 교수가 된 사람이었다. 최 교수와는 학과는 달랐지만 K대 선배라는 학연 때문에 결정적인 계기마다 K대 끼리 똘똘 뭉치니 더럽고도 치사한 것이 학연이다.

최 교수가 도시락부대에서 옹립한다면 소속 학과 교수들의 표는 기대할 수 없으니 한문교육과 안병려 교수와 연합이라도 하지 않으면 학장이 된다는 것은 물 건너 간 것이나 다름없었다. 사실도 그랬다.

김준서는 적극성을 띄지 않은 채 학장선거 전날, 주제파악이 전혀 안되는 김인수에게 전화를 걸었다. 한 표를 얻기 위해서라기보다는 그가 어떻게 나오나 떠보기 위해서.

"김 교수님, 나, 학장선거에 나가기로 했소. 도와주시오."

그랬는데 그는 의외의 말을 하지 않는가. 엿 먹이는 방법도 가지가지, 꼴값 떠는 것도 갖가지였는데 이를 알아차리지 못한 김준서가 정말 꼴값을 하고 나자빠졌는지도 모른다.

"힘이 드시지요? 고생 많겠습니다. 저는 찍어 드릴 테니까 걱정 마시고 다른 교수에게 부탁하시지요. 김 교수는 성격이 솔직담백해서 당선되는데 별 어려움이 없을 것입니다."

"김 교수님, 말만 들어도 고맙습니다."

김준서는 전화를 끊고 이어 최정이 교수에게 전화를 걸어 단도직입적으로 한 표 부탁한다는 말을 꺼냈다.

"최 교수님, 어렵겠지만 한 표 부탁합시다."

"걱정 마십시오. 김 선생을 안 찍으면 누굴 찍겠습니까."

"최 교수님, 말만 들어도 고맙습니다."

그랬는데 교황식 투표를 한 결과는 전혀 예상 밖이었다.

최정이 9표, 김준서 8표, 안병려 7표, 기권 2표.

이어 그리고 2차 투표 결과는 최정이 16표, 김준서 10표.

안병려 교수의 표가 최 교수 쪽으로 몽땅 간 것이 분명했다.

김준서가 그렇게 장담을 할 수 있는 근거로 안 교수 쪽에서 1차 결과를 보아 다득점자에 표를 몰아주기로 하는 제안이 들어왔으나 김 교수는 그렇게 하지 않아도 당선된다고 확신했기 때문에 이를 거절했기 때문이었다.

김준서가 더욱 분노를 느낀 것은 학과 최고 선임자로서 무시를 당했다는 점이었다. 학과 교수 6명 중에서 김준서를 빼고 손남익 교수나 찍었을까. 서잠금 교수조차 찍지 않았으며 4명이 최 교수에게 간 것이 분명했다. 동문이 아니라고 해서 김준서는 학과 교수들에게 철저하게 외면당했던 것이다.

그랬으니 떨어지는 것은 당연지사.

학장이 뭐 대단하다고 그렇게까지 학과 교수들끼리 기만을 하면서까지 투표했을까.

더욱이 선거 전날, 전화를 했을 때만 해도 긴가민가했었는데 김 교수나 최 교수에게 철저하게 기만당했으며 저들은 김준서를 안심시키기 위해서 의도적으로 사전에 연막전술을 펴 말을 맞춘 것이 선거 결과로 드러난 셈이었다.

진짜 치사하고 더러울 정도로 무서운 사람들이었다.

이런 일은 앞으로 수도 없이 계속 일어난다.

서잠금 교수만 해도 그랬다. 김준서가 하이개 교수를 도와 총장이 당선되었을 때, 그는 보직을 하지 않으면서도 서 교수를 도서관장으로 추천했다. 또 학장으로 나왔을 때는 비록 서 교수가 도와주기는커녕 표도 찍지 않았는데도 서 교수가 보는 앞에서 교수들에게 전화를 걸어 도와달라고 부탁을 해서 압도적으로 당선시키기도 했었다.

그랬는데 김 교수가 총장선거에 나섰을 때, 학과 교수들은 궁금하지도 않은지 어떻게 돼 가느냐고 한번도 물어보지 않았는데 도와주거나 찍어줄 리 없었다.

서 교수조차도 의심이 갈 정도로 냉담했었다. 그래놓고도 교수를 채용할 때는 자기 지도를 받은 제자를 도와달라고 무릎을 꿇고 빌었으니 그게 인간인가 싶었다.

학장선거가 끝나고 얼마 되지 않아서였다. 김준서는 복도에서 최정이와 마주쳤다. 최 교수는 무슨 속셈인지 알 수 없으나 갑자기 김 교수를 포옹하는 것이 아닌가.

"김 교수, 학과 교수들은 나 빼고 당신을 찍었소."

"뭐, 어쩌고 우째? 더러운 손 치워."

그러면서 최 교수의 어깨를 내려 눌러 버렸다. 그러자 나약한 최 교수는 복도 바닥에 털썩 주저앉는 것이 아닌가.

학장이 된 최 교수는 교무회의에서 인문대 교수들을 대변하지도 못하고 이지설 총장의 눈치만 보는 무능만 드러냈다. 그러자 몇몇 교수들이 학장을 사퇴하라는 서명까지 받는 치욕을 겪으나 치사하게도 임기를 채웠다.

게다가 그 꼴에 총장에게 잘 보여 대학원장이나 할까 코를 질질 흘리다가 학과 입사 동기며 같은 여관에서 십수 년 함께 잔 김정식 교수가 학장선거에 나섰는데도 찍어주지 않았다.

최 교수로서는 나름대로 계산이 있었을 것이다.

한국어문학과 교수가 학장이 되면 같은 학과 교수가 주요 보직을 둘이나 하게 되니, 총장으로서는 보직 편향이라는 비난을 받게 되기 마련이니까. 따라서 대학원장이 되는데 불리하다는 이유 때문이라고 찍어주지 않을 수도 있었다.

인생은 새옹지마라고 누가 말했던가.

최정이는 도시락부대에게 조차도 철저하게 따돌림을 당한다. 이용할 대로 이용하고 이용 가치가 없어 인간 같지 않을 최 교수를 차 버리고 상대도 해 주지 않았다.

DN대학 교수 사이에서는 군대는 아니더라도 이지설이 총장이 되고부터 교수생활이라는 것이 군대에 버금갈 정도로 세월이 어서 갔으면 하고 학수고대했다. 그만큼 이지설 총장의 대학 운영은 한 마디로 개차반이였다.

대개 대학에서 관료 출신인 장관을 초빙해서 총장을 맡긴 것은 인맥을 통해 자금을 끌어와 대학을 발전시켜 볼까 한 데서 비롯했으나 관료 출신 총장들의 일방통행으로 갈등만 조장했지 건진 것이라곤 쥐뿔도 없다고 할 수 있다.

이 총장도 그런 부류에서 벗어나지 못했다.

교무회의에서 학장들이 이의를 달면 얼굴을 붉히며 화부터 내기 일쑤였다. 국무회의에서는 정부의 안에 어느 장관도 이의를 달지 않는데 교무회의는 왜 이 모양이냐고, 회의 중 나가는 것이 다반사였던 것이다.

그런다고 자유분방한 대학사회에서 총장의 돌출행동이 먹히거나 통할 리 없었으니 2년이 못가 이지설의 이미지는 땅에 떨어지고 말았다.

그에 따라 본부 보직자도 2년 임기에 1년도 못가 바뀌는 기현상이 일어나며 특히 교무처장은 한두 달도 버티지 못하고 자진 사퇴하는 일이 자주 생기기까지 했다.

≒ 하는 일마다 자충수를 두다

이런 사태가 발생하자 영입파에게는 치명적이라고 할 수 있었다. 대학 발전을 위해 영입했으나 결과는 노태우 때 청와대 경제수석을 지내서 축재한 것이 수백 억이 넘는다는 소문이 나돌았는데도 학교를 위해 발전기금이라곤 땡전 한푼도 내놓지 않고 국비 판공비며 기성회비 판공비를 받아 '인마이 포켓만 한다'는 소문이 자자했으며 갈등 조장만으로는 성이 차지 않아 사사건건 간섭만 하고 있으니 여론이 좋을 리 없었다. 게다가 일부 영입파 교수들은 보직을 꿰어차는 바람에 보직을 하기 위해 영입했다는 속셈이 현실로 드러나면서 영입파 교수들은 죽을 쑤었다.

극소수 대학을 제외하고는 어느 대학이든 교양 필수과목으로 국어를 개설해 학점을 취득하지 못하면 졸업을 할 수 없다. 이에 불만을 품은 영입파 보직 교수 몇이서 시대에 맞게 국어를 폐지하고 다른 과목으로 대체하자는 주장을 내새워 한국어문학과 교수들과의 충돌은 극에 달한다.

저항이 워낙 거세어지자 보직 교수로서는 어떻게 할 수 없게 되자 해결 방안으로 이 총장이 직접 나서서 한국어문학과 교수들을 설득하기로 했다. 최정이 교수는 학장을 하고 있으니 총장 편에 섰으며 김인수, 김정식 교수는 영입파로 입을 꽉 처닫고 있었으니 문제될 것이 없었다.

있다면 눈치만 보는 서잠금, 때로는 바른 소리를 할 줄 아는 손남익 교수, 그리고 김준서 뿐이었다. 김준서는 하늘이 두 쪽 난다고 해도 반대했다.

급기야 세 교수는 총장실로 불려갔다.

차가 내오기도 전, 총장이 운을 뗐다.

"이번 기회에 시대에 맞게 교양과목을 전면적으로 개편하려 합니다. 학과에서도 협조해 주시기 바랍니다."

그렇게 말을 하는데도 서 교수나 손 교수는 그렇게 큰소리를 치던 것과는 달리 총장의 눈치만 슬슬 보고 있었다.

어쩔 수 없이 김준서가 발언을 할 수밖에 없었다.

"저, 총장님께서는 혹시 미국에서 태어나셨습니까?"

"난 순수 한국산이오. 그건 왜 묻소?"

"한국에서 태어나셨으면 한국인일 텐데 필수인 국어를 하찮게 여기고 없애지 못해 그렇게 안달하시니 말입니다."

"안달을 하다니요?"

"그렇지 않습니까. 대학생이라고 해서 국어를 다 잘 한답니까. 국어 공부는 죽을 때까지 해도 부족합니다. 그만큼 어렵다면 어려운 과목이며 우리 얼을 지키는 그릇이고요."

"그릇은 무슨 그릇?"

"총장님, 총장님의 대학운영방침을 모르는 바 아닙니다. 우리 대학이 서울대학교라면 몰라도 국어만은 살려야 합니다."

"지금은 영어를 해야 취직을 해서 살아갈 수 있소. 난 국어 대신 영어 강좌 시간을 대폭 개편해서 확대하려 하오."

"물론 영어도 중요하겠지요. 우리 대학 실정으로는 국어도 제대로 쓰고 말하지 못하는데 영어를 주당 12시간을 가르친다고 해서 교육의 효과가 나타난다고 보십니까?"

"당신들이 반대를 한다고 해도 국어를 폐지하고 영어 시간을 주당 12시간으로 늘릴 계획이란 말이오, 알겠소?"

"총장님, 들어 보세요. 어떤 학장은 국어와 문장론이라는 과목까지 개설해서 교수를 채용하는가 하면, 또 어떤 총장은 문장론을 폐쇄하기까지 했습니다. 그리고 이제는 국어마저 없애려고 합니다. 총장이 바뀔 때마다 국어가 시련을 당하다니, 지금이 일제 강점기입니까.

그리고 국어과목이 어디 동네북이라도 된답디까. 좋습니다. 총장님 마음대로 하세요. 지금 쓰고 있는 장편소설에 이 총장님을 실명으로 등장시켜 매장시키겠습니다."

"김 교수, 내게 협박을 하는 거요?"

"교수 주제에 감히 지존 같은 총장님께 협박을 하다니요"

그랬던 것이 2년 뒤, 박물관에서 택지개발지 프로젝트를 따 조사하게 되었으며 무연묘를 이장하다가 450년 된 미라가 나왔는데 김준서는 이를 제재로 소설을 쓸 때, 이지설 총장을 견지설로 등장시켜 형편없는 인간으로 묘사하기도 한다.

"그렇다면 시대에 맞게 과목명을 바꿀 수는 없소?"

"그렇다면 고려해 볼만 하지요."

"어떤 명칭이 좋겠소?"

잠시 침묵이 흐른 뒤에야 손남익 교수가 제안했다.

"언뜻 생각해 보니 의사표현법이 좋겠습니다."

"그래요. 그럴 듯하오. 그렇게 합시다."

해서 국어라는 과목은 사라지게 되고 의사표현법으로 대체되었다. 의사표현법은 10여 년 동안 존속하다가 이천재 총장이 들어서면서 그것마저 없어지고 발표와 토론으로 바뀌면서 한국어학과 교수들과 또 충돌을 빚게 된다.

그렇게 되자 이천재 총장은 이름 그대로 얼마나 꾀보인지, 그리고 초등학교 선생 감도 되지 못한다는 소문 그대로 교통정리는 고사하고 욕을 얻어먹지 않기 위해 자기는 쥐새끼처럼 빠지고 한국어문학과 교수와 동양철학과 교수끼리 밥그릇 싸움을 붙여 치고 박는 쟁탈전으로 떠넘겨 버리기까지 한다.

⇆ 화이트 헤어의 잔머리 굴리기

젊어 흰 머리카락을 가진 사람은 나이 들어서도 늙는 줄 모르니 좋을 것이다. 특히 남들 눈에 띄니 이미지 심기에 얼마나 좋은가. 이미지 관리에는 그만일 것이다. 나이 들어 흰 머리카락이 하나 둘 생기면 비애를 느끼는 것과는 달리. 바로 그런 교수가 통계학과에 한 분 있었다. 뒤에서 보면 늙은이인데 앞에서 보면 머리카락만 하얗지 얼굴 피부색은 포동포동한데다 윤기가 흐르는 손장창 교수이다.

대학 교수치고 그렇지 않은 교수가 드물겠으나 손 교수는 생김새와 마찬가지로 세상에 그보다 더 많이 아는 사람도 없었고 똑똑한 사람도 없었으며 더 잘난 사람도 없다고 생각하는 자가당착自家撞着의 소유자라고 할 수 있다.

말은 또 얼마나 표독스럽게 하는지 앉아서는 온갖 장창은 다 쓴다. 그러면서 말은 되게 못됐게, 그리고 표독스럽게 하는데 있어 둘째가라면 서러워할 위인이었다.

그런데 교수들이 그런 손장창을 겉모습 그대로를 믿고 압도적으로 지지해서 만장일치로 이지설 총장에 대항할 수 있는 대항마로 교수운영위원장으로 선출했다. 선출이 되자, 손 교수는 생글생글 웃는, 만면에 미소를 지울 줄을 몰랐다.

물론 나름대로 통밥을 재고 미소를 지으며 돌아다닐 것이다. 통밥이라는 것은 차기 총장선거를 의식한 속내, 만장일치로 교수운영위원장에 선출되었으니 총장은 따놓은 것이나 다름없다고 여기고 짓는 미소일 것이 분명했다.

교수운영위원장이 된 뒤, 맨 처음 시작한 것이 총장과 교수들과의 유대를 강화하는 일이었다.

여름방학이 되자 연령대로 교수들을 불러 모아 총장과 식사를 하면서 대화를 가지는 자리.

그랬는데 30대부터 시작해서 50대까지 만남을 주선하다가 어느 날 갑자기 유야무야 되고 말았다.

통밥을 굴리거나 잔머리 돌리기로 치면 자살한 전 대통령 노무현을 따라갈 자가 없을 것이다. 그의 인생은 승부사의 기질을 타고났다고 할 수 있다. 노무현 전 대통령은 삼당이 통합할 때, 정계로 끌어들인 은인인 김영삼을 배신하고 민주당에 남는 것으로서 첫번째 승부사의 기질을 보였다.

두 번째는 대통령으로 있으면서 선거에 미치는 발언을 해서 탄핵을 자초한 것이 된다. 민주당 국회의원의 수가 절대다수가 부족한 상황에서 국정을 이끌어 갈 수 없게 되자 승부사의 기질을 애드벌룬처럼 띄웠다. 먼저 탄핵으로 인해 국민의 동정심을 사게 했고 이어 자기가 임명한 사장으로 하여금 MBC, KBS 등 매스컴을 총동원해서 연일 두고 탄핵의 부당성을 24시간 방송하도록 해서 여론을 호도케 함으로써 열우당 공천만 받으면 도나 개나 국회의원으로 당선되는 승부수를 띄워 대성공을 거뒀다.

그리고 마지막 승부처는 비극의 온상이라고 할 수 있다.

정권이 바뀌자 노무현을 지지했던 사람들이 부정부패에 연루되어 감옥에 가게 되고 마누라하며 가족까지 불의의 돈에 얽히게 되자 자살이라는 극단의 승부수를 띄웠다.

자기 하나 죽음으로써 가족이 편안할 뿐 아니라 재산까지 고스란히 지켜 내게 되었으며 게다가 지지 세력들까지 수사를 종결짓게 했으니 꿩 먹고 알 먹고, 누이 좋고 매부 좋은, 그 이상의 것까지 먹었던 것을 토해내지 않게 했다. 더욱이 국민여론까지 동정심으로 돌려놓았으니 유례가 없는 사상 최대의 잔머리를 굴려 대성공을 거둔 것이 된다.

그런데도 그렇게 서러움을 받고 핍박받았던 '조중동' 언론에서조차 이를 언급하지 않으니, 세상은 정의만으로 되는 것은 아닌, 부당과 불의가 판을 치는 것인지도 모른다.

손장창이 그렇게 한 이유는 알 수 없으나 통밥을 재다가 수가 틀리니 그만둔 것이 분명했다.

그는 이해타산에 따라 행동하는 전형적인 위인이었으니 두 말할 나위가 없었다. 그러다가 손장창이 사회대 학장선거에 한번 떨어지고 두 번째 학장이 되어 교무회의에 참석하자 이 총장과는 또 부딪쳤다. 게다가 도시락부대에서는 그가 눈에 가시 같은 존재였으니 결정적인 잘못을 잡아 학장에서 밀어내려고 혈안이었다. 그렇게 눈독을 들이고 있을 때, 재수 없게도 손장창이 덜컥 걸려들고 말았던 것이다.

바로 골프 건이 발생했다.

금요일은 강의가 없어 어쩌다 골프를 친 것이 이지설 총장의 귀에 들어갔고 이 총장으로서는 때는 바로 이때다 하고 손장창을 끈질기게 물고 늘어졌다.

근무를 해야 할 시간에 골프를 쳤으니 공직자로서 도덕성을 상실했으며 직무에 태만했다는 미끼를 달아 교육부에 징계를 상신한 데다 학장 사표까지 내라고 강요했다.

손 교수가 어떻게 해서 차지한 학장인데 석 달도 못하고 사표를 내겠는가. 학장의 판공비만 해도 1백만이 넘고, 여기에 초과 수당이며 행정대학원장을 겸했기 때문에 50만 이상의 판공비가 추가되며 최고경영자과정의 수당 30만원까지 받았으니 이를 합쳐 월 200만원(이 금액은 96년 기준)은 되고도 남을 거액을 챙길 수 있었다.

법학과 권한주 교수는 판공비로 커피 한 잔 사지 않고 2년 동안 꼬박 저축을 해 5천만을 모았다는 소문이 나돌 정도였다.

이처럼 황금알을 낳는 자리를 내놓으라니 어디 쉽게 내놓을 손장창 교수가 아니었다. 그는 어떤 압력이 들어와도 버틸 대로 버텼다. 심지어 김준서에게 장창까지 써댔다.

"김 교수, 내가 어떤 사람이야. 이지설 그런 인간에게 당할 줄 알아. 수류탄을 가지고 가서 총장실에다 터뜨려 버리지 그냥 둬. 두고 봐. 그 ×새끼 팍 죽여 버릴 테니까."

"제발 하느라고 죽치고 앉아서 장창만 쓰지 말고 행동으로 옮기라고. 말만 앞세우는 사람, 무섭지 않더라."

"김 교수, 두고 보라니까. 그 새끼, 내가 팍 죽여 버리고 말 테니까. 아니면 그 새끼 죽이고 나도 따라 죽을 테니까."

그러나 그는 그런 위인이 되지 못했다. 장창이나 쓰고 말만 앞세웠지 실천이 따르지 않았다. 그의 성격이 그렇게 된 것은 발을 저는 데서 오는 콤플렉스가 그 원인이 아닌가 한다.

한번은 김준서가 교수운영위원회 회지에 실을 원고를 보여줬더니 한 마디 양해도 없이 뜯어 고치는 것이 아닌가.

화가 난 김준서가 직선적으로 소리쳤다.

"손 대지 마. 감히 어디다 함부로 손을 대."

손 교수는 얼굴이 홍당무가 되긴 했으나 되레 화를 냈다.

"내가 운영위원장이니까, 고쳤다. 어쩔래?"

"이 사람이, 뭐 어쩌고 어째?"

김준서가 주먹을 쥐고 당장 칠 듯이 험악하게 나오자 이내 기가 꺾이는 그런 인간, 말로만 장창을 쓰는 위인이었다.

그런데 어쩌겠는가. 공은 이 총장의 손으로 넘어갔으니.

바로 재임용의 건이 있었다. 교수가 된 지 7년이 지나면 자동적으로 재임용을 받아야 한다는 규정이 있었다. 해서 손 교수는 재임용에 걸려들어 옴짝달싹도 못할 수밖에.

손장창 교수가 강압에 못 이겨 학장사표를 냈는데도 이 총장을 찾아갔다거나 공관으로 찾아가 대판 싸움을 했다는 소문은 끝내 들리지 않았다. 말로만 죽인다고 설쳐댔지 실천을 하지 못한 나약한 인간의 전형, 앉아 장창이나 쓰는 전형을 손 교수에게서 보게 되어 김준서는 안타까웠다. 그리고 교육부에 올린 징계문제로 한동안 손장창 교수는 몹시 시달리게 된다.

손장창 교수를 징계하도록 종용한 배경에는 손 교수와 도시락부대의 오랜 불화 때문이었다.

그만큼 도시락부대는 악랄했다고 할까. 총장 영입파인 운동권은 자기들만 옳지 자기에게 동조하지 않은 세력은 무조건 적으로 돌리는 자충수를 수도 없이 두고 있었다.

≒ 개떡은 개도 먹지 않는다

이지설 총장이 물러나고 새 총장이 들어서서도 손 교수의 징계문제는 해결이 되지 않았다.

손 교수는 어떻게 하면 조금이라도 가벼운 징계를 받을까 해서 진정서를 썼는데 자기가 쓴 것이 아니라 서잠금 교수에게 부탁해 썼으나 이것 때문에 서와 손은 밀착됐던 사이가 벌어지게 된다. 그리고 하이개 총장도 교육부에 부탁해 달라고 해서 괴롭힘을 당했다.

이처럼 인간성이 백일하에 드러났는데도 세상에서 자기만이 깨끗하고 잘난 교수라는 자만심에 가득 차 있었다.

뒤에 이런 손장창 교수는 김준서와 정면으로 부딪친다.

손이 교육부와 청와대에 보낸 진정서에 의하면, 세상에 자기보다 훌륭한 스승은 없으며 자기보다 뛰어난 교수는 이 세상에 없다는 자화자찬, 누가 보아도 믿어지지 않는 내용의 진정서를 투서까지 하면서 백방으로 노력했는데도 골프 친 대가로 6개월의 감봉조치라는 중징계를 받았다.

손 교수는 앉아 말로만 장창을 썼지 청와대까지 진정서를 내어 관계 요로를 들쑤셨는데도 얻은 것이 조금도 없었다.

이지설 총장은 김준서가 교수운영위원장직을 대행하게 되었다는 보고를 받자 얼마든지 주무를 수 있다고 자신했는지 곧바로 김 교수에게 직접 전화를 했다.

"김 교수, 위원장된 것 축하합니다. 총장실로 와서 우리 차나 한 잔 하면서 이야기 좀 나눕시다."

"앞으로 자주 만나게 될 텐데, 그때 합시다."

김준서는 차 한 잔 하자는 데도 이를 거절했다.

이 총장은 여러 사람을 통해 김준서의 인간됨을 파악했을 것이다. 문학을 하니까 다정다감하다는 것쯤은.

거절을 한 뒤 얼마 되지 않아 가보여로부터 전화가 왔다. 그는 친 아버지에게 용돈조차 한 푼 주지 않아 자살케 한 인간이라서 그런지 님자조차 붙일 줄 몰랐다.

"김 교수, 나, 가보여라는 사람입니다. 우리 만납시다. 만나 식사라도 하면서 의견을 나눕시다."

듣기 좋은 음성이 아니었다. 깡패의 근성을 드러내는 것인지도 모른다는 생각마저 들게 했다.

그런 그의 근성을 시민들은 대충 알고 있었다.

특히 병원에 종사하는 직원들은 학질을 떼고도 남을 것이라며 욕을 해댔다.

"지금은 강의가 있어 어렵고 다음 기회에 봐서."

김준서는 일단 거절했다. 그랬는데 강의를 끝내고 연구실로 돌아오니 가보여가 연구실 앞에서 기다리고 있지 않는가.

이 총장에게 얼마나 신세를 졌으면 내노라 하는 인간이 이렇게까지 하는가를 생각하니 이지설 총장의 사람 다루는 법을 배울 만하다는 생각까지 들게 했다. 알고 보면 이해타산이 밝은 가보여가 은행대출 수억을 받아 병원을 증축하는데 이지설 총장의 도움으로 대출을 받은 데다 앞으로도 계속 그를 이용할까 해서 만사 제쳐두고 매달린 것인데도.

김준서는 어쩔 수 없이 만나 주지 않을 수 없었다.

그는 식사부터 하자고 하면서 내앞에 있는 고옥의 식당, 안성맞춤 놋그릇만을 사용하는 식당으로 데려갔다.

예상했던 대로 가보여는 식사가 나오기 전부터 이 총장의 재선을 위해 공동 노력하자는 제안을 했다.

"우리 한 배를 탑시다. 이 총장, 대단한 사람이오. DN대학 총장으로 아까운 사람이오. 그러니 도웁시다."

"그건 어디까지나 주관적인 판단이고, 저는 관료출신이라면 보기조차 싫어요. 그러니 그런 문제라면 일어납시다."

"당신, 내게 이렇게까지 나올 거요?"

이건 벌써부터 깡패 기질을 드러내기 시작했다. 그리고 김준서를 자기 병원 직원 다루듯이 했다. 심지어 웃통부터 벗으면서 식식댔다. 젊어 한때 하이개 교수처럼 시장바닥에서 논 모양이었다. 그런 기질을 김준서에게 드러냈다.

"이 세상에서 어른치고 남의 사주를 받고 행동하는 거, 그보다 꼴불견은 없소. 웃통을 벗었으니 어디 한번 쳐보시지."

"이 친구, 내가 치라면 못 칠 것 같소?"

"보는 사람도 없으니 증인을 세울 수도 없고, 이보다 더 좋은 기회는 없을 거요. 어디 한번 쳐 보시지."

김준서는 큰소리치는 사람치고 주먹을 휘두르는 사람이 드물다는 것을 알고 있었다. 그리고 그런 사람에게는 차분하게 대하면 오히려 겁을 낸다는 것을 경험으로 알고 있었다.

김준서는 아주 차분하고 냉정하게 대했다. 그러자 가보여는 성질을 못 이겨 울그락푸르락 하면서 식식대기만 했다.

"밥맛 다 떨어졌습니다. 그만 일어섭시다."

김준서는 밥상이 들어오자 일어섰다. 가보여란 인간은 두 번 상종할 사람이 아님을 깨달았다.

다음에 만날 때는 약점을 잡히지 않도록 주의해야 했다.

이틀 뒤, 김준서는 이정규가 식사를 하자고 해서 약속 장소로 가니 외부 위원 8명이 나와 기다리고 있었다. 가보여 혼자서는 설득이 불가능했던지 8명이 김준서를 협박해서라도 설득하려고 교무처장한테 불러내게 한 모양이었다.

그는 조용조용 말을 하다가 김준서가 전혀 들은 척도 하지 않으니 화가 난 데다 8명이 들어 압박했다.

그런데도 김준서는 꿈쩍도 하지 않았다. 그러자 가보여가 또 웃통을 벗더니 칠 듯이 달려들었다.

이정규 교부처장은 말리지도 않고 눈치만 보고 있었다. 김준서와는 승진을 함께 한 입사동기인데도 교수 편에 서지 못하고 눈치만 보고 있으니 보직의 노예가 분명했다.

"여보시오. 8명이 들어 협박한다고 들어줄 것 같소. 천만의 말씀, 자, 내 손 뒤로 묶고 있을 테니 해볼 대로 하세요."

그러나 가보여는 주먹을 휘두르지 않고 말로만 장창을 썼다. 막돼먹은 깡패 집단도 이렇듯이 협박하지는 않을 것이다.

"그럼 위원님들, 대책 많이 논의하시오. 이만 가겠습니다."

그 길로 김준서는 식당을 나와 버렸다.

그 뒤로는 포기를 했는지 가보여가 연락하지 않았다.

며칠 사이에 변동이 있다면 교무처장 이정규 교수가 갑자기 사표를 낸 것이었다.

이 총장에게 얼마나 구박을 받았으면 무슨 소리를 들어도 티낼 줄 모르는 이 교수가 사표를 다 냈을까.

이 교수는 고교 선배라서 이 총장을 도와준다고 교무처장을 맡았다가 이미지만 꾸기고 두 달 만에 떨려났다.

학교 이미지 때문에 모든 것을 조용히 처리하려고 했던 교수운영위원회에서는 최후 수단으로 이지설 총장 퇴진을 위해 교수들의 서명을 받기로 하고 교수회의를 소집했다.

그러나 교수들은 직접 이해관계가 얽히지 않아 남의 일처럼 협조를 하지 않아 성원이 되지 않았으며 일일이 전화를 해 겨우 과반수 참석으로 결정을 할 수 있었다. 그리고 마지못해 찬성은 했으나 교수회의 참석했던 교수들은 이 핑계 저 핑계를 대면서 또 서명을 하지 않으려고 했다. 서명이라도 하면 이 총장에게 불이익을 당할까 망설이는 것이 교수가 아니라 마치 좀생이들의 집합소나 다름없었다.

김준서는 교수들의 이해타산은 왜 그렇게 밝히는지 서명 운동을 추진하면서 생리까지 알자 치를 떨지 않을 수 없었다.

서명은 도시락부대가 많은 인문대가 특히 부진했다. 어쩔 수 없이 김준서는 서명을 하지 않은 교수 연구실을 찾아가 부탁했다. 동양철학과 이해영 교수는 말을 꺼내기도 전에 꼴값을 했다. 그는 다리를 저는 절름발이, 인상도 한센인처럼 좋지 않았다. 저것도 교수인가 싶은데 말 하나는 표독스러웠다.

"나 이런 것, 제일 싫어해요. 내 방에서 당장 나가시오."

"아 그래요. 이 연구실은 당신 방이기 전에 국가 재산이오. 어디서 들어온 사람을 함부로 밀어내, 밀어내기를."

그런데도 막무가내로 밀어내지 않는가. 아무리 철학을 한다 해도 이해가 가지 않는 사람이었다.

그러던 이해영 교수도 하이개가 총장이 되자 김준서를 대하는 태도가 사나운 개가 꼬리를 내리듯이 싹 달라진다.

김준서는 운영위원들의 적극적인 협조로 85.9%의 서명을 받아서 운영위원회 간사와 함께 총장을 만났다.

더 이상 간선을 주장한다면 이 자료를 언론에 공개하고 공개적으로 총장퇴진운동을 전개하겠다고 통보했으나 이지설 총장의 입에서는 어떤 언질도 받아내지 못했다.

그로부터 며칠이 지나 본부 회의실에서 참석하라는 통보가 왔다. 공문을 보니 듣지도 보지도 못한 발전후원회 회장의 명의였다. 회장을 맡길 사람이 그렇게도 없어 도적십자사

부위원장이며 조그만 주유소를 운영하는 사람이었다. 그는 학부형도 아니었고 발전기금을 내놓을 만한 재력도 없었다.

김준서는 금방 알아차렸다. 이 총장이 어디서 급조한 발전후원회의 명의를 빌어 또 협박하려는가 보다 하고.

이지설은 악랄한 데다 끈질긴 사람이었다.

김준서는 저들을 어떻게 대해야 할 것인지 생각했다. 생각 끝에 학문으로 대하는 것이 최선의 방법일 것 같아서 그 동안 발간한 저서와 작품집 등 서른 권을 들고 회의실로 갔다.

회의실로 들어서니 벌써부터 30여 명 가까운 급조된 위원들이 진을 치고 빙 둘러 앉아 칼을 갈고 있었다.

이제부터 본격적인 30 : 1의 논쟁.

자리에 앉기도 전에 위원장 권이영이 한다는 소리가 미쳐도 그렇게 미친놈의 말은 태어난 이래 듣지도 못했다.

"당신이 뭔데, 총장이 시키는 대로 하지, 왜 반대를 해?"

"…! …?"

김준서는 너무나 어이가 없어 말이 나오지 않았다.

"지금부터라도 총장을 도우시오. 감히 교수 주제에 총장에게 대놓고 달려들어. 이지설 총장님이 누구신데…"

김준서는 주변머리가 없다. 눌변에 가깝다. 그리고 좀체 서두를 꺼내지 못한다. 더구나 화가 치밀면 침부터 튀어나온다.

그랬는데 그가 얼마나 모욕을 당했던지, 이때만큼은 달랐다, 화가 전혀 나지 않았다. 오히려 차분했던 것이다.

"안녕하십니까? 저 김준서입니다. 여러 위원님들, 바쁘신데도 이렇게 참석해 주셔서 대단히 고맙습니다. 거듭 감사드립니다. 그런데 저 투사 아닙니다. 보세요, 제가 들고 온 것은 이 대학에 와서 연구해서 낸 저서와 작품집입니다."

그러면서 주위를 둘러보았다. 다들 저서를 보면서 대단하다는 표정을 짓고 있었다.

김준서는 조용조용 말을 이어 갔다.

"저 이 대학에 와서 열심히 연구하고 학생들을 가르쳤습니다. 오직 학생들을 위해, 대학의 발전을 위해 말입니다. 교수는 연구하고 가르치는 것이 본업입니다. 그런 제가 운영위원장을 왜 맡았겠습니까? 이대로 가다가는 우리 대학의 발전은 요원하다는 생각을 했기 때문입니다. 바깥에서는 이지설 총장님이 오셔서 일을 많이 했다고 알려졌겠지요. 그러나 재력가라고 소문이 자자한데도 발전기금 한 푼 내지 않았습니다. 오직 총장이라는 자리만 탐내어 미련을 버리지 못하고 있습니다. 그런 이권만 챙기려는 사람에게 저는 더 이상 우리 대학을 맡길 수 없다고 생각했기 때문에 반대하는 것이지 다른 의도는 없습니다. 대학의 발전은 교수들의 연구에 달렸습니다. 연구해서 노벨상이라도 타는 교수가 우리 대학에서 나온다면 대한민국에서는 알아주는 대학으로 거듭 날 것입니다. 제대로 된 총장이라면 교수들이 연구하는데 적극적으로 지원해야지 파벌이나 조성하고 불화만 조장하는 그런 총장은 우리 대학교에서는 더 이상 필요하지 않습니다."

그러자 간사로 참석한 비서실장, 주사인 정종수가 주제 파악을 못하고 벌떡 일어서더니 악을 써댔다.

"만약 하이개 교수가 총장이 된다면 저는 그 즉시 선거무효소송을 낼 것이며 대법원까지 끌고 갈 것입니다."

"정종수 주사님, 저는 하이개 교수가 총장이 되고, 되지 않는 것과는 별개 문제입니다. 이건 총장선출의 문제입니다. 아시겠습니까? 그런데 당신 6급 공무원 맞아요? 공무원이면 공무원답게 행동해야지, 그런다고 이지설 총장이 당장 5급 사무관으로 승진시켜 준다고 약속이라도 받아 냈습니까? 주제 파악 좀 하세요."

"김준서 교수님, 두고 보시오. 내 가만히 있나."

"방금 정종수 주사가 한 행동은 바로 이지설 총장의 행동과 다름없다는 것을 말씀드리면서 이만 물러가겠습니다. 그럼 늘 건강하시고 하시는 일 뜻대로 되시기 바랍니다."

김준서는 할 말은 다한 뒤, 돌아보지도 않고 나와 버렸다.

이야기는 앞서 가지만 김준서가 그 고생을 하며 총장선거직선을 치러 하이개 교수가 총장이 되었다. 총장이 되었는데도 김준서에게 수고했다는 말 한 마디 하지 않았다.

정종수는 하이개가 총장이 되었는데도 소송을 제기하지 않았다. 오히려 하 총장에게 고교 선배임을 내세워 간사하게 매달렸다. 얼마나 간사하게 매달렸으면 하이개 총장은 김준서가 적극적으로 반대를 했는데도, 이유야 어쨌든 정종수를 5급 사무관으로 승진시킨다.

김준서로 봐서는 뼈 빠지게 고생을 해서 총장을 만들어 놓으니 직접 듣지 않았다고 해서 그런 주제 파악도 못하는 공무원까지 승진시키니 하이개 총장은 김준서로 하여금 반감의 벽을 쌓게 만들어 3선 저지에 결정적인 역할을 한다.

이제 결정타를 날릴 수 있는 기회는 단 하나, 교무회의에 참석해서 교무위원들을 설득하는 길뿐이었다.

그러나 교수운영위원회에서 교무회의에 참석하겠다고 공문을 띄웠으나 본부에서는 연락조차 없었다. 어쩔 수 없이 김준서는 교무회의 시간에 맞춰 회의실로 갈 수밖에.

회의실로 들어서자 이지설 총장은 "교수운영위원장이 여긴 왜?" 하더니 회의실을 나가 버리는 것이 아닌가.

김준서로서는 이왕지사 시작한 일이었다. 담판을 지으려고 총장을 따라 총장실로 들어갔다. 그러자 총장은 코트를 걸치더니 총장실을 나가 버리는 것이 아닌가.

김준서는 본관 현관까지 이 총장을 따라가서 차에 타려는 그의 팔을 잡아끌었다. 팔을 잡힌 이 총장은 발끈해서 말했다.

"김 교수, 사람을 이렇게 칠 수 있소?"

"누가 쳤다고? 쳤으면 진단서 끊어 고소하세요."

"일개 교수인 주제에 총장인 내게 이럴 수 있소?"

"제가 뭘, 어떻게 했습니까? 총장님께서는 교무회의를 주관하다 도망을 치시니, 잘못한 짓을 많이 한 모양이지요?"

"이 손 놓아요. 팔 부러지겠소."

비서실장 정종수가 김준서의 팔을 잡아챘다.

손힘이라면 둘째가라면 서러워할 김준서, 정 실장의 팔을 꺾어버렸다. 팔을 꺾어 버리고는 "총장님, 뭐가 그리 무서워서 도망가십니까? 당당하게 저와 맞서 보십시오." 하면서 팔을 놓아 주었다.

팔을 놓아주기 무섭게 이 총장은 1호차를 타고 사라졌다.

김준서는 돌아가 교무위원들에게 일갈했다.

"먼저 죄송하다는 말씀부터 드리겠습니다. 회의 중에 불쑥 뛰어들어 소란을 피운 점 말입니다. 저는 한 마디만 하고 물러가겠습니다. 여기 참석한 교무위원님들은 임명직 본부 보직자 이외는 선출직인 학장들입니다. 학장님들은 원로급 교수로서 재임용의 약점도 없을 것입니다. 그런데 뭐가 그렇게 무서워 이 총장한테 할 말 못하고 쥐 죽은 듯 눈치나 보다가 학교를 이 지경으로 만들었습니까. 동료 교수가 총장이 되었을 때도 그랬습니까? 누가 말씀해 보세요. 사전에 총장의 시도를 교무회의에서 적극적으로 저지했다면 이렇게까지는 되지 않았을 것입니다. 교무위원들은 임을 통감하세요. 제가 주제넘게시리 교무회의에 뛰어든 점, 깊이 사과를 드리면서 이만 물러가겠습니다."

김준서수는 웅변을 토하고 나와 버렸다.

그로부터 며칠이 지나 이 총장은 대학을 완전히 말아 먹으려는지, 대학의 이미지를 실추시키려는지 교수운영위원회가 조직한 총장선거관리위원회를 불법으로 규정해서 지원에 행정소송까지 제기했다.

소송의 주체는 이지설이 아니라 6급 박갑일이었다.

박갑일도 총장의 사주를 받고 했겠지만 그도 꼴값 하느라고 교수들을 협박까지 했다.

만약 소송에 지게 되면 선관위원들은 연금조차 타지 못한다고 공문까지 보내 협박했다.

그러나 세상은 그렇게 어리숙하지 않았다. 옳고 그른 것은 어느 정도 판가름할 이성은 남아 있었다. 시내 사람들이나 소수 교수들은 이지설 총장이 여론도 나쁜 데다가 재판에 질 것이 뻔했으며 사방에서 소송을 취하하라는 압력에 시달리다 못해 소송을 취하했다고 교수들은 알고 있다.

실은 그게 아니었다. 이세균 교수가 운영위원장일 때. 김준서, 하이개 등과 함께 국회 청문회에 참관하러 갔다가 평민당 문광위원인 배사문 의원을 만나 국립대학교 총장선거 규정의 맹점인 평의원을 구성해서 간접선거로도 총장을 선출할 수 있다는 항만 빼 달라고 부탁을 했다.

그 대가로 이번 대통령 선거에서 배 의원이 절대 지지하는 DJ를 적극 밀겠다는 약속을 했다.

해서 그가 문광위원회에서 그 조항을 독소 조항임을 들어

삭제했기 때문에 더 이상 이지설 총장으로서는 기댈 법적 조항이 사라졌기 때문이었다.

그리고 이 총장이 얼마나 야비하고 비겁한가 하면 판공비를 모두 쓸어 담아 S산업대학교 총장 운동을 암암리에 총장이 되려고 탐욕의 극치를 자작하고 있었으니.

이지설 총장으로부터 얻은 것이라면, 대학의 발전을 위해 능력 있는 외부 인사를 영입해 총장을 맡긴다는 것은 일부 교수들의 망상에 지나지 않았다는 것을 깨닫게 해 줬다.

교수들 스스로 뼈를 깎는 노력 없이는 대학의 발전은 물 건너갔음을 깨닫게 해 주는 교훈, 더욱이 이지설로 말미암아 신설 대학의 이미지만 땅에 떨어뜨렸으며 진흙탕물만 잔뜩 흐려 놓아 수습이 거의 불가능할 정도에 이르게 했다는 것뿐.

이지설이 S산업대학교의 총장이 되었다는 것을 알고 하 교수가 김준서에게 못마땅해서 한 마디 던졌다.

"당신, 뭐했어? 우리 대학 사정을 저쪽 교수운영위원회에 알려 총장이 되지 못하도록 방해공작을 했어야지."

"그런 것을 원했다면 당신이 하지 왜 안했어?"

그런데 실은 저쪽 운영위원회에서 이지설 총장에 대해 문의를 해 왔을 때, 김준서는 있는 사실, 진행되고 있는 그대로 작성해서 보내주면서 요청한다면 직접 가서 우리 대학의 사태를 설명하겠다고 했으나 저쪽에서는 반응이 없었다.

그런데 뭘 어떻게 하라고, 야비하게 찾아가서 일일이 교수들에게 이지설의 행패를 설명하면서 반대운동이라도 하라고.

이로써 하이개의 나쁜 점을 또 하나 보게 되었다.

교수운영위원회에서 종전 총장선출규정에 의해 선거관리 위원회 위원들의 추천을 받아 총장선거를 치르게 되었다.

입후보자는 단 두 명뿐이었다. 먼저 이지설과 대결해 6표 차이로 떨어졌으니 너무나 아쉬워하다 몸이 반쪽이 된 국사교육과 김호조 교수이다. 그 여섯 표마저도 학과 교수들이 이지설을 찍었기 때문에 떨어졌다.

몸은 비록 반쪽이 되었으나 그 정도로 감정을 절제할 수 있었다는 것은 불행 중 다행이었다. 김호조 교수는 학장선거에 나섰다가 후배들에게 배신을 당해 떨어진 뒤로 중풍으로 쓰러진 김춘택 교수며, 총장선거에 나섰다가 3표 차이로 떨어진 충격으로 말미암아 쓰러져 작고한 한상덕 교수에 비하면 대단한 강심장의 소유자라고 하지 않을 수 없었다.

그런 김호조는 총장선거에는 나서지 말았어야 했다. 목을 매다시피해서 초등학교 교감 감도 되지 못한다고 반대했던 도시락부대, 그들로부터 지지라는 약속을 받아냈으니 당선은 문제없다고 큰소리쳤는데 그것은 주제 파악을 못해도 못했고 학교 돌아가는 형편을 몰라도 너무 몰라서였다.

다른 후보로는 하이개였다. 그가 부위원장 후보를 구하지 못해 운영위원회를 출범시키지 못해 암초에 부딪쳤을 때, 나이 어린 위원장 밑으로 들어가기를 자청하면서까지 김준서가 총장으로 민 하이개 교수였다.

김준서가 이지설 총장 패거리에게 집단 구타를 당하다시피 하거나 갖은 모욕을 당하면서까지 교수운영위원회를 지탱시키면서 이끌어간 것은 학교를 생각한 점도 있었으나 솔직히 말해 하 교수를 총장으로 만들기 위한 면도 있었다.

하 교수는 총장 운동을 할 필요가 없었다. 이유는 교수들로서는 선택의 여지가 없어서였다.

도시락부대의 행패를 본 교수들은 기권을 하든가, 아니면 무조건 하이개 교수를 찍을 수밖에 없었으니 하 교수는 누워서 떡을 삼키는 셈이나 다름없었다.

투표가 끝나고 뚜껑을 열어 본 결과는 김준서가 예상한 그대로였다. 하이개 교수가 148표, 김호조 교수 35표였다.

김호조 교수는 K고교 제자들만 해도 서른 명에 가깝다.

그런데도 표를 이것밖에 얻지 못했다는 것은 도시락부대의 지원을 약속받았다는 소문이 결정적으로 작용해서였다.

≒ 총장을 만들어 준 사람은

이명박 후보를 대통령으로 당선시킨 1등 공신은 노무현 패거리와 일당, 그 정점에서 개판을 칠 대로 친 노무현 대통령 본인이듯이 하이개를 총장으로 당선시키는 데 있어 1등 공신은 교수들이 그렇게도 싫어하는 도시락부대, 바로 우두머리는 이지설 총장, 바로 그 인간이었다.

이지설 총장이 악수를 두면 둘수록 하이개 교수의 총장 당선은 따 놓은 당상이나 다름없었다

결과가 발표되자 맨 먼저 전화를 걸어온 사람이 이지설 총장이었다고 하 교수가 김준서에게 털어놓았다.

"김 교수, 내가 총장이라는 말을 맨 먼저 들은 사람이 누군지 알아? 바로 이 총장이라고. 이 총장한테 전화가 왔는데 '하 총장, 먼저 축하부터 드립니다.' 하는 것이 아니겠어."

"그 인간은 그러고도 남아. 비비기가 전문이니까."

김준서는 하이개의 하는 말을 웃고 넘겼다.

그런 하이개도 총장으로 당선된 순간부터 사람이 달라졌다. 한 마디로 기고만장하다고 할까. 오만불손하다고 할까. 거만이 뚝뚝 떴는다고 할까.

사람이 변해도 그렇게 변할 수 없었다.

하 교수는 퇴근만 하면 하루도 빠지지 않고 김준서와 함께 집으로 가 저녁을 먹고 바둑을 두거나 선거대책을 숙의하고 했었는데 일체 집으로 가자고도 하지 않았다.

김준서는 유방을 도와 중국을 통일한 뒤, 패의 늪으로 들어가 숨어버린 한신의 처세술이 떠올랐다.

앞서 이정규 교수가 교무처장에 임명된 지 얼마 되지 않아

그만두게 되었다고 했다. 김준서는 이정규 교수와는 지난 총장선거에서 표가 많은 사람을 밀어주기로 약속했으나 표가 생각보다 적게 나오자 투표도 하지 않고 사라져 버려서 신의가 없다고 하더라도 그에게 미안한 마음이 가시지 않았다.

김준서가 총장의 뜻을 들어 주었다면 이 교수가 두 달도 되기 전에 교무처장에서 떨려나지는 않았을 것이다.

지금 총장의 남은 임기는 한 달 정도. 그런데도 교무처장을 하겠다고 자청해 나선 교수가 있어 화제가 되었다.

그는 바로 도시락부대의 행동대장 이응소 교수였다. 그가 한 달 남은 기간을 채우기 위해 교무처장을 자청한 것은 아닐 것이었다. 그에게는 나름대로 꿍꿍이속이 있었다.

총장선거는 제때 치르지 못하고 예정일을 넘기게 되는 것은 뻔한 사실, 게다가 당선자가 서류를 갖춰 교육부에 임명동의서를 제출한다고 해도 교육부가 국무회의에 보고를 해서 통과되어야 하며 그에 따라 대통령이 임명하자면, 절차상 두어 달은 족히 소요하게 된다. 그리고 또한 나름대로 계산이 더 있었다. 별도로 총장선거의 문제점을 제기하고 총장 임명을 보류해 달라고 총장 서리로서 교육부에 요청하면, 교육부도 이를 무시하지 못할 것이다.

재차 총장선거를 치러 총장을 임명하기까지 넉넉잡고 여섯 달은 걸리게 될 것임을 통밥으로 때려잡았다.

그러면 최소한 7, 8개월 동안 총장서리를 할 수 있으니 총장 서리라는 감투에다 총장의 국비 판공비며 기성회비 판공비마저 독식할 수 있으니 꿩 먹고 알을 먹기 위해서였다.

이런 꿍꿍이속을 둔한 교수들이라고 해도 모를 리 없는데도 엉망진창이 된 학교를 수습하기 위해 교무처장을 울며 겨자 먹기로 떠맡았다고 변명까지 하면서 돌아다녔으니 포스코에 특별히 주문한 철판을 얼굴에 깐 모양이었다.

DN대학 총장선출문제가 얼마나 시끄러웠으면 PD수첩에서 알고 취재차 서울에서 내려왔으며 이 총장의 임기가 끝나 서울로 가 버려 교무처장이 대신 인터뷰에 응했다.

"총장선거에 있어 무엇이 문제라고 생각하십니까?"

이웅소 교무처장은 뻔뻔스럽게 대답했다.

그의 인터뷰는 내가 하면 로맨스, 남이 하면 스캔들이었고 반대파 교수들은 무조건 틀렸고 나만 옳다는 말로 일관했다.

"요새 교수들, 본부 말 어디 듣습니까, 제멋대로입니다. 황제대접에다 철밥통입니다. 그러니 문제가 생길 수밖에요."

"그렇다면 이 처장님도 교수니 황제가 아닙니까?"

"황제라니요? 천만의 말씀, 전 아닙니다. 심부름꾼이지요. 그러니까 이런 궂은일을 떠맡았던 것이 아니겠습니까."

그런데 기자라는 직업이 얼마나 센스가 있는가.

방송이 나갈 때는 아예 싹둥 삭제하고 황제라는 말과 철밥통이라는 것만 내보냈다.

이를 들은 교수들은 혀를 내둘렀다.

이어 교수운영위원장인 김준서 교수를 찾았으나 만날 수 없었다. 운영위원 소속 교수 서너 명을 만나 학교 돌아가는 형편을 인터뷰했으나 방송을 타지 못했다.

취재팀은 취재를 끝내고 연구실로 찾아가 김준서를 만났다. 그는 예의상 그들과 인사치레로 목례를 했을 뿐이다.

기자가 물었다. 물었으나 카메라로 사진을 찍는 것도 아니었고 녹음을 하는 것도 아니었다. 폼만 잡는 것이 분명했다. 그렇다고 총장선거에 대해 물어본 것도 아니었다.

"교수 채용에 있어 돈 받은 것을 어떻게 생각하십니까? 같은 교수의 입장에서 말입니다. 한 마디만 하시지요."

"그 문제에 대해서는 저도 교수의 한 사람으로서 얼굴을 들 수 없을 정도로 부끄럽게 생각합니다.

그러나 단순히 교수만의 잘못이라고 생각지 않습니다. 제도상의 문제도 있지요. 그리고 대학 본부의 묵인이 아니라면 불가능하다고 생각합니다. 어디까지나 발령은 총장이 내기 때문에 이지설 총장이 책임을 져야 합니다."

"가재는 게 편이라고 그렇게만 생각하세요?"

"겉으로는 교수의 자질 문제 같으나 이면에는 뭔가가 있지 않나 하는 생각이 듭니다. 이번 기회에 그런 문제점까지 밝혀졌으면 했었는데 검찰도 밝히지 않아 아쉽습니다."

"김 교수님, 잘 들었습니다. 그럼 이만. 시간이 없어서."

김준서는 말을 하고 보니 불쾌했다. 메모를 하는 것도 녹음을 하는 것도 아니었다. 괜히 입만 아팠다. 물론 취재한 것을 편집할 때 삭제해서 전파를 타지 못했던 것이다.

뒤늦게 하이개가 이를 알고 못마땅해 했다.

인터뷰에 응해 이 총장을 신랄하게 비판 좀 하지 뭐 했느냐고 했으나 그는 기자들의 생리를 모르고 하는 소리였다. 촌지를 듬뿍 집어준다고 해도 자기들 생리에 맞지 않으면 코방귀도 뀌지 않는다는 것을 모르고 하는 소리였다.

김준서의 예상대로 2월이 되자 이 총장의 임기가 끝나 서울로 가 버렸다. 그 대신 교무처장이 총장을 대행하게 되면서 그에게는 총장 서리라는 기분 좋은 칭호가 따라붙었다. 게다가 한 달에 천만원 이상의 판공비까지 독식했다.

이웅소 교수는 직원이 하이개 교수의 총장 임명서류를 갖춰 결재를 받으러 왔으나 이런저런 핑계를 대어 돌려보내고, 또 갖춰 오면 또 뭐가 빠졌다고 퇴짜를 놓기 일쑤였다.

그러면서 차일피일 시간을 끌었으나 철판 깐 얼굴도 낯 뜨거운 짓을 한 짓을 알기는 안 모양이었다.

서너 번 퇴짜를 놓다가 사무관인 교무과장의 항의를 받고 결재를 하는 촌극을 벌렸다.

대학의 가장 큰 행사인 입학식은 다가오는데도 총장발령은 언제 날지 기약할 수 없었다.

교무과장이 당선자인 하이개 교수에게 말했다.

"누가 교육부에 올라가 발령을 받을 때까지 대행이라도

좋으니 당선자가 총장 업무를 보도록 건의하는 것이 좋을 겁니다. 이렇게 기약 없이 기다릴 수는 없으니 말입니다."

하 교수는 귀가 솔깃했으나 누가 교육부에 가서 부탁하려고 하겠는가. 교육부에 갈 사람을 찾으니 아무도 없었다.

김준서는 하이개를 총장으로 만들기 위해 얼마나 많은 육체적, 정신적으로 고통을 당했는지 모르는데 이 일로 또 십자가를 져야 했다. 제안을 한 교무과장을 만나 보니 교육부에 가서 대학지원과장을 만나서 사정을 이야기하고 도와 달라고 하라는 것이 아닌가.

김준서는 발이 넓은 것도 아니었다. 그렇다고 교육부에 아는 사람이 있는 것도 아니었다. 대학국장이 고향 선배였으나 지난 해 정년을 했으니 무작정 대학지원과장을 찾는 길밖에 없었다. 찾아가면서도 어떤 기대를 한 것은 아니었다. 교육부 공무원에 대해 너무 잘 알고 있었기 때문이다.

서기관인 일개 대학지원과장이 대학의 정책을 좌지우지하는 나라가 지구상 또 어디에 있을까. 관료주의 온상인 교육부가 들고 날며 정책을 자행하고 있지 않는가.

7개 국립대학이 동시에 종합대학교로 승격되면서 용이 된 것은 교육부 공무원이었다. 꽉 막힌 승진에 숨통이 트였다. 아무리 무능한 공무원이라도, 제 아무리 잘못을 했다고 하더라도 불이익을 받거나 제재를 받지 아니하고 주사가 사무관으로, 사무관이 서기관으로, 서기관에서 사무국장인 부이사관으로 승진하면서 지방 국립대학으로 발령을 냈다.

그리고 눈 감고 아웅 하는 식으로 6개월, 아니면 1년 뒤에는 본청으로 재발령을 받아 복귀했으니 공무원치고 그런 횡재가 없었다. 그런 처지인데 지방 국립대학교 평교수가 한 보따리 싸 들고 가서 부탁을 한다면 모를까.

어디 맨입으로는 콧방귀나 뀌려고 하겠는가.

김준서는 정부종합청사 8층에 있는 대학지원과를 찾았다. 과 사무실로 들어서니 말단 공무원이라는 것이 교육고시에 합격한 사람들뿐이며, 그것도 12명의 사무관이 점심시간도 아닌데 잡담이나 하고 있었다.

고급인력의 낭비를 여기서 또 보게 된다.

김준서는 앞에 앉은 여직원에게 물었다.

"안녕하십니까? 전 DN대학 교수운영위원장 김준서라고 합니다. 대학지원과장님 좀 뵈러 왔습니다."

사무관인 차이순은 얼마나 당돌하고 돼먹지 않았던지 국립대학 교수쯤이야 하고 말부터 상대방을 무시하는 투였다.

"DN대학 그 말썽 많은 대학, 총장선거에, 교수 채용 비리에 우리들 머리가 씨끈씨근해요. 그리고 각하(DJ)께서도 다 알고 있고요. 그런데 무슨 낯짝으로 찾아와 생짜를 부려?"

"생짜로 부리다니오? 저 그런 사람 아닙니다. 이지설 총장이 간선으로 총장을 한번 더 하려고 갖은 무리수를 뒀는데, 이를 교수들이 바로잡으려고 한 것을 두고 그렇게 말씀하시다니요. 뭔가 잘못 알거나 오해를 하고 있는 것 아닙니까?"

"우리가 바본 줄 알아요? 그건 그렇고 용건은?"

"총장 당선자가 발령이 늦어 학교 행정이 제대로 굴러가지 않습니다. 입학식도 있고요. 과장님을 만나 당선자가 총장 직무를 대행이라도 해 달라고 부탁드리려고 왔습니다."

"과장님은 지금 외출 중이라서 자리에 안 계십니다."

"그럼 여기서 기다리겠습니다."

"아마 늦게 돌아올 것입니다. 그런데 여기가 어디라고 그런 부탁을 하러 왔어요? 참으로 뻔뻔하네요."

김준서는 비록 부탁을 하러 온 처지지만 여 사무관이 안하무인격으로 대하는 데다 더 이상의 모욕은 참을 수 없었다.

"뻔뻔하다니요? 이거 지나치지 않습니까?"

"말썽을 그렇게 피웠으면 조용히 지내면서 처분만 바랄 것이지 찾아오긴 왜 찾아와서 시끄럽게 굴기를 굴어."

"차 사무관님, 말씀을 좀 삼가 했으면 합니다. 당신 보고 찾아온 게 아니라 대학지원과이기 때문에 찾아온 겁니다."

그러자 차 사무관은 뜻밖의 소스를 귀띔했다.

"좋아요, 총장 서리인 교무처장, 이 뭐더라. 그 친구 대단히 웃기더군요. 총장선거의 문제점을 들어 하이개 당선자를 발령 내서는 안된다는 진정서를 보내왔어요. 정식 공문으로 보낸 것이 아니라 결재가 없는 비공식 공문으로 말이오. 우리도 이를 어떻게 처리할까, 다방면에서 검토 중입니다."

"이응소 교수가 그런 진정서까지 보냈다는 것은 금시초문입니다. 진정서 좀 보여줄 수 없을까요?"

"보여주는 것은 곤란합니다. 사적으로 보여줄 수도 없고요. 뒤처리는 우리가 알아서 처리할 테니까요."

"빠른 시일 내에 선처를 부탁드립니다."

김준서는 대학지원과장을 만나 보지도 못한 채 사무실을 나섰다. 기분이 영 떨떠름해서 견딜 수 없었다.

3월 2일 입학식을 치렀으나 그보다 초라한 입학식은 개교한 이래 없었다. 학생처장만 단상에 달랑 앉아 있을 뿐 총장대행인 이 교무처장이 환영사를 하고 있으니 같은 패거리인 도시락부대 교수들조차도 참석하지 않았는데 어떤 교수가 입학식에 참석하겠는가. 가장 초라한 입학식을 치렀다.

총장 발령은 기약할 수 없었다. 정상적으로 총장선거를 치렀다고 해도 발령을 받자면 두어 달은 족히 걸리는데 총장선거에 따른 유례없는 말썽과 교수채용의 비리까지 겹쳤으니 어느 공무원인들 내 일도 아닌데 발령을 서둘러 내겠다고 서류를 갖춰 장관에게 결재를 받으려고 하겠는가.

시일을 끌수록 총장 서리인 이응소만 쾌재를 불렀다.

그런데 구원의 손길은 의외에도 빨리 왔다. 그것은 이응소 교수의 쾌재를 여지없이 깨뜨리는 일이었다.

하이개가 들려준 총장발령의 내막은 이러했다. 그가 총장 발령을 기다리는 동안, 서울에 있었는데 하루는 하도 답답해서 알고 지내는 D대 장 교수에게 통화를 했다.

"장 교수님, 오랜만입니다. 차나 한 잔 합시다."

그러자 저쪽에서 총장 당선된 것을 알고 축하부터 했다.

"하이개 교수, 늦었지만 총장된 것, 축하합니다."

"축하는 무슨 축하. 발령을 받지도 못했는데요."

"그래요. 국립대학교는 교육부 소관이 아닙니까?"

"그래요. 장 교수님, 무슨 방법이 없겠습니까?"

"그렇다면 좋습니다. 하 교수, 우리 당장이라도 만납시다."

하이개는 장 교수를 만난 순간부터 일이 순순히 풀렸다.

장 교수는 오래 전부터 DJ의 오른팔 권소갑 씨를 알고 있었다. 권소갑 씨와 이하찬 사이는 형, 아우 하는 사이.

"내가 권소갑 씨에게 미리 연락을 해 뒀네. 하 교수, 당장 권소갑 씨를 만나러 갑시다. 자, 일어섭시다, 어서요."

하이개는 생각지도 않은 실세 권소갑 씨를 만나게 되었다.

장 교수는 권소갑 씨를 형이라고 불렀다.

"형님, 적적했습니다. 그 동안 별고 없으셨습니까?"

"장 교수, 오랜만이네. 같이 온 저 분은?"

"제 오랜 지우인 DN대학교 하이개 교수라고 합니다. 자, 하 교수, 우리 형님께 인사하시지요."

그런데도 권소갑은 반기는 기색이 없었다.

"형님, 하 교수는 이번 대통령 선거에서 DJ를 대통령으로 만들기 위해 헌신적으로 노력한 사람 중의 한 분이십니다."

"아, 그래요. 이거 사람을 몰라 봤습니다."

권소갑 씨는 벌떡 일어나더니 넙죽 큰절까지 하지 않는가.

"고맙습니다. 정말 고맙습니다."

이렇게 나오자 오히려 하이개 교수가 몸 둘 바를 몰랐다.

"그래, 날 찾아온 용건은? 어서 말해 보게나."

장 교수가 나서서 사정을 설명했다.

권소갑은 "아, 그래요. 그런 문제라면 당장 해결해 드리지요." 하더니 직접 교육부 장관에게 전화를 하는 것이었다.

"이 장관, 나요, 나. 권소갑이란 말이오."

"아, 형님께서 어쩐 일이세요? 직접 전화를 다 주시고."

"부탁이 있어 전화를 했네. 저 DN대학교 총장 발령 때문인데, 빠른 시일 내에 발령을 좀 내줄 수 없겠는가 해서."

"그 문제라면 각하까지 알고 있어서 좀…"

"그건 당선자가 잘못한 것이 아니라 전 총장이 문제를 일으켜서 그렇게 된 것으로 알고 있으니 선처 좀 하게나. 지금 당선자가 내게 와 있네. 내가 이렇게 부탁하는 것은 당선자가 우리 선생을 대통령으로 당선시키기 위해 헌신적으로 노력했기 때문에 부탁하는 것이오. 동생, 알아듣겠는가. 빠를수록 좋겠네."

"형님의 부탁이라는 데야, 빠른 시일 내에 발령을 내도록 하지요. 이번 주에는 어렵겠고, 다음 주에 국무회의가 있으니 그때 상정해서 곧바로 발령을 내도록 노력하겠습니다."

"고맙네. 그럼 그렇게 알고 끊겠네."

하이개 교수는 2주 만에 발령장을 받으러 총리실로 가서 김정필 총리로부터 직접 임명장을 받았다.

만남이란 얼마나 중요한 지 하이개를 보면 알 수 있다. 그는 개망나니 깡패 짓에서 국립대학교 총장이 되었으니. 그것은 김준서를 만나면서 인생이 달라졌던 것이다. 그와 동시에 하이개는 개 버릇 남 못 주듯이 깡패 똘마니의 근성, 거만의 극치를 떨며 이 세상에 자기밖에 없다는 행태를 죽 먹듯이 하면서 총장의 직무를 수행하자 카멜레온 교수들은 총장 앞에서 대놓고 바른 소리는 못하고 뒤에서만 수군댔다.

첫째가 무슨 통뼈라고 대학원장을 총장후보자로서 두 번이나 겨룬 김호조 교수를 화합 차원이라는 명분을 들어 임명한 것이었다. 처음은 설득이 되지 않아 일단 포기하고 김준서 교수에게 대학원장은 당신이라고 임명 하루 전날에도 말했었다. 그런데 밤새 수락을 받아냈는지 김준서에게는 일체 양해하는 말 한 마디나 상의도 없이 발령을 냈다.

이는 김준서로부터 서운함을 품게 하는 행태를 저질렀을 뿐 아니라 당선된 뒤로는 보직자 선정에 대해 일체 상의하지 않아 왕따를 시키기까지 하는 치졸함의 극치를 보여줬다.

하이개의 입장에서는 총장을 만들어준 결정적인 도움을 준 사람은 김준서가 아니라 자기가 잘 나서 총장이 된 것이며 이지설 총장과 그 패거리라고 생각한 탓이었다.

국립대학교 총장이라는 직책도 관운이 없으면 될 수 없다.

그런 면으로 본다면 하이개는 인간이 됐든 아니됐든 관운을 타고 났다고 할 수 있다.

상대 후보가 만들어준 총장이긴 했지만.

누가 노무현을 두고 대통령이 되리라고 생각했겠는가. 노무현처럼 욕이란 욕은 다 얻어먹는 대통령이라도 하려면 운을 타고 나지 않으면 불가능할 것이 아니겠는가.

처음 하이개 교수가 총장이 되어 2년 동안 정말 대학 발전을 위해 이리 뛰고 저리 뛰면서 사심없이 일했다.

이지설 총장이 만들어 놓은 불합리한 제도를 일신하는가 하면 로비를 해서 굵직한 공사를 따오기도 했다. 오랜 숙원사업이었던 기숙사 신축자금을 끌어오는가 하면 국회에 로비를 해서 도서관 신축 예산까지 확보하기도 했다.

하 총장이 정부 예산을 끌어온 이유가 따로 있다.

D시의 시민들은 하이개를 너무나 잘 알았다. 시민들은 하이개가 어릴 적 시장바닥에서 얼마나 개차반으로 놀았으면, 개망나니 기억밖에는 없어 여전히 개망나니 취급을 했다.

하이개가 총장이 되었을 때 시민들은 "그 애가, 그 개망나니 짓만 하던 애가 총장이 됐어. DN대학도 인재가 오죽 없으면 그런 망나니를 총장으로 다 뽑아." 하고 여전히 무시했다.

비록 하이개가 총장이 되었다고 해도 신의는 물론 호응을 얻지 못할 뿐만 아니라 시내 유지들로부터 발전기금을 거둘

수 없었다. 생각다 못해 방향을 튼 것이 정부와 국회 로비를 통해 하드웨어인 건물 짓기에만 혈안이 되었다.

국회란 것도 얼마나 형편없는지 하이개가 로비를 좀 했다고 해서 책정도 되지 않은 국민의 혈세인 예산을 니 돈이야 내 돈이냐 식으로 빼돌려 배당해 주었다.

하 총장은 임기 2년이 지나면서 대형 건물을 하나하나 지을수록 욕심이 생겼다.

초심은 어디로 갔는지, 닭서리 한 자리가 되어 버린 지 오래였다. 혁신이며 개혁은 대안의 불이었다.

하이개 총장이 김준서를 대학원장에 임명한 것은 그를 도와 총장을 만들어준 대가로 임명한 것이 아니라 또 한번 그를 이용해서 총장이 되려는 의도에서 눈 딱 감고 임명했다. 오직 자신의 총장 재선에 김준서가 필요해서였던 것이다.

이런 의도를 김준서가 모를 리 없었다.

그로서는 대학원장 임명을 반대하지 않은 이유가 있었다. 그것은 병신 소리를 듣지 않기 위해서였다. 하이개를 총장 만드는 데 1등 공신임을 교수들이 알고 있는데도. 보직 한 자리 못한다면 병신처럼 이용만 당하고 토사구팽을 당했다고 손가락질을 받기 싫어 울며 겨자 먹기로 수락했던 것이 두고두고 후회가 되었다.

하이개 총장이 친목단체인 국립대학교 총장회의에 가서 귀가 솔깃해서 들은 것이라곤 재선에 관한 것들뿐이었다. 특히 K대 총장 박충서가 국립대학교로서는 유일하게 재선이 되어 화제가 되었는데 그의 말이라면 귀가 번쩍 띄었다.

하 총장이 박 총장에게 재선의 비결을 물었다.

"아주 간단하고 쉽습니다. 교수들이 하자는 대로 하고 부탁하면 무조건 다 들어주면 됩니다. 역설적으로 말하면 대학을 개판으로 만들수록 재선될 가능성이 높다고 할까요. 연구를 하지 않는 교수들은 자기가 무능한지도 모르고 간섭받기보다는 편하기를 바라니까, 그런 심리를 역으로 이용해 하자는 대로 하면 됩니다. 그게 바로 재선의 비결이지요."

"아 그래요. 듣고 보니 참으로 귀에 속 들어옵니다그려."

하 총장은 이 말을 철석같이 믿고 실천하게 된다.

박 총장의 말은 사실일 것이다. K대 이필상 교수는 유능한 총장의 한 사람이었다. 그런데도 재선에 실패했다.

이유는 아주 단순했다. 교수들에게 1년에 두어 편 이상 연구를 해서 학술진흥재단 등재지 논문집이나 세계적인 학술지 SCI에 논문을 발표해야 한다, 앞으로는 영어로 강의해야 한다 하고 강요했기 때문에 교수들은 아예 총장 후보 자격에

서부터 배제한 것은 잘 알려져 사실이다.

그로부터 하이개 총장은 모든 것을 재선에 목표를 뒀다. 채용된 지 1년 된 교수들도 규정을 무시하고 교환교수로 보내는가 하면, 갈 때 격려금으로 촌지까지 줘서 보냈다.

이지설 총장이 그랬듯이 그 수법 그대로 기존 교수들은 자기의 약점을 잘 알고 있기 때문에 한 표 얻기가 하늘의 별 따기였으나 신임 교수는 채용해 준 은공에다 하늘처럼 위하는 척하기만 하면 내 표가 되니 교수 채용에 사활을 걸었다. 그런 꿍심이 있었기 때문에 채용하지 않아도 되는 학과까지 교수를 채용하라고 강요하는 공문을 각 대학에 보냈다.

교수를 채용하면 할수록 학생들의 장학금 수혜는 줄어들었고 시설이나 교직원들의 복지는 열악해질 수밖에 없었는데도. 결과적으로 대학을 망치는 작태라고 할 수 있다.

국가에서 전적으로 보조해 주는 국립대학교라서 그렇지, 만약 DN대학교가 사립대학이라면 망해도 벌써 망하고 말았을 것이었다.

고교 졸업생이 기하급수적으로 줄어들어 신입생 확보가 어려운 데다 교육부에서 정원을 15% 감축하라고 한 것과 정원을 채우지 못한 것이며 타 대학으로 옮겨가 재학생들의 결원까지 고려하면 기성회비는 해마다 급격히 줄어드는데 비해 교수와 직원은 사립대학교보다 두 배, 세 배나 많기 때문이다. 건물을 짓게 되면 국고 보조를 받는다고 하더라도 건물을 관리하는데 드는 인건비며 유지비용도 늘어나기 마련이었다. 긴축 재정을 운영한다고 해도 대학이 버티기 어려운데 이렇게 지불이 기하급수적으로 늘어나는데 부족분을 충당할 방법도 없었다. 따라서 하 총장은 연구비 확대는 꿈도 꾸지 못했으니 연구하라고 소리조차 칠 수 없었다.

어떤 교수는 이런 총장의 약점을 파고들어 숙원사업을 요구하기도 했으며 들어주어서는 아니 되는데도 학과 교수들의 표를 의식해서 교수들이 요청하면 모두 들어 주었기 때문에 대학을 통째로 말아 먹고 있었다.

예를 들면 지방 국립대학으로서는 비현실적이며 얼토당토 않는 국제교류관을 유치한 것이라든지, 예・체능 대학 예술관이 좁다고 해서 기존 예술관 그 큰 건물을 회화과 단독으로 사용하게 하고 같이 쓰던 민속음악과는 음악동을 새로 지어 독립시키기 위해 예산을 확보한 것. 그리고 인문대학 교수들의 표를 의식해 새로운 인문대학 연구동, 좁은 부지에 하꼬방 같은 건물을 새로 짓는 것 등이었다.

민속음악과는 정원 40명에 대학 전체의 강사료 중 30% 이상, 강사 수만 해도 52명으로 타 학과에 미치는 피해는 말로 다할 수 없었으며 회화과 역시 강사 수가 30여 명이 넘었으며 그에 따른 강사료 지불도 학교 전체에서 두 번째 가는 학과였다. 이런 예・체 학과를 두고 없애야 한다는 여론이 자자한데도 하 총장은 음악동까지 예산을 확보했다고 자랑을 늘어놓았다. 뿐만 아니라 김영차 교수의 요구를 받아 들여 새로 2명을 채용해 교수가 가장 많은 학과가 되었다.

하이개 총장의 재선이 얼마나 집요했느냐 하면 그 사실을 누구보다도 김준서가 잘 알고 있었다.

김재식 교수가 K대로 가 버리자 현대문학 담당이 공석으로 남게 되었다. 이를 위해 공고를 내고 교수를 채용한다.

김준서는 채용에 대해 복안을 가지고 있었다. 학과가 개설된 지 21년, 이제는 본교 학과 출신 중에서 교수 하나쯤은 있어야 후배들에게 희망을 줄 수 있다. 해서 일류대학 출신보다는 못하다고 해도 본교 출신을 뽑으려고 했다.

그러자니 김준서는 자신의 양심을 저버려야 했다.

심사기준마저 각 대학마다 차이를 두었다. 일류대학 출신과 그 밖의 대학을 두고도 점수가 5점 차이가 나 그대로 심사를 했다가는 본교 출신의 채용은 불가능해서 팔은 안으로 굽는다고 양심을 저버릴 수밖에 없었다.

심사를 해서 올렸더니 하 총장이 김준서 보고 빈정댔다.

"대학원장을 시켜줬더니 기껏 한다는 짓이 본교 출신을 교수로 뽑아? 그 친구 손남익 교수 제자지, 당신 편 아니잖아?"

"그렇다고 손 교수 편도 아니니까. 만약 당신이 또 출마한다면 당신을 찍을 거니까, 내 손에 장이라도 지지지."

"정말이오? 원장, 그 말, 책임질 수 있지?"

"내가 당신에게 거짓말하는 것 봤어."

김준서는 쓸개 다 빼놓고 교수로 발령을 받게 했다. 그렇게 자기가 총장을 하고 있는 대학 출신인데도 그런 사람을 선정해 올렸다고 빈정대다가 발령을 낸 하이개 총장은 이송희를 각별히 생각했으며 재선을 의식해서 아부하고 아첨했다. 나중에 하이개가 3선에 실패하고 서울로 올라가서도 이송희 교수에게 전화를 걸어 농담을 하거나 한번 놀러 오라고 할 정도였으니 선거 중에 두 사람이 얼마나 짝짜꿍이 됐는지를 확인시켜 주는 셈이며 이송희는 경고까지 각오하고 채용해 준 김준서가 총장 후보로 나섰는데도 찍어주지 않고 하이개를 찍은 것이 뒤늦게 밝혀진 셈이었다. 그리고 이송희 교수 스스로도 하이개로부터 놀러 오라는 전화를 받았다고 자랑스럽게 이야기하고 다녔다.

그런데 채용하고 보니 그게 아니었다. 채용 시 공개 강의 때 책을 읽듯이 강의를 해서 걱정을 했었는데 결과는 마찬가지였다. 이송희 교수의 강의는 책을 보고 읽어가는 수준을 벗어나지 못했다. 그리고 현대소설을 연구한다고 하면 최소한 평론가로 문단에 데뷔해야 한다고 해도 함흥차사였다.

김준서를 잘 아는 교수들은 DN대학 출신으로 박사학위를 가졌다고 해서 채용하는 것은 시기상조라고 비아냥거렸다.

이송희 교수만 해도 그랬다.

그녀는 학교 다닐 때 성적이 30% 이내에 들지 못해 교사 자격증도 취득하지 못했다. 그리고 연구 논문이라야 학위논문에 출신 학교 논문집에 한 편 실은 것이 고작이었다. 이를 두고 동창들이 그런 졸업생을 교수로 채용한 것은 한국어문학과의 치욕이라고 비난하는데도 달게 받았다.

김준서는 욕을 단단히 얻어먹을 것을 각오하고 채용하긴 했으나 뒤늦게 잘못된 것임을 깨달았다.

머리까지 둔하고 맹해서 어떻게 처신하는 것이 옳고 그른지 몰랐으나 앞으로 누구에게 붙어야 직장생활이 자기에게 보다 유리한지에 대해서는 머리의 회전속도가 빨랐다.

그러나 취직 운도 운이라면 그네는 남이 지니지 못한 취직 운을 가지고 태어났음은 분명한 것 같았다.

어떤 사람은 일류대학에 등재지 논문만 해도 스무 편이 넘고 저서만 해도 대여섯 권이 넘는데도 스무 번, 서른 번 이력서를 내도 떨어지는 것에 비해 단 한번 이력서를 내어 채용되었으니 그네의 취직 운은 새벽 하늘의 샛별과 같았다.

하 총장의 반대를 무릅쓰고 채용을 해 줬는데 이송희 교수는 전임이 된 지 한 달이 지나자 1주일에 한번도 인사를 하러 연구실에 들르지도 않았다.

그것까지는 좋았으나 학기가 끝나도 인사를 오지 않았으며 학기가 시작되어도 얼굴을 비추지도 않았다.

김준서가 총장에 출마하려고 했을 때, 직접 배운 제자를 채용까지 해 줬다고 한다면, 아니 다른 것은 다 두고라도 최소한 사람이 됐다고 한다면 운영위원으로 총장선거 문제에 대해 회의를 하러 가기 전에 찾아와서 어떻게 했으면 좋겠느냐고 한번쯤 의견을 물어볼 수도 있다. 그런데 그렇게 하지 않은 것만 보아도 그네의 맹하고 둔한 머리를 알 수 있었고 그러면서 똑똑한 체, 잘난 체는 다하고 돌아다녔다.

이 교수는 주변 사람들로부터 함량 미달, 수준 이하, 덜 떨어진 여자, 해서 화낼 가치도 없다는 말을 왜 듣고 사는지 김준서는 그것이 안타깝기만 했다.

하이개 총장의 인간성은 아니, 인간성이라고 할 것까지도 없겠다. 오만불손, 시건방의 방자함, 야비한 인간의 전형, 꾼, 꾼, 상사기꾼 이외는 달리 묘사할 단어를 찾을 수 없었다.

≒ 총장선거의 새로운 갈등

하이개는 총장으로 취임한 뒤부터 김준서에게 다음 총장으로는 행정학과 제갈형 교수라고 입에 달다시피 했다.

그러면서 내가 총장 감으로 키우고 있다고 만나는 사람마다 떠들어댔다. 하 총장은 그렇게 할수록 김준서가 자기를 어떻게 생각하는지는 조금도 고려하지 않았다.

김준서로 봐서는 하 총장이 자기를 개똥취급을 하고 있다는 것을 인식시켜 주는 것밖에는. 그것도 한두 번이지 되풀

이할수록 반감이 생기고 반감이 생기다 보면 적이 되는 자충수, 자충수를 두는 것도 가지가지였다.

하 총장이 입에 달고 살던 제갈형과의 관계는 하루아침에 남남으로 돌아서서 말도 하지 않게 된다.

바로 자매학교 결연관계로 함께 미국으로 출장을 가서였다. 하 총장은 기획실장인 제갈 교수를 대동하고 갔다. 리셉션이 끝난 뒤, 하 총장은 느닷없이 말을 꺼냈다.

"기획실장, 나 재선에 도전하기로 했소. 내가 재선을 한 다음에 실장을 총장으로 밀어주지. 그렇게 아시오."

총장선거 준비를 하고 있던 제갈형은 놀랄 수밖에.

"뭐라고 하셨습니까? 한번 더 말씀해 주시지요."

"나, 재선에 도전한다고 했소."

하 총장 이렇게 자신 있게 나온 데는 이유가 있었다. 역대 어느 총장보다도 많은 업적을 쌓았으니 자신이 있었고 연구는 팽개치고 선거 운동만 8년을 했으니 노하우까지 쌓았다. 게다가 총장 모임에 나가 인기를 얻는 비법까지 터득해서 실천하고 있었으니. 그것도 학교를 개판칠수록 재선에 절대적으로 유리한다는 신조로 철저하게 무장을 했으니 말이다.

교수들은 일체 간섭을 받지 않으니 좋아할 것이다. 게다가 나흘할 강의를 이틀에 강의를 몰아서 하고 집이 있는 대구나 서울을 가니 좋아하는 것은 너무나 당연했다.

뼈 빠지게 연구할 필요도 없고 샌드위치 휴일로는 강의를 하지 않아도 눈치 볼 일도 없으며 시간이나 때우면서 월급이나 타니 좀 좋겠는가. 여기에 4년 동안 채용한 신임 교수만 해도 40여 명이 넘는다.

하 총장은 신임 교수에게 직접 임명장을 줬을 뿐 아니라 환영 파티까지 마련하고 일일이 이름까지 거명하면서 격려했다. 신임 교수로 봐서는 세상에 이런 총장님도 다 있긴 있구나 하고 감탄하다 못해 탄복할 정도로 쇼맨십을 발휘했다.

"이번에 채용된 여러분들은 우리 대학의 엘리트 중 엘리트들입니다. 당신들보다 더 우수한 인재는 본 적이 없습니다. 저로서도 우수한 인재를 뽑아 영광입니다. 여러분, 우리 대학의 인재가 되어 주십시오. 제가 총장으로 있는 한 연구비 지원이며 프로젝트를 따는 데 최선을 다해 도와줄 것을 약속드립니다."

하이개 총장은 쓸개를 빼놓고 신임 교수들에게 아부와 아첨떨기를 서슴지 않았다. 그리고 수시로 전화를 하거나 불러내어 식사대접을 해주면서 업적을 홍보했다.

대외적으로 뛰면서 대학 발전을 위해 일은 하지 않고 총장실에 박혀 신임 교수들에게 밥 먹자고 전화하면, 신임 교수로서 어떻게 총장의 말에 거역할 수 있겠는가, 감지득지하고 응하니 그보다 편한 선거운동도 없었다.

이런 하 총장의 작태는 신임 교수들을 버릇없게 만들었다. 진짜 자기가 최고의 엘리트인 양 기존교수를 무시하기 일쑤였고 원로 교수를 개똥 취급하는 폐단을 낳았다.

어디 그뿐이 아니었다.

4년 동안 보직을 시킨 교수만 해도 줄잡아 40여 명이 넘었다. 재선을 의식해 보직도 철저하게 표 계산을 하면서 임명했기 때문이었다. 보직을 했다고 자기를 찍는다고 장담할 수도 없는데 그런 달콤한 공상에 빠지기까지 했다.

하 총장이 학교야 망하든 말든 재선만 하면 된다는 식으로 학교를 운영하는 데도 교수들은 자기에게 직접 이해관계가 얽히지 않아 전혀 반응이 없거나 무관심하기 마련이었다. 더욱이 하 총장은 전혀 반응이 없는 것을 두고 자기를 지지하는 줄로 착각하고 있었다.

비록 보직을 하고 나간 대개의 교수라도 겉으로 드러내지 않아서 그렇지 보직을 했으니 드러내놓고 하 총장을 욕할 수는 없고, 속으로 욕하고 있다는 것도, 반대편으로 돌아선 것도 하이개만 모르고 있었으니.

제갈형 교수는 그냥 있지 않고 하 총장에게 다그쳤다.

"그 동안 총장님께서 다니면서 공언한 말은 뭐가 됩니까?"

하이개 총장은 침묵으로 대답을 대신했다.

"…"

귀국한 뒤, 제갈형 교수는 기획연구처장의 직책을 집어던지고 반대편으로 들어서서 암암리에 선거운동을 한다.

DN대학은 어떻게 생겨 먹은 대학인지 총장선거 때마다

문제를 일으키거나 말썽을 부려 제때에 총장 선출을 해서 교육부로터 임명을 받지 못해 행정의 공백을 가져왔다.

이번 총장선거도 예외가 아니었다.

전혀 관심을 보이지 않던 공무원 노조에서 들고 일어났다. 대학은 교수만이 주인이 아니라 직원과 학생도 주인이기 때문에 직원과 학생에게도 총장 선출의 투표권을 달라고 교수들만의 총장선거를 방해하고 나섰다.

노조위원장은 9급 기능직 이기혁이었다.

주사급 이하만 노조에 가입하는 것으로 보아 주사급이 공무원노조위원장이 되는 것이 아니라 승진의 눈치를 전혀 보지 않는 만년 9급 기능직인 이기혁이 들고 설치니 총장으로서도 통제할 길이 없었다.

그렇다고 교수운영위원회에서 이를 들어줄 리 없었다.

해결의 실마리는 겉돌며 시간은 마냥 흘러갔다.

공무원 노조에 가입한 기능직들이 이기혁을 중심으로 똘똘 뭉쳐 저항했으니 하 총장으로서도 대책이 없었다.

이기혁은 본교 졸업생이었다.

그는 학부 시절에 총학생회장에 나섰다가 개표하면 떨어질 것이 뻔하자, 단전을 시키고 그 틈을 타 투표함을 가지고 달아나 댐으로 가서 태워 버린 장본인이었다. 그런데도 학교에서는 그 어떤 제재도 하지 못했다.

그만큼 이기혁은 시내에서 알아주는 주먹인데다 깡마저

있었다. 그런 그를 전임 학생처장이 기능직으로 채용한 것은 그를 이용해 학생 데모를 막아 보자는 안이한 생각에서였다.

그러나 데모를 막기는커녕 신소룡과 함께 골치 아픈 존재가 돼 버렸다. 시내에서는 둘째가라면 서러워할 주먹, DN대학에서는 그의 주먹이 무서워 그 누구도 갈지를 못했으니 최고의 농띠, 일과 중에 근무지 이탈은 다반사요. 일주일에 하루나 근무할까. 그런데도 월급 하나만은 꼬박 챙겨갔다.

김준서는 그런 이기혁과도 통했다. 그와 친하게 된 것은 그가 학부시절에 교수였다는 점도 있었으나 작고한 김수하 교수 때문이었다. 김준서와 김 교수가 친하게 지내니, 김 교수를 따르던 이기혁과도 친하게 지낸 터였다.

그래도 이기혁이 사람이 된 것은 그 어떤 교수의 말도 듣지 않았으나 김수하 교수의 말은 들었기 때문이었다.

특히 김준서가 도서관장이 되었을 때는 둘도 없는 사이처럼 밀착되기도 했었다. 판공비로 직원들의 사기를 돋우기 위해 회식을 자주 했다. 또 배구대회를 개최해 친목을 도모했으며 노래방이나 디스코텍도 함께 갔었다. 초여름이면 파리낚시를 해 즉석 피라미회 파티까지 열 정도였으니 직원들에게도 역대 도서관장 중에서 인기 짱이라는 소리를 들었다.

김준서는 도서관장을 그만둔 뒤에도 이기혁이 다방을 개업했을 때는 자주 들러 커피도 팔아 주었고 음식점을 오픈했을 때는 음식도 팔아 주었다.

때로는 불러 소주도 한 잔 했고 룸살롱에서 노래도 불렀으니 그보다 친한 사이는 없다. 그러니 DN대학 내에서는 김준서와 이기혁은 친하다는 것이 알려질 수밖에.

교수운영위원들과 공무원노조위원들이 수차에 걸쳐 만남을 가졌으나 절충점을 찾지 못하고 시일만 질질 끌었다.

이런 사태는 하이개 총장이 들어 해결해야 했으나 그는 무능만 드러냈다. D시의 유지, 한때 시장바닥을 개망나니로 논 그 깡은 어디다 쓰려는지, 결국 이런 것 하나 해결 못하는 하이개는 총장 자리만 지키면서 판공비만 챙기고 있었지 그 어떤 해결책도 모색하지 못하고 세월아 네월아 하고 있었다.

총장선거에 대해 교수운영위원에서는 직원들에게 투표권을 줄 수 없다고 버티고, 노조에서는 몇 %라도 달라고 생떼를 써 양 편의 팽팽한 대립은 끝없는 평행선만 달렸다.

4년 전처럼 DN대학은 총장선거에 따른 말썽을 피우게 되었으니 시민들의 질시만 받았다.

뿐만 아니라 교육부로부터 또다시 문제의, 말썽의 대학, 골 때리는 대학이라는 낙인이 찍혔다.

교수운영위원회 산하 선거관리위원회에서는 도저히 타협이 불가능함을 깨닫고 새로운 조치를 취했다.

그것은 모 대학에서도 우편함투표를 통해 총장 후보자를 선출해서 교육부에 올려 임명을 기다리고 있는 것을 예로 들고, 법학과 교수들의 자문을 얻어 법에 저촉되지 않는 범위

내에서 우편함투표를 하자고 결의했다.

이어 입후보자들끼리 우편함투표를 해도 좋다는 합의를 받아내고, 통계에 밝은 교수와 수학과 교수들의 협조를 받아 총장 입후보자를 대상으로 해서 2차, 3차, 4차까지 간다는 것을 전제로 우편함 투표를 실시했다.

그러나 1차 통계에서부터 오류가 발견되어 이를 취소하는 해프닝을 연출하자 학내 선관위에서도 손을 놓은 상태였다.

우편함투표를 통해 드러난 것이라면 하이개 총장이 얼마나 저질인가 하는 점일 것이었다.

당시 김준서는 대학원장의 직책을 맡고 있었다. 이름뿐인 특3(차관보의 대우)의 대우를 받는 대학원장이지, 간부회의에도 참석하지 못하는 한직에 지나지 않았다.

그런데 학생처장 김종한과는 같은 종씨, 머리는 맹하지만 통한다고 할 수 있었고 아제, 조카 하는 사이처럼 지냈다.

김준서는 그런 학생처장의 얕은 입을 통해 들었다.

"김 원장, 세상에 이럴 수가 있어? 총장이 임명한 교무처장인 김도근 교수가 어떻게 그럴 수가 다 있냐구?"

"참 처장님도. 뭣 때문에 그렇게 호들갑을 떨어요?"

"교무처장이 제갈 교수와는 고교 선후배라고 해도 총장을 찍지 않고 제갈을 찍다니, 도대체 말이나 됩니까?"

"그걸 어떻게 알았소? 학생처장답소."

"처장실에 들어섰더니 처장이 당황해 하면서 뭔가를 숨기는데 보니까, 우편함투표용지가 아니겠소. 누구에게 체크했는가 해서 훔쳐봤더니 제갈에게 체크한 것이 아니겠소.”

“그런 것을 가지고 호들갑을 떠시오. 그럴 수도 있지.”

“원장, 당장 총장에게 말해야 되지 않을까?”

“당신 혼자만 알소 있으소. 공연히 풍파 일으키지 말고.”

그랬는데 하루가 지나 하 총장이 김준서를 불렀다. 우려했던 대로 학생처장이 총장에게 말한 모양이었다.

“원장, 지금 당장 교무처장을 갈아 치워야겠어.”

“갑자기 왜 그러는데요?”

“교무처장이 우편함투표 때, 날 찍지 않았다고 학생처장이 말하지 않겠어. 내가 임명한 처장이 어찌 그럴 수 있어?”

“그런 생각은 아예 하지도 마시오. 당신, 속 좁다는 소릴 듣기 꼭 알맞소.”

“그래도 그렇지. 그냥 둘 수 없어. 당장 갈아 치우겠어”

“내 말 들으세요. 내 말 들어 손해 본 적 있었어요?”

그 뒤에도 하 총장은 교무처장에 대해 교체를 여러 번 주장했으나 김준서는 선거를 앞두고 이미지만 꾸기고 표만 갈아먹는다고 극구 반대해서야 겨우 주저앉힐 수 있었다.

DN대학은 선거는 치르지도 못한 채 총장의 임기가 끝나자 대행체제로 들어서면서 보직자를 재임명하는 사태가 또 발생했다. 그런데 본부 보직자를 재임명할 때 교무처장을 바꾸지 않았다. 김준서가 들어 선거를 앞두고 다른 보직자는

다 재임명하는데 교무처장만 바꾼다면 표 갉아 먹는다고 극구 반대했기 때문이었다.

김준서는 대학이 흙탕물에 빠져 헤어나지 못할 때, 무엇인가를 해야 한다고 생각했다. 더 이상 총장선거로 말미암아 지탄의 대상이 되어서는 아니되기 때문에 총장선거를 하루라도 빨리 치러 총장 후보자를 교육부에 추천해야 했다.

김준서는 또 고민을 해야만 했다.

하이개를 총장으로 만들기 위해 교수운영위원장 직무를 대행하면서 갖은 모욕과 협박을 당했는데 이번에도 또 총대를 메, 말아 하는, 이런 저런 생각을.

작게는 하이개를 위한 일이고 크게는 대학을 위한 일인데 해결한다면 교수들로부터 인정을 받을까. 교수들의 생리로 보아 힘쓰고 노력해서 해결한다고 해도 자기 이익에 관계되지 않으면 무관심하기 마련이며 언제 그랬느냐는 듯 나 몰라라 하는 것이 교수사회인데.

김준서는 대학을 위해 또 총대를 메기로 결심했다.

"당신이 총장으로 재선된다면 당신을 도운 사람을 배제하지 않고 보직에 임명해서 함께 일을 하겠다는 약속만 해 준다면, 선거를 치를 수 있도록 해 보겠소. 약속하겠소?"

"그야 물론 쌍수를 들어 약속해야지."

"그러면 내 노력해 보지요."

김준서는 이기혁을 만나려고 전화를 했으나 좀체 연결이

되지 않았다. 여러 번 통화를 시도한 끝에 겨우 통화가 되어 만나기로 약속을 받아냈고 약속 장소로 가서 기다렸다.

그러나 이기혁은 한 시간이 지나도 나타나지 않았다.

두어 시간이나 기다렸을까. 그때서야 전공노 회합에만 혈안이 되어 찾아다니는 이기혁이 나타났다.

"경주에서 공무원노조 회합이 있어 늦었습니다."

"그래도 그렇지, 전화라도 했어야지."

"죄송합니다, 선생님."

"그건 그렇다 치고. 이 선생, 이쯤 해서 끝내지?"

"뭘 끝낸다는 겁니까? 저는 멀었습니다."

"그만큼 했으면 자네 체면도 섰을 터."

"교수들 똥고집이 센가, 내 고집이 센가, 두고 보십시오."

"그냥 끝내라는 게 아니야. 다음 선거에는 단 몇 %라도 투표권을 주겠다는 각서라도 받고 끝내라는 게야."

"그렇다면 재고해 보겠습니다."

"그렇게 했으면 좋겠어. 나도 적극적으로 도울 터이니."

마침내 세 가지 조건을 들어주는 선에서 타협을 보았다. 세 가지 조건 중에서 핵심은 직원들에게 단 0.12%라도 투표권을 주겠다는 약속을 서류로 작성해서 날인했다.

운영위원회와 공노가 타협을 보자 선거는 순조로웠다.

후보자 등록을 마감하고 보니 등록자는 4명.

투표 결과, 1차에서 압도적으로 당선된다고 큰소리치던

하이개는 1차 투표 결과, 표라는 것이 얼마나 황당했던지 과반수의 과반이 조금 넘는 72표밖에 획득하지 못했다.

김준서는 하이개의 이때 표정을 잊을 수 없었다.

입에서는 연신 '시팔시팔' 하는 욕을 달고 있었으며 확답을 받은 교수만도 150여 명이 넘어 1차로 끝내려고 했던 것이 차질이 생긴 것에 대한 불만인지 '×새끼'를 물고 있었다.

총장선거를 두고 이보다 더럽고 치사한 선거는 세상에 또 없을 것이다. 그렇게 장창을 치던 손장창 교수는 창피할 정도로, 어나 게임이 되지 않을 정도로 참패를 당했다.

하이개 146표, 손장창 58표.

하이개가 재선을 할 수 있었던 원인은 매제가 교육부 차관으로 있어 대학발전에 도움을 청하면 누구보다도 유리하다는 점도 있었으나 이기혁을 설득해서 선거를 치렀다는 데 있었다. 공무원 노조를 장악하는 데 있어 하이개가 아니면 불가능하다고 생각해서 표를 몰아준 것이 주효했다.

이런 사실을 알 만한 교수들은 김준서가 하 총장의 재선에 특등 공신이라고 두고두고 비알밭을 매기도 했다.

김준서는 새로 2년 임기 대학원장을 임명받았는데도 두 달만에 사표를 내 버렸다. 그런데도 하이개는 약속을 어기고 재선에 결정적인 도움을 준 사람을 헌신짝 버리듯이 하고 본부 보직자를 제 입맛대로 골라골라 임명했던 것이다. 그것은 어떻게 보면 일을 하기 위해 보직자를 임명한 것이 아니라 내 입맛에 맞게 조종해서 국립대학교로서는 유례가 없는 새 역사 창조, 곧 3선에 이용하는데 있음이 곧 드러났다.

DN대학은 몇 달에 거쳐 진통을 겪은 것도 모자라 두 달이라는 행정의 공백을 거쳐서야 임명장을 받았다.

그런 진통 끝에 총장으로 임명된 하 총장은 대학 발전은 안중에도 없었다. 그렇지 않아도 지방대학의 앞날은 정부 시책의 전환으로 요원하기만 했다. 어떻게 보면, 존속하느냐 폐기처분되느냐의 여부가 달렸다고 해도 과언이 아니었다. 구조조정, 정부의 국립대 법인화, 고교 졸업생의 급격한 감소로 인한 입학생 유치의 어려움은 불을 보듯 빤한데도 총장실에 처박혀 오직 생각하는 것이라곤 3선, 어떻게 하면 3선의 벽을 넘을까 그것만 하이개는 골몰했다. 그리고 12년 동안 쌓아온 총장선거의 노하우, 노하우를 잘만 활용한다면 3선도 문제없을 것 같은 장담으로 하이개는 총장실에 틀어박혀 온갖 장창을 앉아서 다 쓰고 있었으니.

이런 사정을 너무나 잘 알고 있는 김준서는 결자해지結者解之의 심정으로 하이개의 3선은 막아야 하겠다고 생각했다. 이를 대비해서 이메일까지 작성해 두었다.

하이개 총장이 3선을 해서는 안 되는 이유

첫째, 그에게는 비전이라곤 찾아볼 수 없다.

오직 건물 신축, 신축 건물의 예산확보로 3선에 대한 집념 이외는 관심이 없다.

둘째, 교무회의를 개똥 취급한다. 학교의 주요 사안은 교무회의를 거쳐 결정해야 하는데도 이를 무시한다. 뿐만 아니라 심의 자체에 대해 노골적으로 불만을 토로한다. 국무회의는 일사천리로 진행되는데 교무회의는 그렇게 하지 않는다고 불평을 일삼는다.

셋째, 보직자는 시혜에 따라 임명한다.

표를 몰아주었다고 임명하고, 총장에 나서지 않았다고 해서 대학원장에 임명했다.

넷째, 신임 교수는 3선을 위한 표로 생각하고 채용한다.

신임 교수를 채용하고 간담회를 열어 우리 대학의 엘리트는 당신들이라고 과찬하고 총장의 업적을 설명하며 헤어질 때는 정문까지 나가 일일이 인사를 하는 원맨쇼를 한다. 이런 짓거리는 총장선거운동을 드러내놓고 하는 것과 같다.

다섯째, 교직원 복지문제는 관심도 없다.

기성회비는 매년 7~8%씩 인상되는데도 장학금이나 연구비, 직원 복지를 위해 단 한 푼도 인상한 적이 없다.

오직 자기 홍에 겨워 집행한다. 한 예로 정문 소나무 한 그루 심는 데 4천5백만원을 지불했다.

여섯째, 8년 동안 총장을 하면서 발전기금 한 푼도 거두지 못한 것은 무능의 극치이다.

그러면서 내 돈(나라에서 지급하는 국비와 기성회비에서 주는 판공비) 써 가며 로비를 했으니 그것만 따져도 발전기금 6, 7억원을 내고도 넘는다고 큰소리 탕탕 친다.

일곱째, 개인의 영화와 명예만 생각한다. 산적한 과제는 아예 손을 놓은 채, 8년이나 강의를 하지 않았는데 이제 와서 총장이라도 하지 않으면 어떻게 강의를 하겠느냐고, 그만둔다고 해도 따분해서 어떻게 평교수로 돌아가 지내느냐면서 쌓은 업적이 많으니 3선을 하고 어영부영 총장 자리나 유지하다가 물러나야 한다는 것이 3선 출마의 변이다.

끝으로 신의라곤 없다. 내가 하면 로맨스, 남이 하면 스캔들 식으로 상대방을 비방한다. 자기를 도운 교수와의 단절, 한 말에 대한 책임전가, 전 선거 때, 모 후보는 교수들을 룸살롱으로 데리고 가 술도 사고 아가씨도 안겨준다고 비난하면서 정작 자기는 1인당 1백만원, 2백만원 현금을 줬다는 유비통신에 대해 어떤 놈이 그런 말을 하느냐고 당장 고소하겠다고, 검찰에 내사까지 부탁하겠다고 큰소리치고는 함흥차사, 그러니 신의라곤 찾아볼 수 없다.

김준서는 A4지 넉 장 정도로 작성을 해서 메일을 보내려 했으나 보내지 못했다.

이유는 총장 패거리가 벌떼같이 달려들어 공격한다면 혼자 당해낼 수 없다는 교수들의 조언 때문이었다.

김준서는 하이개 총장의 3선을 막는 최선의 방법은 총장 선거에 직접 뛰어들어야겠다는 결심을 했다. 그것은 김준서가 총장이 된다는 보장이 있어서가 아니라 최소한 하이개의 3선은 막을 수 있다는 자신감이 들어서였다. 그렇다고 김준서가 총장선거를 위해 사전 준비를 한 것도 아니었다.

한다면 자신을 알리기 위해 마음에 드는 시 20선, 발표한 소설 중에서 감동을 줄 수 있는 단편소설과 중편소설 중 한 편, 장편소설 중에서 한 섹션씩, 저서의 서문, 서평, 신문 인터뷰 기사, 저서와 논문 목록 등을 정리했다. 정리해서는 『시적 교감과 사랑의 미학』이란 500 페이지나 되는 문집을 출간했다. 그리고 칼라로 삽화까지 곁들인 『한 잔 달빛을』이라는 시 선집까지 출간했다.

이를 대학 구성원에게 일일이 서명해 돌려주었으나 이미 대학은 책이 죽은 사회, 지성이 죽은 집단이니 총장선거에서 단 한 표도 획득하지 못한 것이 드러난다.

김준서는 시간이 나는 대로 교수들을 만나 원하는 것이 무엇인가를 듣고 정리해 둔 것과 총장이라면 무엇부터 해야 할 것인가를 물어서 나름대로 공약 초안을 준비했다.

초안을 크게 세 항목으로 묶어 정리했다.

첫째, 21세기 첨단시대를 열어 갈 특성화된 대학, 둘은 학생과 시스템이 살아 숨 쉬는 젊고 건강한 대학, 셋은 구성원이 자긍심으로 뭉쳐 하나가 되고 함께 나누는 행복한 대학. 여기에 서너 개의 중점 사항을 추가해서 마련했다.

김준서는 실천 가능한 공약을 개발해서 나눠준다고 해도 읽는 교수나 직원은 하나도 없다는 것을 알면서도 투표권자에게 예의를 갖춰 존경한다는 의미로 공약을 개발했다.

평소에 친하게 지낸 것은 친하게 지낸 것이고 표는 표라는 사고방식, 그러니까 이해관계가 서로 맞아 떨어져야 찍어주는, 아쉬울 땐 찾아와서 죽는 소리를 하다가도 끝나면 내가 언제 그랬느냐는 식으로 입 딱 씻어 버리는 철면피가 된 교수사회는 친소관계, 의리, 신의라곤 찾아볼 수 없었다.

벌써부터 교수들이야말로 학연과 지연, 이해타산을 따져 여기 붙었다 저기 붙었다 하는 카멜레온임을 알고 있었고 선거운동을 하면서 거금을 들여 표를 사지 않으면 단 한 표도 얻을 수 없다는 것도 터득했다.

그런데 김준서가 이를 깨달았을 때는 이미 발을 들여놓아서 빼기에는 너무 늦은 뒤였다. 어쩔 수 없이 진흙탕에 빠져 허우적대더라도 끝까지 가야만 했다.

어쩔 수 없다는 것은 이제 와서 김준서가 스스로 그만 두게 되면 학내에 돌아다니는 소문대로 총장선거에 나선다고 떠들고 다닌 것은 하이개를 3선 총장에 당선시키기 위한 사전 수작이라고, 그것이 사실로 확인되는 것이니, ×같은 새끼 같은 인간, 인간도 아니라는 비난을 받아야 했기 때문이었다.

이런 소문은 대학 본부, 하이개 총장 쪽에서 퍼뜨린 것이 분명한데도 이를 믿으려고 하는 교수는 없다.

그랬으니 의리 빼면 시체, 한다면 하는 화끈한 성격, 한다면 물불 가리지 않고 똑 부러지게 한다고 알려진 김준서로서는 그만둔다는 것은 스스로 무덤을 파는 셈이라고 생각했다.

김준서는 선거운동을 해줄 때와 본인이 입후보해서 직접 선거운동을 할 때와는 전혀 다름도 타득했다.

문학을 하는 순진하고 감성적인 사람이 선거에 뛰어든다는 자체부터가 생리에 맞지 않았다.

그리고 선거운동이 본격적으로 돌입하게 되자 이를 더 더욱 뼈저리게 느끼지 않을 수 없었다.

선거판은 사기꾼이 득실대는 새벽의 인력시장이다. 선거는 판이 작을수록 부정이 판을 친다. 그만큼 포섭할 대상이 적기 때문이다. 대통령 선거보다도 국회의원 선거가 부정이 많듯이, 지역 단위의 조합장 선거가 돈으로 얼룩졌듯이.

DN대학의 총장선거가 그랬다.

선거 규정은 있으나 마나였다. 오히려 규정을 잘 알고 있기 때문에 지능적으로 피해 갔다.

구성원이래야 교원 247명, 직원 149명, 총 386 명에 지나지 않는다. 1백만원을 주고 표를 산다고 해도 1억이면 당선되고도 남는다. 그리고 돈을 준다고 해도 되돌려주면 줬지 얼굴이 빤해 신고하지도, 고소할 수도 없었다.

그랬다가는 매장되고 만다. 그랬으니 이보다 안전 빵의 선거는 없을 것이다.

다행히 교수운영위원회와 공무원노조와 협상이 잘 되어 지난 선거에서 미뤘던 직원 투표권이 타협을 보게 되었다. 한 술 밥에 배부를 수 없겠으나 시작이 반이라고 타협이 되긴 했다. 직원이 투표는 하되 지분이래야 교수 한 표에 비해 1차 투표는 0.12%, 2차 투표는 0.13%, 3차 투표는 0.14%였다. 어떻게 보면, 거의 무시해도 좋은 비율이었다.

노조의 투표권 요구는 대학을 위해서가 아니었다. 투표를 한다는 명분으로 후보자를 우려내고, 뜯어먹고, 큰소리치고, 배짱을 내미는데 의도가 있었고 또한 한 표를 얼마나 더럽게, 치사하게 행사하는가 하는 귀감을 보여주는 데도 있었다.

이 표를 얻기 위해 후보자는 목을 매달았다.

한 후보자는 교무처장을 하면서 사전 선거 운동을 했으며 명절 때면 직원들에게 멸치며 해산물을 선물했다.

그런데 그 속에는 멸치만 들었겠느냐고, 현찰도 넣지 않았겠느냐는 소문이 팽배했다. 그리고 자기 표라고 확신하는 교수들에게는 자동차 열쇠고리를 만들어 돌려주기도 했다. 열쇠고리라면 순금일 테고 그것도 최소한 석 돈은 되지 않겠느냐고들 했다. 실제로 배달사고로 줬던 열쇠고리를 되돌려 받은 일도 있었으니 말이다.

뿐만이 아니었다. 룸살롱으로 데려가서 양주를 대접하는 것은 물론 아가씨까지 붙여 주었으며 돌아갈 때는 그냥 돌려보냈겠느냐고 하는 소문이 공공연하게 나돌았다.

김준서는 이런 소문을 믿지 않았다.

그랬는데 1차 투표를 하고 표가 공개되었을 때에야 비로소 긴가민가했던 것이 사실로 믿어졌다.

더럽게 지저분하고 추잡한 총장선거, 이런 선거 풍토라면 허기진 학장 같은 사람만 오지 않는다면, 이지설 같은 인간만 아니라면 중앙에서 임명하는 것이 백 배 나을지도 모른다.

이런 소문에도 김준서는 떨어져도 좋고 내 표 한 표뿐이라도 좋다, 정도를 걷자, 그리고 선거운동은 하긴 하되 문학적 감동으로 하자는 신조로 최선을 다하기로 다짐했다.

○○○ 교수님, 안녕하십니까?

어느덧 방학이 되면서 또 한 해가 저물어갑니다. 그동안 연구하고 가르치시느라고 참으로 수고 많이 하셨습니다.

저는 교수님께서 항상 건강하고 행복한 생활을 하시면서 보다 많은 연구 성과가 있었으면 참 좋겠다고 생각합니다.

그리고 그 연구 성과로 말미암아 우리 대학의 위상이 높아졌으면 하는 바람을 가지고 있습니다. 저는 ○○○ 교수님께서 그렇게 되도록 미력이나마 일조를 하고 싶습니다.

저는 이런 생각을 해 봅니다. ○○○ 교수님과 더불어 희망과 사랑을 이야기하며 그것을 나누어줄 수 있었으면 하고요.

내 너를 알고부터/ 눈동자에 희망이/ 얼마나 화려하게 맛들여졌는지/ 난 모릅니다./ 내 너를 알고부터/ 네가 준 사랑에/ 얼마나 달콤하게 길들여졌는지/ 난 모릅니다./ 이제 끝물 열매 하나/ 남았습니다./ 타는 가슴 어떻게 하라고/

졸작 「난 모릅니다」에서

사람이면 누구나 화려한 희망, 달콤한 사랑을 동경하듯이 ○○○ 교수님과 함께 희망과 사랑의 꽃이 피는 미래를 향해 달려갔으면 합니다. ○○○ 교수님, 송구영신이라는 말이 있듯이 묵은 것은 깨끗이 씻어 버리고 새로운 다짐과 각오로 새해를 맞으시기 바라며 가족과 함께 복된 한 해가 되시기를 기원합니다.

삼가 김준서 드림

김준서는 이런 편지를 써 교수 앞으로 메일을 띄웠다.

교수운영위원회에서는 총장 직선에 따른 선거법의 미비

점을 보완하기 위해 전체 교수회의를 소집했으나 교수들의 무관심으로 한 시간이 지나서야 겨우 성원이 되었다.

한데 엉뚱한 안건을 다루다 보니 시간은 헛되이 흘러가고 중요한 안건은 시간이 없는데다 교수들이 지루해서 한두 명씩 빠져나가는 바람에 성원 미달로 다룰 수조차 없었다.

중요한 안건은 바로 연임 문제인데도. 이 문제는 하이개 총장이 직접 관련되어 있기 때문에 회의에 참석한 하 총장의 눈치를 보느라고 마음 속으로는 뻔해도 비겁하기 짝이 없을 정도로 그 어떤 교수도 안건을 제안하지 못했다.

도시락부대마저 후보자를 밀고 있기 때문에 표를 잃을까 해서 망설이고 있었다. 그러다가 도시락부대의 일원인 이웅소 교수가 안건을 내긴 했으나 현 총장을 의식해 비겁하게도 정곡을 찌르지 못하고 화이트 헤어 손장창 교수만 아예 후보 등록도 못하게 하는 나이 제안을 안건으로 제출했다.

'총장 임기 중 4년 미만인 자는 입후보할 수 없다'는.

그렇게 되면 손 교수는 정년이 3년 10개월 밖에 남지 않았기 때문에 두 달이 모자라 총장선거에 목을 맸는데도 입후보조차 할 수 없게 되었는데 하 총장의 비위를 거스르지 않는 범위 내에서 손장창 교수만 죽이면 된다는 치사스럽게도 속이 훤히 들여다보이는 얕은꾀에 지나지 않았다.

이런 얄팍한 꽁수를 보다 못한 김준서가 일어섰다.

그는 총장선출규정의 문제점을 나열하고 미묘한 사안이

있는 선거 규정을 선거 막판에 와서 개정하는 것은 현 총장이 직무를 유기했다고 지적하면서 다음을 강조했다.

'선거 규정 제7조 1, 2항에 이어 추가로 3. 총장의 임기는 단임으로 한다. 4. 총장의 임기 중 정년에 해당하는 자는 입후보할 수 없다'를 안건으로 제안했다. 그리고 연임의 폐단을 일곱 가지로 들어 찬성을 유도했다.

이 안이 안건으로 채택되어 찬반 투표를 하기 직전 인원을 파악해 보니 과반수 미달이었다. 과반수를 채우기 위해 30분 간 정회한 다음, 교수운영위원들이 교수들에게 참석해 달라고 일일이 전화하는 해프닝까지 벌였다.

김준서가 휴게실로 나와 쉬고 있는데 하이개 총장이 슬그머니 다가오더니 아주 불만스런 투로 말을 건넸다.

"당신 내게 어떻게 그럴 수가 있어. 내가 둘도 없는 친구사이라고 했는데 나를 한 방에 그래, KO 시켜. 상위법도 있고 총장의 직권이 있는 줄도 모르고, 돼먹지 않게시리."

"웃기지 마시오. 쩨쩨하게 당신을 대상으로 해서 안건을 제안한 것이 아니라 대학의 미래를 위해 한 것이오."

그것으로 둘도 없는 사이의 대화는 마지막이었다.

30분이 지나서야 의결정족수를 겨우 채우게 되자 찬반투표를 했다. 그것도 무엇이 무서워 거수로 한 것이 아니라 비밀투표를 실시했다.

투표결과는 김준서의 의도대로 124명(재적인원 246명)이 참석해 찬성 81명, 반대 43명으로 통과되었다.

하 총장이 보직자를 3선에 얼마만큼 악용했는가를 단적으로 보여주는 예가 수도 없이 많지만 하나만 들겠다.

이 안이 통과되는 것을 보고 급히 교무처장실로 돌아온 김시주 처장은 어디다 전화를 걸더니 악을 부득부득 써댔다.

"김준서 그 ×새끼가 어떻게 그럴 수 있어. 총장이 대학원장까지 시켜줬는데 그런 안을 발의해 통과시키다니, 인간도 아냐. 그리고 돈을 5백만원까지 줬다는데, 순 ×새끼야!"

이는 교수평위원회(이 무렵 교수운영위원회의 명칭이 바뀜) 위원장 김옥암이 교무처장을 만나러 갔다가 복도에서 통화하는 것을 듣고 김준서에게 귀띔해 준 것이었다.

돈 5백만원은 하 총장이 사비를 준 것이 아니었다.

하이개는 4년 동안 총장 업적의 문집을 내려고 기획처장에게 부탁하니 난색을 나타냈다. 거지같은 책을 내는데 기성회비만 낭비한다고 욕 먹을 것이 뻔했기 때문이다.

이를 기획처장 김여식이 거절했다.

이에 하 총장은 믿고 시킨 기획처장에게 거절당하자 어쩔 수 없이 만만한 대학원장인 김준서에게 부탁했다.

"원장은 저서도 많이 냈으니 출판 사정을 누구보다 잘 알고 있을 것이 아닌가. 내 4년 동안 일 많이 했어. 그러니 총장 업적 문집을 내고 싶네. 편집해서 출판 좀 해 주게."

"총장님, 자비로 출판할 건가요?"

"4년 동안 판공비를 다 쏟아 부어 로비로 썼는데, 그만하면 됐지, 또 자비로 내라고 하다니…"

"하 총장님, 기성회비에서 지불한 것이 알려지면 재선에 악영향을 미칠 텐데, 그래도 편집을 해서 출간하려고 합니까?"

"그때 가 봐서 처리하기로 하고 편집이나 해 주게."

"자료를 수집하고 입력하려면 시일도 상당히 소요될 거야. 비용도 들 테고… 대학원생을 세 명 정도 동원한다고 해도 석 달은 걸릴 테니까 그것만 해도 1인당 1백만원을 준다고 해도 최소한 3백만원은 들 거야. 그리고 이름 있는 서예가에게 제자도 부탁하려면 1백만원은 더 들 테고."

"좋아. 그러면 5백만원을 주지."

해서 대학원생이며 서예가에게 부탁을 해서 업적집을 편집하고 컴퓨터에 입력해서 자료를 건네 준 것을 두고 김준서에게 공짜 돈 5백만원이나 줬다고 떠든 모양이었다.

이것만 보아도 하 총장의 사기꾼 근성과 그 인간됨을 가히 짐작할 수 있을 것이다.

하 총장은 총장실에 앉아 탐욕의 극치, 무리수만 뒀다. 그는 고심 끝에 의결정족수에 대해 문제를 제기했다.

해외 파견교수, 교환교수, 출장교수는 12명, 이를 포함하면 124명은 정족수 미달이며, 교수들이 제정한 규정은 법적 해석에 문제가 있다, 비상대책위원회 활동에 대해 법적으로 대응하겠다. 이미 공포된 규정은 법적인 문제가 없으므로 기관장으로서 개정을 발의할 수 없다.

무슨 권한으로 교수평위원회는 현 규정으로 선거를 할 수 없다고 의결했는가. 평위원회가 개정을 발휘하라 등으로 트집을 잡고 물고 늘어지면서 이를 공표하지 않았다.

이어 교수회의를 열어 재차 결정을 하면 수용하겠다는 의견을 덧붙여 평위원회에 통보했다. 통보하자 평위원회에서는 울며 겨자 먹기로 교수회의를 또 소집했다.

이런 통보를 한 하 총장은 나름대로 계산을 하고 또 한 끝에 결단을 내리고 교수회의를 요구했을 것이다.

하이개는 총장실에 틀어박혀 자기가 임명해서 보직을 한 교수, 임명장을 준 신임 교수, 해외 파견 시에 격려금을 듬뿍 집어준 교수, 그리고 신세를 졌다고 생각하는 교수들에게 일일이 전화를 해서 반대를 부탁했고, 그러겠다고 확약까지 받았으니, 확약 받은 교수 수만 해도 과반을 넘어섰으니 통과된 규정을 뒤집을 자신이 있어서였다.

이런 짓은 총장 스스로가 무덤을 파는 행위였다.

그런 탓인지 의결종족수를 넘어서자 바로 찬반투표를 실시했고 투표한 결과는 찬성이 101표, 반대 68표로 또 한번 확인 사실을 하듯이 통과되었다.

교육공무원법 제24조 제4항 2에는 '해당 대학 교원이 합의된 방식과 절차에 따라 총장을 선출할 수 있다'고 명시되어 있다. 그런데도 교수들이 두 번에 걸쳐 통과시켰는데도 하 총장은 이를 공포하지 않고 또 꽁수를 두었다.

이유는 그야말로 통밥 계산이었다. 68명이나 반대표를 던졌으니 당선은 문제없다, 6, 7명의 후보자가 난립하면 후보자끼리 표를 나눠 가질 것이며 많이 얻는다고 해도 기껏 3, 40표에 불과할 것이다. 해서 어떤 악수를 던지더라도 3선에 자신이 있다고 하 총장 스스로 판단했기 때문일 것이다.

≒ 진짜, 진짜, F교수는?

이는 하 총장이 교수들을 얼마나 무시하고 개똥취급을 하는가를 단적으로 보여주는 작태가 된다.

그런데도 하 총장을 지지해서 그를 찍는다면 교수로서 자질 문제이기 이전에 강단을 떠나야 하는 F학점의 천재 교수들일 것이며 스스로가 카멜레온을 자처하며 카멜레온의 아들, 딸 손자들일 것이다. 그도 아니면 조상 대대의 혈통까지 무시하고 성마저 바꿔 버리든가. DN대학에는 이런 교수들이 너무나 많이 널부러져 있다. 그러기에 하 총장이 교수를 무시하는 이런 작태가 가능했을 것이다.

그리고 이해타산에 따라 수시로 변하는 카멜레온의 딸 아들을 자처한 교수들이 많아 가능했는지도 모른다.

이런 사실은 머잖아 현실로 나타난다.

DN대학은 아이러니하게도 총장선거 때마다 문제를 안고 당선된 총장에 의해 마냥 지연시켰던 것이다.

김준서는 교수들의 지성에 호소할 수밖에 없었다.

한데 김준서는 엉뚱한 해명까지 하지 않을 수 없었다. 회계학과 학과장 손장창 명의의 이메일을 받아서였다.

'○○'이라는 법무법인의 자문을 받아 제목도 긴 '총장 후보자 선출 규정상의 선거 후보자 자격 제한 규정에 대한 법무 법인의 의견서'로 나이 제한은 헌법상의 기본권이므로 제한할 수 없다는 점을 들어 공개 해명하라는 요구였다. 소위 동쪽에서 뺨을 맞고 서쪽에 가서 항의하는 짝과 진배없었다. 손장창 교수가 해명하라고 하려면 하 총장에게 직접 항의할 일이지 엉뚱한 사람에게 항의하니 핀트가 틀려도 한참 틀렸다고 할 수 있었다. 여기에 무슨 낯짝에서인지 모르나 하 총장마저도 법무법인 '○○종합법률사무소'의 명의로 재심의를 요구했다.

이어 교수회의에서 두 번에 걸처 결의했는데도 하 총장은 4년 담임제만 싹 빼놓고 야비하게도 손장창 교수가 그렇게도 목메어 하던 나이 제한은 그대로 둔 채 공포하면서 '법률 의견서' 까지 첨부해서 각 교수들에게 이메일을 띄었다.

비상대책위원회를 구성해서 대응책을 모색했으나 선거를 치를 방법이 없어 전체 교수회의를 소집했다.

먼저 총장이 단상에 올라 교수들의 행태에 대해 오만방자하다고 말할 뿐만 아니라 그것도 신랄하게 비난했다.

"유럽의 대학에서는 총장이 15년, 20년도 더 넘게 장기적으로 하는데, 3선 출마를 두고 이렇게까지 떠드는 대학은 아마 우리 대학밖에 없을 것이오.

예 하나만 듭시다. 숙명여대 이경숙 총장을 보시오. 4선까지 하고 있지 않소. 그런데도 단임으로 하자고 발의를 하고 이를 통과시키는 작태를 부리다니. 내가 이를 그대로 공포하면 총장의 직무를 유기하는 것이오. 알겠소. 해서 삭제한 거요. 내가 어떤 총장인데 내게 함부로 대들어."

적반하장도 유분수이지, 대학을 위해 무슨 업적을 쌓았다고 큰소리 땅땅 치지, 건물 지은 것밖에 없으면서.

듣는 교수들은 못마땅해서 저것도 교수를 하던 사람이냐고 얼굴을 찡그리거나 노골적으로 불쾌감을 나타냈다.

하 총장은 이를 무시하고 할 말은 하고 내려갔다.

그런데도 누구 하나 총장의 말에 반박하는 교수가 없었다. 지성이 죽은 대학, 양심이 죽은 대학은 곧 교수 스스로 지식의 무덤 속으로 들어가는 수밖에 없어서였을까? 전임강사, 조교수, 부교수는 승진입네, 재임용입네 해서 불이익을 당할 수 있어 그렇다 치더라도 교수는 왜 가만히 있을까?

평소 얼굴이 익은데다 낯짝이 바쳐서, 개인적으로 만나면 얼굴을 들 수 없어서, 차마 교수 신분에 막가파처럼 말을 할 수 없어서 등, 비겁하게도 가지가지 이유 같지 않은 이유를 내세워 눈치코치만 보고 있었으니 참으로 한심한 교수들의 작태였다. 그러면서 겉으로 드러내지 못하고 속으로 욕하고 비웃고만 있으니, 집에 가서 아기를 보거나 몰래 둘러앉아 엿이나 먹을 것이지, 비웃기는 왜 비웃으며 내 대신 누군가가 속 시원하게 팍 싸 줬으면 하고 바라기는 어째서 바라며, 서로들 쳐다보며 눈치만 보고 있는지 알 수 없는 괴물들의 집단이라고 할 수 있었다.

대한민국 구석구석 썩었듯이 어느 사회, 어느 집단인들 불신과 불의를 밥 먹듯 하는 사회, 대학 사회라고 해서 다를 것이 없었다. 이미 지성이 죽은 집단, 책이 죽은 집단, 나만 있고 남은 없는 집단 중에서 거의 모든 대학이 그렇겠지만 DN 대학이 타 대학보다 좀 심하다고 할까.

자못 시간만 흘러갔다. 총장이 무서워 누구도 반박하려 하지 않는데다 회의실 분위기마저 침울할 정도로 가라앉았다.

오랜 뒤에야 김준서가 일어서서 조용조용 반박했다.

"한국어문학과 김준서입니다. 먼저 손장창 교수가 이메일로 보내준 공개답변요구서부터 답하겠습니다. 이런 일이 발생한 점에 대해 먼저 안타깝다는 말씀부터 드리겠습니다. 그리고 손 교수님께는 개인적으로 미안하게 생각합니다. 지난 교수회의 때 저는 이런 주장을 했습니다. '총장후보자선출 규정은 제4대 총장 임명장을 받은 그 해에 개정했어야 했으며 최소한 선거 1년 전에는 개정했어야 마땅하다'고. 그랬더라면 지금과 같은 소모전은 없을 것입니다. '임기 중 정년에 해당하는 자는 입후보할 수 없다'는 것이 '공무담임권을 과도하게 제한하는 규정으로서 제한의 합리성을 인정할 수 없어 위헌적인 규정으로 판단될 수도 있다'는 헌법적 해석은 전문가가 아니기 때문에 전 잘 모릅니다.

하지만 공무원 임용법에 의하면 '65세 정년'이라고 제한하고 있으며 '총장 임기는 4년'으로 제한하고 있어 법리적으로 모순된다는 것만 알고 있습니다. 해서 구성원들의 합의만 있으면 된다고 저는 생각했습니다.

현실적으로 한두 해 남은 사람이 당선되어 임용된다면 해마다 선거를 치르는 비극이, 그리고 임기 중 정년을 하는 사람이 일을 하면 얼마나 열성적으로 할지 의구심이 들기 때문에 4년 임기를 못 박은 것이 아닌가 합니다.

우리 대학 교수회의는 누구 눈치 보고 안건을 발의하거나, 제안한 안건 때문에 법정에 서야 한다면 어느 교수가 소신 있게 의견을 발의할 수 있겠습니까?

손 교수는 교수회의 때 교수들에게 직접 대놓고 이 규정을 헌법재판소에 제소할 것이며 그곳에서 두 사람(김준서, 이웅소)은 자주 대면할 것이라고 공언했습니다.

거듭 말하거니와 저는 개인적인 감정으로 발의한 것이 아니며 총장 후보의 자격에 대해 평소 소신을 발의한 것입니다. 법리적 해석에 앞서 제 발의에 대해 교수님들의 제청과 삼청이 없었다면 표결에 부쳐질 리도 없었으며 모순되고 불합리하다면 비밀투표에 의해 최종 안건으로 채택되지도 않았을 것입니다. 손 교수님, 교수들의 저의가 어디 있었는지 살피시기 바랍니다. 손 교수님에 대한 답변은 이상으로 가름하겠습니다. 감사합니다."

그리고 김준서는 잠시 뜸을 들였다가 하 총장이 앉아 있는 자리로 다가가서 정면으로 보며 말을 했다.

"총장님의 보내온 메일에 대해 먼저 '제정 시기상의 문제에 있어 후보자들의 공정한 경쟁을 통해 교직원들의 총의로 결정하는 것이 정상'이라는 주장부터 답하겠습니다.

당연합니다만, 총의로 결정하는 데는 먼저 선거법이 제정되어야 실행이 가능합니다. 선거법도 제정되지 않았는데 어떻게 총의로 결정할 수 있는지 묻고 싶습니다. 또 '선거체제로 들어간 시기에 특정인을 국한시켜 불이익(피선거권 박탈)을 주는 규정을 제정한 것은 법률의 신뢰보호의 원칙에 위배'라는 주장에 대해서도 답하겠습니다. 우리 대학의 총장후보자선출규정 제정은 평위원회에서 주관하지만 이를 최종적으로 결재해서 공포하는 사람은 총장입니다. 총장이 책임을 지고 최소한 180일 전에 제정해서 공포할 책무가 있습니다. 그런데 이를 소홀히 한 것은 총장의 직무유기인데 오히려 총장님께서는 이를 합리화하고 있습니다.

또한 '경과 규정을 두지 않은 문제에 있어 적용시기에 대한 경과 규정이 없는 불안전한 규정으로 해석상 법적 분쟁의 소지를 남겼으며 법적 다툼으로 비화되어 대학에 장기간 어려움을 겪을 수 있다'는 주장에 대해 답해 드리겠습니다.

차일피일 미루기만 하다가 막바지에 이르러 제정해서 공포해 당장 선거를 치러야 하며, 새로이 첨가된 '직원들의 투표와 투표율, 입후보자들의 기탁금 문제와 기탁금액 3천만 원, 그리고 투표자의 15% 이상 득표하지 못할 때는 기탁금을 반환하지 않는다'는 규정 등을 확정해서 선관위로 넘겨 선거를 치러야 하는 촉박한 시일인데도 어떻게 경과 규정을 두어야 하는지, 하이개 총장께서야 대한민국 최고의 명석한 두뇌의 소유자로서 주장하겠지만 아둔한 머리로는 이해가 되지 않습니다.

그리고 '현직자의 피선거권을 제한할 때는 부진성 소급 적용이 성립되며 헌법상의 평등권, 공무담임권 등 기본권이 박탈되게 되고 유권자들이 교직원의 선택권을 제한하거나 박탈한다'는 주장에 대해서도 답변해 드리겠습니다.

제가 '총장의 임기를 4년 단임으로 한다'는 안은 어느 특정인을 대상으로 해서 기본권을 박탈할 의도는 전혀 아니었으며 교직원의 선택권을 제한하거나 박탈할 의도는 더 더구나 없었습니다. 오직 우리 대학의 바람직하고 미래 지향적인 총장후보자선출규정을 제정하는데 그 의도가 있었음을 거듭 밝힙니다. 뿐만 아니라 '교수들에 의해 개정되어도 분쟁이 발생할 때는 이를 공포한 총장이 법적 피고인이 되며 교수들에게는 아무런 피해도 돌아가지 않는다'고 한 주장에 대해서도 답하겠습니다.

이는 개도 웃을 일이며 날아가던 까마귀도 오물을 얼굴에 찍 갈기고 갈 일이 아닌가 합니다.

장본인이 총장인데, 총장이 피고가 되고 원고가 되는데 누가 법적인 분쟁을 야기하는지 되묻고 싶습니다.

총장님, 총장님, 참으로 위대하신 하이개 총장님이십니다.

요컨대 총장님의 논리가 정당, 또 정당하다고 하더라도 교수회의에서 결정했으면, 그것도 두 번에 걸쳐 결정했다면 그 진의가 무엇인지 소대가리나 말대가리가 아닌 이상 이미 짐작하리라 생각합니다. 바로 현 하이개 총장 당신은 나서서는 안된다는 뜻을 강력히 내비친 것이 아니겠습니까? 총장님께서는 정도, 정도하시는데 뭐가 정도인지 머리가 그렇게 돌아가지 않으십니까. 제가 기름이라도 좀 쳐드릴까요?

이지설 총장 때, 그 고역을 치르고 총장이 된 사람이, 투표권을 달라는 공무원노조의 방해로 두 달이나 지연되어 치른 선거에서 총장이 된 사람이, 너희들도 나처럼 당해 보라는 식으로 이번 총장선거에 깽판을 치는 이유가 도대체 뭡니까?

분란과 말썽으로 총장이 된 분이 그래, 그것이 억울하고 분해서 말썽을 야기케 해서 선거를 치르지 못하는 사태로 끌고 가자는 것입니까?

그리고 말마다 정도를 신봉한다고 했는데 이번 사태를 야기케 한 장본인으로서 모든 책임을 지고 총장직에서 물러나는 것이 정도라고 생각하는데 어떻게 생각하시는지요?

끝으로 하나만 더 묻겠습니다.

매년 기성회비는 7~8%씩 올렸는데 비해 총장님께서는 재임 8년 동안 직원들의 기성회비 기본금은 한 푼도 올리지 않은 것은 그렇다 치고 학생들에게 지급하는 장학금마저 동결시켰습니다. 그러면서 장학금지급이다, 교직원들의 복지증진이다 하고 입에 달고 있습니다. 올린 기성회비는 총장님 혼자서만 흥청만청 썼다고 할까요. 그랬으니 정문 소나무 한 그루 심는데 4천5백만원을 낭비했으며 법률사무소에 의뢰해 '법률의견서'를 작성해서 교수들에게 이메일을 띄우기까지 했는데 그 비용은 자비인지 기성회비에서 지출한 것인지 묻고 싶습니다. 답변해 주시기 바랍니다.

이상입니다. 들어주신 교수님들께, 감사의 말씀드립니다."

하이개 총장은 아주 불쾌하다는 듯이 일어나더니 그에 대한 답변은 고사하고 김준서를 한번 되게 째려보고는 휭 하니 보직자들을 대동하고 회의실을 빠져나가는 것이 아닌가.

총장이 사라져서야 교수들도 회의실을 빠져 나갔다.

교수들은 빠져 나가면서 웅성댔다.

"김준서 교수는 대단해, 총장을 앞에 두고 떳떳하게 그것도 논리적으로 당당하게 대응하다니 그 용기에 놀랐어, 10년 체증이 싹 내려가듯 속이 어찌나 시원하든지."

김준서는 교수들의 마음을 대변한다고 했으나 보다 신랄하게 지적하지 못한 것이 두고두고 후회스러웠다.

총장선거는 언제 치를지도 모르는데 후보 예정자들은 선거를 치를 대책이나 방안 마련은 생각지도 않고 총장 눈치를 피해 물밑 작전으로 선거운동에만 혈안이 되었다.

김준서는 문학 소년이 되어 가장 인상적인 선거운동을 하기로 했다. 이미 김준서란 사람은 교수회의를 통해 신임 교수들에게도 알려졌기 때문에 기억에 남거나 평생 지닐 만한 것을 마련해 선물하면서 소신을 밝히기로 했다. 그것은 시집 중에서 누구나 좋아하는 시를 선정해 유명한 서예가에게 써달라고 부탁해서 선물하며 대화를 나누는 것이었다.

우연한 기회에 유명한 서예가를 만날 수 있었다.

연석은 400여 년 전 '원이 엄마의 한글편지'가 발견되었다는 것을 알고 이를 작품화하려고 수소문한 끝에 김준서를 알게 되었다. 그네는 김 교수의 도움을 받아 '원이 엄마의 한글편지'를 현대화하고 이를 작품화해서 출품한 것이 한글 서예부문 대상을 타게 되었다. 대한민국 미술대전 대통령상까지 수상한 고마움으로 김준서의 시 한 편을 금박으로 써 선물한 것이 계기가 되어 인연을 맺게 되었는데 김준서에게는 그렇게 고마운 분일 수 없었던 것이다.

선거운동을 하다 보면 피치 못할 사정이 있을 수 있어 글씨라도 한 점 주고 대화한다면 말문을 틜 수도 있다는 김준서의 말에 그네는 선뜻 호응해서 한지에 금박 또는 은박의 글씨로 시를 써 30여 편씩 세 번에 걸쳐 보내주었다.

김준서는 자기 시를 쓴 작품을 주고 대화를 하다 보니 부드럽고 자연스러운 데다 쑥스러움까지 가시게 했다. 그러면서 어느 후보자도 총장에게 보복을 당할까 눈치나 보면서 방관하고 있는데 비해 당면 난제를 해결하기 위한 방안에 대해 교수들에게 메일을 띄어 보내기도 했다.

의견을 하나로 결집해야 한다, 후보자의 자질을 냉철하게 따져야 한다는 너무나 안타까운 내용을 담아 '우리 대학은 공중분해 되는가'란 메일까지 띄웠다.

이어 '총장의 임기는 4년 단임으로 한다'를 발의해서 통과시키는 바람에 총장이 걸고 넘어졌으니까 결자해지의 심정으로 '총장께 드리는 공개서한' 까지 작성했다.

25년 동안 대학에서 근무한 사람으로서 그냥 두고 볼 수 없다는 심정으로 쓴다는 것으로부터 단임의 장단점과 연임의 장단점을 나열하고 연임은 장점보다는 단점이 너무 많기 때문에 단임을 제안했다는 것, 이런 연임의 폐단을 절실하게 느낀 K대학도 단임으로 제한했다는 것, 시집살이를 해 본 시어머니가 며느리에게 시집살이를 지독할 만큼 시킨다는 속담처럼 누구보다 이지설 총장 때 고생고생해서 총장이 된 하이개가 연임을 했는데도 또 3선을 하기 위해 교수들의 총의를 무시하고 '4년 단임으로 한다'만 삭제하고 공포한 자체는, 까마귀도 오물을 찍 갈기고 날아가고 날아가는 새마저 비웃고 날아갈 일이니, 당장 번복해서 공포하고 총장의 꿈을 접으라는 내용을 교수들 앞으로 띄우기도 했다.

또한 현 총장의 작태를 하나하나 들어 규탄했다.

현 총장의 작태를 규탄한다

현재 우리 대학 총장선거는 언제 치러질지 참으로 암담하다. 이유는 총장 후보자를 선출하는데 문제를 일으킨 하이개 총장이 그 중심에 있기 때문이다.

교수평위원회에서는 총장이 공포한 '총장후보자선출규정'으로는 선거를 치르지 않겠다고 결의(06. 12. 12)했으며 또한 이를 두고 거듭 결의(06. 12. 20)했기 때문에 현 총장이 번복하지 않는 한 선거는 물 건너간 듯하다.

이를 모를 리 없는 하 총장, 우리 대학을 진정으로 생각한다면 이제라도 후보로 나서려는 생각을 접고 선거를 치르게 하거나 타개할 대책이라도 강구하는 것이 총장의 책무인데도 오히려 총장실에 틀어박혀 선거운동에만 혈안이다.

그는 자기가 선거의 칼자루를 쥐고 있다고 착각한 데다 쇼맨쉽으로 중무장한 하 총장, 12년 동안이나 선거운동만 해서 노하우가 쌓였으니 선거라면 능수능란한 달인인 총장은 차일피일 시일만 끌면 4대 총장선거 때처럼 자기에게 절대 유리하다고 판단했으며 어느 날 갑자기 공과대학 62표를 의식해 ××공과대학교와 의 통합을 들고 나왔다.

이는 표를 얻기 위해서라면 수단과 방법을 가리지 않는 하 총장의 사기성을 단적으로 드러낸 셈이다.

이런 기만은 공대 교수들이 살아남기 위해 ××공대와 통합을 원한다는 것을 간파하고 성사만 되면 표를 몰아줄 것이라는 총장 병의 발작에서 비롯했다고 볼 수 있다.

그렇게만 된다면 공대 교수들은 오죽 좋을까. 하지만 현실정으로 보아 통합은 이루어질 가능성이 없으며, ××공대 쪽에서는 존폐에 지장이 없는데 통합할 리도 없으며 흡수통합을 하려고 했으면 했지 머리 숙이고 들어올 리 없다.

하 총장이 얼마나 교수들을 무시하고 같잖게 봤으면 총장후보자선출규정 제9조를 싹 빼 버리고 공포하는 폭거를 자행했는데 표를 얻기 위해서라면 무릎도 꿇을 것이며 구두를 혀로 핥아 닦으라면 닦을 그런 상종 못할 사람이다.

총장의 이런 작태는 교수들이 방관하고 무관심한 데도 일말의 책임이 있다. 제2차 교수회의(06. 10. 24)에서 압도적으로 결의(1차는 찬성 81, 반대 43. 2차는 찬성 108, 반대 68표)했다면, 이런 작태는 꿈도 꾸지 못했을 것이다.

물론 단임으로 묶지 말고 누구나 나오게 해서 표로 결정하면 되지 굳이 제한해서 말썽을 일으킬 이유가 있느냐고 할 교수들도 있을 것이다.

이는 총장의 직위를 악용한다면 얼마나 무서운지 겪어보지 않아서 하는 말이다. 하 총장은 9조를 빼고 공포하면 교수들의 저항을 예상하지 못한 것은 아닐 것이며 예상하고도 당선은 문제없다고 판단했기 때문에 상상도 할 수 없는 폭거를 자행했으며, 당장 선거를 치른다 하더라도 하 총장은 또 총장이 된다는 유언비어가 돌고 있었다.

이는 반대가 68표였기 때문이다.

그리고 교수회의(06.10. 24)의 총의에 의해 교수평위원회 산하 비상대책위원회(이하 약칭 비대위)를 결성해 전권을 위임한다는 결정에 따라 비대위를 결성해서 활동에 들어갔으나 시작부터 하 총장의 독선에 부딪쳐 좌초되고 말았다.

비대위가 총장과의 면담(06. 12. 27)에서 하 총장은 '비대위는 임의 기구라서 인정할 수 없다'면서 현안에 대해서는 '교무처장과 합의하라'고 했다. 이어 2차 면담(07. 1. 7)에서는 '비대위 위원장의 대표성을 인정할 수 없다'면서 엉뚱하게도 '평위원회에서 제9조를 복원해 합법적인 안을 발의하면 신속히 처리하겠다'고까지 또 약속했다.

하 총장의 이런 사기성 작태는 어린애 장난도 아니고 유치, 찬란하다고 할까. 교육공무원법 제24조 제4항 제2호, '해당대학 교원의 합의된 방식과 절차에 따른다'는 규정에 근거해 교수들이 전체 교수회의에서 두 번에 걸쳐 결의한 제

9조 '총장의 임기는 4년 단임으로 한다'만 빼고 공포한 것 (06. 10. 26)은 이 법에 정면으로 위배된다. 또한 법과 원칙에 따라 대학을 운영한다는 하 총장 자신의 말과도 완전히 모순된다. 더욱이 전직이 행정학과 교수, 총장의 임기가 끝나면 다시 교수의 자리로 돌아갈 사람이 교수들을 무시하고 업신여기며 식언을 밥 먹듯 하고 있다. 이런 의도는 우리 대학의 이미지를 하루아침에 박살내는 작태, 나는 이미 두 번이나 해 먹었으니 세 번 못할 바에야 아예 못 먹는 죽에 재나 뿌리자는 하 총장의 병적인 집착이다.

총장선거를 근본적으로 거부하면서 차일피일 시간을 끌다 보면 ××대학교처럼 국립이니까 교육부에서 일방적으로 총장을 임명했듯이 관선 총장이 내려오기를 기대하는 악의적인 발상인지도 모른다. 막가파와 다름없는 단 한 사람 하이개 총장 때문에 지방 군소도시에 위치한 국립인 우리 대학교는 3, 4, 5대에 걸쳐 총장 선출 때문에 교수들이 연구는 하지 않고 벼슬에만 혈안이 되어 문제만 일으킨다고 이미 낙인까지 찍힌 지 오래이다.

더욱이 시민들의 시선마저 곱지 않다.

그러니 이제는 교수들이 하나로 똘똘 뭉쳐 일어나야 한다. 교수 개개인이 주인의식을 가지고 적극적인 관심과 사명감으로 중무장해서 현 사태를 해결해야 한다. 우리가 우리 대학을 사랑하고 아끼지 않으면 어느 누가 우리 대학을 사랑하고 아껴줄 것인지 가슴에 손 얹고 물어보라.

어느 철학자가 지적했듯이 '인류 최대의 적은 핵이 아니라 무관심'이라고 한 말을 상기해 봄 직하지 않는가.

현 사태에 대한 교수들의 무관심은 06년 11월 8일 총장의 폭거에 대응하기 위해 전체 교수회의를 개최했으나 1시간 30분이 지나서야 겨우 과반수를 채운 데서도 드러났다.

제정 러시아가 단지 7%의 볼세비키 추종자들에 의해 제정 러시아가 소비에트 연방으로 넘어갔던 역사적인 일도 있다.

나만은 살아남겠지, 나만은 무슨 일이 일어나도 괜찮겠지 하는 무관심이 치명적이었음을 상기해 봄직하지 않는가.

하 총장은 오직 건물 유치의 업적으로만 3선을 하려고 폭거를 서슴지 않았다. 개인의 영달만을 추구한 나머지 내가 할 때만 대학이 망하지 않으면 되고, 그 다음에야 대학이 망하든 말든 상관이 없다는 것이 하이개의 총장관이다.

3선을 위해 일체 간섭은 배제하고 교수들이 하자는 대로 해서 대한민국에서 근무하기에 가장 편한 대학으로 만든 하 총장, 교수들의 사기진작이나 연구지원이나 여건을 조성하기는커녕 되레 자존심과 사기만 떨어뜨리는 하 총장, 막가파처럼 갈 때까지 간 하 총장, 짧은 우리 대학 역사이긴 하지만 개교 이래 허기진 학장이나 이지설 총장도 하지 못한 짓거리를 드러내놓고 하는 하 총장이다.

이런 하 총장처럼 교수들을 공개적이고 노골적으로 모욕

하고 비하시키며 얕잡아본 총장은 일찍이 없었다.

이런 사람이 만약 3선이 된다면 우리 대학은 어디로 갈 것인지를 생각하면 참으로 끔찍하다.

하 총장처럼 교수회의에서 두 번에 걸쳐 결정한 사안을 빼고 공포한 것은 교수들을 조롱하고 무시했으며 짓이기고 짓밟으면서 대학을 위기로 몰고 간 총장은 대한민국 그 어느 대학에도 없었다. 이런 하 총장에 대해 지금에야말로 교수들의 의지를 하나로 모아 심판할 때다.

읽어 주셔서 감사합니다.

2007. 1. 16일 한국어문학과 김준서 드림

김준서가 이메일을 교수들 앞앞이 보낸 뒤, 이틀이 지나 격려의 메일이 서른 몇 편이나 쇄도해서 자신감마저 되찾는다.

예문 하나만 아래에 인용한다.

교수님, 첨부한 글을 보고 속이 다 시원함을 느꼈습니다.

공대 젊은 교수들 대부분이 느끼고 생각하는 것에 대해 정곡을 정면으로 찔렀다고 생각합니다. 이제는 교수님께서 조금 자중하시면 지지하는 교수들이 많이 생길 것입니다.

공대 재료공학 전공 장봉추 드림

그런데 이런 메일은 총장의 사주를 받아 보냈는지 모르겠으나 투표 결과로 보면 단 사람도 찍지 않는 것이 드러난다.

그리고 머잖아 F교수는 다른 사람 아니라 김준서 자신임이 선거 결과로 분명히 드러나게 된다.

비대위에서도 교수들에게 동참을 간청했다. 수시로 총장에게 이메일이나 편지를 보내자, 총장에게 전화를 하자.

그러나 비대위에서는 총장을 방문해서 따지지도 못하고 기껏 대화하자 등 폼만 잡았지 두 손을 놓은 상태였다.

총장선거는 차일피일 시간만 죽이다가 교육부의 공문 하나에 뿅 하고 나가떨어지고 말았다.

내용인즉 기일내로 총장후보자를 선출해서 올리지 않으면 관선 총장을 임명하겠다는 것이었다. 내용을 알고 보면 다분히 공갈이요 협박이나 다름없었다.

교수운영위원회 임원들은 자존심도 없는지 이렇게 교육부가 공갈하고 협박해도 관선 총장을 임명해 내려 보낼 리가 없는데도 비대위에서는 황급히 회의를 열어 하 총장이 9조를 삭제하고 공포한 규정으로 총장선거를 치르자고 안을 내어 통과시켰다.

해서 졸지에 총장선거를 치르게 되었다.

누구보다도 하 총장이 쾌재를 불렀다.

후보자 등록 기간은 시일에 쫓기다 보니 이틀, 3천만의 기탁금을 입금시켜 등록을 마감한 결과 입후보자는 7명이었다.

후보자 합동토론회가 개최되었을 때, 정견을 발표하는 하이개 후보자는 한 마디로 가관으로도 모자라 꼴값을 했다.

"나, 나, 총장 말이오. 정계에서 오라고 수도 없이 콜합니다. 그런데도 총장 후보로 나섰으니 우리 대학의 자랑 아니겠습니까. 그러니 날 찍으세요. 우리 대학은 총장 감도 없는데 나라도 있어야 총장을 하지요. 이는 내가 우리 대학을 사랑한 복인 줄이나 아시오."

오만방자, 거드름 떨기, 안하무인도 이런 안하무인은 없을 것인데도 조용하기만 했지 웅성거리거나 떠드는 사람이 없었다. 그랬으니 1차 투표에서 상상도 못할 표를 획득했지. 창자도 없고 쓸개도 없으며 배알머리도 없는 F교수들의 집단이 아니면 있을 수도 없는 일이었다.

이어 법학과 이덕문의 정견 발표가 이어졌다.

이건 완전히 사기꾼과 다름없었다. 지금까지 모아둔 발전기금이 3억원도 되지 않는데 이렇게 큰 소리를 치다니.

"내가 총장이 된다면 1년 안에 발전기금을 200억원 이상

거둬 들이겠습니다. 당선만 시켜줘 보세요."

이런 사기꾼 후보자가 결선 투표까지 가서 1,12표 차이로 떨어진 것은 F교수들이 그만큼 많았기 때문일 것이다.

정치판이라도 3류 정치판도 못되는 정치판이라고 할까. DN대학 교수들의 총장 후보자 정견발표는 누가 사기를 많이 치느냐의 경쟁과 다름없었다. 김준서는 총장이 되면 솔선해서 발전기금 2억을 내놓고 기금을 거두겠다고 공약하려 했으나 기금 약속은 매표행위로 선거법에 위배된다는 유권해석을 해서 공약도 못하고, 한다면 하는 성격을 보아서 도와 달라고 똑 소리 나게 소신을 밝혔다.

1주일 뒤 투표가 실시되었다. 투표는 바로 결과가 나오는 전자 투표로 DN대학에서는 처음 도입되었다.

김준서는 1차 투표를 하고 학과 교수들과 어울려 점심을 먹고 있는데 참관을 부탁한 교수로부터 전화가 왔다. 전재일 교수는 그야말로 도저히 믿어지지 않았거나 너무나 어이가 없었거나 황당무계했든지 좀체 말을 잇지 못해 했다.

"전 교수님, 이미 예상하고 있으니 말씀하세요."

김준서는 얼마나 형편없는 득표를 했으면 저렇게 말을 못할까 하는 생각이 들자 오히려 차분해지기까지 했다.

"놀라지 마시고 들으세요. 열여섯 표입니다."

"아, 그래요. 알았습니다."

순간, 김준서는 열여섯 표란 말이 지옥에서 들려오는 소리

같았다. 저승사자가 요술을 부리는 소리인 것만 같은, 주제 파악을 못하고 선거에 나섰다가 개망신을 이렇게 당하다니.

김준서가 1차에 떨어졌다는 말을 들은 사람들은 '김 교수가 돈을 쓰지 않았군, 돈을 썼다면, 하 총장을 혼자서 치고 나갔는데도 그렇게 표가 적게 나올 리 없지.' 했다.

그 사람들의 말처럼 몇 만원씩이나 하는 밥 사 주고, 룸살롱에서 아가씨 앉혀놓고 양주 사 주면서 거금의 돈을 뿌리지 않은 결과는 참으로 끔찍할 만큼 패배를 가져왔다.

후보자별 득표를 보면 투표수 교원 242명, 직원 147명이 투표한 결과는 이덕문이 48.13, 이의여가 40.19 제갈형이 40.79, 이천재 42.56, 하이개 43.98, 김준서 16.60, 신여재 38.98표. 김준서는 16.60표라니, 개망신, 입이 열 개라도 할 말이 없었으며 교수들을 원망할 여지조차 없는 참담한 패배였다. 그것은 '병신이 육갑 떨기로 치면 무슨 짓인들 못해.'에 해당된다고 할 수 있었다.

병신같은 새끼, 죽어지낼 것이지, 공연히 나서긴 총장선거에 왜 나서 가지고 개망신을 당해, 당하기를.

김준서는 너무나 충격이 컸을까. 말과 행동마저 달랐다.

누구나 이런 망신을 당했다면 분을 삭이지 못해 욕설이라도 퍼붓고 개망나니 짓이라도 하거나 어디가 행패라도 부리거나, 술이라도 실컷 퍼먹고 땡깡이라도 부려야 했는데 그렇지 않았다. 이상스럽게도 마음은 가라앉을 대로 가라앉았고 누구를 욕하거나 원망하거나 탓하는 마음도 생기지 않았다. 되레 차분하다고 할까. 아무런 생각도 나지 않았다.

김준서는 2차 투표도 했고 3차 투표까지 했다. 그러면서 평정심을 잃지 않고 7, 8교시 강의도 평소와 다름없이 했다.

어찌 된 셈인지 그렇게 친하게 지내던 교수들이나 직원으로부터 전화 한 통화 없었다.

왜 전화 한 통 하지 않을까? 앞에서는 찍어준다고 큰소리쳤으나 막상 투표장에 가서는 찍어주지 않았기 때문일 것이다.

김준서는 강의를 끝내고 곧바로 귀가했다.

일찍 잠자리에 들었으나 잠이 오지 않았다.

머리에 맴도는 것은 오직 선거에 관계되는 것뿐, 선거의 후유증으로 이틀 밤을 지새웠다.

이틀 밤을 지새우며 생각한 끝에 삶을 잘못 살았다는 결론을 내렸다. 사람의 마음을 너무나 몰랐고 세상 사람들이 모두 내 마음 같이 착하고 선한 줄 알았는데 실은 그게 아니라는 것을 깨달은 것이 선거에 뛰어들었다가 떨어진 대가였다.

불가사의한 것은 하이개가 획득한 표였다.

그렇게 교수들을 무시하고 폭거를 자행했는데도, 그리고 선거를 두 달이나 늦게 실시하는 주범인데도 두 번째로 표를 많이 얻었다는 데 있었다.

그것은 상대적으로 김준서의 표를 빼앗아 간 셈이었다.

하 총장과 김준서를 지지하는 교수들은 같은 성향, 따라서 막판의 여론이 김준서에게 불리하게 작용한 모양이었다.

여론은 두 방향으로 흐르고 있었다.

하나는 하이개가 또 총장이 될 수도 있으니 표를 될 만한 후보에게 밀어줘야 한다는 것과 또 하나는 도시락 부대가 미는 후보가 될 수도 있으니 표를 하나로 몰아야 한다는 여론이 그것이었다. 그리고 다른 하나는 저간의 여론으로 보아 선거를 주도한 사람은 김준서, 해서 김 교수가 절대 유리하다고 판단한 모든 후보자가 김준서만을 집중적으로 공격한 것이 주효한 듯했다.

게다가 하이개로 보아서는 김준서가 치고 나가지 않았다면 당선은 문제없다고 자신했었는데 단임을 들고 나와 악수를 두게 했으니 다른 후보자들 표보다는 김준서의 표부터 철저하게 분쇄하는 전략으로 나온 것이 주효한 듯했다. 그랬으니 찰떡처럼 믿었던 표들이 도망간 것이며, 그도 아니라면 10년 20년 지기였던 교수들이 막판에 카멜레온이 되었던가.

결과 분석으로 보면, 충분히 그럴 수 있었다.

밥 사 주고 술 사 주고 룸살롱으로 데려가 양주 사 주는 것으로 부족해 아가씨까지 붙여주고 선물 주고 1대 1로 만나 현찰 박치기까지 하는, 뭔가의 이권을 줘야만 하는 난장판 선거에서 가장 깨끗한 선거 운동을 한 결과, F교수들과 직원들에게 철저히 외면당했다고 할까.

그랬으니 표가 그것밖에 나오지 않았지.

바르고 정의롭게, 그것도 당당하게 그 어떤 후보도 총장에게 할 말 못하고 눈치만 보는데도 할 소리 다해 교수들의 마음을 대변했고 시원스럽게 카타르시스까지 해준 후보자는 철저히 외면해 버리고 쥐 죽은 듯이 눈치나 보고 뒤로 호박씨나 까면서 온갖 비행을 동원해 선거운동을 한 후보들이 더 많은 표를 얻게 해 준 것이 DN대학 F교수들의 선거 생리인지도 모른다.

김준서로 봐서는 여론을 주도한 것이 오히려 선거에 불리하게 작용한 셈이었다. 표라는 것은 더럽고도 치사한 데다 럭비 볼과도 같아 어디로 튈지 예측이 불가능하거나 돈을 얼마나 쓰느냐에 따라 여기에 붙고 저기에 붙는 자석임에 틀림없었다. 그런 요지경의 표, 지성이라고 자타가 인정하는 교수들의 표는 요지경, 도깨비 요술방망이를 빼쳤다.

김준서는 상상의 나래를 폈다. 7명의 후보자 중에서 4등까지 한 후보자가 32명뿐인 사회대 교수들이었다.

그리고 그들만이 기탁금을 찾아갔다.

62명의 교수를 가진 공대며 58명이 소속된 자연대는 자존심도 없는지 사기꾼 같은 사회대 교수들에게 표를 몰아줬는지 그것이 불가사의했다.

그리고 7개의 단과 대학에서 4명이나 입후보한 사회대 교수들에게 1, 2, 3, 4등을 몰아준 표의 요술방망이를 휘두른 주인공은 바로 F교수들이었고 치사할 정도로 0.12%의 지분을 행사한 직원들이었다. 직원들의 이 0.12%의 지분이 입후보자들에게 얼마나 큰소리치면서 등 처먹었는지 모른다.

바로 김준서가 직원들에게 밥 한 끼 사거나 술을 받아줬거나 선물을 하지 않았기 때문에 인기나 사람이 좋다거나 능력이 있다고 하더라도 그 많은 직원 중에 단 세 표만 나온 것을 보고도 알 수 있었다. 더욱이 40.79표를 획득한 후보자는 기탁금 3천만을 고스란히 찾아갔으나 40.19표를 획득한 후보자는 기탁금을 떼이고 말았다.

16.60표라는 최저의 표를 획득한 김준서나 48.13표를 얻어 1차, 2차에 걸쳐 최고 득표를 한 사람이나 결과는 같았다. 기탁금 3천만원을 찾아가고 못 찾아간 차이는 있었으나.

2차 투표 결과는 이덕문 1.12표 차이로 1위가 된 98.38표, 이천재가 97.26표. 하이개가 62.17표로 나타났다.

3차 투표 결선에는 하이개가 탈락하고 이와 이 후보가 결선에 오르게 되었다. 3차 투표는 1, 2차와는 달랐다.

줄곧 1위를 달리던 이덕문 127.42표, 이천재가 128.54표를 획득해서 아주 미세한 1.12표 차이로 당선이 확정되었으며 두 교수의 운명을 바꿔놓았다.

그랬으니 이덕문 교수는 얼마나 분하고 억울했을까. 웬만한 사람이면 열불을 받아 고혈압으로 쓰러졌을 것이다.

이 교수가 쓰러졌다는 소문이 들리지 않는 것으로 보아 진짜 대단한 사람이었다. 고향도 아닌 객지에서 표를 그만큼 얻었다는 것은 난 놈 아니고는 불가능했는데도 말이다.

민주주의 꽃은 선거에 있다.

선거의 가장 아름다운 꽃은 당선자이다. 그것은 정정당당한 플레이로 당선되었을 때만 그렇다.

그런데 이번 총장선거만은 예외였다.

어느 후보자가 가장 더럽고도 추잡스럽게, 뒤로 호박씨를 많이 깠으며 보다 많은 불법을 저질렀는가의 선거였다.

선거운동을 하는 데 있어서도 가장 추잡하고 지저분하게, 어느 후보가 보다 많은 불법을 저질렀느냐에 따라 표를 획득했다면 불법을 많이 저지르면서 선거운동을 한 후보자가 당선되었다고 할 수 있다.

여기에 보직을 못해 한이 맺힌 도시락부대와 F교수들의 장미 빛까지 가세해서 당선자가 탄생했던 것이다.

아무리 공약, 공약해도 공약 한번 읽어 보는 교수나 직원 하나 없으며 인간성이 좋아도 소용이 없는데다 연구 업적이 아무리 많아도 소용조차 없으며 얼마나 많이 알려진 인물인가도, 또한 평소 쌓은 친분이 아무리 두텁다고 해도 표로 연결되지 않는 기이한 총장선거가 그 특징이라고 할 수 있었다.

그렇다면 표는 어디로 갔을까?

그것은 누가 보다 많이 밥을 사 줬느냐, 누가 보다 많은 술을 대접했느냐, 누가 보다 많은 선물을 했느냐, 그리고 일대일로 만나 현찰을 어느 후보자가 보다 많이 줬느냐에 따라

표는 향방의 요술방망이를 휘둘렀던 것이다.

어쨌든 결과는 떨어졌으니 1차에 떨어진 김준서가 일찌감치 단념했으니 다행인지도 모른다.

선거에 나서면 별의 별 일이 다 일어난다더니 총장선거는 인원은 적고 얼굴은 빤한 데도 진흙탕은 저리 가라였다.

공대 김대희 교수는 김준서를 뒤에서 적극 돕겠다고 했으나 그 표도 오지 않았으며 형님 동생 하는 재료공학 김 교수도 그렇고 아제 조카 하는 생활체육과 아저씨뻘 되는 김 교수도 그랬고, 한 집에서 10년 이상 산 김윤홍 교수며 나서라고 큰소리치던 동병상린의 서신흠 교수는 물론 나머지 이십여 년 지기 교수들은 말할 나위도 없었다. 여기에 직원들의 0.12표가 얼마나 치사하고 더러운지, 도서관장을 할 당시, 윤해준은 술을 먹고 한밤중에 동료 직원을 태우고 드라이브를 하다가 동료 직원을 죽이는 사고를 내고 교도소에 갇혔을 때, 면회를 갔으며 무죄를 주장해서 공무원 생활을 지속하도록 도와주었다. 그리고 사서 사무관으로 승진까지 했다. 그는 김준서가 총장에 나선다는 소식을 듣고 찾아와 여러 가지 조언을 해 줬는데도 밥 한 끼 사 주지 않아서인지 그도 찍지 않았음을 알았을 때의 배신감은 말할 필요도 없었다.

9급 기능직 이기혁은 물론 제자 직원들도 찍지 않았다는 것을 알았을 때, 총장선거가 얼마나 추잡스럽고 더럽고 아니꼬운 선거인가를 단적으로 보여준 예라고 할 수 있다. 그리고 선거가 끝나자 김준서에게 얼굴을 내밀 수 없는 탓인지는 모르겠으나 교수든 직원이든 전화하는 사람이 전혀 없었다.

김준서는 이런 현상은 찍어주지 않아 낯간지러워서 그랬을 것이라고 이해를 하면서도 마음 한 구석이 텅 빈 것 같았다.

보다 분명한 사실은 김준서와 그렇게 친하게 지낸 사이인데도 찍어주지 않았다면 다른 후보자들은 그들에게 그 이상의 썸싱이 오고 갔을 것이라는 추측이었다.

현찰을 돌렸다는 소문이 소문으로 끝난 것이 아니라 실제로 1백만원, 2백만원을 일대일로 만나서 줬거나, 아니면 룸살롱으로 데려가 아가씨를 붙여 주었거나 했을 것이라는 유비통신이 사실로 여겨지는 것은 떨어진 자의 옹졸함일 수도 있을 것이다.

김준서는 몰라도 교수들의 세상을 너무나 모른 탓으로 돌려 자위하거나 카멜레온 교수들의 세계를 이해하지 못해 빚어진 것이니 더 이상 못난 모습을 보이고 싶지 않았다.

김준서는 선거가 끝나자 곧바로 연구연한을 신청해 1년 쉬었다. 그리고 1년 뒤 학교로 돌아온 뒤에도 홀로 지내면 되니까. 패자로서 있는 듯 없는 듯 그렇게 조용히 죽어 지내다가 4년 뒤 정년을 맞으면 더 이상 교수나 직원들을 대면할 일도 없을 것이기 때문이다.

김준서는 9월 들어 2학기가 개강되었으나 연구 연한이라 일체 학교 연구실에는 발걸음도 하지 않았다.

그것은 DN대학 사람들과 부딪치는 자체가 싫어서였다.

칩거와 다름없는 생활이었으니 할 일은 해야 했다. 그것은 그 동안 저서와 창작집, 장편소설 등을 묶어 전집을 내는 일이었다. 선거의 후유증을 잊고 원고 정리에만 매달려 정말 바쁜 나날을 보내어 전집을 출간했다.

≒ 있는 듯 없는 듯 죽어지내자니

하루는 서잠금 교수가 전화를 했다. 그는 입사 동기인데도 김준서와 전화하는 사이가 아니었다. 몇 년에 한번 할까 말까 하는 사이였다. 그랬으니 서잠금 교수가 전화를 했다면 목이 타 견딜 수 없는 소리를 하기 위해서일 것이다.

아니나 다를까. 예측이 맞았다.

다가오는 2월이면 김정식 교수가 정년이니까 후임을 뽑는데 심사위원 문제를 거론했다.

"이번 교수 채용에 있어 국어학 분야니까 저와 김정식 교수를 심사위원으로 명단에 올렸습니다. 그리고 김 선생은 학과 내에서 나이가 가장 많아 심사위원 명단에 넣었고요."

"잠깐. 학과장이 있는데 왜 서 선생이 전화를 해요? 그리고 심사위원이라면 당연히 학과장이 들어가야 하는 것 아닌가요? 당신이 전화하는 것도 이해가 되지 않는데 심사위원으로 김정식 교수는 더욱 안됩니다.

정년을 하는 사람에게 심사를 맡기다니요. 만약 심사가 잘못 됐을 때 누가 그 책임을 집니까? 서 교수님, 회화과에서 심사를 하다가 말썽이 난 것도 모릅니까."

"이번에 채용하는 분야는 국어학이라서. 그리고 그 방면에 전문가가 필요해서 제가 그렇게 결정했습니다."

"그래도 그렇지요. 안됩니다. 학과장이 아무리 후배라 해도 애초부터 오해할 짓은 하지 말아야 하는 것 아닙니까."

"선생님만 그렇게 알고 계시소."

서잠금 교수는 자기 할 말만 하고 전화를 끊어 버렸다.

정말 우려했던 일이 현실로 다가왔다. 서 교수가 제자를 김정식 후임으로 점찍고 있다는 것을 모른 것은 아니었다.

오래 전부터 김준서는 알고 있었다. 서잠금 교수와 한소남이 찰떡궁합처럼 밀착되어 있었다는 것을.

이번 일만 해도 같은 대학 출신들만 있는데 따른 폐단이라고 할 수 있다. 현재 학과장은 전재일 교수이다. 그는 서 교수의 후배였다. 후배니까 먹던 떡으로 알고 심사위원을 선배인 서 교수가 마음대로 골라 보고를 한 모양이었다.

그런데도 전 교수는 찍 소리 못하고 보고만 있었다니.

김준서로서는 울화통이 터지지 않을 수 없었으나 더 이상 따지고 들었다가는 서 교수가 또 무슨 수작을 부려 그를 심사위원에서 제외시킬지 알 수 없었다. 해서 꾹 참았다가 심사 때 결정타를 날리리라 생각하고 심사하러 오라는 통보만 기다렸다. 그런데 한소남이 서울까지 찾아와 끈질기게 도와달라고 매달리는 데야 어떻게 할 수 없었다.

김준서도 명색이 지도교수였으니 박정하게 뿌리칠 수도 없었다. 팔은 안으로 굽는다는 속담을 들어 달랠 수밖에.

한소남은 김준서가 친하게 지내는 사람을 찾아 쑤시고 다니며 도와달라는 전화를 하거나 찾아가 부탁 좀 해 달라고 해서 귀찮아 못 견딜 지경이라는 소문까지 귀에 들어왔다.

그 뿐만이 아니었다.

한소남은 김준서를 수시로 찾아와 똑같은 소리를 반복하는 것이었다. 선생님 아니면 누가 도와주느냐고, 선생님만 도와주면 채용은 된 것이나 다름없다고, 선생님께서 칼자루를 쥐고 있다면서 생떼를 쓰다시피 했다. 한소남을 채용하는 것은 학과를 망치는 것과 다름없었다. 그렇지 않아도 끼리끼리 모여 수작이나 하고, 연구도 하지 않는데 또 같은 패거리를 채용한다면 학과는 어떻게 될 것인가.

서 교수도 그랬다. 그를 채용하려면 대학을 하나 세워 데리고 가든지 해야지 손남익도 자기 제자를 심고 당신도 또한 자기 제자를 심다보면 학과는 어디로 가겠는가.

그렇다고 한소남이 뛰어난 학자이거나 괄목할 만한 업적을 쌓은 것도 아니었다. 게다가 모집하는 분야는 국문법 전공이다. 그런데 방언학 전공이니 모집하는 전공과도 부합되지 않았다. 그네를 채용하려는 것은 억지요 깡패로 치면 깽판이나 다름없었다. 이미 학과 출신으로 이송희 교수가 있는데 또 학과 출신, 이송희의 몇 년 선배가 있는데도 또 여성을 채용하려고 들다니. 서 교수가 약점이 잡혀도 단단히 잡히지 않았다면, 무릎까지 꿇으면서까지 뻔뻔스럽게 김준서에게 부탁하지 않을 것이었다.

김준서가 총장선거에 입후보했을 때 도와달라고 부탁을 했는데도 그는 입이라도 뻥끗했거나 선거가 어떻게 돌아가고 있는지 한번이라도 연구실에 들려 물어 봤다면 또 모른다.

세상에 일방적이라는 것이 있을 수 있을까.

아마 없을 것이다. 서 교수처럼 남의 부탁은 코방귀도 뀌지 않으면서 자기가 아쉬울 때만 부탁하는 사람도 드물 것이다.

10월 중순, 조교로부터 심사하러 오라는 전화가 왔다. 그런데 이를 어떻게 알았는지 한소남은 심사하러 내려가기 전날에도 서울로 찾아와 '선생님께서 칼자루를 쥐고 있으니 이번 한번만 도와달라고' 또 사정하며 매달리는 것이었다.

처음은 얼마나 다급했으면 그럴까 하고 이해가 되었으나 수도 없이 찾아와 매달리는 데다 칼자루를 쥐고 있으니 도와달라고 하니, 만약 되면 자기가 잘나서 됐고 안되면 도와주지 않아서 안됐으니 두고두고 원망만 들을 것이 뻔했다.

김준서는 생각할수록 괘씸하고 감정이 상하기 시작했다.

김준서가 연구실에 들어서자마자 내려온 것을 이미 알고서 교수가 찾아와 무릎부터 꿇는 것이 아닌가.

“선생님, 이렇게 무릎을 꿇었습니다. 좀 도와주세요.”

“왜 이러세요? 일어나세요. 이 무슨 추탭니까?”

그렇게 말을 했는데도 서 교수는 일어나지 않아 힘껏 일으켜 세워서야 마지못한 듯 일어나는 것이 아닌가. 세상에 부탁을 하면서 무릎까지 꿇는다면, 되고 난 다음에는 얼마나 기고만장할지는 불을 보듯 뻔하지 아니한가.

김준서는 이해타산에 따라 극단적인 행동을 하는 서잠금 교수가 무서워지기까지 했다.

“내가 알아 심사할 테니, 걱정 마세요.”

“선생님, 잘 부탁드립니다.”

이어 학과회의에서는 서로 미리 입을 맞췄는지 손남익 교수마저 지가 뭔데 김준서의 속을 달달 긁어댔다.

“나도 다른 대학 교수채용에 심사를 의뢰받아 소설분야 심사를 해 봤지만 뭘 알아야지요.

김 선생님도 국어학은 잘 모를 테니까 감정식 교수와 함께 서 교수 연구실에서 심사하도록 하세요.”

지가 뭔데 이래라, 저래라 해. 이 정도라면 얼마나 무서운 사람인지 알 수 있을 것이다. 선후배며 동기로 똘똘 뭉쳐 김준서를 마음대로 주무르고 있지 않는가.

김준서는 그렇게 생각하면서 두고 보자는 심정으로 말을

하지 않았다. 심사결과에 대해 경고를 받든, 감봉 조치를 당하는 중징계를 받든 심사를 하지 않거나 영점처리하면 되니까.

그런데 심사 규정을 보니 그게 아니었다.

이천재 총장이 취임하면서 한 짓이라곤 꾀보로 소문난, 초등학교 선생도 못한다는 소문 그대로 교수채용규정을 꾀로 도배를 해놓았다. 학위논문과 학술진흥재단 등재지 논문 5편 이상은 각각 10점 만점으로 하되 심사위원이 줄 수 있는 점수는 8~10점으로 거의 차이가 나지 않게 했다.

게다가 교내 심사위원 3명과 외부 심사위원 2명 등 5명 중에서 최고 점수와 최저 점수를 뺀 나머지 3명의 점수를 평균 내는 것이기 때문에 점수 차를 낼 수도 없거니와 한 사람쯤 심사를 하지 않더라도 채용이 가능했다.

이런 점수 차이는 대학 본부에서 심사위원들을 우롱하다 못해 가지고 놀고 있는 작태, 그것이다. 이런 작태는 시대에 뒤떨어져도 얼마나 뒤떨어진 발상인지 모른다.

학술진흥재단 등재지 논문만 중요시했지 저서는 아예 심사 대상에 포함시키지 않았다.

총장이나 본부 보직자, 그리고 규정을 만드는 데 참여한 교수들마저 저서라곤 낸 적이 없으니 한 권의 저서를 내는데 얼마만큼의 피와 땀, 노력의 결실인지 모르고 한 작태였다.

이 세상에 명 논문이라는 말은 듣기 어렵지만 명저, 명작이라는 말은 얼마나 자주 듣는가. 그런 사고로 대학을 경영하니, 이천재 교수를 총장으로 모신 DN대학의 발전도 수면 아래로 가라앉을 수밖에. 게다가 강의 중심의 대학을 만들기 위해 공개수업 배점을 20%로 정했다. 교수가 연구는 하지 말고 강의만 하라는지, 그러면서 학술진흥재단 등재지 논문 편수에 따라 성과급은 8백만에서 1백만까지 왜 그렇게 차이를 두었는지 꼼수 총장의 대학 경영은 이해가 되지 않았다. 공개수업마저도 심사위원이 18점에서 20점 사이에서 점수를 주어야 하며 최고와 최저 점수를 뺀 3인의 점수를 합산해서 평균 점수로 한다고 규정했다. 총장과 총장 임명한 본부 보직자 4명을 포함해 소속학과 학과장, 소속대학 학장 등 7명이 하는 면접 점수만은 아무런 제한이 없다.

이는 눈 감고 아웅 하는 격, 본부에서 교수 채용을 멋대로 쥐고 흔들겠다는 꾀보가 만들어낸 잔꾀에 지나지 않았다.

그런데도 문제 삼는 교수가 없으며 교수평위원회에서는 무슨 짓을 하는지 문제 삼아 이의를 제기하지도 않았다.

초등학교 선생 감도 되지 않는다는 소문 그대로 이 총장의 잔꾀가 빛을 최대한 발휘해서 만든 교수채용규정이었다.

그런 규정으로는 김준서도 서잠금 교수의 음흉한 심보를 어떻게 막을 방법이 없어 마지막 카드를 빼들 수밖에 없었다.

서잠금 교수 주도로 심사를 해서 채용되게 되면, 한소남은 채용해 줬다는 이유 하나로 서 교수의 그늘에서 평생 벗어날 수 없을 것이다. 해서 서 교수가 배제된 심사에서 채용된다면 그런 멍에에서 벗어날 수 있으니 얼마나 당당하고 떳떳한가. 이로 본다면 한소남을 도와주는 셈이 된다.

김준서는 이정타 교수로부터 당한 것을 생각하면 그것이 백 번, 천 번 좋다는 생각까지 들었다.

총장님께 드립니다.

총장님, 안녕하십니까?

학교 경영에 노심초사하시는 총장님께서는 우리나라 최고 대학, 최고 학부를 졸업하셨으니 그 지성을 믿고, 제 뜻을 들어주시리라 생각해서 이 글을 드립니다.

제가 학과에 몸담은 지 25년, 학과에 대해 지킴이랄까 누구보다 애착을 가지고 있으며 또한 학과가 발전되기를 염원하고 있습니다. 그리고 학과 사정을 누구보다 훤히 알고 있고요. 그런데 어찌합니까. 발등에 불이 떨어졌으니.

우리 학과 교수 채용은 임명권자인 허 학장의 폭거, 선임자의 독선, 다수의 횡포에 의해 채용심사를 제대로 한 적이 없습니다. 허기진 학장의 폭거로 과목마저 상치하는 교수 4명을 한꺼번에 채용했으며 학과 교수 전원이 심사에 임하는 규정은 K대 출신만 채용되는 비극의 온상이 되기도 했습니다.

더 이상 이런 인사를 해서는 안됩니다.

그런데도 이런 작태가 근절되지 않고 이번 인사에도 또 자행되려고 하고 있습니다. 지금까지 저희 학과는 K대 국문학과 출신의 실업자 구제소밖에 되지 않는데 이번 지원자 중 짜고 치는 고스톱의 대상이 또 있습니다.

1학기 중에 교무회의에서 교무처가 주도한 같은 대학 출신은 50%로 제한하자고 안을 냈을 때, 인문대 학장인 서잠금 교수가 반대한 것은 자기 사람을 심기 위한 사전 공작이었습니다. 학과장이 스스로 사양하기 전에는 심사위원이 되어야 하는데도 선배라고 해서 배제한 점, 또 전공을 핑계 삼아 정년을 하는 김 교수에게 심사를 맡긴 것은 미리 짜고 치는 고스톱입니다.

두 사람은 대학의 학과 선후배로 평소에도 찰떡궁합이었으며 이번 심사에서도 서 교수 연구실에서 서로 상의하면서 심사를 하고 있습니다. 그런데 어찌 공정한 심사가 되겠습니까?

만약 심사에 잘못이 있어 책임을 지어야 한다면 정년한 사람에게 책임을 물을 수 있겠습니까?

그리고 채용된다면 끼리끼리 모인 사람들이 경쟁관계에서 연구하고 가르칠 수 있겠습니까?

총장님, 제가 무고를 하는지는 교내 두 심사위원의 점수를 확인해 보시면 드러날 것입니다. 해서 저는 제 제자가 지원했기 때문에 공정한 심사를 위해 심사위원을 사퇴하겠습니다.

이 점을 총장께서 이해하시고 한 사람의 지원자 때문에 말썽이 되는 일은 일어나지 않았으면 합니다.

총장님, 진정한 일이 알려져 서 교수와 원수지간이 되는 일은 없었으면 좋겠습니다. 부탁드립니다.

바쁘신데 심려를 끼쳐 죄송스럽게 생각합니다.

2007. 11. 9. 한국어문학과 김준서 드림

김준서는 진정서를 가지고 비서실에 들렀으나 이 총장이 부재해 실장에게 주면서 총장님께 직접 전하라고 부탁하고 나왔다. 그로부터 며칠 뒤, 이천재 총장은 학과장 전재일 교수와 서잠금 교수를 총장실로 불러올린 모양이었다.

이 총장은 일을 매끄럽게 처리하지 못하고 김준서가 준 진정서를 서잠금 교수가 찍 소리 못하도록 하기 위해 들이미는 바람에 진정한 사람이 누구인지 들통이 나고 말았다.

나중 이를 두고, 김준서가 점잖게 따지자 이 총장은 '서 교수는 대수롭지 않게 여기던데요' 하고 능청스레 말했다.

이것 하나만 보아도 이천재 총장이 얼마나 수준 미달인지 단적으로 보여준 예가 된다. 한국어문학과는 심사위원 전원이 교체되는 수모를 겪는다.

이런 사태를 두고, 서잠금 교수가 욕이란 욕과 비난이란 비난이며 책임전가를 김준서 교수에게 뒤집어 씌웠으나 결과는 서 교수의 의도와는 달리 딴 사람이 채용되었다.

DN대학보다 못한 대학 출신 김요하, 자기가 어떻게 해서 임용되었는지 알 텐도 연구실이 바로 옆방인데도 1년에 한 번도 학과 선임자인 김준서에게 인사차 들리지도 않았다. 그것 하나만 보아도 무서운 사람이라는 인식이 박힐 수밖에.

한소남은 차점으로 떨어졌는데 김준서는 그럴 줄 알았으면 눈 딱 감고 도와줄 걸 하는 후회가 들기도 했다.

어느 대학에서나 교수 채용에는 뒷말이 많기 마련이다.

이번 교수채용도 말이 많았다. 채용된 사람은 김정식 교수의 후배이며 누구누구의 부탁이 있었다는 점까지, 그리고 사전작업으로 전공에 맞춰 국문법으로 공고했으며, 미리 귀띔까지 주었다는 이유로, 한소남이 서잠금 교수에게 할 말, 못할 말 털어놓는 바람에 알게 된 사실이지만.

언제 어디서건 운이 작용하지 않을까마는 취직도 운이 따르지 않으면 물 건너 갈 수밖에 없지 않겠는가.

이제 남은 것은 김준서가 서잠금 교수에게 욕이란 욕은 다 얻어먹는, 죽일 놈, 살릴 놈의 대상이 되는 것뿐이었다.

김준서는 욕을 하고 다닌다는 것을 따지기 위해 찾아갔으나 이름 그대로 서잠금이 발뺌하는 바람에 되돌아서고 말았다.

개강이 되어 김준서는 강의하러 가다가 복도에서 서 교수와 부딪쳤으나 그는 고개를 돌리고 지나가는 것이었다.

김준서는 뒤따라가 서 교수의 팔을 잡고 "지나간 일, 이제 그만 잊읍시다." 했으나 그는 꽁하게도 "어떻게 잊을 수 있습니까." 하더니 뿌리치고 가는 것이 아닌가.

'똥 묻은 개가 겨 묻은 개 보고 뭐라 칸다'는 속담이 그대로 들어맞을 수 있는지.

김준서는 30년 가까이 생활한 서잠금 교수와는 원수지간이 되었고 복도에서 우연히 부딪치면 돌아서는 사이가 되었다.

한 동안 학과가 조용한가 싶더니 또 태풍이 휩쓸고 지나갔다. 이천재 총장은 '지렁이도 밟으면 꿈틀한다'는 속담도 있는데 조용히 있는 학과를 왜 들쑤셔 놓는지 알 수 없었다.

1.12표 차이로 간신히 턱걸이를 해서 총장에 당선되었으니 주제파악이 안됐을 수도 있다고 이해한다고 해도.

태풍을 몰고 온 장본인은 바로 1.12표 차이로 총장이 된 이천재였다. 초등학교 선생 감도 되지 않는다는 소문 그대로 얄팍한 잔꾀에 꽁수까지 뒀으며 이런 인간에게는 똥고집 빼면 시체만 남아서일까. 끝내 똥고집을 꺾으려고 하지 않았다.

도시락부대의 지원을 받아 총장이 됐기 때문에 그들의 말을 들어주지 않을 수 없을 것이라는 점을 십분 이해하면서도.

인문대 교수, 특히 동양철학과 교수들의 말은 절대적이었던지 교양과목을 개편하면서 '의사표현법'을 없애고 '읽기와 쓰기', '발표와 토론'으로 나누어 교양과목을 개설하려고 할 뿐만 아니라 전담 교수까지 채용하려고 했다.

뿐만이 아니라 이 총장은 무식하게도 '발표와 토론'은 국어에 포함되는 것이 아니기 때문에 한국어문학과가 주관하는 것이 아니라 동양철학과로 넘겨 강의를 맡기려고까지 했다. 선거에 대한 보답으로 도와주고 싶으면 교양과목을 새로이 개설해서 동양철학과로 넘겨주든지 할 것이지, 아무리 동양철학과 교수들의 건의, 특히 나이 많은 교수를 만나도 빤히 쳐다보기만 하고 그냥 지나가기로 소문난 자기 한 표뿐인 신사형 교수의 건의를 받아들였다고 하더라도.

이지설 총장 재임 시, 신사형 교수는 학부제 시행에 반대해 동양철학과에서 탈퇴해 학과 없는 떠돌이가 되었다.

신 교수는 하이개가 총장으로 취임하자 학과 없는 서러움을 겪었는지 원래 학과로 되돌아가기를 원했으나 학과 교수들이 죽기 살기로 반대해서 돌아갈 수 없었다. 김준서가 하 총장에게 강력하게 밀어붙여 동양철학과 교수들의 반대에도 불구하고 발령을 내도록 했었는데도 그런 신의를 무시하고 자기만 살아남겠다고 얄팍한 짓을 하다니.

뒤늦게 한국어문학과 교수들이 총장실로 가서 항의했으나 꾀보로 소문난 이천재 총장은 무식하게도 그게 어디 국어에 속하느냐고 하는 고집을 꺾을 수가 없었다. 수준 미달의 고만고만한 교수들이 모자라도 한참 모자라는 함양 미달의, 꾀로만 똘똘 뭉친 사람, 초등학교 교감 감도 되지 못한다는 사람을 총장으로 뽑아놓았으니 패거리나 감쌀 밖에.

동양철학과는 지원자가 적어 정원을 채우지 못하고 있었다. 자연 과목이 축소되고도 담당 강의 시수가 부족했다. 게다가 학과 교수들이 되나마나 교수를 채용해서 집에 가서 아기를 볼 처지가 되었으니 '발표와 토론'의 과목으로 개편해 강의를 맡기려고 눈 딱 감고 아웅 하는 수작을 벌렸다.

김준서는 총장선거에서 패한 이 총장과는 대면하기가 껄끄러워 항의편지를 써서 학과 교수들이 항의하려 갈 때 줘 버렸다. 학과 교수들의 항의 탓인지 모르겠으나 이 총장이 쉽게 뒤로 물러서는 듯했으나 이는 운동권의 생리를 모르기 때문이었다. 이를 두고 서잠금 교수는 자기가 학과 교수들을 데리고 가서 총장에게 강력하게 항의했기 때문에 이 총장이 굴복했다면서 자기 공인 양 제자들에게 흘리고 다니는 것이 김준서의 귀에까지 들어갔다.

실은 딴전을 피우기 위한 유치한 연막전술인데도.

이천재 총장은 욕을 얻어먹지 않으려고 미꾸라지처럼 쏙 빠지고 교양과목심의위원회로 넘겨 한국어문학과와 동양철학과 교수들끼리 싸움을 하게 하는 이전투구의 장, 고도의 꾀보전술을 구사했으니 정말 대단한 인물이었다.

그렇지 않아도 영어, 영어 하는 세상에 이런 푸대접을 받는 것이 한국어의 현실인지, 한국어문학과는 김준서가 지지한 총장 재임 이외는 총장이 바뀔 때마다 수난을 겪어야 했다.

하이개가 돈에 대해 얼마나 추잡한가를 보면, 총장을 그만두면서 곧바로 퇴직하지 아니하고 교수연구연한제를 신청해 1년쯤 봉급을 타 먹다가 사표를 낸 것만 보아도 알 수 있다. 사표를 낸 것도 그냥 낸 것이 아니었다. 이지설 총장이 S산업대학교 총장으로 간 것을 비난한 인간이 이명박 정부가 들어서면서 재외동포 이사장인가 하는 감투를 얻어 걸려서였다. 재선하면서 대교협 회장을 맡은 것이 인연이 되어 이명박 후보를 지지한 쇼맨쉽 덕이라고 할 수 있었다.

추잡한 인간은 남이 할 수 없는 불세출의 처세철학을 타고난 탓인지 여기 붙고 저기 붙는 재주 하나는 알아줘야 했다.

하이개는 남을 위해 투표하는 위인이 아니기 때문에 기권했으면 했지 이명박 후보를 찍지 않았을 것이다. 그리고 이명박 정부도 D시의 여론에 조금만 귀를 기울였다면 그런 인간을 이사장으로 임명하지도 않았을 것이다.

하이개란 인간은 고교 3년 동안 퇴학을 세 번이나 당하고 어느 고교를 졸업했는지 알 수가 없다. 그리고 청강생으로 대학에 들어가 학위까지 받았으며 논문 두어 편으로 교수생활을 하다가 국립대학교 총장을 두 번이나 했다.

그런데 욕심이 지나쳐 3선까지 하려다가 그 망신을 당하고 명퇴한 뒤, 이명박 정부에서 한 자리 꿰어 찬 하이개의 과욕은 이지설 총장보다 더하면 더했지 덜하지 않았다.

그리고 하이개 보다 훨씬 못한 이천재 총장!

이천재는 직원으로 들어와 논문다운 논문 한 편 없이 1.12표 차로 총장이 되었다. 이에 사람들은 하이개보다 못한 사람을 총장으로 뽑았다고 욕을 하지만 관운이 틘 사람이다.

저간의 사정이야 어쨌든 간신히 턱걸이를 해서 총장이 됐으면 대학을 대학답게 경영했으면 좀 좋을까마는 속 좁아터진 잔꾀만 부리면서 총장실에 틀어박혀 있으니 이천재란 인간의 한계요 DN대학의 숙명이었다.

김준서는 살아오면서 너무나 헛되이 살아서인지 잃은 것은 많고 얻은 것은 없었다. 얻은 것 하나 없는 데는 제자 하나 제대로 키우지 못한 점도 포함되어 있다.

김준서는 비록 잃은 것이 많다고 하지만 교수생활을 하면서 걱정 없이 잘 살았고 편안하게 생활하면서 저서 서너 권, 창작집 두어 권, 장편소설 서너 권, 시집 대여섯 권, 아주 특별한 제자 한둘 둔 것이 보람이라면 보람이었다.

김준서는 이제 후회할 것도 미련을 둘 것도 없이 조용히 교단을 떠나야 할 시간만이 남았다.

김준서는 홀가분한 마음으로 받아들일 준비를 단단히 했다. 유행가 가사처럼 '옷 한 벌을 건진' 인생도 못되지만.

김준서는 꽃은 꽃의 미련을 버려야 열매를 맺고 강은 강을 잊어야 바다가 된다는 진리를 뒤늦게 깨달았다. 보이는 것은 버리고, 보이지 않는 것도 버리면서 여생을 마무리 지으려고 했으며 버릴 것이 있을 때, 늦지 않게 버릴 줄 아는 사람이 된다면 더 이상 바랄 것이 없다는 생각까지 했다.

꽃은 꽃의 미련을 버려야

열매를 얻고
강은 강을 잊어야
바다가 된다.

내 안에는 나만 있는 것이 아니라
영혼을 뒤흔들 수 있는
잠재력도 있어
보이는 것은 버리고
보이지 않는 것도 버리면
그게 깨달음일 테지

버릴 것이 있을 때
늦지 않게 버릴 줄 아는 것
또한 득도일 테지

시집『하늘 밥상』에서

쓰고 나서

교수와 카멜레온의 함수관계를 정의한다면?

연약한 카멜레온은 살아남기 위해 주위 환경에 따라 피부 색깔을 수시로 바꾸는 생존능력을 타고 났으며 변신의 달인으로 지금까지 지구상에 생존할 수 있었던 것은 아닐까.

그렇다면 교수의 변신은? 아니, F교수는?

교수 또한 카멜레온에 비해 더하면 더했지 덜하지 않을 정도로 처세의 달인으로 군림하는 것은 아닐는지.

나 또한 외고집의 한 길, 내가 교단에 선 지 40여 년, 대학 강단에 선 지도 30여 년이 된다. 40년이라면 강산이 변해도 네 번은 변했을 정도이다. 그 긴 세월 동안 카멜레온처럼 변신의 달인은 되지 않았는지 모를 일이다.

돌이켜보면 대학 강단에 선 지 햇병아리 시절, 이십 년이 훨씬 지난 86년 봄, 전두환 군사독재정권에 항쟁한 학생들의 민주화투쟁은 군소 도시에 위치한 지방대학까지 불어 닥쳤다. 내가 근무하고 있는 대학도 예외는 아니어서 개교한 지 8년도 채 되지 않는 지방 국립대학으로 교육부(교육과학기

술부 전신)가 재채기만 해도 깜박 죽는 시늉이라도 해야 했던 관치시절이었다. 학생들이 어쩌다 한번 하는 데모, 군사정권 타도라는 캐치 프레이즈로 데모를 하면, 대학 본부에서는 교육부가 대학을 당장이라도 폐쇄시키는 줄 알고 발칵 뒤집혀져서 직원은 물론 교수까지 총동원되어 학생들의 데모를 막는데 혈안이 되곤 했다.

그런데 공교롭게도 총학생회 회장이 내가 소속된 학과 학생이었으니 데모만 했다 하면 나는 불려나가곤 했다.

한번은 학장 이하 전 교직원들이 데모를 저지했는데도 이를 사전에 막지 못했으며 교문을 사이에 두고 학생들이 돌을 던지면 전경들은 최루탄으로 응수해 콧물, 진물을 흘리기까지 했었다. 총학생회장은 군에 갔다 와 세상 돌아가는 일을 이해할 만했는데도 그는 골수 운동권으로 시내 진출이 저지되자 거품을 물어내며 직원이건 교수건 가리지 않고 막무가내로 욕설을 퍼부었다.

아마 그 와중이었을 것이다. 학생과장(교수)이 학생회장을 끌어안고 학생과로 데리고 가려 하자, 되레 교수들에게 데모에 동참하지 않는다고 "이 ×새끼들, 니들이 교수야!" 하고 해악을 해댔다. 당시 학생과장 옆에는 나도 있었다.

그때 나는 귀가 찢어지는 것 같은 충격을 받았었다.

이유는 그가 앞에 있는 교수들에게 한 것이 아니라 바로 나를 두고 한 소리라고 여겨져서였다.

그로부터 20년의 세월이 흘렀는데도 학생회장의 그 말이 내 뇌리에 똬리를 틀고 앉아 사라지지 않는다.

내가 진짜 ×새끼 교수가 아닌가 하는 생각이 문득문득 들기도 했고 진짜 ×새끼 교수가 되지 않기 위해 나름대로 연구하면서 후회 없이 가르친다고 가르쳤다.

그런 탓인지 모르겠으나 지금은 내가 지은 저서를 가지고 전공과목을 강의하고 있다.

『국문학개론』은 네 번에 걸쳐 개작했고 『고전소설의 이론』은 다섯 번에 걸쳐 개작과 개제를 거듭했다.

또한 우리 시의 영원한 본향인 향가 14수의 배경설화와 시가를 제재로 해서 쓴 소설 『천년 신비의 노래』는 여덟 번이나 개제하거나 개작해서 출판하는 고집을 피우면서 '우리 문학 감상'의 교재로 사용하고 있다.

그리고 유일한 꿈이었던 『김장동문학선집』 -전9권- 을 출판해 세상에 내놓았다.

이제 남은 숙제 하나, 언젠가는 총학생회장이 악에 받쳐 소리친 '×새끼들, 니들이 교수야'의 제목으로 현장체험소설 한 편쯤 쓰고 싶다는 미련을 버리지 못했었는데 20년이 지난 지금에 와서야 집필하려고 하니 마음이 왜 이렇게 무거운지.

나름대로 변명이나 이유를 둘러댈 수는 있다.

하나는 현직 교수라는 직업상의 문제일 것이다. 현직 교수로서 교수사회의 치부를 적나라하게 까발릴 수 있을까 하는 자문自問에 대한 답변이 망설여지기 때문이다.

이 점에 대해서는 만용만 부린다면 어느 정도 망설임을 해소할 수 있을 것으로 생각하면 집필할 수 있을 것이다.

다른 이유는 소설은 수기가 아닌 픽션이라는 점이다. 비록 소설가는 소설의 재료를 주변에서 구할 수 있으나 어디까지나 소재일 뿐, 일단 소설 속으로 들어오게 되면 현실이 아닌 작가가 의도한 픽션인 소설로 변형되기 때문이다.

아니, 당연히 변형해야 하고 변하지 않으면 소설이 아니라는 이유 아닌 이유를 들어 용단을 내릴 수 있다.

끝으로 제목상의 문제이다.

명색이 지성인이라고 자처하는 현직 교수가 욕을 제목으로 해서 소설을 쓸 수 있느냐는 점이다.

나는 이를 극복하기 위해 욕의 문화에 의지하려고 한다.

동서고금을 막론하고 좋은 의미의 욕도 있겠으나 나쁜 의미의 욕이 더 많은 것이 욕의 생리가 아닐까.

우리네 욕도 마찬가지일 것이다.

'잘 처먹고 잘 살아라'란 말이 있다.

덕담도 이보다 더 좋은 덕담이 없을 텐데 우리는 이를 세상에 몹쓸 욕으로 알고 있다.

또 'ㅆ새끼'니, 'ㅈ새끼'니, 'ㄱㅆ새끼'를 입에 달고 산다. 그 구멍으로 나오지 않은 사람은 한 사람도 없는 당연한 사실을 두고, 그 이상의 욕은 없다는 듯이 달고 산다.

'×새끼'도 마찬가지일 것이다.

×새끼는 강아지를 일컫는 것이 상식이다. 어느 동물 치고 새끼가 귀엽지 않은 것이 있을까마는 애완용으로 강아지보다 더 귀여운 동물이 또 있을 성싶지 않다. 한데도 우리는 귀엽고 깜찍한 강아지를 두고 친밀감을 나타냄인지 모르겠으나 친한 친구끼리도 '×새끼'를 입에 달고 있다. 이쯤 되면 욕을 일상다반사로 하고 있는 것은 아닐까?

이런 변명을 아무리 늘어놓아도 『×새끼들, 니들이 교수야』는 제목이 지나치다 싶어 상징적인 『교수와 카멜레온』으로 결정했다가 마지막 순간에 『대학 괴담』으로 바꿨다.

나를 알고 있는 독자는 내 소설을 읽고 나서 내게 묻기를 '당신의 경험을 소설로 쓴 것이 아니냐?'고 흔히 질문들을 한다. 그럴 때마다 긍정도 부정도 하지 않는다. 그저 싱긋 웃을 뿐이다. 그저 싱긋 웃는 의미는 지어낸 이야기인 내 소설이 사실처럼 독자에게 먹혀들었다는 자부심의 미소, 최소한의 목적은 달성했다는 미소가 되기 때문이다.

나는 소설을 집필할 때, 두 가지 유형을 택한다. 하나는 좋은 주제가 떠오르면 거기에 합당한 소재를 찾으며, 반대로 좋은 소재가 생각나면 거기에 합당한 주제를 짜낸다.

이 두 유형 중 어느 것이 좋고 나쁘다고 할 수 없다. 형편에 따라 선택의 지智를 발휘하면 되니까.

『대학 괴담』에 동원된 소재나 제재는 30여 년 동안 대학 강단에서 강의하는 동안, 보고 듣고 경험한 것 중에서 내가 가장 아끼고 소중히 여기는 것만을 동원했다고 할까.

동원된 소재는 생활의 일부, 듣고 경험하는 중에 때로는 비용도 만만치 않게 든 소재까지도 동원했다.

일부 제재는 본의 아니게도 경험하게 되었는데 소요된 비용만도 5천여만 원 들었다고 하면 독자는 믿을까.

나로서는 보고 듣고 경험한 것을 제재로 동원하기 위해 베트남 전쟁에 지원했으며 소총소대에서 생명을 담보로 박박 기면서 죽을 고비를 숱하게 넘긴 적도 있었다.

뿐만 아니라 이런 경험은 목숨을 담보로 체험한 소재이거나, 거금의 돈을 들인 소재이나 어디까지나 픽션인 소설의 제재를 마련하는데 있다.

또한 소설에 등장하는 인물의 명명命名도 그렇다.

주변의 인물과 유사할 수 있겠으나 실재 인물은 아니다. 주제를 드러내기 위한 창조된 인물들이다.

등장하는 인물도 전신前身이 있을 수도 있겠으나 일단 소설 속으로 들어오게 되면 소설 속의 인물이지 결코 현실 속의 인물은 아니다.

요즘 들어 소설보다 더한 대학 괴담이 세상을 들었다 놓았다 하고 있다. 학력 위조나 가짜 박사 사건은 학력 중시 사회의 병폐라고 괴담을 늘어놓는 것은 애교로 봐 줄 수 있겠으나 결코 애교로 봐 줄 수 없는 것들이 너무나 흔하게 나타나고 있다. 바로 깜도 되지 않은, 소설 같은 느낌이 든다고 하는 '놈현스럽다'의 신조어의 주체인 자살한 전 대통령 노무현과 그런 유의 하나로 볼 수 있는 신정아의 교수 임용 미스터리이다. 신정아가 권력의 실세와 결탁한 데다 침묵으로 일관한 출세지향형 홍기삼 전 D대 총장과는 어떤 썸싱이 있었는지 알 수 없다.

그러나 이를 둘러싸고 증폭되고 있는 숱한 의혹과 창조적인 괴담이 이런 유類의 대표적인 예가 아닌가 생각된다.

이 소설에서 야기되는 사건은 자연발생적인 괴담이라고 할 수 있다. 아니, 주인 없는 대학, 학・총장이 바뀜에 따라 야기되는 사건, 곧 대학 왕괴담 시리즈라고 해도 좋다. 해서 순수소설이 요구하는 필연성이 결여되는 흠도 있다.

내가 이 소설을 쓴 동기는 대학의 비리나 병폐를 고발하려는 의도는 없다. 더구나 이를 바로잡으려는 의도도 없다. 더욱이 교수들의 카멜레온적인 인식 자체를 비난한다거나 개선하겠다는 거창한 이슈와는 더 더욱 거리가 멀다.

오직 있는 그대로의 실상, 있는 그대로의 모습을 묘사해서 독자로 하여금 이런 대학 사회도 있구나, 정말 이런 교수도 있구나, 소설로도 까발릴 수 없는 조직사회의 병폐가 존재하긴 하는구나 하는 느낌을 각인시켜 주면 그뿐이었다. 그 이상도 이하도 욕심이 없음을 작가의 변으로 가름한다.

이 소설을 집필하긴 했으나 주변의 여건이나 게으름 탓으로, 아니 이런 소설을 써서 뭐 하느냐는 회의에 젖어 3년여 나 질질 끌다 초고를 끝내고 나니 만사 후회, 내 자신이 한없이 초라하게만 느껴지는 것은 무슨 요사스러움인지.

이 소설의 특기할 점이라고 한다면 전통적인 소설의 기법을 지양하고 앙티소설을 추구하려고 했다는 점이다.

이유는 소설은 소설이되 실기나 수기처럼 독자가 실감을 느끼게끔 하기 위해서라고 할까.

해서 이 소설을 읽는 독자에게는 미안한 마음 금할 길 없다는 것이 솔직한 고백이다.

나는 대학생이 되려거나 대학생이 된 사람이 대학사회를 직시할 수 있는 소설 하나쯤 없을까 하고, 그리고 대학생 학부모가 되려거나 된 사람들에게 읽힐 만한 소설은 없을까 하고, 더욱이 대학 교수가 되려거나 교수로서 스스로를 되돌아보게 하는 소설은 없을까 하고 고민했었다.

그런 고민 끝에 대학 강단 30년 동안 보고 듣고 경험한 소재를 동원했고 좀체 신세 지기를 싫어하는데도 신세를 진 데다 5천여 만원까지 들인 체험을 제재로 3년 전부터 집필을 시작해서 이 무더운 여름에야 초고를 완성하게 되었음을 뒤늦게나마 밝혀둔다.

2009년 맹하에 초고를 끝냄

둔촌동 우거에서 적음

지은이 소개 ❙

김장동은 월간문학 소설부분 신인상으로 문단에 등단해 동국대학교 국문학과 졸업 및 동 대학원을 수료, 한양대학교 대학원에서 문학박사를 취득. 국립 안동대학교 인문대학 국문학과 교수역임 재임 중 출판부장, 도서관장, 인문과학연구소장, 대학원장, 전국국공립대학교대학원장협의회 회장 등 역임.

저서로는 『조선조역사소설연구』, 『조선조소설작품논고』, 『고전소설의 이론』, 『국문학개론』 등이 있다.

소설집으로 『우리 시대의 神話』, 『천년 신비의 노래』, 『향가를 소설로 오페라로 뮤지컬로』 등이 있다. 장편소설로는 『첫사랑 동화』, 『후포의 등대』, 『450년만의 외출』, 『이 세상에서 가장 오랜 시간에 걸쳐 쓴 편지』 문집으로는 『시적 교감과 사랑의 미학』, 『생의 이삭, 생의 앙금』이 있으며 『김장동문학선집』 9권을 출간하기도 했다.

시집으로는 『하얀 실비』, 『오늘 같은 먼 그날』, 『한 잔 달빛을』, 『간이역에서』, 『하늘 밥상』, 『하늘 꽃밭』이 있다.

대학 괴담

초판 1쇄 인쇄일 | 2010년 12월 16일
초판 1쇄 발행일 | 2010년 12월 17일

지은이 | 김장동
펴낸이 | 정진이
총괄 | 박지연
편집 · 디자인 | 이솔잎 채지영
마케팅 | 정찬용
관리 | 한미애 김민주
인쇄처 | 월드문화사
펴낸곳 | 북치는 마을
등록일 2005 13 14 제17-423호
서울시 강동구 성내동 447-11 현영빌딩 2층
Tel 442-4623 Fax 442-4625
www.kookhak.co.kr
kookhak2001@hanmail.net

ISBN | 978-89-5628-561-0 *03800
가격 | 12,000원